THILO WINTER

Der Riss

Weitere Titel des Autors:

Der Stich

Über den Autor:

Thilo Winter ist das Pseudonym eines deutschen Schriftstellers und Wissenschaftsjournalisten. In seinen Reportagen berichtet er über Unterwasserforschung mit Tauchrobotern, archäologische Funde in abtauenden Gletschern, den Klimawandel als Ursache für den Untergang früher Kulturen und die Zukunft der Polargebiete. Winter arbeitet u. a. für die Zeitschriften SPIEGEL GESCHICHTE, BILD DER WISSENSCHAFT und SPEKTRUM DER WISSENSCHAFT.

DER RISS

THILO WINTER

THRILLER

Lübbe

Die Bastei Lübbe AG verfolgt eine nachhaltige Buchproduktion. Wir verwenden Papiere aus nachhaltiger Forstwirtschaft und verzichten darauf, Bücher einzeln in Folie zu verpacken. Wir stellen unsere Bücher in Deutschland und Europa (EU) her und arbeiten mit den Druckereien kontinuierlich an einer positiven Ökobilanz.

Vollständige Taschenbuchausgabe
der bei Bastei Lübbe erschienenen Paperbackausgabe

Textredaktion: Dr. Ulrike Brandt-Schwarze, Bonn
Umschlaggestaltung: Kristin Pang
Einband-/Umschlagmotiv: © Michael Schauer/AdobeStock
Satz: hanseatenSatz-bremen, Bremen
Gesetzt aus der Adobe Garamond Pro
Druck und Verarbeitung: GGP Media GmbH, Pößneck

Printed in Germany
ISBN 978-3-978-3-404-19305-9

2 4 5 3 1

Sie finden uns im Internet unter:
luebbe.de
Bitte beachten Sie auch: lesejury.de

Ähnlichkeiten mit lebenden oder toten Personen sind rein zufällig und nicht beabsichtigt.

TEIL

1

KAPITEL 1

7. Dezember

Der grüne Pistenbully rollte durch eine weiße Welt ohne Horizont, in der Himmel und Schnee nicht voneinander zu unterscheiden waren. Eiskristalle glitzerten auf der Windschutzscheibe. Emilio drückte sich tief in den Beifahrersitz und bildete sich ein, die sanfte Wärme des Sonnenlichts auf dem Gesicht zu spüren. Tatsächlich war es die Heizung, deren Gebläse die Temperatur in der Kabine auf sieben Grad anhob. Draußen herrschten minus zwanzig Grad Celsius – ein Sommertag in der Antarktis.

Das Kettenfahrzeug schwankte und stöhnte, wenn Malatesta es über Schneeverwehungen rattern ließ. Emilio hatte sich an die Erschütterungen gewöhnt. Seit zwei Tagen waren sie jetzt schon unterwegs nach Südwesten, und zwei weitere Tage lagen noch vor ihnen. Die Stunden krochen so langsam dahin wie das Polarmobil, denn Pietro Malatesta sprach nicht viel. Schon in der Station war der Sizilianer stets in seinem Labor verschwunden, wenn es im Gemeinschaftsraum gesellig wurde, wenn sich ein Kollege an das E-Piano setzte und ein anderer nach der Gitarre griff, um die endlosen Abende mit Leben zu füllen. Hätte Emilio es sich aussuchen können, wäre er lieber mit einem anderen Wissenschaftler der Neumayer-III-Station zu der Reise aufgebrochen, mit einem Biologen wie ihm, mit dem er sich über Artemis hätte unterhalten können. Aber Malatesta war nun mal der Geologe des Teams und sollte am Zielort nach Temperaturanomalien suchen. In der

Westantarktis war unter dem Eis ein großes Vulkanfeld entdeckt worden, und bislang war unklar, ob die einundneunzig Vulkane schliefen oder aktiv waren.

Die Entdeckung hatte weltweit für Aufsehen unter Wissenschaftlern gesorgt, denn sie befürchteten, dass ein Ausbruch den Westantarktischen Eisschild abschmelzen lassen könnte. Die unmittelbaren Folgen wäre der Anstieg des globalen Meeresspiegels um mehrere Meter und der Untergang vieler Küstenregionen und Inseln. Nun sollten sich die beiden Forscher vor Ort ein Bild von der Lage machen – in der abgelegensten Region des abgelegensten Kontinents der Erde.

Eisregen prasselte gegen das Fahrzeug. Malatesta schaltete den Scheibenwischer ein, der gefrorene Bröckchen mit einem Kratzen zur Seite schaufelte. Emilio drehte den Regler für die Belüftung der Windschutzscheibe höher. Ein Geräusch wie von einem Föhn brauste durch die Kabine.

Das war typisch für dieses seltsame Land: Im einen Moment zeigte sich das Wetter von seiner freundlichen Seite, im nächsten rollte ein Sturm über die konturlose Landschaft und stellte die Ausrüstung und das Geschick der Forscher auf die Probe. Kein Wunder, dachte Emilio, dass es im Landesinnern der Antarktis kein Leben gab. Sämtliche Tiere und Pflanzen hatten so viel Verstand, entweder im Meer oder an der Küste zu leben. Nur der Mensch musste seine rot gefrorene Nase mal wieder dorthin stecken, wo sie eigentlich nicht hingehörte: mitten in das weiße, kalte Nichts.

Emilio betrachtete die Instrumente. »Wind aus Osten, etwa siebzig Knoten.«

Malatesta stellte den Scheibenwischer eine Stufe höher. Als die Sicht trotzdem nicht besser wurde, schaltete er das zusätzliche Paar Wischer ein. Wie zur Antwort klatschte eine Ladung Schnee gegen die Fenster. Malatesta nahm den Fuß vom Gas und brachte den Motor in den Leerlauf. Der Pistenbully blieb stehen.

»Warum halten wir?«, fragte Emilio.

Der Geologe wandte ihm das Gesicht zu. »Wir warten«, antwortete er. Seine eckigen Züge wirkten hart, und auf seinen Wangen hatte Akne ein Minenfeld hinterlassen, das ein schwarzer Vollbart notdürftig bedeckte. Seine Augen waren tief liegend und sahen geschwollen aus. Emilio schien es, als leide Malatesta an einer Krankheit, die ihm ständig Schmerzen bereitete. Wen wundert's?, dachte er. Wenn ich mich als Deutscher in dieser Kälte schon nicht wohlfühle, wie muss es dann erst jemandem gehen, der aus Sizilien stammt?

»Zeit für Bewegung«, sagte Malatesta und tippte mit einem behandschuhten Finger gegen die Uhr auf dem Armaturenbrett.

»Jetzt?« Emilio mochte es kaum glauben. Unterwegs hielten sie einen strengen Plan ein und stiegen einmal in der Stunde aus dem Polar 300, gingen umher und brachten den Kreislauf in Schwung. Die Übungen verhinderten, dass sie in der Kabine einschliefen, was angesichts der gleichförmigen Umgebung, des Motorbrummens und des abwechslungslosen Brausens der Lüftung rasch geschehen konnte. In einen Sturm mit Böen von siebzig Knoten hinauszugehen war allerdings viel gefährlicher, als in der Kabine einzudösen.

»Du kannst ja hier sitzen bleiben.« Damit schien für den Geologen alles gesagt zu sein. Wenn er sprach, redete er laut, und seine Worte klangen entweder wie Befehle oder wie Beschimpfungen. Er zog sich die Sturmhaube, die Balaklava, über den Kopf, sodass nur noch seine Augen zu sehen waren, und setzte die Schneebrille auf. Dann schlug er die Kapuze seines Schutzanzugs hoch und schloss den Rand aus synthetischem Fell zu einem Kreis, bis sein vermummtes Gesicht wie aus einem Tunnel herausschaute. Ohne ein weiteres Wort zu verlieren, entriegelte Malatesta die Tür. Als er sie einen Spaltbreit geöffnet hatte, packte der Wind zu und riss sie auf. Frostige Luft wehte in den kleinen Raum, die Kälte biss Emilio in die Wangen. Malatesta schwang sich aus dem Fahrzeug, die Tür flog zu.

Das war doch Selbstmord! Emilio starrte auf den leeren Fahrersitz, auf den sich sanft Schneeflocken senkten, die durch die offene Tür hereingedrungen waren. Er wusste, dass Malatesta eigenartig war, und die Kollegen auf der Station rissen Witze über seine Faszination für Zahlen. Aber das war etwas anderes, als aus dem Kettenfahrzeug in einen antarktischen Sturm zu springen, nur weil die Uhr eine gewisse Zeit anzeigte.

Sechs Uhr. Emilio versuchte, aus dem Fenster zu blicken, aber die Scheiben waren mit Schnee verklebt. Er griff nach seiner Ausrüstung, streifte sich die Handschuhe über und verharrte. Wenn Malatesta sein Leben aufs Spiel setzte, um eine Manie zu pflegen, war das seine Angelegenheit. Warum also sollte Emilio ihm folgen? Die Antwort lag auf der Hand: um ihn wieder in die Kabine zu bringen, bevor der Sturm ihn Gott weiß wohin trieb. Schon in zehn Meter Entfernung würde Malatesta den Pistenbully nicht mehr erkennen können. Und wenn er dann, durch den Wind herumgewirbelt, auch noch die Orientierung verlor, lief er Gefahr, blindlings in die Eiswüste hinauszustapfen.

Emilio schlug mit der dick behandschuhten Hand gegen die Scheibe. »Verfluchter Sizilianer!«, rief er, und der Sturm schien ihn auszulachen. Wenige Augenblicke später stand er im Freien. Er hatte seinen Kopf ebenso geschützt wie Malatesta und trug einen roten Tempex-Anzug, unter dem sich mehrere Lagen Schutzkleidung befanden. Der Kälteschutz war so unförmig, dass er Emilio in einen roten Schneemann verwandelte, der dem Wind viel Angriffsfläche bot. Augenblicklich packte ihn der Sturm und ließ ihn rückwärts taumeln. Er stemmte sich dagegen, um nicht vom Fahrzeug weggetrieben zu werden. Der Polar 300 war der einzige sichere Punkt in einem Umkreis von mehreren hundert Kilometern.

Emilio hielt sich an der Verstrebung der Schaufel fest, die vorn an dem Fahrzeug angebracht war. Mit ihrer Hilfe wurden Hindernisse aus Schnee beiseitegeräumt. Er schaute sich um. Von Malatesta war nirgendwo etwas zu sehen. Mit einer Hand hielt er sich am Pistenbully fest und umrundete ihn bis zur Fahrerseite. Die Spuren, die sein Kollege im Eis hinterlassen haben musste, waren schon wieder verweht. Er rief den Namen des Geologen, aber der Wind riss ihm die Silben von den Lippen.

Vielleicht war Malatesta in den Laborcontainer gestiegen. Der Polar 300 zog sieben Anhänger hinter sich her, die ersten beiden waren mit Containern beladen: einer enthielt die wissenschaftliche Ausrüstung, der andere war als Forschungsstation eingerichtet, denn an ihrem Zielort würden sie zwei Wochen arbeiten.

Schritt für Schritt tastete sich Emilio vorwärts, bis er die Container erreichte. Beide Türen waren verschlossen und mit Metallriegeln gesichert. Wäre Malatesta hineingegangen, hätte er die Riegel nicht wieder anbringen können. Wo trieb sich dieser Wahnsinnige bloß herum?

Ein Knall war zu hören. Emilio konnte den Laut deutlich vom Brausen des Windes unterscheiden. Woher war der gekommen? Er ließ den Blick schweifen, überall herrschte weißes Treiben. Doch da! Eine Gestalt stand in einiger Entfernung und hielt sich an einem Anhänger fest. Malatesta! Immerhin hatte sich der Idiot nicht verlaufen. Emilio winkte mit hoch erhobenem Arm, aber die Gestalt rührte sich nicht. Was war nur los mit diesem Kerl? Vielleicht hatte er sich bei seinen Lockerungsübungen verletzt und schaffte es jetzt nicht mehr allein zur Kabine. Emilio atmete unter seiner Sturmhaube tief durch. Was soll's, bringe ich ihn halt in Sicherheit. Hauptsache, wir müssen wegen ihm jetzt nicht umkehren. Der Gedanke daran, Artemis wegen Malatesta nicht auf die Spur kommen zu können, machte ihn wütend.

»Ich komme!«, rief Emilio und hangelte sich Stück für Stück an der Reihe der Anhänger entlang. Als er noch zwanzig Meter von Malatesta entfernt war, sah er, wie der Geologe einen Arm hob. Etwas blitzte auf. Wieder hörte Emilio einen Knall, und im nächsten Moment lag er am Boden. Sofort griff der Wind nach ihm und zog ihn über das Eis, bis er gegen die Kufen eines der Schlitten prallte und liegen blieb. In seinem linken Arm brannte Schmerz. Er konnte die Hand nicht mehr bewegen, erst glaubte er, sich bei dem Sturz etwas gebrochen zu haben, dann sah er, dass sich der Schnee unter ihm rot färbte.

Noch ein Knall war zu hören, dumpf hinter dem Vorhang des Schneetreibens. Eis spritzte auf. Malatesta schoss auf ihn! Was war in den Geologen gefahren? Woher hatte er überhaupt eine Waffe? So etwas war auf der Station verboten. Er musste sie eingeschmuggelt haben. Aber warum?

Ein Dutzend Fragen rasten durch Emilios Kopf, während er auf allen vieren über das Eis kroch, bloß weg von dem wahnsinnig gewordenen Sizilianer. Als er sich umdrehte, war von Malatesta nichts mehr zu sehen, das Schneetreiben hatte eine weiße Wand zwischen die beiden Männer gestellt. Emilio versuchte, die Angst zu unterdrücken, die ihm befahl, einfach draufloszurennen und den Schmerz in seinem Arm zu ignorieren. Er spürte ein Ziehen in den Muskeln, vermutlich gefror das Blut auf seiner Haut.

Er versuchte, so ruhig wie möglich zu atmen, bekam aber durch die Balaklava nicht genug Luft. Nach einigen Metern erreichte er die Fahrerkabine, zog sich am Türgriff hoch und stemmte die Tür gegen den Druck des Windes auf. Bevor er hineinkletterte, wandte er sich noch einmal um. Durch das weiße Rauschen kam etwas Rotes auf ihn zu. Malatesta. Emilio spürte Panik in sich aufsteigen, hatte das drängende Gefühl, sich entleeren zu müssen, aber er bekämpfte es. Komm schon, denk nach!, sagte er sich, bewahr einen kühlen Kopf, in dieser Umgebung sollte das doch kein Problem sein.

Wenn er in die Kabine stieg, saß er in der Falle. Dann konnte Malatesta sein Werk an ihm vollenden. Es sei denn, Emilio konnte zuvor losfahren, aber das war mit nur einem Arm schwierig. Bevor er das Fahrzeug in Gang gesetzt hätte, wäre Malatesta längst bei ihm. Emilios Hand krampfte sich um den Türgriff. Die Sicherheit des Polar 300 war nah, aber sie war trügerisch. Schweren Herzens ließ er die Tür wieder zufallen und hangelte sich geduckt in Richtung Schaufelblatt vor, um Distanz zwischen sich und seinen Verfolger zu bringen.

Er lugte über die Metallkante. Näherte sich Malatesta? Hatte er ihn gesehen? Er hörte ein helles Pling, die Schaufel erzitterte, der Sizilianer hatte das Titanblatt getroffen. Wie ein Alarmsignal tauchte der rote Tempex-Anzug aus dem Sturm auf.

Emilio ließ das Schaufelblatt los, stieß sich ab und landete auf dem Hintern. Der Sturm packte ihn und trieb ihn davon. Nach wenigen Augenblicken war er so weit gerutscht, dass er Malatesta und das Kettenfahrzeug nicht mehr erkennen konnte.

Über das Eis gleitend drehte sich Emilio auf die Seite und suchte mit der rechten Hand nach einem Halt im Pressschnee. Sein Handschuh zog Riefen in den Boden, während er wegrutschte. Ich bin ein Blatt im Wind, tönte ihm ein altes Lied durch den Kopf. Er biss sich auf die Lippen, glitt immer weiter, tastete um sich, doch kein Halt war in Sicht. Er warf sich herum, kam auf dem Rücken zu liegen, dabei klemmte er den angeschossenen Arm unglücklich ein und schrie auf. Er bohrte die Absätze der Polarstiefel in den Schnee. Diesmal funktionierte es: Er wurde langsamer, und nach einer Weile lag er still.

Er drückte sich dicht auf den Boden, spürte den Eisregen auf die Schutzkleidung prasseln, hörte den Wind heulen. Die Schneebrille war verrutscht und hatte einen Sprung bekommen. Er rückte sie gerade, so gut es ging. Dann zog er sich den rechten Handschuh aus und tastete in einer Tasche am Oberschenkel seines Anzugs herum. Er fand das Taschenmesser nach einer unendlich langen Zeit. Antonia hatte es ihm geschenkt, als sie noch Kinder waren – einen dieser Begleiter, mit denen man in jeder Lebenslage das richtige Werkzeug parat hatte. Emilio hatte das Messer schon oft benutzt, meist, um beim Zelten eine Dose Ravioli zu öffnen oder eine Flasche Wein zu entkorken. Nie zuvor war es ihm so sinnvoll erschienen wie in diesem Augenblick.

Er klappte die längste der vier Klingen aus, zog sich den Handschuh wieder über und trieb das Messer in den vereisten Untergrund. Dann warf er sich auf den Bauch und kroch vorwärts, auf die Stelle zu, wo er den Pistenbully vermutete, stieß das Messer wieder ins Eis, zog sich ein Stück vorwärts, er war ein Bergsteiger, der an einer horizontalen Wand kletterte. Nach einigen Metern kam er auf allen vieren voran, presste dabei immer wieder den verletzten Arm an den Körper und trieb die Klinge in kurz aufeinanderfolgenden Stößen in den Boden.

Emilio wusste, was er zu tun hatte. Sein Plan gefiel ihm ganz und gar nicht, aber es gab nur diese eine Möglichkeit. Der grüne Schemen des Polar 300 schälte sich aus dem Sturm heraus. Von Malatesta war nichts zu sehen. Diesmal hielt Emilio nicht auf die Kabine zu, denn das war es vermutlich, was der Geologe erwartete. Stattdessen kroch er zu den Anhängern hinüber. Kaum war er in deren Windschatten angekommen, steckte er das Messer weg und gönnte sich eine Pause. Sein Atem ging stoßweise, der Arm schickte ein schmerzhaftes Pulsieren durch seinen Körper. Welcher der Anhänger hatte das Überlebenspaket geladen? Das musste der vierte oder fünfte sein. Die Kiste war etwa zwei Meter lang und signalrot lackiert. Sie war so schwer, dass drei Männer sie tragen mussten, da sie aber auf einen Schlitten montiert war, genügte ein einzelner Mensch, um sie über eine Eisfläche zu ziehen. Was das Wichtigste war: Die Kiste enthielt die Notfallausrüstung, die einen Menschen vierzehn Tage am Leben erhalten konnte.

Emilio musste sie erreichen und mit ihrer Hilfe vor Malatesta fliehen. Vielleicht hatte er die Chance, einen Funkspruch abzusetzen oder, wenn das nichts nutzte, die Neumayer-Station zu Fuß zu erreichen.

Die Vorstellung, dreihundert Kilometer durch die Eiswüste zu wandern, war so absurd, dass ihm der Atem stockte. Emilio kam auf die Beine und arbeitete sich in Richtung des zweiten Anhängers vor. An der Kupplungsstelle lugte er um die Ecke. Die Verriegelung des Wohncontainers war gelöst worden. Emilio zog sich weiter vorwärts, erreichte den dritten Anhänger, den vierten. Darauf fand er das Überlebenspaket.

Der Schlitten war mit Spanngurten befestigt. Einen konnte Emilio lösen, der zweite Verschluss war festgefroren. Er sägte mit dem Taschenmesser daran herum, aber nur wenige der zähen Kunststofffasern lösten sich. Plötzlich ruckte der Anhänger und setzte sich in Bewegung. Malatesta fuhr wieder los! Er schien sich dafür entschieden zu haben, Emilio einfach zurückzulassen. Die Kälte sollte offenbar erledigen, was Malatesta mit der Pistole nicht gelungen war.

Emilio fasste nach dem Spanngurt des Schlittens und hielt sich fest, rutschte mit den Stiefeln neben dem Anhänger her. Der Polar 300 erreichte keine hohen Geschwindigkeiten, war aber zu schnell, um im Schnee daneben herzulaufen. Emilio ließ sich mitziehen. Mit beiden Händen klammerte er sich an den Schlitten, sein rechter Arm war zur Hälfte taub, aber er brauchte jedes bisschen Kraft, um sich festzuhalten. Er durfte jetzt nicht loslassen. Ohne das Überlebenspaket war er zum Tode verurteilt. Mit ihm hatte er immerhin eine Chance.

Das Fahrzeug beschrieb eine Kurve. Die Fliehkraft drückte Emilio in dieselbe Richtung, in die auch der Wind blies. Der Schlitten kam ins Rutschen, blieb an dem angeschnittenen Gurt hängen. Jetzt ragte er schräg über den Anhänger heraus. Emilio griff fester zu, dann ließ er sich einfach fallen. Sein Körpergewicht sorgte dafür, dass der Schlitten kippte, für einen Moment stand er senkrecht in der Luft, dann riss der zweite Gurt mit einem Knall. Emilio fand sich auf dem Boden wieder, neben sich den Schlitten, und sah zu, wie ein Anhänger nach dem anderen an ihm vorbeizog und in dem weißen Treiben verschwand.

Kapitel 2

Vier Wochen später

Das also war das Ende der Welt: eine weiße Leinwand, auf der das Sonnenlicht eine Palette aus Farben ausgoss. Von ihrem Sitzplatz im Flugzeug konnte Antonia die Endlosigkeit sehen. Die Antarktis – für manche ein Paradies, für andere die Hölle auf Erden.

Antonia lehnte die Stirn gegen das kühle Fenster und stellte sich vor, wie ein Strom frischer Luft in die überheizte Kabine floss. Ihr Atem ließ das Fenster beschlagen. Obwohl es im Innern der Turbo-Prop-Maschine warm war, gefror die Feuchtigkeit auf der Kunststoffscheibe. Mit den Fingern kratzte sie ein Loch frei und ließ den Blick über die weiße Landschaft schweifen, versuchte, Einzelheiten auszumachen. Da hinten, an der Küste, die rötlich verfärbte Fläche mit den dunkeln Punkten, das musste eine Kolonie Kaiserpinguine sein.

Das Flugzeug, eine Twin Otter mit zwei Propellern, dröhnte, wackelte und vibrierte. Die Maschine war mit Fracht und Gepäckstücken beladen, in jeder freien Ecke waren Kisten und Rucksäcke gestapelt und festgebunden. Von der Decke hingen Kabel. Antonia hatte die beiden Piloten auf das Durcheinander angesprochen, und einer von ihnen, ein bulliger Russe namens Maxim, hatte gebrummt, sie solle sich besser nicht an den Kabeln festhalten, wenn sie mal zur Toilette müsse. Sonst könne es passieren, dass einer der Motoren ausfiel.

Den Besuch der Kunststoffkabine im hinteren Teil des Frachtraums hatte Antonia bislang vermeiden können. Um darin trotz Turbulenzen sitzfest zu bleiben, musste man sich mit Spanngurten festschnallen. Das war nicht allen Benutzern gelungen, wie Antonia nach einem prüfenden Blick in den Toilettenraum hatte feststellen müssen. Jetzt versuchte sie, nicht weiter an die Alarmsignale ihres Körpers zu denken, und schaute aus dem Fenster. Wie weit war es denn noch bis zur Forschungsstation Neumayer III?

Auf dem Sitz schräg vor ihr stützte der einzige weitere Passagier beide Arme auf dem Polster ab und kniff die Augen zusammen. Er war Mitte dreißig, trug das Haar modisch zerzaust. Beim Einsteigen hatte er sich neben Antonia setzen wollen, doch die Piloten hatten dazu geraten, dass jeder Passagier eine eigene Sitzreihe in Anspruch nahm. Um ihren Worten Nachdruck zu verleihen, hatten sie jedem eine kleine Flasche Sauerstoff und eine Packung Ohrschützer in die Hände gedrückt. Antonias Mitreisender hatte das Ganze anscheinend für einen Witz gehalten und gelacht, Antonia hingegen hatte geahnt, dass die Piloten es ernst meinten, und jetzt, nach zwei Stunden Flugzeit in der Twin Otter, war sie für beide Gaben dankbar.

Der Lärm im Frachtraum ähnelte dem eines riesigen Staubsaugers – wenn man sich vorstellte, in dessen Inneren zu stecken. Mit den Ohrschützern klang das Dröhnen, als arbeite der Staubsauger unter Wasser. Wie hoch die Twin Otter flog, war nicht festzustellen, wohl aber, dass die kleine Maschine einen schlechten Druckausgleich hatte. Ständig schluckte Antonia und bewegte den Unterkiefer, es knackte in ihren Ohren, wenn sie sich von dem Druck im Kopf befreit hatte, und dann begann das Spiel nach einigen Minuten von vorne. Dem Mann vor ihr schien das weniger gut zu gelingen. Als er sich zu ihr umdrehte, sah sie, dass er blass im Gesicht war, die Augen traten hervor, und er keuchte. Antonia deutete auf die Sauerstoffflasche, um die er seine Finger gekrampft hatte. Er schüttelte den Kopf. Sein Haaransatz war schweißnass. Anscheinend litt er nicht nur an einem Anflug von Sauerstoffmangel, sondern auch noch daran, dass die Magensäure in seinem Innern herumschwappte. Antonia warf einen skeptischen Blick zur Kunststofftoilette hinüber, dann holte sie einen leeren Beutel für geologische Proben aus ihrem Handgepäck und reichte ihn dem Schicksalsgenossen zwischen den Sitzen hindurch.

Erneut lehnte sie sich gegen das Fenster und suchte nach der Küstenlinie. Angesichts der Fremdartigkeit der Landschaft erschien ihr die Landung auf der russischen Forschungsstation Nowolazarewskaja, die auf einer vorgelagerten Insel lag, wie ein Ereignis aus einem anderen Leben. Dabei war sie erst vor sieben Stunden dort angekommen und nach einer kurzen Pause in die Twin Otter umgestiegen, um die letzte Etappe ihrer Reise anzutreten, einen weiteren langen Flug zur Neumayer-Station des Alfred-Wegener-Instituts, einer der weltweit führenden Einrichtungen für die Erforschung der Polargebiete mit Sitz in Bremerhaven. Die Stunden vergingen wie die einer verregneten Woche in Deutschland.

Was für eine lange, seltsame Reise! Bevor sie die russische Station erreicht hatte, war sie sechs Stunden von Kapstadt aus unterwegs gewesen, davor dreizehn Stunden, um von Bremerhaven nach Südafrika zu kommen. Und wiederum davor – Antonia atmete tief ein und aus – lag eine Reise, die vor achtunddreißig Jahren hier in der Antarktis begonnen hatte. Der Kreis schloss sich. Was würde sie dort vorfinden, wo sich Ende und Anfang trafen? Ihren Bruder hoffentlich. Seit vier Wochen war Emilio Rauwolf verschollen. Bis auf das kurzzeitige Aufflackern eines Notrufs gab es kein Lebenszeichen von ihm. Der Leiter der Neumayer-Station hatte Suchtrupps losgeschickt, doch alle drei Expeditionen, zwei am Boden und eine in der Luft, waren ergebnislos zurückgekehrt. Die Forscher und Techniker auf Neumayer III hatten die Hoffnung aufgegeben, Emilio und seinen Kollegen Pietro Malatesta lebend zu finden. Antonia aber würde nicht ruhen, bevor sie ihren Bruder in den Armen hielt, lebendig oder, wenn das Schicksal es so wollte, tot. Die Vorstellung, dass er allein im ewigen Eis auf Hilfe wartete, verursachte ihr körperliche Schmerzen. Das war natürlich absurd. Emilio war mittlerweile erfroren, so steif und kalt wie Eis. Längst hatte sein Herz aufgehört zu schlagen, waren seine Züge, die denen Antonias so sehr ähnelten, erstarrt. Nie wieder würde sie ihn lachen hören oder seine Arme um sich spüren. Nie wieder das Gefühl von Sicherheit empfinden, wenn er ihr zur Seite sprang, so wie er es auf dem Schulhof getan hatte, als sie von anderen Kindern zu Boden gestoßen worden war, und auf der Universität, als Dozenten Antonia im Seminar mit Fragen gequält hatten, deren Antwort sie nicht kannte. In Fällen schmerzhafter Einsamkeit, bei Liebeskummer, Geldsorgen oder wenn sie glaubte, den Wahrheitsfunken nach durchzechter Nacht erkennen zu können: Ihr Bruder war immer da gewesen, auch dann, wenn sie beide nicht im selben Raum, nicht einmal in derselben Stadt waren. Sie konnte seine Anwesenheit spüren. Auch jetzt noch.

Emilio lebte. Er musste einfach. Etwas anderes war so unvorstellbar wie unerträglich. Und es war ihr gleichgültig, ob das absurd war.

Antonia setzte die Maske auf das Gesicht, ließ den kühlen Sauerstoff in ihre Nase strömen und drehte den Verschluss nach einigen Atemzügen zu. Der Mann auf dem Sitz vor ihr atmete wieder ruhiger. Er wandte sich wieder zu Antonia um und bedankte sich für die Hilfe. Jetzt würde wohl das Gespräch beginnen, das Antonia die ganze Zeit über zu vermeiden gehofft hatte.

»Francisco Nero«, stellte er sich vor, »aus Portugal. Ich bin Fotograf und mache Aufnahmen für die Zeitschrift *›Im Spiegel der Wissenschaft‹*.«

»Antonia Rauwolf«, sagte sie. »Vulkanologin.« Sie hoffte, die knappe Antwort würde als Signal deutlich genug sein, um das Gespräch zum Versiegen zu bringen, bevor es überhaupt zu sprudeln begann.

»Was untersuchen Sie denn in der Antarktis?«, wollte Nero

wissen. Ein Bartschatten umrahmte sein Gesicht, und aus seinen Augen sprühte Neugierde. Natürlich, der Mann war Journalist.

»Vulkane«, antwortete Antonia. »Wie der Name meines Fachgebiets schon sagt.«

»Ich habe vom Mount Erebus gehört«, sagte der Fotograf, »aber der liegt am anderen Ende des Kontinents.«

Es war wohl das Beste, Nero die Geschichte in einem Rutsch zu erzählen, bevor er sie den Rest des Fluges über mit Fragen löcherte. »Bis vor Kurzem waren vierzig Vulkane auf dem Südkontinent bekannt«, erklärte Antonia. »Einige davon auch in der Nähe von Neumayer III. Aber deswegen bin ich nicht hier. Ein britisches Team hat weitere entdeckt, sogar ein ganzes Vulkanfeld. Einundneunzig Kegel. In der Westantarktis.«

Nero riss die Augen auf. »Einundneunzig? Davon habe ich noch nichts gehört.«

»Wir Vulkanologen hängen unsere Entdeckungen nicht gern an die große Glocke«, erklärte Antonia weiter. Sie wollte nicht zu viel verraten. Das Vulkanfeld könnte eine globale Bedrohung darstellen, aber für eine klare Aussage schwebten noch zu viele Fragezeichen darüber. »Die Vulkanologie ist eine furchtbar langweilige Wissenschaft«, sagte sie stattdessen. »Sobald einer von uns anfängt, von seiner Arbeit zu berichten, fällt ein ganzer Saal voller Zuhörer in Tiefschlaf und kann nur durch ein Erdbeben geweckt werden.«

Nero lächelte. »Oder durch eine Eruption«, sagte er. »Ist dieses neue Vulkanfeld aktiv?«

»Um das herauszufinden bin ich hier«, sagte Antonia. »Schauen Sie! Dort unten!« Sie klopfte gegen die Fensterscheibe. Auf der weißen Fläche waren jetzt fingernagelgroße Blöcke aufgetaucht, ein Dutzend kleinere Quader gruppierte sich um einen größeren, dessen blaue, weiße und rote Lackierung in der Sonne strahlte: die Neumayer-Station. Sie hatten ihr Ziel erreicht.

Nero ließ sich ablenken, holte eine Kamera aus seinem Rucksack und fotografierte durchs Fenster. Antonia lehnte sich in ihrem Sitz zurück und genoss die Aussicht, als sich die Twin Otter auf die Seite legte, um die Landebahn anzusteuern. Die Piloten brauchten nur wenige Augenblicke, um die Maschine auszurichten, dann gingen sie in den Sinkflug. Die Propeller heulten auf, und die Nase des Flugzeugs senkte sich. Die kleine Twin Otter hatte den Vorteil, dass sie keine ausgedehnten Flächen brauchte, um landen zu können. In der Antarktis war das von großem Nutzen, denn die Landebahnen bestanden aus Eis und mussten bei jedem Anflug von Schneeverwehungen freigeräumt werden, damit die Kufen der Maschine gefahrlos aufsetzen konnten. Je größer das Flugzeug war, umso länger musste die Bahn sein, und das bedeutete wiederum mehr Arbeit mit den Pistenraupen.

Durch das Dröhnen hindurch war der Funkverkehr aus dem Cockpit zu hören. Antonia konnte beobachten, wie Maxim, der russische Pilot, eine Hand zur Decke hob und einen Hebel betätigte. Arlo, sein kanadischer Co-Pilot, streckte ebenfalls eine Hand zu demselben Hebel aus, wozu das gut war, wusste Antonia nicht. Was sie aber wusste: Piloten in der Antarktis galten als die besten – und verrücktesten – der Welt.

Die Station wurde größer, schon waren Einzelheiten zu erkennen: die Antennen und Laufwege auf dem Dach, die Fenster an den Seiten, die die Station wie ein Kreuzfahrtschiff aussehen ließen, die Stützen, auf denen die Konstruktion ruhte. Antonia kannte Neumayer von Bildern und Filmen, jetzt kam es ihr vor, als flöge sie direkt in eine Fotografie hinein. Eine kleine Gruppe Menschen brachte Bewegung ins Bild. Sie standen, in rote Schutzkleidung gehüllt, neben der Station und winkten der Twin Otter zu.

An den Tragflächen konnte Antonia beobachten, wie sich die Landeklappen ausstellten. Das Flugzeug stand etwas zu schräg, um mit beiden Kufen gleichzeitig aufsetzen zu können. Antonias Bauchmuskeln verkrampften sich. Kurz darauf bekam die Maschine einen Schlag von links und befand sich nun in einer perfekten Horizontalen. Die Piloten hatten den Wind mit einberechnet, der in Bodennähe stärker zu sein schien als in den höheren Luftschichten.

Es gab einen Ruck, als die Kufen auf dem Eis aufsetzten, die Maschine hüpfte, fand dann aber endgültig Halt und sauste über die Landebahn.

Jemand schrie. Das war die Stimme des jungen Kanadiers. Durch die offene Tür zum Cockpit konnte Antonia beobachten, wie sich der Russe gegen die Rückenlehne des Pilotensitzes presste, die Arme gegen den Steuerhebel stemmte und ihn herumriss.

Die Maschine drehte sich, stand mit einem Mal quer zur Landebahn, schoss aber weiter in die Richtung, die die Fliehkraft ihr diktierte. Schnee stob vor dem Fenster auf. Ein Krachen war zu hören, die Kabine bekam Schlagseite, dann folgte ein Kreischen. Der Ton drang durch die Ohrschützer hindurch und schmerzte in den Zähnen. Antonia presste eine Hand gegen den Kopf. Im Cockpit sah sie, wie sich die Münder der Piloten bewegten, hörte aber nicht, was sie sich zuriefen. Arlo hielt sich mit beiden Händen irgendwo fest, Maxim hatte noch immer den Steuerknüppel gepackt und zitterte im Zweikampf mit den Kräften, die auf das Ruder einwirkten. Schließlich wurde das Flugzeug langsamer und kam zum Stillstand.

Antonias Herzschlag wollte sich nicht beruhigen. Sie versuchte aufzustehen, aber der Sicherheitsgurt hielt sie fest. Außerdem konnte sie die Finger nicht von der Schulter des Fotografen lösen, die sie fest umklammert hielt. Er drehte sich zu ihr um, das Gesicht verzogen.

»Sie können mich jetzt loslassen«, sagte er. »Ich glaube, wir haben es überlebt.«

Antonia befreite Francisco Nero von ihrem Griff und ihre Ohren von den Stöpseln. Im nächsten Moment war das Flugzeug erfüllt von Flüchen aus dem Cockpit. Maxim zwängte sich in den Frachtraum, unter seinen buschigen dunklen Augenbrauen warf er einen finsteren Blick auf die Fracht, dann auf die Passagiere und öffnete, nachdem er festgestellt hatte, dass beides keinen Schaden genommen hatte, die Tür.

Der eisige Atem der Antarktis wirbelte in die Kabine und zerschnitt die abgestandene Luft. Ein wenig hatte Antonia erwartet, einen vertrauten, aber schon lange vergessenen Geruch wahrzunehmen. Aber alles, was ihr in die Nase stieg, waren die Aromen von Frost und Flugbenzin.

»Seid ihr alle wahnsinnig geworden?«, schimpfte Maxim, trat gegen die Trittleiter, die daraufhin nach außen klappte, und kletterte ins Freie.

Antonia löste den Gurt, stand auf, zog den Parka über und hängte sich ihren Rucksack über die Schultern. Sie ging an Nero vorbei auf den Ausstieg zu. Ihre Beine fühlten sich schwer und taub an, ihr Hintern schmerzte. Das Licht, das durch die offen stehende Tür ins Flugzeug fiel, war so gleißend weiß, dass sie überrascht die Augen zusammenkniff. Mit unsicherem Tritt kletterte sie die Metallleiter herunter und stand im nächsten Moment der Antarktis gegenüber.

Das Gefühl von Weite war überwältigend. Vor Antonia lag eine scheinbar endlose weiße Welt, die sich bis an den Horizont erstreckte. Der Himmel war tiefblau und riesengroß. Der Wind peitschte über die gefrorene Landschaft und schnitt wie ein Messer in ihr Gesicht. Augenblicklich wurden ihre Wangenknochen taub. Sie klappte die Kapuze des Parkas hoch, tastete nach dem Reißverschluss und versuchte, sich daran zu erinnern, in welcher Tasche die Sonnenbrille steckte.

»Bei dir alles in Ordnung?«, fragte jemand auf Englisch und fasste nach ihrem Arm. Es war der kanadische Co-Pilot Arlo. »Du solltest nicht so lange hier draußen bleiben. Neuankömmlinge müssen rasch in die Station.«

Antonia nickte und folgte ihm. Erst jetzt fiel ihr auf, dass die Twin Otter auf einer Seite eingeknickt war. »Was ist damit geschehen?«, fragte sie.

Arlo deutete auf das Fahrwerk. »Wir sind in eine gefrorene Schneeverwehung geraten. Die sind hart wie Beton. Die Bahn war nicht vollständig geräumt. Das hat uns eine Kufe gekostet.«

Antonia erkannte, dass die linke Verstrebung des Fahrwerks eine Rinne in das Eis gefräst hatte. Daher war vermutlich das Kreischen gekommen, dessen Echo sie noch immer zu hören glaubte. Sie wollte etwas sagen, aber Arlo zog sie weiter, um das Flugzeug herum. Antonia sah sich um, der Fotograf folgte ihnen. Sie liefen auf die Stützen der Station zu. Zwischen den mittleren Säulen ragte ein roter Block aus dem Eis, darin war eine Tür zu erkennen, vermutlich der Eingang mit dem Treppenhaus. Davor stand die Gruppe rot gekleideter Menschen und versuchte, Maxim zu beruhigen, der jemanden von der Besatzung an den Schultern gepackt hielt, ihn schüttelte und anbrüllte, während sein Opfer sich zu befreien versuchte.

Maxim trug über seiner Thermohose nur ein T-Shirt. Er war aus dem bullig warmen Cockpit ins Freie gesprungen, ohne sich etwas überzuziehen. Wie es schien, brachte ihn sein Zorn zum Glühen wie eine russische Sauna.

»Lasst uns durch!«, rief Arlo. »Die Passagiere müssen ins Innere.«

Antonia erfuhr nicht mehr, ob sich der Co-Pilot durchsetzen konnte. Mit einem Mal war ihr schwindelig, und sie spürte, wie das Blut in ihren Adern in die Beine sackte. Sie hob den Blick zum Himmel, dessen Blau in eine Kreiselbewegung geraten war, versuchte, die Dachkante der Station als Fixpunkt im Blick zu behalten, doch die Linie kippte weg, stand mit einem Mal senkrecht, und der Schnee, der jetzt direkt vor ihrem Gesicht war, wurde schwarz.

Kapitel 3

5. Januar

»Das passiert fast jedem.« Arlo saß auf einem Hocker neben Antonias Bett und sog an einem Strohhalm, der in einem Beutel Fruchtsaft steckte. »Kein Grund zur Sorge.« Arlo war zwar Kanadier, aber seine Vorfahren schienen aus einem ostasiatischen Land zu stammen. Darauf deutete auch sein Nachname hin. »Kawamura« war auf einem Schild zu lesen, dass auf der linken Brustseite seines Schutzanzugs angenäht war.

Neben ihm stand Maxim, so breit und schweigsam wie ein Möbelstück aus Taigaholz. Er hielt eine dampfende Tasse in der Hand und rieb mit einem breiten Daumen an einem Fleck auf dem Henkel herum. Maxim hatte die hohen Wangenknochen und leicht mandelförmigen Augen, wie sie Menschen aus dem östlichen Teil Russlands eigen waren. Seine Brauen waren Fontänen drahtdicken Haars, und in seinen Augen lag eine Andeutung der russischen Steppe.

Antonia richtete sich auf. Sie lag auf einem Bett in der Krankenstation. Medizinische Geräte standen auf fahrbaren Tischen an der Wand, Pressluftflaschen, die vermutlich Sauerstoff enthielten, waren in einen Metallkäfig eingesperrt, und auf einem Tischchen blitzte der blanke Stahl medizinischer Instrumente.

Antonia trug ihren dünnen hellen Rollkragenpullover und die dunkelblaue Thermohose, nur die Schnürstiefel und den orangefarbenen Parka hatte man ihr ausgezogen.

»Was ist passiert?«, fragte sie.

»Du bist aus den Schuhen gekippt«, brummte Maxim.

»Das meine ich nicht«, sagte Antonia. »Euer Flugzeug. Was ist damit?«

»Eine Kufe ist weggebrochen, deshalb müssen wir das Fahrwerk schweißen«, erklärte Maxim.

»Die Kufe müssen wir bestellen«, sagte Arlo und strich sich eine Strähne seines tiefschwarzen struppigen Haars aus der Stirn. »Wenn wir Glück haben, kommt das Ersatzteil in einer Woche hier an. Bis dahin sitzen wir fest.«

»Verdammte Wissenschaftler«, knurrte Maxim. »Die können berechnen, wie oft ein Pinguin am Tag aufs Klo geht. Aber eine Landebahn können sie nicht freischaufeln.«

»Die verdammten Wissenschaftler müssen euch jetzt eine Woche lang durchfüttern, deshalb würde ich mir gut überlegen, wen ich verfluche.« Die Stimme kam von der Tür her. Der Mann im Eingang war hochgewachsen und hager, die Furchen auf seiner Stirn waren wie mit dem Messer gezogen, und darunter schauten funkelnde, kalte Augen hervor.

»Ich muss mit Doktor Rauwolf allein sprechen«, sagte der Neuankömmling. Maxim und Arlo drängten sich an ihm vorbei und verschwanden durch die Tür. Auf der Schwelle drehte sich Arlo noch einmal zu Antonia um. »Weißt du, was der Vorteil an einem Flug mit einer Twin Otter durch die Antarktis ist? Wenn du das einmal hinter dir hast, wirst du danach die schlimmste Holzklasse als Luxus empfinden.«

Der Mann in Arbeitshose und rotem Kapuzenpulli kam zu Antonia ans Bett, schüttelte ihre Hand und stellte sich als Justus Henlein vor. Antonia erinnerte sich, ihn auf einem der Fotos gesehen zu haben, die sie während der Vorbereitung der Reise studiert hatte. Henlein war Leiter der Neumayer-Station und der Arzt des Teams.

Und er war sauer.

Während er Antonia eine Blutdruckmanschette anlegte, fragte er barsch: »Warum sind ausgerechnet Sie hergekommen?«

»Weil die herzlichen Begrüßungen hier so berühmt sind, dass ich sie unbedingt selbst erleben wollte«, entgegnete Antonia. Sie wusste, dass Henlein gegen sie gestimmt hatte, als es darum gegangen war, die geologische Stelle auf der Station neu zu besetzen, den Posten des verschollenen Pietro Malatesta. Jetzt würde sich zeigen, wer sich gegen wen behaupten konnte. Eins war klar: Zurückschicken konnte Henlein Antonia nicht ohne Weiteres, aber er konnte ihr das Leben auf Neumayer III schwer machen.

Der Stationsleiter drückte auf die Taste des Messgeräts, und der Kompressor begann, Luft in die Manschette zu pumpen. Während sich der Klettverschluss um Antonias Arm zusammenzog, musterten sich der Arzt und die Vulkanologin wie Ringer, die den Gegner nach Schwachstellen absuchen, bevor sie aufeinander losgehen. »Ihr Chef hat Sie hergeschickt, weil Sie angeblich die Beste für die Untersuchung der Vulkane sind«, sagte Henlein. »Aber ich glaube, das ist nur die halbe Wahrheit.«

»So?«, fragte Antonia. »Und wie lautet Ihrer Meinung nach der Rest?«

»Ihr Vorgesetzter muss dieselben Bedenken gehabt haben wie ich. Ihr Bruder ist verschwunden, und Sie sind persönlich viel zu betroffen, um hier saubere Arbeit leisten zu können.« Er beugte sich zu ihr herüber. »Für Forscher, die nicht richtig funktionieren, habe ich keine Verwendung, keinen Platz und keine Zeit. Verstehen Sie? Für die Untersuchung der Vulkane benötigen wir Ihre volle Aufmerksamkeit. Wenn dieses Vulkanfeld aktiv sein sollte, müssen wir es noch in dieser Saison wissen, bevor der arktische Winter alle Arbeiten im Freien zum Erliegen bringt. Da draußen wartet eine Aufgabe von großer Bedeutung auf Sie, in der größten und kältesten Wüste der Welt. Wenn Sie nicht bei der Sache sind, gefährden Sie das Projekt, sich selbst und alle, die mit Ihnen arbeiten.«

Die Manschette presste sich schmerzhaft um Antonias Arm. Sie deutete darauf, doch Henlein schaltete das Gerät nicht aus. Der Stoff zog sich weiter zusammen. Schließlich drückte sie selbst auf die Taste. Das Messgerät piepste, und der Druck ließ nach.

Augenblicklich schaltete Henlein das Gerät wieder ein. »Ich bin hier der Mediziner, ich leite die Station, und wenn Sie meinen, Sie könnten sich Freiheiten herausnehmen, dann irren Sie sich. Ich muss Sie als Wissenschaftlerin akzeptieren, weil Ihr Chef es irgendwie hinbekommen hat, die EU und das Alfred-Wegener-Institut von seiner Fehlentscheidung zu überzeugen. Aber Ihre Unterstützer sind weit weg, und ab sofort bin ich für Ihre Sicherheit verantwortlich, also richten Sie sich nach dem, was ich sage.«

Antonia riss sich die Manschette vom Arm und drückte sie Henlein in die Hand. »Sie waren auch für die Sicherheit meines Bruders verantwortlich, und jetzt ist er verschwunden. Sie sagen, da draußen liege die größte und kälteste Wüste der Welt. Warum suchen Sie dann nicht nach Emilio, statt ihn darin erfrieren zu lassen?«

Henlein senkte die Augen. »Dazu ist es längst zu spät. Wir haben alles in unserer Macht Stehende getan, um ihn zu finden, das müssen Sie mir glauben. Emilio Rauwolf und Pietro Malatesta sind am fünften Dezember mit einem Pistenbully und einem Konvoi aus Anhängern losgefahren. Erst wollten sie etwas am Filchner-Ronne-Eisschelf untersuchen und dann weiter bis zum Rand des Vulkanfelds fahren. Drei Tage nach ihrem Aufbruch haben wir einen Notruf aufgefangen. Die Verbindung war schlecht, aber wir konnten die Stimme Ihres Bruders erkennen. Was er sagte, klang verworren, Malatestas Name fiel, ich nehme an, Emilio wollte uns mitteilen, dass sein Begleiter ums Leben gekommen war. Ihr Bruder bat um Hilfe und gab seine Koordinaten durch. Die Ziffern waren nur bruchstückhaft zu verstehen, aber das genügte, um ein Gebiet von fünfzig Quadratkilometern abzustecken. Wir hatten zwar kein Flugzeug, konnten aber mit dem

Helikopter starten. Drei Tage lang haben wir aus der Luft gesucht, danach sind noch einmal sechs unserer Leute mit Kettenfahrzeugen losgefahren und haben am Boden nach den Vermissten und dem Polar 300 Ausschau gehalten.« Er schüttelte den Kopf und schaute Antonia an, in seinem Blick lag echtes Bedauern.

»Hören Sie, Justus.« Antonia versuchte, Ruhe in ihre Stimme zu bekommen. »Ich bin mir meiner Verantwortung als Forscherin bewusst. Das Vulkanfeld könnte von noch größerer Bedeutung für den Klimawandel sein als das Abholzen des Regenwaldes. Dagegen ist das Schicksal eines einzelnen Menschen vermutlich bedeutungslos. Aber Emilio ist mein Bruder. Geben Sie mir etwas Zeit, damit ich selbst nach ihm suchen kann. Ich halte es für möglich, dass er noch am Leben ist.«

»Das ist Unsinn.« Henleins Stimme nahm wieder einen harten Ton an. »Niemand überlebt da draußen länger als eine Woche, zwei Wochen wären schon ein Wunder. Ihr Bruder ist seit einem Monat verschollen. Was, glauben Sie, werden Sie da draußen finden? Eine Eismumie?« Er verstummte und presste die Lippen aufeinander.

»Wenn es das ist, was von Emilio übrig ist, dann will ich seine Eismumie finden, ganz recht.« Antonia blinzelte einige Male, um wieder einen klaren Blick zu bekommen. Emilio tot? Sie schüttelte den Gedanken ab. Sie wusste, dass er am Leben war, aber wie sollte sie Henlein davon überzeugen? Wenn sie ihre Gefühle als Grund anführte, würde er sie auslachen. »Ich mache Ihnen einen Vorschlag. Es wird ein bisschen dauern, bis die Vorbereitungen für die Expedition zum Vulkanfeld abgeschlossen sind. Geben Sie mir drei Tage und einen Helikopter mit Piloten. Wenn ich Emilio dann nicht gefunden habe, werde ich das Thema ruhen lassen.«

Henlein sah sie mit einer Leichenbittermiene an. »Das kann ich nicht. Ich habe schon zwei Forscher verloren, das wird mir mein Leben lang nachhängen. Noch mehr Risiken werde ich nicht eingehen. Niemals!« Er stand auf und deutete auf das Messgerät. »Ihr Blutdruck ist offensichtlich in Ordnung. Ursache für ihre kurzzeitige Bewusstlosigkeit war vermutlich eine Hypoxie, ein Sauerstoffmangel im Blut, der …«

»Ich weiß, was eine Hypoxie ist«, unterbrach ihn Antonia barsch.

»… der vermutlich durch die ungewohnte Höhe hervorgerufen wurde, auf der wir uns hier befinden. Die Landmasse der Antarktis liegt bis zu dreitausend Meter unter uns, wir leben hier sozusagen permanent auf einem Gebirge aus Eis. Hinzu kommt das Phänomen, dass wir uns am unteren Ende des Globus befinden, die Erdrotation lässt die Atmosphäre hier dünn werden. Ich rate Ihnen, Ihren Körper in den nächsten Tagen zu schonen, er muss sich anpassen.« Er stand auf, holte eine Medikamentenschachtel aus einem Schränkchen und reichte sie Antonia. »Sollten Sie sich weiterhin benommen fühlen, nehmen sie eine davon.«

Antonia wollte etwas erwidern, doch Henlein brachte sie mit erhobener Hand zum Schweigen. »Sollten Sie sich besser fühlen«, fuhr der Arzt fort, »können Sie die Krankenstation verlassen. Ihre Kabine liegt den Gang runter und dann links. Nummer zweiundzwanzig, Ihr Name steht auf dem Schild neben der Tür.« Er zog zwei Bögen Papier aus einer Hosentasche, faltete sie auseinander und legte sie aufs Bett. »Die Hausordnung. Verstöße werde ich streng bestrafen, insbesondere, wenn sie von Ihnen kommen.« Er stand auf und verließ die Krankenstation, ohne sich noch einmal umzudrehen.

Antonia setzte sich auf, zog ihre Schuhe an und schaute auf das Papier, das Henlein zurückgelassen hatte. »*Bei klarem Wetter herrscht Kondition I, das Verlassen der Station ist in Begleitung mindestens einer weiteren Person erlaubt*«, las sie. »*Frischt der Wind bis zu achtundvierzig Knoten auf, sinkt die Sichtweite auf unter vierhundert Meter. Nun gilt Kondition II: Nur absolut notwendige Außenarbeiten sind erlaubt. Wird das Wetter noch schlechter, und der Wind erreicht Geschwindigkeiten über fünfundfünfzig Knoten, fällt die Sichtweite unter dreißig Meter. Niemand darf in einer solchen Situation die Station verlassen.*«

Antonia schaute zum Fenster. Die Sonne schien durch die Scheiben, und eine Prise Driftschnee wehte vorüber.

Irgendwo dort draußen wartete Emilio auf sie.

Kapitel 4

5. Januar

Die Kabine war überraschend groß. Ein Bett, ein durchgesessenes Sofa, ein Schreibtisch und ein Kleiderschrank füllten nur die Hälfte der Fläche aus. Das Fenster war so hell erleuchtet, dass sich Antonia die Hand vor die Augen halten musste, als sie sich durch den Raum tastete, um das Rollo herunterzuziehen. Es schloss nicht, sodass am unteren Ende ein Spalt offen blieb. Wird schon nicht so schlimm sein, dachte sie und warf ihren Rucksack auf das Bett. Jemand hatte ihr Gepäck aus dem Flugzeug geholt und in einer Ecke gestapelt, zwei Rollkoffer und drei Aluminiumkisten mit Messgeräten. Sie hatte darauf bestanden, ihre eigene Ausrüstung mitzubringen, da sie nicht wusste, in welchem Zustand ihr Vorgänger die Instrumente in der Station zurückgelassen hatte. Überdies hatte Pietro Malatesta die GNSS-Sensoren und die Seismometer zur Messung von Erdstößen und Instabilitäten des Eisschilds vermutlich mit auf die Expedition in den Westen genommen, und nun waren sie ebenso verschwunden wie der Geologe selbst.

Antonia drehte sich langsam im Kreis. Kaum vorstellbar, dass sie in einem Metallcontainer stand. Die Wände waren isoliert, und es war so warm, dass sie sich von ihrem Pullover befreite. Das dunkelblaue T-Shirt, das sie darunter trug, genügte. Anscheinend gab es in der Antarktis nur zwei Temperaturextreme: Entweder war es so kalt, dass man auf der Stelle erfror, oder so warm, dass man sich wie in einem Gewächshaus fühlte.

Emilios Lieblingspflanze war die Orchidee. Die Königin der Blumen nannte er sie. Vor seiner Abreise hatte er Antonia erzählt, dass es Orchideen auf der ganzen Welt gab, nur nicht in der Antarktis. Deshalb hatte er ein Exemplar zur Neumayer-Station mitnehmen wollen. Zwar wäre eine Orchidee in der Antarktis so dauerhaft wie eine Schneeflocke in der Karibik, aber Emilio hatte sich das Experiment in den Kopf gesetzt. Eigentlich war es verboten, Pflanzen oder Tiere mit auf den Südkontinent zu bringen. Doch Emilio war Biologe und konnte geltend machen, Forschungen an der Orchidee betreiben zu wollen. Was für ein Kindskopf! Antonia lächelte beim Gedanken an ihren Bruder. Zugleich fühlte sie sich vollkommen allein.

Während sie die Koffer auspackte und die Fächer des Kleiderschranks füllte, ging ihr durch den Kopf, was Kulack gesagt hatte. Klaus Kulack, ihr Chef beim Geologischen Forschungsinstitut in Bremerhaven, hatte sie vor drei Wochen in sein Büro gebeten. Dort hatte ihre Reise begonnen.

In den Tagen der ersten Antarktisforscher hatten sich Männer wie Shackleton und später Amundsen und Scott in edwardianisch eingerichteten Salons versammelt, waren den Geldgebern von der Royal Geographical Society mit Portwein und Scotch um den Bart gegangen und hatten Zigarren rauchend fabuliert, welche Abenteuer sie bestehen, welche Erkenntnisse sie gewinnen würden. Im Büro von Klaus Kulack gab es bloß schlichte Funktionsmöbel, eine Tasse angebrannten Kaffee, den sich Antonia selbst einschenken musste, und vertrocknete Sukkulenten auf der Fensterbank.

Schon als Kulack sie die Tür hinter sich schließen ließ, wusste Antonia, dass Emilio etwas passiert war. Kulack, der durch und durch Naturwissenschaftler war, redete nicht lange um den heißen Brei herum. »Ihr Bruder ist in der Antarktis verschollen«, sagte er. Dann erst bot er Antonia einen Platz an. »Die Suchmannschaften haben ihn bislang nicht gefunden«, fuhr Kulack fort und zählte das Wenige auf, das bekannt war. Er begann mit Emilios Expedition und endete mit dessen mutmaßlichem Tod. Drei Sätze, die ein Schicksal besiegelten.

Damit hatte sich Antonia nicht zufriedengeben wollen.

Sie krallte die Finger in das schwarze Kunstleder der Armlehnen, bis ihre Knöchel weiß hervortraten. Sie wusste, dass sie, sobald sie losließ, die Hände vors Gesicht schlagen würde, um sich aus einer Welt zurückzuziehen, in der es Emilio nicht mehr geben sollte. Kulack ließ ihr Zeit, beobachtete sie aufmerksam. Nach einer Weile griff Antonia nach ihrer Kaffeetasse und goss die lauwarme Brühe mit zitternder Hand in sich hinein.

»Ich kann Emilio finden«, sagte sie, während sie spürte, wie ihr Magen gegen den Kaffee rebellierte. »Egal, wo er ist, ich finde ihn, und wenn ich dafür bis an den Rand des Sonnensystems reisen müsste.«

Kulack lehnte sich in seinem Bürostuhl zurück und schaute sie lange schweigend an. Dann strich er sich über das schüttere blonde Haar. »Antonia, das ist absurd.«

Sie tat seinen Einwand mit einem Schnauben ab. »Emilio wurde schon einmal für tot erklärt und hat überlebt.«

»Antonia, bitte«, raunte Kulack.

»Ich kann das bezeugen. Ich war dabei«, sagte sie und hämmerte die Tasse auf den Schreibtisch.

»Ich kenne diese alte Geschichte«, sagte Kulack, »aber deshalb wird Sie niemand in die Antarktis reisen lassen, damit Sie dort Suchtrupps organisieren. Ich rate ihnen, niemandem davon zu erzählen, wenn Sie als Wissenschaftlerin ernst genommen werden wollen. Damit ist das Thema beendet. Ich will nichts weiter davon hören.« Um seinen Mund lief ein Zucken, wie es zu sehen war, wenn Kulack vor versammelter Mannschaft die Bewilligung von Fördermitteln verkündete. »Jetzt mal zurück zur Arbeit. Sehen Sie sich das hier mal an.« Er reichte ihr einen Bogen Papier über den Tisch. »Das ist eine Anfrage der EU. Die haben ein Problem, weil gemeinsam mit Ihrem Bruder auch der Geologe Pietro Malatesta verschwunden ist.«

Antonia kannte den Namen. Malatesta hatte die Forschungsstelle auf Neumayer III bekommen, auf die sich auch Antonia beworben hatte. Sie und Emilio hatten versucht, gemeinsam in der Antarktis zu arbeiten. Doch die Kommission hatte sich für Malatesta entschieden.

»Die EU und das Alfred-Wegener-Institut wollen dort unten Ersatz, jemanden, der die neu entdeckten Vulkane untersucht«, fuhr Kulack fort. »Und zwar noch vor Einbruch des arktischen Winters, also innerhalb von zwei Monaten. Das ist überstürzt, kann aber funktionieren.«

Antonia überflog das Schreiben. »Die Kommission will, dass Sie diese Aufgabe übernehmen, Klaus. Ich gratuliere.«

Kulack hatte genickt, die Ellbogen auf die Tischplatte gestützt und einen Bleistift zwischen beiden Händen gedreht, das äußere Anzeichen für seine ständig rotierenden Gedanken. »Ja, die Anfrage ist schmeichelhaft. Aber, Antonia, Sie wissen ja von meinem Gesundheitszustand. Eine solche Reise würde meinen alten kranken Körper so sehr belasten, dass ich am Zielort kaum noch Forschung betreiben könnte.«

Kulack war zweiundvierzig und einer der sportlichsten Menschen, die Antonia kannte. Er fuhr regelmäßig Ski, nahm an Segelregatten teil und kam auf Inlineskates zur Arbeit. »Sie? Krank?«, fragte sie. Dann verstand sie, worauf er hinauswollte.

»Ich habe der Kommission geantwortet, dass ich die Aufgabe nicht übernehmen kann.« Er machte eine Pause. »Aber dass ich jemanden empfehle, der ein ebenbürtiger Ersatz wäre, die einzige Expertin sowohl für Vulkane als auch für die Antarktis. Antonia! Bitte reisen Sie an meiner Stelle zur Neumayer-Station. Finden Sie heraus, ob diese Vulkane aktiv sind und welche Bedrohung sie für das Weltklima darstellen.« Er ließ den Bleistift fallen. »Und finden Sie Ihren Bruder.«

Zwei Tage später war Antonia von Bremerhaven zum Vorbereitungskurs in die Ötztaler Alpen aufgebrochen. Auf dem Taschachferner-Gletscher hatte man ihr beibringen wollen, wie man einen Schneeschutz baut und sich in einem Whiteout zurechtfindet, jenem gefürchteten Zustand minimaler Sichtweite, wenn das Schneetreiben so dicht ist, dass man die Hand vor Augen nicht mehr sieht. Dazu hatten sie und die anderen Teilnehmer des Kurses weiße Plastikeimer über die Köpfe gestülpt bekommen und blind einen hilflos im Schnee liegenden Verletzten finden müssen, der leise um Hilfe rief. Antonia hatte alle drei Schwierigkeitsstufen der Prüfung auf Anhieb gemeistert und jedes Mal darauf geachtet, kräftig gegen den im Schnee liegenden Kursleiter zu treten, der es darauf anlegte, dass die weiblichen Teilnehmer über ihn stolperten und auf ihn fielen. Später hatte der Mann Antonia ein Kompliment für ihren Orientierungssinn gemacht und zugegeben, selbst noch nie in der Antarktis gewesen zu sein.

Und jetzt – drei Wochen später –, war sie hier, auf dem unerforschtesten Kontinent der Erde, der mit einer Fläche von vierzehn Millionen Quadratkilometern fast zweimal so groß war wie Australien, und der als windigste und trockenste Region des Planeten galt. Sogar am Nordpol war es angenehmer, denn dort herrschten im Jahr durchschnittlich minus achtzehn Grad Celsius. In der Antarktis zeigten die Messgeräte im Jahresmittel minus neunundvierzig Komma drei an.

Antonia hatte die letzte Tasche geleert und legte ihre Schutzkleidung auf das Sofa. Jetzt war es Zeit, sich mit den anderen Besatzungsmitgliedern bekannt zu machen. Vielleicht konnte ihr jemand einen Hinweis darauf geben, was mit Emilio passiert sein könnte. Denn an eines glaubte Antonia nicht: dass ihr Bruder einem Unfall zum Opfer gefallen war.

*

Antonia Rauwolf war in ihrer Kabine. Eilig ging er an ihrer Tür vorbei. Nummer zweiundzwanzig. Schon bald würde die Bewohnerin wieder verschwunden sein: aus ihrem Zimmer, aus der Station, aus der Antarktis. Dafür würde er sorgen.

Er hatte gehofft, dass sie nicht herkommen würde, dass sie erkranken oder den Gesundheitscheck nicht bestehen würde. Aber dann war sie vorhin aus der Turbo-Prop-Maschine gestiegen. Und jetzt war sie hier, und er hatte ein Problem.

Der Name Rauwolf hing wie ein Fluch über dem Unternehmen. Erst hatte Emilio sich in Malatestas Expedition gedrängt und so lange gebettelt, bis er mitfahren durfte. Malatesta hatte keine andere Möglichkeit gehabt, als sich seines Beifahrers zu entledigen, bevor der zu einem Mitwisser werden konnte. Und nun, nachdem sich die Wogen geglättet hatten, tauchte Emilios Schwester auf, und erneut drohte Gefahr, dass alles herauskam.

Diesmal lag es an ihm, diese Gefahr zu beseitigen.

Seine Kabine lag am anderen Ende des Gangs, Nummer einundvierzig. Er schloss die Tür hinter sich und lehnte sich dagegen. Seine Augenlider flatterten, und der Schweiß brach ihm aus. Alles in ihm schrie danach, sich einen Schluck Cognac von Karim zu holen, aber er durfte jetzt nicht auffallen. Wenn er zu viel trank, würde ihm das nur Ärger einbringen, und davon hatte er schon genug.

Stattdessen musste er einen Plan schmieden, um Antonia Rauwolf loszuwerden. Das würde ihn auch von dem Zerren in seinen Eingeweiden ablenken. Was konnte er tun?

Er ging in der Kabine auf und ab. Das Bett war nicht gemacht, auf dem Boden lag schmutzige Wäsche, und aus den Regalen hingen die Ärmel von achtlos hineingestopften Pullovern heraus. Der Raum war ein Abbild seines Geistes. Er hob die Matratze an und tastete darunter herum, bis er die Glock fand. Er zog die Pistole hervor, prüfte die Sicherung und ließ das Magazin herausschnappen. Sechs Kugeln steckten darin, eine würde genügen, und das Problem Antonia Rauwolf wäre beseitigt. Doch wenn Emilios Verschwinden schon einen Sturm auf Neumayer III entfesselt hatte, würde ein Besatzungsmitglied mit einem Loch im Kopf einen Orkan hervorrufen, der alles mit sich fortreißen würde, was er und Malatesta so sorgfältig aufgebaut hatten.

Er schob die Glock wieder unter die Matratze. Es musste einen anderen Weg geben. Und er wusste auch schon, wohin der führte.

Kapitel 5

5. Januar

Antonia stieg die Treppe hinunter, die von Deck zwei auf Deck eins führte. Dabei studierte sie die Zettel, die Henlein ihr gegeben hatte: einen Lageplan der Station und zusätzliche Informationen über die riesige Anlage, deren zweitausenddreihundert Tonnen Gewicht auf Stelzenbeinen stand. Sechzehn hydraulische Stützen ermöglichten es, das riesige Gebäude anzuheben, wenn sich der Schnee an seinen Füßen auftürmte. Auf diese Weise war garantiert, dass die untere Plattform stets sechs Meter über dem Eis schwebte. Auf ihrer Oberfläche befanden sich einhundertachtzehn Container zum Wohnen und Arbeiten. Etwa die Hälfte der etwa fünftausend Quadratmeter Fläche war beheizt. Im Innern lebten derzeit knapp dreißig Wissenschaftler und Techniker, jeder mit seinen eigenen Problemen, doch alle durch dasselbe Schicksal miteinander verbunden: Sie waren vierzehntausend Kilometer von zu Hause entfernt.

Neumayer III war eine von insgesamt vierzig Stationen in der Antarktis. Wie die meisten lag auch die deutsche Forschungseinrichtung in Küstennähe, denn dort war das Klima milder als im Landesinneren, und in den Sommermonaten zwischen November und Februar herrschte Hochbetrieb. Dann erlaubte das Wetter auch Forschung im Freien, und auf der voll besetzten Station wurde es eng.

In den Unterlagen stieß Antonia auf eine Comicfigur, die einer anderen eine Faust ins Gesicht schlug. Um die Figuren war eine Staubwolke gezeichnet, darunter stand »*Es wird darum gebeten, keine Gewalttaten an den Technikern zu verüben, denn sie sind für das Überleben aller auf der Station wichtig.*« Antonia lächelte und faltete die Blätter zusammen. Bei Wissenschaftlern konnte man offenbar eine Ausnahme machen.

Auf dem Weg zur Kantine kam sie an einem an der Wand montierten Basketballkorb vorbei und warf einen Blick auf eine Galerie mit gerahmten Fotografien. Die ersten beiden zeigten Porträts von Alfred Wegener, einem aufgeräumt wirkenden Herrn mit stechendem Blick, und Georg von Neumayer, dem Antarktisforscher mit seiner langen weißen Mähne. Unwillkürlich strich sie sich über das eigene Haar, das dunkel und kurz geschnitten war. Wegen der Reise hatte sie sich von ihren langen Locken getrennt, zum einen, weil das unter mehreren Schichten Schutzkleidung praktischer war, zum anderen, weil die Zeit, die man unter der Dusche verbringen konnte, begrenzt war. Jetzt musste sie sich erst an das neue Gefühl gewöhnen und ertappte sich immer wieder selbst dabei, wie sie nach ihrem verschwundenen Schopf griff.

Antonia wandte sich von Georg von Neumayer ab und ging weiter die Galerie entlang. Es folgten Bilder sämtlicher Teams, die in den vergangenen vierzig Jahren auf Neumayer I, II oder III den antarktischen Winter verbracht hatten. Sie standen vermummt im Schnee, nutzten die Station als Kulisse und winkten in die Kamera. Antonia hatte Berichte von Überwinterern gelesen und fragte sich, wie man das aushielt: sechs Monate ohne Sonnenlicht mit nur einem Dutzend Menschen um sich herum, immer dieselben Gesichter – da musste man ja verrückt werden.

Sie drehte sich um und schaute aus einem der großen Fenster. Die Sonne schien auf die endlose Landschaft, erst in sechs Wochen würde sie wieder untergehen. Kurz zuvor würde das letzte Flugzeug von Neumayer abheben. Wer dann zurückblieb, musste ein halbes Jahr lang ausharren, denn im Winter kamen weder Flugzeuge noch Schiffe hierher.

Da draußen bewegte sich doch etwas! Antonia kniff die Augen zusammen. Ein Kettenfahrzeug fuhr Kurven auf dem Eis und schob mit der Schaufel große Mengen Schnee zusammen. Antonia meinte, Arlo Kawamura in der Fahrerkabine zu erkennen. Was machte er da? Räumte er eine zweite Landebahn frei?

Sie folgte einem Reflex und klopfte gegen das Fenster, aber das war natürlich Unsinn. Arlo konnte sie weder hören noch sehen, also lief sie weiter den Gang entlang. Besatzungsmitglieder kamen ihr entgegen, manche nickten zur Begrüßung, andere hasteten einfach vorüber. Geschäftigkeit war vielleicht eine Möglichkeit, mit der großen Leere ringsumher fertig zu werden.

Aus den Lüftungskanälen roch es nach Schnee, Metall und Desinfektionsmittel. Dann mischte sich ein verlockenderes Aroma darunter, das von Kaffee, Rührei und gebratenem Speck. Der Duft erinnerte Antonia daran, wie hungrig sie war, und sie beschleunigte ihre Schritte. Sie öffnete eine Tür, auf der »*Messe*« stand, und fand sich in der Kantine wieder. Zusammengeschobene Tische aus Holzimitat bildeten lange Reihen. Männer und Frauen in Wollpullovern saßen vor Tabletts voller Speisen und Getränken. Man unterhielt sich, begleitet vom Klicken des Bestecks. An einem der Tische beugten sich zwei Männer über eine Landkarte.

Antonia nickte denjenigen zu, die ihr kurz das Gesicht zuwandten, dann stellte sie sich an der Essensausgabe an, bestellte, was ihre Nase ihr verheißen hatte, fand einen leeren Platz und genoss ihre erste Mahlzeit am Ende der Welt. Schmeckte es wirklich besser als jemals zuvor, oder war das bloß Einbildung? Gerade lehnte sie sich zurück und faltete ihre Serviette zusammen, als sich ihr jemand gegenübersetzte, ein massiger Mann mit olivfarbener Haut und einer kleinen Papierhaube auf dem Kopf. Durch das dünne Material war Haar zu erkennen, dass ebenso dunkel war wie ihres.

»Du bist die Neue, nicht wahr?«, fragte er. Seine Stimme hatte einen sprudelnden Unterton. Er lächelte. »Ich heiße Ignacio, ich bin hier der Koch.«

Antonia gab das Lächeln zurück und stellte sich vor. »Ich habe bislang nur Bekanntschaft mit dem Stationsleiter gemacht«, erklärte sie. »Wenn Sie eine ähnliche Freundlichkeit an den Tag legen, Ignacio, werde ich hier wohl verhungern müssen.«

»Du«, sagte der Koch. »Wir sind hier alle beim Du. Wenn du dich daran hältst, füttere ich dich schon durch. Ich habe hier den wichtigsten Job von allen. Durch die Kälte und die Höhenluft haben wir einen größeren Kalorienverbrauch.« Er zog einen Notizblock aus seiner weißen Schürze und schlug ihn auf. Das Papier war mit Fettflecken gesprenkelt. »Irgendwelche Allergien, Empfindlichkeiten oder Abneigungen?«

In Antonias Gesicht schien die Überraschung über diese Frage deutlich sichtbar zu sein, denn Ignacio erklärte, dass es auf einer Antarktis-Station von größter Wichtigkeit sei, dass die Besatzung einerseits bei Kräften war und andererseits nicht erkrankte, denn die Möglichkeit medizinischer Versorgung sei begrenzt.

Antonia zögerte. Sollte sie Ignacio von ihren Ohnmachtsanfällen erzählen? Die hatte sie, seit sie damals nach Deutschland gebracht worden war. Nein, das musste der Koch nicht wissen. Die Ärzte hatten keine Ursache dafür feststellen können, wohl aber ausgeschlossen, dass es mit der Ernährung zusammenhing. Antonia schaute Ignacio mit gespieltem Ernst an. »Pinguinfleisch«, sagte sie, »ich bin allergisch gegen Pinguinfleisch.«

»Oh, das ist schlecht.« Ignacio zog ein Essiggesicht. »Wir servieren jeden zweiten Tag gefüllten Pinguin. Aber weißt du was?« Er kritzelte etwas auf den Notizblock. »Ich setze dich einfach auf dieselbe Diät wie alle anderen Stationsmitglieder, die verschmähen meinen Pinguin nämlich auch.« Er musterte ihren leer gegessenen Teller. »Obwohl Schonkost für dich wohl nicht infrage kommt.«

Das stimmte, sie aß gern und reichlich. Sie war eine hochgewachsene, kräftige Frau.

»Und jetzt stell ich dich den anderen vor.« Der Koch stand auf und führte sie durch die Messe in den angrenzenden Raum, eine großzügige Lounge mit Sofa, Sesseln, Billardtisch und Fernseher. Fünf Männer saßen schwer in den Polstern, einer stand und schien eine Ansprache zu halten. Als Antonia und Ignacio eintraten, verstummten alle.

»Da ist sie«, verkündete der Koch mit viel zu lauter Stimme. »Emilios Schwester Antonia.«

Acht ernste Gesichter schauten sie an.

»Und das hier«, fuhr Ignacio fort, »sind die Besatzungsmitglieder, die versucht haben, deinen Bruder und Pietro Malatesta zu finden. Sie wollten dich treffen, um dir etwas zu sagen.« Er blickte in die Runde. »Stimmt doch, Jungs, oder?« Dann verabschiedete er sich und verschwand in Richtung Küche.

Niemand sagte etwas, niemand rührte sich, die Szene wirkte so eingefroren wie die Landschaft vor dem Fenster.

Antonia wartete einen Moment. Als keiner das Wort ergriff, begann sie: »Ich danke Ihnen – danke euch – für eure Hilfe.«

»Hat ja nicht viel genützt«, entgegnete ein älterer Mann mit grauem Haarkranz. Er stand auf und stellte sich als Lutz Hübner vor, Geophysiker der Station. Damit war der Anfang gemacht, nun kamen auch die anderen auf Antonia zu: Vladimir Wiemer, ein hellhäutiger junger Mann mit Sommersprossen, arbeitete als Luftchemiker auf Neumayer III. Karim Arslan, Funker, war in Vladimirs Alter, trug das schwarze Haar zum Pferdeschwanz gebunden und dazu einen modischen Bart sowie ein T-Shirt mit dem Aufdruck *Party till the sun goes down*, feiern bis die Sonne untergeht. Ein kräftiger Mann mit gemütlichem Gesicht und geröteten Wangen stellte sich als Magnus Petersen, Glaziologe, vor. Sein graues langes Haar erinnerte Antonia an die Mähne Georg von Neumayers, allerdings war Petersens Frisur gepflegt zurückgekämmt, und er machte einen freundlicheren Eindruck als der berühmte Antarktisforscher. Zuletzt kam der Elektriker und Klempner Harry Zacharias an die Reihe, ein etwa fünfzig Jahre alter Mann mit kariertem rotem Flanellhemd und weißem Schnauzbart, den die anderen als wichtigstes Besatzungsmitglied der Station bezeichneten. Ohne Harry, sagte Magnus Petersen, wären sie alle längst erfroren, oder, noch schlimmer, die Kaffeemaschine würde nicht mehr funktionieren.

»Typisch Wissenschaftler«, kommentierte Harry. »Sagen mal wieder nur die halbe Wahrheit. Ich bin nämlich nicht nur Elektriker und Klempner, sondern auch Tischler, Schweißer, Mechaniker und Informatiker. Und zwar rund um die Uhr. Du solltest mal hören, was für ein Geschrei hier ertönt, wenn einer der Computer ausfällt.«

Die anderen lachten, die Situation entspannte sich. Antonia stellte ihre Fragen nach Emilio hintan. Es war besser, die Männer erst kennenzulernen, bevor sie ihnen mit unangenehmen Themen auf den Leib rückte. Deshalb beschrieb sie knapp ihre Aufgabe: die Untersuchung der Vulkane in der Westantarktis, und sagte dann das, was jeden Wissenschaftler zum Reden bringt: »Erzählt ihr mir etwas über eure Arbeit?«

Die Männer setzten sich wieder und luden Antonia ein, es sich auf einem der Sessel bequem zu machen. Der blasse Vladimir berichtete von seiner Forschung als Luftchemiker und legte dar, wie er in seinem Labor, einem Spurenstoff-Observatorium, die atmosphärischen Konzentrationen von Ozon und winzigen Staubpartikeln in der Luft maß. »Wir atmen hier die sauberste Luft der Welt, denn in der Antarktis herrscht absolute Luftreinheit«, erklärte er mit leuchtenden Augen. »Deshalb kann ich feststellen, wenn in Brasilien der Regenwald brennt. Die Umweltsünder dort können behaupten, was sie wollen, meinen Messgeräten entgeht nichts, die sind wie Lügendetektoren.«

»Vielleicht solltest du dich mal selbst an so ein Ding anschließen. Was dabei wohl rauskommen würde?«, warf Karim ein. Der Funker winkte ab, als Antonia ihn nach seiner Aufgabe fragte. Er sei bloß die Brieftaube der Station und sorge dafür, dass Nachrichten hin und her gesendet wurden. »Internet gibt es hier nur im Schneckentempo, gerade mal fünfhundertzwölf Kilobyte pro Sekunde. Die müssen sich dreißig Leute teilen, von denen die meisten mehrmals täglich wissenschaftliche Daten versenden. Wenn du also E-Mails schreiben oder im Netz surfen willst«, sagte Karim, »vergiss es. Wir arbeiten mit Iridium-Telefonen, die funktionieren über Satellit. Damit kannst du zu Hause anrufen, aber du solltest dir vorher überlegen, was du zu sagen hast. Die Minute kostet zwanzig Euro.« Er grinste. »Dafür bekommst du dann die schlechteste Verbindung auf dem Planeten.«

Antonia war das recht. In Deutschland wartete niemand auf ein Lebenszeichen von ihr. Ihre Adoptiveltern waren vor acht Jahren kurz hintereinander gestorben. Einzig Klaus Kulack, der seither ein bisschen wie ein Vater für sie gewesen war, würde sie von ihren Fortschritten unterrichten. Aber Klaus erwartete keine persönlichen Nachrichten, sondern Messergebnisse.

Als Nächstes war Lutz Hübner an der Reihe, der als Geophysiker manches beschrieb, was Antonia als Vulkanologin bekannt war. Hübners Observatorium erfasste Erdbeben überall auf der Erde und vermaß die Bewegungen des Eisschelfs, jener mehrere hundert Meter hohen Masse, die auf dem antarktischen Meer schwamm und vor einigen Jahren zu schmelzen begonnen hatte.

Wo die Ursache dafür lag und ob sich der Prozess noch aufhalten ließ, versuchte Magnus Petersen herauszufinden. Als Glaziologe war es seine Aufgabe, auch Veränderungen des Eisschilds, der im Gegensatz zum Schelfeis auf dem antarktischen Inland lag, zu erforschen. »Darin sind neunzig Prozent des Süßwassers der Erde gebunden«, erklärte Petersen. »Schmelzen sie vollständig ab, würde das einen Anstieg des Meeresspiegels um achtundfünfzig Komma drei Meter bedeuten. Wir müssen deshalb darauf achten, dass wir schon die kleinsten Veränderungen wahrnehmen, rechtzeitig die Alarmglocken läuten und hoffen, dass sie jemand hört.«

Die Vorstellungsrunde schien beendet zu sein, doch Antonia hatte noch eine Frage. »Wieso habt ihr euch für die Antarktis entschieden? Dies ist der einsamste und unwirtlichste Ort der Erde. Allein, um hier hinzukommen, muss man sein Leben aufs Spiel setzen. Also«, sie hob die Hände in einer Geste der Ratlosigkeit, »warum?«

Petersen verzog die breiten Backen zu einem Lächeln. »Weil wir hier in einem Märchenland für Wissenschaftler leben.« Er schaute sich um. »Oder sieht das jemand anders?« Seine Kollegen schüttelten die Köpfe. »Vor uns liegt ein ganzer Kontinent, den wir untersuchen können, hinzu kommt die Fläche des Eisschelfs, die im Winter doppelt so groß ist wie die USA«, fuhr Petersen fort, »eine gewaltige Spielwiese, auch, wenn sie nicht grün, sondern weiß ist. Millionen von Quadratkilometern makelloser Wildnis. Und wenn wir da rauswollen, steht uns ein Fuhrpark von Kettenfahrzeugen, Schneemobilen und sogar ein Helikopter zur Verfügung.« Er spitzte genüsslich die Lippen. »Das muss man sich auf der Zunge zergehen lassen. Zu Hause in Deutschland müssen wir einen Antrag stellen, damit wir mit dem Bus fünf Kilometer zum nächsten Institut fahren dürfen, und hier schnippen wir einfach mit den Fingern, und ein Helikopter bringt uns und fünf Tonnen Ausrüstung, wohin wir wollen. Wenn du mich fragst, ist es kein Wunder, dass Forscher aus aller Welt in der Antarktis arbeiten wollen. Auf den Stationen rings um den Kontinent leben Menschen aus siebenundzwanzig Ländern. Du bist ja schließlich auch hier.«

»Mag sein, dass dies ein Paradies für Wissenschaftler ist«, entgegnete Harry, »aber wir Techniker erledigen einfach nur einen Job, so wie woanders auch: für dieselben unzufriedenen Klienten, mit denselben unzuverlässigen Maschinen und mit Werkzeug, das genauso abgenutzt und ausgeleiert ist wie in Europa, Amerika, Afrika oder Asien.« Er strich sich über seinen Schnauzbart. »Aber die Aussicht ist klasse.«

Antonia lachte. Sie mochte Harry, er gab sich als Griesgram, der es niemandem recht machen konnte, aber im Grunde seines Herzens schien er davon zu zehren, dass er anderen helfen konnte.

»Apropos Wetter.« Karim stand auf und hantierte an der Kaffeemaschine, neben der eine zwei Meter lange Reihe mit Spielfilm-DVDs aufgereiht war. »Hat jemand was von den Touristen gehört? Sind die noch da? Wenn das Wetter umschlagen sollte, werden wir sie evakuieren müssen.«

»Als ich vorgestern mit dem Heli an der Bucht unterwegs war, bin ich einen Umweg geflogen, um zu sehen, ob bei denen alles in Ordnung ist«, erzählte Lutz Hübner. »Sie sagten, sie bräuchten nichts. Ihnen gehe es gut, und sie würden den Aufenthalt genießen. Komische Typen sind das, wenn ihr mich fragt.«

»Es gibt Touristen?«, fragte Antonia erstaunt. »Hier? Ich dachte, die würden nur mit den Kreuzfahrtschiffen kommen und für ein paar Stunden vor den Inseln anlegen.«

Vladimir schüttelte den Kopf. »Die Zeiten sind vorbei. Heutzutage sind Touristen an der gesamten Küste verteilt.«

»Eine Schande«, ergänzte Karim. »Die kommen im Sommer und stören die Vögel in der Brutzeit. Außerdem bringen sie Sporen mit, die hier ganze Tierarten aussterben lassen können.«

»Vom Müll mal ganz abgesehen, den sie einfach liegen lassen.« Harry stand auf und ging zu einem Stapel Zeitschriften hinüber. Er wühlte darin herum und reichte Antonia einen Hochglanzprospekt. »Erlebnispaket Antarktis« stand auf dem Umschlag, auf dem Bild war ein wettergegerbter Kerl zu sehen, der in T-Shirt und kurzer Hose neben einem Pinguin auf dem Eis stand. Antonia schlug die Broschüre auf und fand Werbung für Hubschrauberflüge, U-Boot-Tauchfahrten, Stand-Up-Paddling, Camping, Kajaktouren, Bergsteigen und Skifahren. Die Preise, die für fünf

Tage Antarktis verlangt wurden, verschlugen ihr für einen Moment die Sprache.

»Das kann doch niemand bezahlen!«

»Anscheinend können das mehr Menschen, als man glaubt«, erwiderte Lutz Hübner, »oder als gut für dieses Land ist. Wenn ich auch nur einen von diesen Idioten dabei erwische, wie er …«

»Schon gut, Lutz«, warf Magnus ein. »Wir wissen alle, was du mit denen anstellen würdest. Aber in einem Schneesturm würdest du die Leute auch nicht erfrieren lassen, oder?«

Hübner murmelte etwas und bediente sich an der Kaffeemaschine.

Karim wandte sich wieder an Antonia. »In hundert Kilometern Entfernung gibt es ein Lager für Extremtouristen. Bei Bearclaw, einer Reihe von Berggipfeln, die aus dem Eis herausragen und wie Bärentatzen aussehen. Da haben sie vollbeheizte Riesenzelte aufgeschlagen. Es wird gegrillt, mit dem Schneemobil herumgesaust, und abends betrinkt man sich im Licht der Mitternachtssonne. Haben wir alles zuvor schon erlebt. Aber diese Gruppe ist anders, die findet einfach kein Ende. Seit drei Wochen sitzen die jetzt da draußen und reisen einfach nicht wieder ab. Wenn sie nicht bald ihre Zelte abbrechen, werden wir zur nächsten Rettungsexpedition aufbrechen müssen.«

Das Stichwort ließ Antonia zusammenfahren. Mit einem Mal sah sie Emilio zwischen den anderen auf dem Sofa lümmeln, eine Kaffeetasse in der einen Hand und die andere über den Kopf gelegt, mit der linken Hand am rechten Ohr reibend, Emilios typische Haltung, wenn er sich wohlfühlte. »Wo arbeitet mein Bruder?«, fragte Antonia unvermittelt. »Auf welchem Deck liegt sein Labor?«

Die anderen warfen sich kurze Blicke zu. »Deck eins«, antwortete Petersen, »aber dort ist er nur selten gewesen. Meistens hatte Emilio im Gewächshaus zu tun.«

»Gewächshaus Eden?« Antonia erinnerte sich an den Namen

der Anlage aus Emilios Briefen, echten Briefen auf Papier. Erst hatte Antonia diese Art der Kommunikation befremdlich gefunden, jetzt war sie froh, dass es die Briefe gab.

»Genau. Eden«, bestätigte Petersen und deutete zum Fenster. »Da kannst du es sehen.«

Durch die mit Schnee besprenkelte Scheibe war in einiger Entfernung eine Miniaturausgabe der Neumayer-Station zu sehen: ein einzelner Container auf Stelzen mit einem Schriftzug an der Seite: »Eden ISS«. Das also war Emilios Forschungsplatz.

»Ich würde das Gewächshaus gern besuchen«, sagte Antonia, ohne den Blick von der Konstruktion zu nehmen.

»Das lässt sich bestimmt machen. Es ist immer geöffnet«, erklärte Magnus Petersen. »Aber es kann sein, dass du das mit dem Chef besprechen musst.«

Bevor Antonia darauf reagieren konnte, rief Karim: »Was macht denn dieser Verrückte da draußen?« Der Funker klopfte in rascher Folge mit dem Zeigefinger gegen das Fenster. Die anderen folgten dem Signal. »Ich glaub es nicht«, sagte Lutz Hübner, »das sollte *ich* mir mal erlauben.« Gelächter und Pfiffe wechselten sich ab. Antonia drängte sich an die ihr zugewandten Rücken und reckte den Hals, um etwas sehen zu können.

Vor der Station, etwa auf halbem Weg zum Gewächshaus, stand Arlo neben dem Kettenfahrzeug, hatte die Hände in die Hüften gestemmt und schaute auf das, was er mithilfe des Pistenbullys geschaffen hatte: eine Schneeskulptur. Nein, dachte Antonia, das ist kein Kunstwerk, das ist …

»Eine Halfpipe«, rief Karim. Die anderen johlten.

Alle sahen zu, wie Arlo die Tür der Fahrzeugkabine öffnete und ein grellgrünes Snowboard herausholte, dann stieg er auf die geschwungene Fläche der Halfpipe, kletterte mit etwas Mühe bis auf den höchsten Punkt der Bahn und schaute sich um. Als er das Publikum hinter der Fensterscheibe entdeckte, hob er zum Gruß kurz die Hand, stellte sich auf das Board und stieß sich ab.

Arlo fuhr sein Snowboard so, wie er die Twin Otter flog: in hoher Geschwindigkeit und mit spektakulären Manövern, trotzdem blieb er Herr der Lage. Ab und zu flog er hoch über die Kurve hinaus und drehte Pirouetten in der Luft, einmal landete er auf dem Bauch, aber sogar das wirkte elegant, er klopfte sich den Schnee von der Brust und begann von Neuem.

Während alle die Vorstellung verfolgten, spürte Antonia, wie sie jemand an der Schulter fasste. Es war Karim, er winkte sie zur Seite.

»Ich habe etwas von Emilio, das dich interessieren wird«, sagte der Funker leise und mit ernstem Gesicht.

»Von Emilio?«, wiederholte Antonia, anscheinend etwas zu laut, denn Karim legte einen Finger an die Lippen. »Nur unter uns. Komm mit in den Funkraum. Ich kann es dir am besten zeigen, solange die anderen abgelenkt sind.« Ohne ihre Antwort abzuwarten, drehte sich der Funker um und ging durch die Messe davon.

Kapitel 6

5. Januar

Antonia folgte Karim durch die Gänge von Deck eins. Der Pferdeschwanz ihres Begleiters wippte. Er rannte beinahe, stieß eine Tür auf und winkte Antonia herein. Sie fand sich in einem mit Computermonitoren vollgestellten Büro wieder, an den drei Arbeitsplätzen lagen Tastaturen, Wasserflaschen und die Überreste hastig verschlungener Mahlzeiten.

»Unsere Funkbude.« Karim präsentierte die Kammer mit dem Stolz eines Hofmarschalls. »Der Chef sagt lieber Kommunikationszentrum. Ich nenne das hier das Gehirn der Station.« Er grinste. »Auch wenn Henlein diesen Titel lieber für sich selbst beanspruchen würde.«

Er bot Antonia einen Stuhl an und ließ sich auf eine Sitzgelegenheit fallen, die an einen Pilotensessel erinnerte. Mit fließenden Bewegungen tippte Karim auf einer Tastatur herum und murmelte, dass es nur einen Moment dauern werde.

Antonia ließ den Blick über die Wände gleiten. Über Karims Schreibtisch hing ein Filmplakat, das Jack Nicholson in *Shining* zeigte, das Gesicht des Schauspielers war im Wahnsinn verzerrt. In einem Regal stand eine halb volle Cognacflasche zwischen Kabeln und Steckerleisten. Auf den grünen Bauch hatte jemand mit einem weißen Stift Striche gemalt und Daten danebengeschrieben.

Karim schien Antonias Blick zu bemerken. »Die Flasche gehört jemandem von der Besatzung. Ich verwalte sie für ihn, damit er sie nicht zu schnell austrinkt. Ein bisschen Schnaps kann einem hier über die Runden helfen, aber es wird schnell zu viel, und dann wird es gefährlich, für einen selbst und für andere.«

Antonia nickte. Die Besatzung gab nicht nur acht auf ihre Instrumente und ihre Forschungsergebnisse, die Frauen und Männer passten auch aufeinander auf. Wie hatte Emilio dann verschwinden können?

Auf dem Monitor vor Karim leuchteten jetzt Wellenlinien, links oben war in einem kleinen Fenster ein Satellitenbild der Antarktis mit kleinen roten Punkten zu sehen. Karim beugte sich unter den Tisch und betätigte mehrere Schalter an einem Gerät, das unter der Tischplatte festgeschraubt war. Dann richtete er sich wieder auf.

»Der Chef weiß nichts davon, aber ich zeichne sie alle auf, die Funksprüche, die reinkommen und rausgehen. Die meisten lösche ich nach einiger Zeit wieder, aber ab und zu behalte ich welche. Den Notruf deines Bruders habe ich noch. Emilio und ich, wir sind Freunde. Ich würde ihm gern helfen, wenn das etwas nutzt. Willst du den Funkspruch hören?«

Antonia fühlte eine Hitze in ihrem Bauch und ein Ziehen in den Schläfen. Emilios Stimme war nur eine Silbe weit entfernt. »Ja«, hauchte sie.

Karim tippte auf der Tastatur, der Computer fragte nach einem Passwort und wurde mit vier Zeichen gefüttert. Dann setzte sich eine grüne Linie auf dem Bildschirm in Bewegung, erhob sich zu Zacken und Kanten, bildete Gebirgsketten und lief dabei von rechts nach links durchs Bild. Karim drehte an einem Regler unter dem Tisch, schließlich erfüllten Rauschen und Knistern den Raum.

»An jenem Tag herrschte Sturm«, erklärte Karim, »hier bei uns und auf der Sonne. Die Sonnenstürme können so stark sein, dass sie die Funkverbindungen bisweilen vollständig zum Erliegen bringen. Dann herrscht das große Schweigen. Emilio habe ich gerade noch reinbekommen.«

Antonia hörte kaum zu. Sie starrte auf die Linien, als könnte sie Emilio darin erkennen. Auf einmal erklang seine Stimme.

»Hier spricht Emilio Rauwolf. Ich bin Biologe auf Neumayer III. Ich bin in einer Notlage.« Wieder folgte das Rauschen, die Linie auf dem Monitor fiel in sich zusammen. Anscheinend wartete Emilio auf eine Antwort, auf das Signal, dass ihn jemand gehört hatte, aber es schien nicht zu kommen, denn er wiederholte seine Ansage. Nach dem dritten Mal wurde seine Stimme lauter. Sie klang jetzt, als spräche Emilio gegen das Dröhnen der Angst an. »Ich befinde mich bei ... Ich bin allein. Zu Fuß. ... Malatesta ... Peilsender ... Flugzeug ... wo ich bin ...« Wieder folgte das Rauschen, dann war es still.

Antonia stiegen Tränen in die Augen. Sie presste die Lippen aufeinander und schaute auf ihre in die Knie gekrallten Hände. »Danke, Karim. Das bedeutet mir sehr viel.«

»Moment«, sagte der Funker. »Da ist noch etwas. Er griff nach einer Computermaus und klickte mit dem Zeiger ein Symbol auf dem Bildschirm an. »Das kam einen Tag später rein, da war die Suchmannschaft gerade unterwegs.«

Das Rauschen kehrte zurück, ebenso wie Emilios Stimme. Sie klang schwächer diesmal – oder weiter entfernt. Er sagte nur ein einziges Wort: »Antonia.« Es klang wie ein Ruf aus dem Totenreich.

Sie schlug die Hand vor den Mund und starrte Karim aus aufgerissenen Augen an.

Der Funker langte über den Tisch und bot ihr die Cognacflasche und einen Plastikbecher an, in den er kurz hineinpustete. Antonia goss sich ein und trank einen Schluck. Der Weinbrand nahm dem Entsetzen ein wenig von seiner Schärfe. Sie nickte dankbar. »Was kann da geschehen sein, Karim? Emilio war allein zu Fuß unterwegs? Aber er war doch mit dem Geologen und einer Traverse aufgebrochen.«

»Darüber haben wir uns alle den Kopf zerbrochen«, antwortete der Funker. »Erst dachten wir, dass die beiden mit dem Konvoi auf das Eisschelf geraten sind und es dort einen Riss gegeben hat. So etwas passiert manchmal. Vor einiger Zeit musste die gesamte britische Forschungsstation verlegt werden, weil Risse in der Nähe aufgetaucht waren. Es ist nur so …« er machte eine Pause, »… dass Emilios und Pietros Weg nicht über das Eisschelf führte, sondern ausschließlich über das Inlandeis. Und da tauchen solche Risse eigentlich nicht auf. Auch der Funkspruch kam aus einer Gegend, die über dem Festland liegt. Also ist es unwahrscheinlich, dass sie in einen Riss gestürzt sind.«

»Was wäre sonst denkbar?«, fragte Antonia.

Karim schob nervös die Maus über den Tisch. »Jede winzige Abweichung von der Normalität kann sich da draußen zu einer Katastrophe auswachsen. Deshalb ist die wichtigste Fähigkeit, die ein Mensch in die Antarktis mitbringen muss, das Talent zur Improvisation.«

Wenn Emilio und ich etwas gelernt haben, dachte Antonia, dann ist es das.

»Sie könnten ein mechanisches Problem bekommen haben, etwas könnte mit dem Pistenbully nicht in Ordnung gewesen sein, oder es war etwas Zwischenmenschliches. Aber das halte ich für unwahrscheinlich.«

»Du meinst, Emilio und Malatesta könnten sich in die Haare geraten sein?«

»Wie gesagt«, Karim wedelte mit der Hand, »das ist unwahrscheinlich. Es gibt hier in der Einsamkeit ab und zu Reibereien zwischen den Besatzungsmitgliedern. Aber ein Streit, der dazu führt, dass zwei Männer in Lebensgefahr geraten? Ein Motorschaden ist wahrscheinlicher als ein Dachschaden.«

Antonia deutete auf den Monitor, auf dem die dünne grüne Linie nicht länger zuckte. Es schien, als habe Emilio aufgehört zu atmen. »Dieser GPS-Sender«, sagte sie, »wie lange hat der gearbeitet?«

Karim rieb sich den Bart. »Er ist kurz nach dem Empfang der letzten Nachricht ausgefallen. Das war merkwürdig. Die Sender sind in den Überlebenspaketen enthalten und dafür ausgelegt, dass sie mehrere Wochen Dienst tun.« Er sah Antonia ratlos an. »Um ehrlich zu sein, hatte ich gehofft, du könntest mehr mit Emilios Nachricht anfangen als wir alle zusammen.«

Damit lag Karim richtig. Emilio hatte gewusst, dass Antonia seinen Notruf besser verstehen würde als seine Kollegen. Deshalb hatte er ihren Namen genannt. Er hatte gewollt, dass ihr jemand die Nachricht vorspielt. Und genau das hatte Karim getan.

»Kann ich die Koordinaten von Emilios Funkspruch sehen?«, fragte sie.

Karim holte eine Kolonne Zahlen auf den Monitor und vergrößerte sie. Antonia griff nach einem Blatt Papier und einem Stift und notierte sich die Ziffernfolgen.

»Was willst du damit?« In Karims Stimme lag Misstrauen. »Du hast doch nicht etwa vor …«

»Möglicherweise habe ich eine Ahnung, wo Emilio sein könnte.«

»Wo denn?«, fragte Karim überrascht.

Antonia zögerte. Bislang wusste niemand hier von ihrer Vergangenheit und den dramatischen Ereignissen, an deren Ende drei Menschen tot im Eis zurückgeblieben waren. Aber Karim hatte ihr geholfen und sie ins Vertrauen gezogen. Vertrauen verdient Vertrauen, dachte Antonia. Sie erzählte Karim von dem Ort, an den sich Emilio, wie sie entgegen aller Vernunft hoffte, gerettet haben könnte.

»Aber erzähl den anderen noch nichts davon«, sagte sie. »Das werde ich zur passenden Zeit selbst tun.«

»In Ordnung«, sagte Karim zögerlich. »Aber wenn das niemand kennt, woher wisst ihr dann davon, du und dein Bruder?«

»Das ist eine lange Geschichte. Wir müssen sofort aufbrechen und nach Emilio suchen.«

Der Funker schaute sie mit gerunzelter Stirn an. »Das wird schwierig«, sagte er mit lang gezogenen Silben.

»Warum?«, fragte Antonia. »Wir könnten mit dem Helikopter losfliegen. Das habt ihr doch auch getan. Diesmal kenne ich sogar das Ziel.«

»Drei Gründe sprechen dagegen«, begann Karim. »Erstens glauben hier alle, dass dein Bruder nach vier Wochen sehr wahrscheinlich nicht mehr am Leben. Zweitens ist es völlig egal, was ich davon halte. Ohne die Genehmigung von Justus Henlein fliegt hier niemand irgendwo hin, und diese Genehmigung werden wir nicht bekommen, denn – drittens – zieht schlechtes Wetter auf, und in einem arktischen Sturm gleicht ein Helikopter einem Blatt im Wind. Keine Chance, Antonia. Tut mir leid!«

»Warum hast du mir das dann vorgespielt?« Sie schaute Karim an, aber er wich ihrem Blick aus. »Wolltest du mich weinen sehen?«

»Jetzt mal langsam.« Karim streckte ihr beide Handflächen entgegen. »Ich dachte, ich täte dir einen Gefallen. Henlein …« Er stockte, schien nachzudenken. »Ach, verdammt, das ist ja jetzt auch egal«, sagte er und klatschte sich mit den Händen auf die Oberschenkel. »Der Chef hat uns verboten, dir von den Details der Suchaktion zu berichten. Er befürchtet, dass du deine Arbeit vernachlässigen könntest, diese Sache mit den Vulkanen.«

Ja, dachte Antonia, ich weiß schon. Justus Henlein hatte ihr seine Position vorhin auf der Krankenstation deutlich gemacht. Er war es, den sie überzeugen musste. Es war falsch, Karim anzugreifen, nur weil er ihr hatte helfen wollen.

Antonia stand auf. »Danke. Du hättest das nicht tun müssen.« Sie lächelte ihn an. »Weißt du, wo ich Henlein jetzt finden kann?«

Karim schaute auf den Computermonitor. »Gleich zehn Uhr. Am Abend würde ich den Chef lieber nicht stören. Schon gar nicht, wenn du ihn von etwas überzeugen willst. Warte besser bis morgen. Wir sind hier früh auf den Beinen.«

Zehn Uhr schon? Antonia schaute aus dem Fenster. Das Licht draußen hatte sich kein bisschen verändert. Mit einem Mal spürte sie die Erschöpfung, die lange Reise, die vielen Eindrücke, die Auswirkungen des Luftdrucks und der Temperatur auf ihren Kreislauf. In ihren Beinen kribbelte die Müdigkeit. Sie beschloss, zwei oder drei Stunden zu schlafen. Erschöpft würde sie Emilio nicht helfen können.

»Schon gut, Karim, ich lege mich ein wenig hin. Du hast was gut bei mir.«

Sie verließ den Funkraum und stand allein auf dem Gang. Es war spät, und die Labore und Arbeitsplätze waren verlassen. Ohne Menschen, die durch die Gänge liefen, ähnelte die Station mit ihren stets rechtwinkligen Abzweigungen einem Labyrinth für Versuchsmäuse. Vorhin hatte Antonia nicht auf den Weg geachtet, sondern war blindlings hinter Karim hergelaufen. Noch einmal steckte sie den Kopf zu dem Funker herein und ließ sich den Weg zu den Kabinen beschreiben. Dann ging sie los.

Neumayer III war so still, als läge die Station selbst in tiefem Schlummer. Irgendwo unter Antonias Füßen summten Maschinen, doch der Bodenbelag dämpfte alle Geräusche. Trotzdem meinte sie, hinter sich jemanden gehen zu hören, aber als sie sich umdrehte, war da niemand. Eine Tür klappte. Antonia wartete noch einen Moment, dann setzte sie ihren Weg fort, mit den Gedanken bei Emilio. Nach einigen Minuten hatte sie die Treppe zu Deck zwei wiedergefunden, auf den Stufen aus blanken Metallgittern klangen ihre Schritte lauter. Auf dem oberen Treppenabsatz wandte sie sich nach links und hielt auf ihre Kabine zu. Da hörte sie wieder die Schritte. Jemand kam hinter ihr die Treppe hinauf. Antonia blieb stehen, da verstummten auch die Schritte. Niemand bleibt ohne Grund mitten auf einer Treppe stehen, dachte sie. Es sei denn, er wollte nicht bemerkt werden.

Sie machte einen Satz zum Treppengeländer und schaute hinab. Eine Gestalt in dunkelblauem Kapuzenpulli stand auf halber

Höhe und rührte sich nicht. Die Kapuze war über den Kopf gezogen, sodass Antonia nichts vom Gesicht erkennen konnte.

»Kann ich dir helfen?«, rief sie.

Die Gestalt wandte sich um und lief die Treppe hinunter, zwei Stufen auf einmal nehmend. Dann ging sie mit weit ausholenden Schritten den Gang entlang und verschwand hinter einer Biegung.

Antonia überlegte kurz, ob sie hinterherlaufen und ihren Verfolger zur Rede stellen sollte, entschied sich aber dagegen. Das Ganze musste ein Missverständnis sein. Warum sollte jemand sie auf der Antarktis-Station belästigen? Sie rieb sich die Augen. Sie war müde, aufgekratzt und gleichzeitig erschöpft, ein Zustand, in dem einem die Sinne Streiche spielten. Vermutlich hatte sich nur jemand im Stockwerk geirrt und war sich, als sie ihn angesprochen hatte, bewusst geworden, dass er wie ein Stalker wirken musste. Dann war er davongelaufen, bevor Antonia ihn erkennen konnte. So einfach ließ sich das erklären.

Warum schlägt mir dann das Herz bis zum Hals?, fragte sie sich.

Sie lauschte noch eine Weile, und als sie sicher war, dass die Schritte nicht zurückkehrten, ging sie zu ihrer Kabine, entriegelte die Tür und verschloss sie hinter sich. Im Zimmer herrschte dasselbe Dämmerlicht wie zuvor, durchbrochen von einem Streifen Sonnenlicht, das durch das schadhafte Rollo fiel. Es hatte sich an derselben Ecke gelöst, an der Antonia es provisorisch befestigt hatte. Sie dichtete es wieder ab, diesmal, indem sie eine Flasche Wasser daraufstellte. Dann zog sie sich aus, schlüpfte in ein knielanges T-Shirt, kroch ins Bett und schaltete die Nachttischlampe an. Ein Buch wartete neben der Lampe auf sie, »*Solaris*« von Stanislaw Lem. Wo sonst, so hatte sie daheim bei der Auswahl der Lektüre überlegt, kommt man Science-Fiction näher als in einer Umgebung, die der auf dem Mars gleicht? Tatsächlich erforschte die ESA, die European Space Agency, auf einigen Stationen der Antarktis, wie Menschen auf dem Mars überleben könnten. Die

Verhältnisse waren ähnlich: extreme Kälte, die Monotonie der Landschaft, Trockenheit, beschränkte Ressourcen, Einsamkeit, kaum Kontakt zur Erde.

Antonia versank in der Geschichte des Ozeans, der ein Eigenleben führte. Sie hatte erwartet, dass die Erzählung sie nach wenigen Seiten in den Schlaf schicken würde, aber als sie auf die Uhr schaute, war es schon nach zwei, und Kris Kelvin, der Held des Romans, hielt sie wach. Antonia zwang sich, das Buch zur Seite zu legen, schaltete das Licht aus und schloss die Augen.

Der Dämmer drang durch ihre Lider wie ein Scheinwerfer. Sie seufzte und wandte das Gesicht der Wand zu, aber das brachte keine Linderung. Natürlich hatte sie davon gehört, dass Schlaf und die Mitternachtssonne zwei entgegengesetzte Pole auf einer kurzen Skala waren. Aber das waren Warnungen in einem Bericht über das Leben in Neumayer III gewesen, und das hier war die Wirklichkeit.

Sie holte ein dunkles Oberteil aus dem Kleiderschrank und band es sich mithilfe der Ärmel vor die Augen. Ah, das war besser. Jetzt konnte sie sich ihren Gedanken überlassen und genoss das Gefühl, in die Matratze einzusinken und die Muskeln schwer werden zu lassen.

Als endlich Ruhe in ihren Körper und ihren Gedanken eingekehrt war, erschien Emilios Gesicht vor ihr. Antonia sah ihn so deutlich, als habe er nur darauf gewartet, dass sie ihren Geist für ihn frei machen würde.

Das ist nur ein Traum, versuchte sie sich einzureden. Da begann Emilio zu sprechen.

»Antonia«, sagte er, und seine Stimme klang, als stünde er unter einer rauschenden Dusche.

Augenblicklich war Antonia wieder hellwach. Was da in ihr hochspülte, war die Erinnerung an Emilios durch das Funkgerät verzerrte Stimme.

Sie knotete sich die Ärmel vom Kopf und setzte sich auf, die

Hände in das verschwitzte T-Shirt verkrampft. Was sollte sie denn tun? Sie konnte keinen Helikopter fliegen, und allein da draußen wäre sie Emilio auch keine Hilfe, sondern ein weiteres vermisstes Besatzungsmitglied, nach dem man suchen musste.

Sie brauchte den Helikopter, also brauchte sie auch einen Piloten, und um beides zu bekommen, war die Unterstützung des Stationsleiters nötig. Justus Henlein musste davon überzeugt werden, eine weitere Suchaktion zu starten. Aber wie sollte Antonia das anstellen?

Sie wusste, dass sie sich Unschlüssigkeit jetzt nicht leisten konnte. Nur Aktivität bot ihr Schutz vor den auf sie einstürzenden Gedanken. Sie schwang die Beine aus dem Bett, nahm die Wasserflasche von dem Rollo und ließ es nach oben schnellen. Das Sonnenlicht traf sie mit beinahe körperlicher Wucht. Sie hob die Hand vor das Gesicht, kniff die Augen zusammen, und nach einer Weile konnte sie wieder klar sehen. Draußen glitzerte das Eis. Die Twin Otter stand schräg auf der aufgerissenen Landebahn, die Halfpipe lag verlassen da, und in einiger Entfernung sah das Gewächshaus auf seinen dünnen Stelzen aus wie ein riesiges Insekt, das sich von einem fremden Planeten hierher verirrt hatte. Emilios Arbeitsplatz. Und die Tür, das hatten ihr die anderen Besatzungsmitglieder vorhin verraten, war nicht abgeschlossen.

Kapitel 7

6. Januar

Eden lag etwa vierhundert Meter von der Station entfernt. Wer ins Paradies will, dachte Antonia, der muss dafür richtig angezogen sein. Sie wusste, wie der Dresscode lautete. Im Trainingscamp in den Ötztaler Alpen hatten sie stundenlang geübt, sich die Schutzkleidung an- und wieder auszuziehen.

Zuerst die schwarze Thermo-Unterwäsche. Antonia nahm den dicken Stoff aus dem Kleiderschrank und stieg hinein. Es folgten zwei Paar Wollsocken und darüber eine Latzhose aus Filz, die sie mit Hosenträgern über den Schultern befestigte. Sie drehte sich probeweise um die eigene Achse, der Stoff raschelte, dann beugte sie sich hinab, um die Polarstiefel anzuziehen. Sie waren orangefarben, im Innern mit Fellschuhen ausgestattet und sahen riesig aus. Dagegen waren Gummistiefel die reinsten Ballettschühchen. Jetzt die Jacke aus Fleecestoff, und dann der rote Tempex-Overall, in den sie dank der verschließbaren Beinlinge auch mit Polarstiefeln hineinsteigen konnte.

Wenn ich umfalle, dachte sie, komme ich allein nicht mehr hoch. Lohnt sich der Aufwand überhaupt für die kurze Strecke? Es war wohl besser, alles nach Vorschrift anzulegen, denn das Letzte, was sie jetzt gebrauchen konnte, war, dass Justus Henlein sie schon wieder auf der Krankenstation behandeln musste. Also weiter! Sie zog die Stoffunterzieher über die Hände, das waren Fingerlinge aus Baumwolle, und darüber dick gefütterte Fingerhandschuhe.

Auf die Polarfäustlinge mit chemischem Handwärmer verzichtete sie. Zum Schluss kam der Kopf an die Reihe. Antonia zog den Rollkragen über, der sich vom Hals bis zu den Augen hochziehen ließ. Jetzt noch die Mütze. Sie faltete den dicken Stoff auseinander. Er war grau und sah aus wie ein Wolf, zwei zottelige Ohren wuchsen daraus hervor, und aus der aufgenähten Schnauze hing eine rote Zunge. Antonia zögerte einen Moment. Beim Training hatte man ihr erklärt, dass die Form der Mütze individuell sein müsse, denn auf Neumayer III trugen alle Besatzungsmitglieder dieselben roten Anzüge und waren im Freien nicht voneinander zu unterscheiden, zumal alle Gesichter hinter Schals, Sturmhauben und Schneebrillen verborgen waren. Die Mützen halfen, einen Kollegen schon auf weite Entfernung zu erkennen. Antonia hatte sich für den Wolf entschieden, denn den trug sie im Namen, überdies war das immer noch besser, als einen Pinguin auf dem Kopf zu haben. Sie stülpte sich die Mütze über und schaute nach oben, wo sie die Spitze der Filzzunge über ihren Augenbrauen erkennen konnte.

Die Schneebrille steckte sie in die Tasche, dann öffnete sie die Tür und trat auf den Gang hinaus. Sie watete einige Meter unbeholfen herum, gewöhnte sich aber rasch an die Bewegungen. Die Stiefel donnerten auf den Treppenstufen, und Antonia hoffte, der Lärm werde niemanden wecken. Sie erreichte die untere Ebene und steuerte auf die Tür zum Ausstieg zu, als jemand ihren Namen rief.

»Antonia?«

Sie erkannte den Akzent schon, bevor sie sich umdrehte. Arlo kam auf sie zu. Der kanadische Pilot trug ebenfalls Schutzkleidung, sie war blau, und er schien darunter weniger ausgepolstert zu sein als sie selbst, denn seine runden Schultern zeichneten sich unter dem Anzug ab. Seine Mütze erinnerte an etwas, das ein Fallensteller tragen würde, ein totes Tier, dessen Extremitäten Arlos Ohren schützten.

»Ich habe dich an deiner Mütze erkannt.« Arlo tippte gegen die Zunge des Wolfs. »So spät noch ins Freie?«

»Die Frage könnte ich dir genauso stellen«, gab sie zurück. Einen Moment lang kam der Verdacht in ihr auf, Arlo könnte der Verfolger von vorhin sein, aber die Gestalt im blauen Kapuzenpulli war stämmiger gewesen.

»Ich muss raus zur Schall und Rauch, die Rohre gegen die Kälte isolieren«, sagte er. Jetzt stand er direkt neben Antonia, und sie musste zu ihm aufsehen. Sie schätzte Arlo auf Anfang Dreißig, sein von Sonne und Wind gezeichnetes Gesicht hätte andere Männer älter aussehen lassen, Arlo hingegen wirkte, als käme er gerade aus dem Ski-Urlaub. Seine Augen glitzerten wie das Eis draußen, und ein verschmitzter Ausdruck lag auf seinem Gesicht.

»Schall und Rauch?«, wiederholte Antonia.

»Unsere Twin Otter. So heißt sie.«

Antonia unterdrückte ein Lächeln. Sie wusste nicht, ob das ein Beispiel für kanadischen Humor war, oder ob das Flugzeug einen Ehrennamen trug, über den man sich besser nicht lustig machen sollte.

»Willst du dir die Beine vertreten? Schlaflos wegen der Mitternachtssonne?«

Antonia nickte. »Daran muss ich mich erst gewöhnen.«

»Gewöhnung ist schwer. Ich fliege hier schon seit zehn Jahren, aber schlafen kann ich immer noch nicht.«

»Du schläfst nicht? Fliegst du dann auch übermüdet?«

Arlo sah sie ernst an. »Manchmal schlafe ich beim Fliegen ein.«

Sie suchte in seinen Augen nach einem schalkhaften Funkeln. Aber da war nichts.

»Scherz«, sagte Arlo in einem Tonfall, in dem er einen Kaffee bestellt hätte, und klopfte ihr gegen die Schulter. »Allein in der Nacht rausgehen ist verboten«, sagte er dann. »Komm. Wir gehen gemeinsam.«

Begleitung war das Letzte, was Antonia jetzt gebrauchen

konnte. Immerhin wollte sie heimlich im Gewächshaus nach Spuren von Emilio suchen. »Ich komme allein zurecht«, sagte sie. »Aber danke für das Angebot.«

Arlo musterte sie von oben bis unten. In normaler Kleidung wäre sich Antonia begafft vorgekommen. Doch in der Schutzkleidung strahlte sie vermutlich die Erotik eines Schneemanns aus. Dann begriff sie. Arlo überprüfte ihre Montur.

»Vorschriftsgemäß angezogen«, sagte er. »Aber zu früh.«

Was meinte er damit? »Zu früh?«, wiederholte Antonia.

»Normalerweise ziehen wir uns in der Umkleidekabine an.« Er deutete auf eine Tür in der Nähe. »Wie weit bist du gelaufen bis hierher?«

»Ich … ich bin aus meiner Kabine gekommen. Von Deck zwei.«

»Ist dir warm geworden?«

»Natürlich, in dieser Schutzkleidung fühlt man sich ja wie im Treibhaus.« Sie ahnte, worauf Arlo hinauswollte.

»Du schwitzt. Das ist in der Kälte da draußen tödlich. Dein Schweiß gefriert auf deiner Haut. Zieh dich noch mal aus, trockne dich ab, und dann probierst du es wieder, diesmal hier unten.«

Hatte dieser Mann gerade tatsächlich von ihr verlangt, dass sie sich ausziehen sollte? Antonia schluckte eine bissige Bemerkung herunter. In Wirklichkeit hatte Arlo ihr soeben einen lebenswichtigen Ratschlag gegeben. »Danke«, sagte sie und stapfte zur Tür der Umkleidekabine.

»Da drin gibt es auch Handtücher«, rief Arlo ihr hinterher. »Ich warte hier.«

Antonia wollte noch einmal ablehnen, wollte ihm sagen, dass er schon vorgehen solle, aber das wäre unhöflich gewesen. Hatte ihr der Kanadier nicht gerade gezeigt, was für eine Anfängerin sie war, noch bevor sie die Station überhaupt verlassen hatte? »Gut«, sagte sie, »ich beeile mich.«

Eine Viertelstunde später kehrte sie aus der Umkleidekabine

zurück. Arlo lehnte neben dem Treppenschacht, der ins Freie führte. Wieder betrachtete er Antonia von oben bis unten. »Besser«, sagte er. »So bekommst du Übung. Wir können gehen.«

Neben der Außentür hing ein digitales Thermometer, darauf waren zwei Zahlenwerte zu lesen. »Nullkommafünf Grad Celsius«, stand auf der oberen Anzeige. Antonia fragte sich, warum sie den Umstand mit der Schutzkleidung auf sich genommen hatte. Arlo klopfte auf die zweite Anzeige. »Maßgeblich ist die Kälte durch den Wind. Minus fünfunddreißig.«

Er riss die Tür auf, und die Mitternachtssonne ergoss sich in den Treppenschacht, Antonia hob die Hand vor die Augen. Arlo zog seinen Schal bis über die Nase und setzte seine Brille auf. Jetzt waren von seinem Gesicht nur noch Umrisse zu erkennen, er sah aus wie ein Beduine in einer Wüste aus Eis. Antonia griff nach ihrem Schal, sie zögerte jedoch, erst wollte sie spüren, wie sich die antarktische Nacht anfühlte. Sie trat einen Schritt ins Freie, bekam einen leichten Stoß von links und stemmte sich dagegen. Der rasiermesserscharfe Wind raubte ihr den Atem, ihre Wangenknochen wurden taub, und ihre Ohrläppchen brannten. Sie spürte die Kälte viel intensiver, als sie erwartet hatte. Sie drehte sich aus dem Wind heraus und verhüllte ihr Gesicht. Die Polarbrille dämpfte das Licht ein wenig, dafür bekam der Schnee jetzt einen bräunlichen Schimmer.

»Ist es nachts kälter als am Tag?«, rief sie Arlo zu.

Er schüttelte den Kopf. »Die Sonne steht meist um zwanzig Grad über dem Horizont. Kälter wird es nur bei Sturm, wärmer überhaupt nicht. Wir sollten in Bewegung bleiben.« Er ging voraus, Antonia folgte ihm. Ihre Schritte auf Schnee und Eis verursachten ein quietschendes Geräusch und riefen Erinnerungen in ihr hervor, Bilder von ihr und Emilio als Kinder im ewigen Eis. Nur wenige Menschen wussten davon. Sie ließ den Wind die Erinnerung davontragen. Für Träumereien war hier draußen keine Zeit.

Linker Hand stand die Twin Otter schräg auf dem abgebrochenen Fahrwerk. Antonia bedeutete Arlo, er solle sich um sein Flugzeug kümmern, doch der Pilot rief dumpf durch seinen Schal hindurch, dass hier draußen niemand allein sein sollte, schon gar nicht, wenn alle anderen auf der Station schliefen und nur die Pinguine in der Atka-Bucht Hilferufe hören konnten.

Antonia ließ es zu, dass Arlo sie bis zum Gewächshaus begleitete. Stumm gingen sie nebeneinander her, der Wind umwölkte sie mit Schneegestöber.

Nach einer Weile ragte die mit Eiszapfen geschmückte Treppe zum Gewächshauscontainer vor ihnen auf. Antonia brachte es nicht über sich, Arlo allein zum Flugzeug zurückzuschicken und lud ihn ein, sie nach oben zu begleiten, um sich aufzuwärmen. Wo Pflanzen wuchsen, herrschten bestimmt angenehme Temperaturen. Arlo zögerte nicht lange und stieg hinter Antonia die Treppe hinauf.

Die Tür war tatsächlich nicht verschlossen. Im Innern des Containers gab es eine Art Schleuse mit einem Vorhang aus Plastikstreifen, erst dahinter trat man in das eigentliche Gewächshaus ein. Der Platz darin erschien winzig, denn es stand voller Regale, aus denen Blätter aller Formen und Größen herausragten. In dem Gewächshaus herrschten sommerliche Temperaturen. Die Wärme ließ die Polarbrille beschlagen, und Antonia schob sie hoch. Ultraviolettes Licht tauchte den Container in eine unwirkliche Farbe. Arlo zeigte ihr, wie sie die obere Hälfte ihrer Schutzkleidung öffnen und bis zum Bauch herunterrollen konnte, um bei den hohen Temperaturen nicht ins Schwitzen zu geraten. Dann schaute Antonia sich um.

Hier hatte Emilio gearbeitet.

Sie stellte sich ihren Bruder vor, wie er sich an dem kleinen Arbeitstisch über ein paar Keimlinge beugte und behutsam ihre Blätter hob, um festzustellen, wie es darunter aussah. Emilio liebte Pflanzen, so war es schon immer gewesen, vermutlich hatte das damit zu tun, dass er als Kind kaum welche zu Gesicht bekommen hatte.

Da entdeckte sie die Orchidee. Sie stand in einem der Regale auf Kniehöhe und verschwand beinahe zwischen zwei Reihen Möhrengrün.

»Das gibt es doch nicht!« Antonia ging in die Knie und streckte die Hand nach den weißen Blüten der Orchidee aus. Sie fühlten sich fleischig und gesund an. »Er hat es tatsächlich getan.«

»Was denn?«, fragte Arlo in ihrem Rücken.

»Emilio, mein Bruder, wollte eine Orchidee mit in die Antarktis nehmen, auf den einzigen Kontinent, auf dem seine Lieblingsblume nicht wächst.«

»Ist das ein Experiment?«, wollte der Kanadier wissen.

»Das ist Emilio«, gab Antonia zurück, »einfach Emilio.« Sie schluckte, Tränen traten ihr in die Augen. »Was hat er hier noch alles angestellt?«, fragte sie in Richtung der Pflanzen.

Sie ging zu dem winzigen Arbeitsplatz hinüber, zog den Hocker unter der Tischplatte hervor, setzte sich und schaute sich um. Alles war saubergewischt und aufgeräumt. Niemals hätte es bei Emilio einen Schreibtisch in einem solchen Zustand gegeben, bei ihm herrschte ein nur von ihm selbst beherrschbares Durcheinander. Hier hatte jemand aufgeräumt, daran bestand kein Zweifel.

An einer Seite des Tisches war eine Schublade eingelassen. Antonia zog sie auf, darin war eine Metallkassette eingelassen. Stammte sie von Emilio? Er hatte noch nie etwas weggeschlossen, bei ihm lag immer alles offen herum. Antonia versuchte, den Behälter zu öffnen. Er war verriegelt. Statt eines Schlosses gab es ein Display aus Flüssigkristallen, das eine Reihe Nullen zeigte, und darunter eine Tastatur wie von einem Taschenrechner. An der Seite war der Kasten beschädigt. Jemand hatte versucht, ihn mit einem Werkzeug zu öffnen, anscheinend vergeblich.

»Hast du einen Schatz gefunden, Doktor Rauwolf?«, fragte Arlo von der Luftschleuse her.

»Das wird sich gleich herausstellen«, antwortete Antonia. Sie glaubte, Emilios Anwesenheit spüren zu können, als sie das Display studierte. Die Anzeige war achtstellig. Sie drehte den Kasten so, dass Arlo nicht sehen konnte, was sie tat, und tippte eine Zahlenfolge ein. Zunächst Emilios Geburtstag. Das Schloss rührte sich nicht, die Nullen verwandelten sich in blinkende Striche. Natürlich! Jeder hier auf der Station, der Emilio kannte und die Kiste öffnen wollte, hätte sich für diese Zahlenkombination entschieden. Als Nächstes probierte Antonia es mit ihrem eigenen Geburtstag, erneut vergeblich. Sie war ein wenig enttäuscht, normalerweise benutzte Emilio ihre Daten für Passwörter auf seinem Computer. Warum nicht in diesem Fall?

Weil es etwas Besseres gab!

Antonia tippte 6 3 2 4 5 7 0 0 ein. Die Anzeige blinkte wieder, aber diesmal verschwanden die Ziffern nicht. Der Code war korrekt. Er markierte den Breitengrad des Ortes, an dem Emilio und sie geboren waren. Als sie noch Kinder waren, hatten sie die Zahlen auswendig gelernt und daraus ein Lied komponiert.

Etwas klickte im Innern des Behälters. Diesmal ließ sich der Deckel öffnen. Arlos Schritte näherten sich. »Was gefunden?«, fragte er.

Antonia schreckte auf. Arlo war nähergekommen. War das Neugier in seiner Stimme gewesen oder etwas anderes? War er derjenige, der versucht hatte, die Kiste mit Gewalt zu öffnen? »Ich weiß nicht«, sagte sie mit fester Stimme, »gib mir etwas Zeit, um nachzuschauen.«

Die Worte hielten den Kanadier auf Abstand. Arlo im Augenwinkel behaltend wandte sich Antonia dem Inhalt des Behälters zu. Er war voller eng beschriebener Papiere. Sie erkannte Emilios Handschrift. Seit er Schreiben gelernt hatte, war er darum bemüht, jeden Millimeter Papier auszunutzen, deshalb schrieb er mit besonders feinen Bleistiften, denn Tinte verlief und kostete Platz. Das hier war so eindeutig Emilios Schrift, wie der Südpol in der Antarktis lag.

Sie nahm die Bögen heraus, darunter war die Kiste leer. Wenn Emilio seine Aufzeichnungen wegschloss, mussten sie für ihn von Bedeutung sein. Antonia stellte sich unter eine UV-Lampe, der Grafit von Emilios Bleistift verblasste leicht in dem Licht, aber sie konnte es lesen.

Der erste Text beschrieb eine Grassorte namens Colobanthus quitensis, die Emilio bei einer Expedition an der Küste gefunden hatte. Gras in der Antarktis. Anscheinend handelte es sich um eine kleinwüchsige Art, die sich in Ritzen im Gestein festklammern konnte, jedenfalls da, wo es Gestein gab. »Hätte nie gedacht, dass das möglich ist«, hatte Emilio unter den Bericht geschrieben. Das war typisch für ihn. Im einen Moment konnte er ein nüchtern denkender Wissenschaftler sein, im nächsten ließ er sich von seiner Begeisterung davontragen. Auf dem zweiten Bogen erzählte er von einer ähnlichen Entdeckung, diesmal ging es um Deschampsia antarctica, eine weitere winzige Pflanze, die es geschafft hatte, in der Antarktis zu überleben. »Dieses Land«, lautete Emilios Kommentar diesmal, »steckt voller Wunder. Man muss nur sehr genau hinschauen.«

Der dritte und letzte Bogen war unterschiedlich stark beschrieben, anscheinend hatte Emilio mehrfach an dem Bericht gearbeitet. Ein Absatz war ausgestrichen, andernorts waren Spuren eines Radiergummis zu erkennen. Emilio liebte es, mit analogen Geräten zu arbeiten. Digitales ist immer nur eine Kopie der Wirklichkeit, aber niemals das Leben selbst, pflegte er zu sagen.

In diesem Bericht beschrieb er Schwämme und Sporen, die ebenfalls auf einem Felsen wuchsen, allerdings war der tief unten im Polarmeer entdeckt worden. Der Text drehte sich um Experimente mit den Lebewesen, der durchgestrichene Teil – Antonia musste das Blatt dicht vor die Augen halten, um den Text lesen zu können – war wohl nur einem Biologen verständlich. Emilio schrieb von Makrophagen und etwas, das er den Yamanaka-Faktor nannte. Antonia kannte den Namen. Shin'ya Yamanaka war Nobelpreisträger und Stammzellenforscher an der Universität Kyoto. Was hatte Emilio in dieser Abgeschiedenheit mit Stammzellen zu tun? Er war Botaniker, und seine Aufgabe bestand darin, Gemüse unter Bedingungen zu züchten, wie sie auf dem Mars herrschten. Aber Stammzellen? Auch aus dem restlichen Text wurde Antonia nicht schlau. Immer wieder hatte Emilio das Wort Schwämme eingekreist. »Auf diese Entdeckung folgen immer mehr Fragen, kaum Antworten«, schrieb er. »Artemis ruft zwingend nach internationaler Zusammenarbeit, wir müssen mit den Kollegen der anderen Stationen darin übereinkommen, die Entdeckung zu beobachten, nach weiteren Proben suchen und die Populationen quantifizieren. Welche Rolle spielen sie im Ökosystem des Südozeans? Wie konnten sie sich an diese lebensfeindliche Umgebung anpassen? Intensivere Forschung könnte unser Verständnis für die Mechanismen der Evolution erheblich erweitern.« Der Bericht schloss mit: »Viel mehr Proben nötig.« Und ganz unten stand: »Justus kann nicht länger ablehnen. Die Welt wird sich verändern!« Diese letzten Worte waren regelrecht in das Papier eingegraben. Antonia schmunzelte. So war Emilio nun mal. Jede noch so kleine Entdeckung war für ihn wie ein Wunder.

Also schien Justus Henlein zu wissen, woran Emilio arbeitete. Antonia nahm sich vor, den Stationsleiter sofort zur Rede zu stellen, noch in dieser Nacht. Er konnte ihr verbieten, nach Emilio zu suchen, aber geheimhalten, woran ihr Bruder geforscht hatte, das konnte er nicht. Dafür würde sie sorgen.

Antonia wollte die Berichte in die Kassette zurücklegen, da fiel ihr auf, dass auf dem Kopf jedes Bogens eine Ziffer stand. Das musste die laufende Berichtnummer sein. Aber die Zahlen lagen weit auseinander, überdies endeten sie in einem Buchstaben, entweder einem L oder R. Vermutlich gab es zwei Kategorien von Berichten aus dem Gewächshaus. Worin sie sich aber unterschieden, das erschloss sich nicht.

Antonia klappte den Behälter zu und entschied sich, die Unterlagen mitzunehmen. Wenn sie Justus Henlein damit konfrontierte, würde er ihr verraten müssen, woran Emilio gearbeitet hatte.

»Wir können gehen«, sagte sie zu Arlo, der an der Wand lehnte und in einem Buch las – vermutlich eine Reparaturanleitung für die Twin Otter. Der Pilot ließ das Buch in einer Tasche seines Anzugs verschwinden. »Was gefunden?«, fragte er noch einmal.

»Eine Menge Fragen«, antwortete Antonia und setzte sich in Bewegung, plötzlich wieder überrascht von dem Widerstand des Schutzanzugs. Sie ging zu Arlo hinüber und schaute dabei noch einmal zu der Orchidee. Dabei fiel ihr Blick auf die Beschriftungen der Pflanzeneinheiten, die an den Rändern der Regale angesteckt waren. Die Orchidee hatte die Nummer 332567R. Das war dieselbe Art Zahlenfolge wie die auf den Berichten. Antonia schaute auf die anderen Schildchen, dort war es ähnlich. Sieben Ziffern und dahinter ein R. In der anderen Reihe der Regale schlossen die Kennzeichnungen mit einem L. Links und Rechts. Die Buchstaben gaben an, auf welcher Seite des Gewächshauses die Pflanzen standen.

»Einen Augenblick noch«, rief Antonia und holte Emilios Papiere hervor. Sie las die Zahlenreihen ab und folgte den Nummern die Regale entlang. Nach einigem Suchen hatte sie die Gräser gefunden, von denen Emilio berichtet hatte. Aus vier Anzuchtkapseln voller Nährflüssigkeit ragten braune, runde Halme von der Länge eines Zeigefingerglieds hervor. Die Gräser sahen genauso aus, wie Emilio sie in seinem Bericht beschrieben hatte. Waren auch die Schwämme hier? Jene Entdeckung, die laut Emilio die Welt verändern könnte?

Antonia suchte in den gegenüberliegenden Regalen, strich mit behandschuhter Hand über die Schildchen, bis sie die richtige Zahlenfolge gefunden hatte. 4493299L. Die Stelle im Regal dahinter war leer.

»Warum?«, fragte Antonia laut und ging in Gedanken die

Gründe dafür durch, warum ausgerechnet diese für Emilio so wichtige Probe verschwunden sein könnte. Vielleicht waren die Kulturen eingegangen. Oder jemand hatte sie mitgenommen, um in der Station weiter daran zu forschen. Oder sie waren gestohlen worden, weil dieser Jemand von ihrer Bedeutung wusste. Antonia rieb sich die Stirn, dabei geriet ihre Wolfsmütze ins Rutschen. »Vielleicht hat Emilio sie auch mitgenommen auf seine Expedition«, überlegte sie laut.

»Wen?«, fragte Arlo.

»Eine Probe, einen Schwamm oder so etwas Ähnliches«, antwortete Antonia und zeigte auf die leere Stelle. »Das Ding sollte eigentlich hier stehen, aber es ist verschwunden.«

»In der Antarktis«, sagte Arlo, »geschehen die seltsamsten Dinge. Da fangen auch schon mal Pflanzen an zu laufen.«

Sie verließen Eden. Antonia schloss die Tür des Gewächshauses sorgfältig hinter sich, auf keinen Fall wollte sie dafür verantwortlich sein, dass Emilios Arbeit, seine Pflanzen und vor allem die Orchidee, dem Frost ausgesetzt waren. Noch einen Augenblick lang blieb sie auf der obersten Treppenstufe stehen und schaute in die Ferne. Der Himmel hatte sich mit grauen Wolken bezogen.

Kapitel 8

6. Januar

Antonias Gesicht war heiß, als sie neben Arlo die Landepiste entlangging, trotzdem ließ sie Schal, Brille und Mütze auf dem Kopf. Sie rannte beinahe, und wurde sich dessen erst bewusst, als Arlo sie am Arm festhielt und mit dem Kopf schüttelte. Antonia versuchte, sich zusammenzunehmen, aber es drängte sie danach, den Stationsleiter zur Rede zu stellen.

Sie erreichten die Twin Otter. Mit einem Mal sah sie eine Möglichkeit vor sich, auch ohne die Hilfe Justus Henleins nach Emilio suchen zu können – und diese Möglichkeit war groß und rot und hatte zwei kräftige Motoren unter den Tragflächen. »Wie lange wird es dauern, bis das Flugzeug wieder starten kann?«, fragte sie.

Arlo wiegte den Kopf. »Das hängt davon ab, wann die neue Kufe geliefert wird. Normalerweise landet hier alle zwei bis vier Tage ein Flugzeug, das ist nicht das Problem. Aber bis das Ersatzteil beschafft sein wird, kann es etwas dauern. Vielleicht haben sie eine neue Kufe auf der russischen Station im Norden oder weiter im Süden bei den Amerikanern. Dann könnten wir in einer Woche wieder fliegen.«

»In einer Woche«, wiederholte Antonia und suchte angestrengt nach einer anderen Lösung. »Was ist mit deinem Snowboard?« Die Hitze in ihrem Kopf breitete sich weiter aus, sank in ihren Hals und floss in ihre Schultern.

»Was soll damit sein?« Arlo schaute sie an. Antonia meinte, die

Augen unter seiner Brille groß werden zu sehen, dann folgte ein rostiger Brummlaut: »Nein.«

»Es ist fast so groß wie die zerstörte Kufe«, behauptete Antonia, obwohl sie das gar nicht so genau wusste. »Damit könntet ihr doch starten, nicht wahr?«

Arlo wandte sich ab und ging zum Flugzeug hinüber.

Die Hitze erreichte Antonias Bauchnabel, schoss in ihre Hüften.

»Arlo«, rief sie hinter ihm her. »Es geht um das Leben zweier Menschen, die da draußen verschollen sind. Ihr Piloten gehört schließlich nicht zur Station. Euch kann Henlein nichts vorschreiben, ihr könnt fliegen, wann und wohin ihr wollt.«

»Wir haben keine Zeit für Rettungsmissionen ohne Aussicht auf Erfolg. Ein Snowboard unter einem Flugzeug!« Er schlug sich mit der Hand gegen die Stirn. »Die Idee hätte glatt von mir sein können – nach einer durchzechten Nacht.« Seine Hand zeigte in Richtung der Schall und Rauch. »Wir haben hier schon genug Zeit verloren. Wenn wir wieder fliegen können, dann auf der geplanten Route. Die anderen Stationen warten auf ihre Lieferungen.«

»Und wenn ich weiß, wo Emilio zu finden sein könnte?«, fragte sie. »Wenn die Aussicht, ihn zu retten viel realistischer ist, als alle glauben? Würdest du mir dann helfen?«

Bevor Arlo antworten konnte, spürte Antonia, wie ihre Knie warm und weich wurden. Sie setzte sich, um einem Sturz zuvorzukommen.

Sofort war Arlo bei ihr und stützte sie. »Was ist los?«

Antonia spürte ihren Atem flacher gehen. Es passierte schon wieder, zweimal am selben Tag, das musste an der Umgebung liegen. Zu Hause lagen Wochen zwischen den Anfällen.

Schwarze Punkte tanzten vor ihren Augen, Schlieren senkten sich vom oberen Rand ihres Gesichtsfelds herab wie ein Vorhang aus Schatten. Sie schluckte. Ihr Kopf war so schwer, dass sie meinte, ihr Hals könne ihn nicht mehr tragen.

Arlo riss ihr die Brille vom Gesicht und zog den Schal herunter. Im nächsten Moment landete eine Ladung Schnee auf ihren Wangen, ihrer Stirn, in ihren Nasenlöchern und auf ihren Lippen. Ein nach Maschinenöl riechender Handschuh rieb ihr das eiskalte Zeug in die Haut.

Antonia schüttelte den Kopf und schnappte nach Luft. Die Hand verschwand, ebenso die Hitze.

Arlo schaute sie sorgenvoll an, sein Gesicht war dicht vor ihrem, die Brille hatte er hochgeschoben, in seinen schwarzen Augenbrauen sammelten sich Schneeflocken. »Besser?«, fragte er.

Antonia blinzelte, die Schlieren waren fort, die Hitze machte noch immer ihre Gliedmaßen weich, aber es war etwas erträglicher geworden. »Ich kann gleich wieder aufstehen«, sagte sie und wischte sich die Nässe aus dem Gesicht, die bereits auf ihrer Haut gefror.

Im nächsten Moment spürte sie Arlos Arme unter ihren Knien und Schultern, und war erstaunt darüber, wie mühelos der Pilot sie aufhob. »Moment mal«, sagte Antonia, aber Arlo hörte sie nicht, entweder, weil sie so leise sprach oder weil er seine großen Ohren taub gestellt hatte. Er stapfte mit ihr in Richtung der Station, öffnete die Tür mithilfe eines Ellbogens und trug Antonia die Stufen hinauf.

*

Sie hatten ihn gewarnt: Unter der Mitternachtssonne litten viele Besatzungsmitglieder an Schlaflosigkeit. Darüber hatte er lachen müssen. Seit der Alkohol sein ständiger Begleiter war, hatte sich der Schlaf ohnehin von ihm abgewendet. Was sollte da noch ein dämmeriger Lichtschein bewirken?

Auch in dieser Nacht war er wach, entfloh der Matratze und den Träumen und maß seine Kabine mit Schritten aus. Diesmal erwies sich sein Leiden als Glücksfall. Gerade hatte er das Fenster erreicht – gewiss zum hundertsten Mal – als er draußen zwei Gestalten auf das Gewächshaus zugehen sah. Sie waren in Schutzkleidung gehüllt. Bei der einen musste es sich um einen der Piloten der Twin Otter handeln, denn nur diese beiden Männer trugen blaue Tempex-Anzüge. Der andere Anzug war rot, also stammte er aus der Station – einer von vielen. Aber die Mütze hatte er noch nie gesehen. Auf die Entfernung war kaum etwas zu erkennen, deshalb wühlte er unter einem Stapel Zeitschriften das Fernglas hervor. Erst fand er die beiden Nachtwanderer in der Vergrößerung nicht, dann ruckten sie mit einem Mal ins Bild. Diese Mütze! Das war ein Tierkopf, dem eine Zunge aus dem Maul hing. Ein Wolf. Das dort unten musste Antonia Rauwolf sein.

Die beiden verschwanden im Inneren Edens. Er wartete, ließ den Eingang nicht aus den Augen. Nach einer Weile kamen Rauwolf und ihr Begleiter wieder heraus. Die Forscherin schloss die Tür und stapfte die Treppe hinunter, dann hielten beide auf die Station zu und verschwanden nach einer Weile im toten Winkel unterhalb des Fensters.

Er legte das Fernglas beiseite. Dass sie es ihm so einfach machte! Alles, was er jetzt noch zu tun hatte, war, eine Tür zu öffnen – eine Tür, die für Antonia Rauwolf aus der Antarktis herausführte.

*

Als sie wieder zu sich kam, lag sie auf ihrem Bett. Arlo saß neben dem kleinen Tisch, mit ihrem Schutzanzug auf den Knien, und lächelte hartnäckig. Antonia schaute an sich herab. Arlo schien sie ausgezogen zu haben, sie trug noch die Thermo-Unterwäsche. Unbeholfen zog sie die Bettdecke unter ihren Beinen hervor und legte sie über sich.

»Du bist krank«, sagte Arlo.

»Mein Kreislauf«, sagte Antonia und schaute auf seine kräftigen Hände, die auf ihrer ordentlich gefalteten Schutzkleidung ruhten.

»Das ist kein Kreislaufproblem«, stellte er fest. »Das hätten die Ärzte beim Gesundheitstest bemerkt.«

»Trotzdem …«, hob Antonia an.

»Niemand wird für den Aufenthalt auf einer Antarktisstation zugelassen, ohne vollständig gesund zu sein. Auch du nicht.« Er sprach mit der Bestimmtheit eines Offiziers auf dem Truppenübungsplatz. »Wie hast du das geschafft?«

»Ich kann es nicht erklären«, sagte Antonia und hoffte, Arlo werde sich mit Ausflüchten zufriedengeben. »Manchmal kippe ich einfach um. Die Ärzte finden keine Ursache dafür.«

»Und du hast vergessen, das beim Eignungstest anzugeben«, sagte er.

Antonia richtete sich auf und trank einen Schluck Wasser aus der Flasche, die auf dem Nachttisch stand. Es war widerlich warm, aber das Trinken verschaffte ihr Zeit zum Nachdenken. Was sollte sie Arlo sagen? Sie kannte ihn kaum, er könnte ihre Geschichte ausplaudern, das durfte auf keinen Fall geschehen. Andererseits schien er ein netter Kerl zu sein. Immerhin hatte er sie allein bis hier heraufgetragen, und … Ein Schreck durchfuhr sie, als hätte sie auf etwas Kaltes gebissen. »Hat jemand gesehen, wie du mich hergebracht hast?« Das Letzte, was sie gebrauchen konnte, war, dass jemand anderes als Arlo von ihrem kleinen Problem erfuhr. Schließlich hatte sie sich nicht durch alle Tests bugsiert, um jetzt, da sie endlich am Ziel war, aufzufliegen.

»Niemand. Um die Zeit schlafen alle. Jedenfalls bis gerade noch.« Er nickte zur Tür, hinter der sich Schritte näherten und entfernten. Die Station erwachte.

Antonia rechnete nach. Sie musste drei Stunden bewusstlos gewesen sein. »Hast du die ganze Zeit hier gesessen?«

»Nur zur Kontrolle. Oder hätte ich dich zu Henlein auf die Krankenstation bringen sollen?«

Justus Henlein. Die Erwähnung dieses Namens weckte Antonias Groll. »Wo sind Emilios Dokumente?«, fragte sie scharf.

Arlo deutete auf den Schreibtisch, auf dem die grüne Metallkassette stand.

Antonia schwang sich aus dem Bett, riss die Tür des Kleiderschranks auf und tauschte hinter dem provisorischen Sichtschutz die Thermo-Unterwäsche gegen eine Jeans und einen dunkelblauen Wollpullover.

Sie schnappte sich die Kiste mit den Dokumenten und war schon halb aus der Tür, als sie sich noch einmal umdrehte, zu Arlo zurückkehrte und ihm einen Kuss auf die Wange hauchte. »Danke«, sagte sie. Dann eilte sie aus der Kabine.

Kapitel 9

6. Januar

In der Kantine waren alle Tische besetzt, Wissenschaftler und Techniker frühstückten, hinter der Essensausgabe hatten Ignacio und ein Küchengehilfe alle Hände voll zu tun. Justus Henlein saß mit Lutz Hübner, dem Geophysiker, und Magnus Petersen, dem Glaziologen, zusammen an einem der hinteren Tische und trank Kaffee.

Antonia warf die Tür hinter sich zu und lief zu den drei Männern hinüber. Sie stand kurz davor, dem Stationsleiter die Tasse aus der Hand zu schlagen. »Sie haben mir nicht gesagt, dass Emilio einer großen Entdeckung auf der Spur ist.« Die Gesichter aller Frauen und Männer in der Kantine wandten sich ihr zu, nur Justus Henlein schaute weiter geradeaus.

»Hören Sie?«, rief Antonia. »Lesen Sie das!« Sie warf Emilios Aufzeichnungen auf sein Frühstückstablett.

Henlein drehte langsam den Kopf. »Ist Ihnen klar, dass unkontrollierte Gefühlsausbrüche hier für alle unangenehm sind? Unangenehm, und in der falschen Situation …«

Sie ließ ihn nicht ausreden. »Was wissen Sie über Emilios Arbeit? Sind die anderen hier im Raum darüber im Bilde, woran er forscht?«

Henlein schob scharrend seinen Stuhl zurück und stand auf. Er überragte Antonia und sprach jetzt auf sie herunter. »Wir reden in meinem Büro weiter.« Er wandte sich zur Tür.

Antonia zögerte. Henlein wollte sie aus der Kantine lotsen,

weil hier, vor allen anderen, seine Autorität auf dem Spiel stand. Wenn Antonia ihm folgte, würde sie diesen Vorteil verspielen.

»Was verbirgt sich hinter Artemis?«, rief sie.

Das Klicken des letzten Bestecks verstummte.

»Also gut«, sagte Henlein, »dann besprechen wir das halt mitten in der Kantine.« Er deutete auf die Papiere. »Woher haben Sie die?« Henlein sah sie streng an. »Sie waren in Eden. Ohne meine Erlaubnis.« Jetzt nahm seine Stimme Fahrt auf. »Sind Sie wahnsinnig? Die Pflanzen da drin sind das Ergebnis jahrelanger Forschung. Wenn sie durch unsachgemäßen Umgang zerstört werden, sind Millionen Euro Forschungsgelder vergeudet, und die Arbeit Ihres Bruders ist zum Teufel. Die Pflanzen im Gewächshaus zu kultivieren – das war Emilios eigentliche Aufgabe. Aber seit wir diese Schwämme gefunden haben, war er wie besessen davon und hat jede Minute mit ihrer Untersuchung verbracht. Ich hätte ihm niemals erlauben dürfen, mit Malatesta in den Westen aufzubrechen, um nach weiteren Proben zu suchen.« Henleins Stimme donnerte jetzt durch die Kantine. Die Gesichter einiger Forscher nahmen die Farbe ihrer Laborkittel an.

»Wonach genau sucht mein Bruder?« Auch Antonia war laut geworden. »Worum geht es in diesen Unterlagen?«

Lutz Hübner nahm die Papiere vom Tisch, gab sie Antonia zurück und wandte sich an Henlein: »Wir sollten es ihr zeigen, Justus. Es gibt schon zu viele Missverständnisse in dieser Angelegenheit.«

Hübner teilte sich ein Büro mit Emilio. Der Raum ähnelte der Kommunikationszentrale. Auf zwei Tischen standen Monitore, der einzige Unterschied war ein großer Stapel Aluminiumkisten an der Schmalseite des Raums, auf denen Schilder mit Abkürzungen wie *IMPAC* und *PGIS-2* nur Eingeweihten etwas über den Inhalt verrieten. Hübner war Geophysiker, vermutlich lagerten seine Messinstrumente in den Behältern.

Sein Schreibtisch war aufgeräumt, eine Dose mit Bleistiften

und ein Block Klebezettel waren die einzigen Hilfsmittel, die er zu benötigen schien. Auf dem anderen Tisch sah es chaotisch aus. Sofort erkannte Antonia Emilios einzigartige Form des Durcheinanders.

»Da hat Ihr Bruder gearbeitet«, bestätigte Justus Henlein ihren Gedanken, und Lutz Hübner ergänzte: »Wir haben uns den Raum geteilt, weil wir ohnehin die Hälfte der Zeit woanders waren, ich an den Messstationen draußen und Emilio im Gewächshaus.«

»Ihr teilt euch den Raum, wolltest du sagen«, verbesserte Antonia. »Es ist noch immer Emilios Arbeitsplatz.«

Hübner stutzte. »Wie auch immer. Das da ist Emilios Computer, und darauf hat er seine Arbeitsergebnisse gespeichert.« Er drängte sich an Henlein vorbei, zog Emilios Stuhl unter dem Tisch hervor, fegte mit der Hand Krümel von der Sitzfläche und ließ sich vor dem Computer nieder. Kurz darauf war das Gerät hochgefahren und verlangte ein Passwort. Hübner kannte es.

Er suchte in den Dateiordnern herum, dann startete er einen Film. Das Bild war tiefblau, die Kamera bewegte sich unter Wasser. »Ich bin nicht sicher, ob das die richtige Aufnahme ist«, sagte er und schob die Zeitmarke des Videos nach vorn. Das Bild veränderte sich geringfügig, die Kamerafahrt wurde langsamer, dann hielt sie vor einem Felsbrocken an.

»Das könnte es sein«, murmelte er. »Was meinst du, Justus?«

Henlein gab ein unbestimmtes Brummen von sich.

Ein Fisch schwamm in einiger Entfernung durch das Bild. Im nächsten Moment schoss die Kamera nach vorn und schien mit dem Fischleib zusammenzuprallen. Dann war das Tier verschwunden. Der Film brach ab.

»Was war das?«

»Tut mir leid«, sagte Hübner und klickte sich weiter durch die Dateiordner. »Da waren wir wohl im falschen Film. Es gehörte … es gehört nicht zu den Stärken deines Bruders, seine Dateien für andere verständlich zu benennen.«

»Was wir da gesehen haben, waren die Aufnahmen einer Minikamera, die Emilio auf den Rücken einer Weddellrobbe geschnallt hat«, erklärte Justus Henlein. »Er wollte mehr über ihr Jagdverhalten herausfinden. Der Fisch war ein Antarktisdorsch, ein Leckerbissen für eine Robbe.«

Hübner startete den nächsten Film. Auch diesmal war das Bild erst blau, wurde dann aber schnell weiß. Wer auch immer diesmal die Kamera führte, schien sich rasend schnell durch einen Eistunnel zu bewegen.

»Das ist die Aufnahme, die ich gesucht habe, von einer Roboterkamera«, erklärte Hübner. »Ich war mit Emilio zusammen, als das entstanden ist, Magnus war auch dabei.« Die Kamera bewegte sich weiter durch den Tunnel, aber das Bild veränderte sich kaum, die Eisröhre musste sehr lang sein. »Wir sind raus aufs Filchner-Ronne-Schelfeis. Jeder von uns hatte dort eine Aufgabe für sein laufendes Projekt. Emilio wollte weitere Kameras auf Robben installieren, ich wollte die Luftchemie über dem Schelfeis messen und Petersen einen Bohrkern aus dem Meeresboden holen.« Er tippte gegen den Monitor, wo der Eistunnel kein Ende nahm. »Das da ist Petersens Projekt, ein Bohrloch, das neunhundert Meter durch das Eisschelf führt. Ha! Was für eine Heidenarbeit, da durchzukommen. Und danach wollte der verrückte Hund noch tiefer, in den Meeresboden hinein. Dafür mussten wir ja erst mal sehen, wie es unter dem Eisschelf aussieht, deshalb haben wir die Roboterkamera hinuntergeschickt, ein schlankes Ding, kaum größer als eine Salatgurke. Aber dreißigtausend Mal so teuer und vom Geschmack her eher unaufregend.«

Antonia sah zu Henlein hinüber. Das Licht des Monitors beleuchtete geisterhaft das Gesicht des Stationsleiters, sein Blick war gebannt auf das Geschehen auf dem Bildschirm geheftet. So wie Hübner und Henlein sich benahmen, schien ein unterseeisches Monstrum am Ende des Tunnels zu warten.

Es dauerte noch eine Weile, bis die Kamera durch das Eisschelf hindurchgefahren war. Danach wurde das Bild für einen Moment schwarz, bis der Roboter einen kleinen Scheinwerfer einschaltete, in dessen Licht ein kegelförmiger Ausschnitt zu sehen war.

»Das Wasser ist erstaunlich klar«, erklärte Hübner, »weil es keine Schwebeteilchen gibt, wie sie sonst bei solchen Aufnahmen das Bild stören, denn von oben kann nichts herabsinken. Da liegt die Eisplatte.«

Antonia bemerkte, dass auch der Meeresboden merkwürdig aussah, er war steinig und nur von wenigen Sedimenten bedeckt. Sie spürte, wie sich ihre Fingernägel in ihre Handflächen bohrten.

»Da!«, rief Lutz Hübner. »Da ist es!«

Der Lichtkegel glitt über einen Felsbrocken hinweg und tastete weiter auf dem Meeresboden herum, dann wurde er, vermutlich von einem Steuergerät an der Oberfläche, zu dem Felsbrocken zurückdirigiert.

»Ein Felsen?«, fragte Antonia ungläubig. Das Bild war schlecht, aber sie meinte, die Struktur von Basalt erkennen zu können.

»Warte. Das Beste kommt noch«, sagte Hübner und deutete auf den Monitor. Die Kamera fuhr näher heran, das Licht wurde heller. Auf dem Gestein bewegte sich etwas, es sah aus wie Fäden, etwa so lang wie ein Unterarm. Für einen Moment hatte Antonia den Eindruck, die sanft hin und her schwingenden Gebilde würden ihr zuwinken.

»Schwämme«, erklärte Hübner, bevor Antonia die entsprechende Frage stellen konnte. »Wir haben Schwämme entdeckt.« Er drehte sich zu ihr um, seine Augen waren groß und strahlten. »Da unten lebt sonst nichts, verstehst du? Was du da siehst, ist eigentlich unmöglich.« Dann erklärte ihr Hübner, warum die drei Forscher in jenem Moment, neunhundert Meter über der Roboterkamera, angefangen hatten, sich wie Fans bei einem gewonnenen Fußballspiel aufzuführen.

In einigen seltenen Fällen hatten Biologen schon Leben unter dem Eisschelf gefunden, kleine Organismen wie Würmer, Quallen und Krill, die aber meist nur eine Weile dort überlebten, denn das Eis verhinderte, dass Nahrung auf die Wasseroberfläche fiel und zu ihnen herabsank. Hinzu kam eine Wassertemperatur von minus zwei Grad Celsius, also unterhalb des Gefrierpunkts. Das Salzwasser gefror zwar nicht, aber kein lebender Organismus hielt es in einer solchen Umgebung lange aus.

»Und jetzt sieh dir das an«, sagte Hübner. »Diese Schwämme leben auf einem Stein, das heißt, dass sie stationär dort unten existieren. Sie kommen nicht weg, sie können nicht nach Nahrung suchen. Trotzdem sterben sie nicht. Sie sind nicht nur widerstandsfähig gegen Kälte, sie ernähren sich zudem auf eine Weise, die uns bislang völlig unbekannt ist.« Wild tippte er mit einem Finger gegen den Bildschirm, der Monitor wackelte. »Und das ist nur das, was im sichtbaren Bereich des Kamerabilds zu erkennen ist«, fuhr er fort, »zwei verschiedene Arten von Schwämmen mit langen Stielen, die in einer Art Kopf münden.«

Antonia beugte sich zu dem Monitor und konnte tatsächlich eine kleine Verdickung am Ende der Fäden erkennen.

»Aber«, erklärte Hübner weiter, »wer weiß schon, was noch alles auf diesem Felsen existiert? Wo Schwämme sind, gibt es oft auch Muscheln und andere Weichtiere.«

»Wie lange leben die dort unten schon?«, fragte Antonia.

»Das wissen wir nicht«, antwortete Hübner, »wir wissen auch nicht, wie alt diese Lebewesen sind. Einige Schwämme werden Tausende von Jahren alt. Vielleicht haben wir hier solche Urgroßväter vor uns, etwas, an dem die Evolution auf bislang unbekannte Weise herumgespielt hat.«

»Das sind alles nur Vermutungen«, sagte Henlein. »Wir wissen nicht, wovon sie leben, wir wissen nicht mal, ob es sich um eine unentdeckte Art handelt. Alles, was wir wissen, ist, dass sie da unten eigentlich nicht hingehören.«

»Aber ihr konntet Proben entnehmen«, sagte Antonia. Es war eine Feststellung, keine Frage.

»Der Roboter verfügt über einfache Werkzeuge, gut genug, um einen der Schwämme abzutrennen und festzuhalten. Mit seiner Hilfe konnten wir eine Probe bergen«, erklärte Henlein.

»Und dann hat Emilio mit den Schwämmen im Gewächshaus experimentiert«, schlussfolgerte Antonia.

Hübner sah ihn an, und der Stationsleiter sprach weiter. »Emilio hat die Schwämme untersucht, so weit es ihm mit der Ausrüstung in Eden möglich war. Ich habe ihm nahegelegt, nicht zu viel seiner kostbaren Zeit darauf zu verwenden, aber er ließ sich nicht davon abhalten. Wenn er etwas herausgefunden haben sollte, dann hat er es mir verschwiegen. Irgendwann sagte er, er käme nicht weiter und bräuchte mehr Proben. Das war Ende November. Zu diesem Zeitpunkt bereitete unser Geologe eine Expedition zu dem neu entdeckten Vulkanfeld in der Westantarktis vor.

»Pietro Malatesta«, stellte Antonia fest.

»So ist es«, fuhr Justus Henlein fort. »Sein Weg führte über das Filchner-Ronne-Schelfeis, unter dem die Schwämme entdeckt worden waren. Emilio drängte darauf, mitfahren zu dürfen. Malatesta hielt nichts davon. Er wollte sein Ziel so schnell wie möglich erreichen und nicht erst nach Schwämmen fischen, wie er es nannte.«

»Aber Sie haben Emilio trotzdem mitfahren lassen«, sagte Antonia. »Warum?«

»Es passte einfach alles zusammen. Im Pistenbully war noch Platz. Auch benötigte Emilio nicht viel Ausrüstung für das, was er vorhatte. Außerdem hätte er bei der Untersuchung der Vulkane helfen können und, was mir am wichtigsten war: Malatesta war nicht allein unterwegs. Zwei Männer können aufeinander achtgeben.« Er senkte die Stimme. »Offenbar habe ich falsch gelegen.«

Antonia hielt Emilios Unterlagen in die Höhe. »Und Sie wussten wirklich nicht, was mein Bruder herausgefunden hat?«

Henlein schüttelte den Kopf. »Er glaubte, einer großen Sache auf der Spur zu sein. Das konnte man ihm ansehen.«

»Haben Sie versucht, an seine Unterlagen zu kommen, nachdem er losgefahren war?«

Henlein schaute Antonia entrüstet an. »Warum sollte ich? Emilio hat mir einen ordnungsgemäßen Antrag vorgelegt und darin begründet, warum er noch einmal zum Schelfeis aufbrechen wollte. Mehr brauchte ich nicht, um ihn fahren zu lassen. An den Notizen eines Kollegen würde ich mich niemals unerlaubt zu schaffen machen.«

»Die Schatulle, in der Emilios Aufzeichnungen lagen, ist beschädigt. Jemand hat versucht, sie aufzubrechen«, erklärte Antonia.

»Ich wüsste nicht, wer ein so großes Interesse daran haben könnte«, sagte Henlein. »Vielleicht war die Kassette schon vorher ramponiert.«

Lutz Hübner schaltete sich ein. »Wenn das da Emilios Unterlagen sind,« er deutete auf die Papiere in Antonias Hand, »dann enthalten sie vielleicht einen Hinweis darauf, was er wirklich herausfinden wollte.« Hübner und Henlein schauten Antonia erwartungsvoll an.

Sie zögerte, blätterte in den Papieren herum und überflog Emilios winzige Schrift. Vorhin, im ultravioletten Licht des Gewächshauses, waren die Schriftzeichen ihres Bruders kaum zu erkennen gewesen. Doch jetzt, im Schein der Neonröhren, zeichnete sich der Grafit deutlicher auf dem Papier ab. In einer Passage äußerte Emilio den Verdacht, dass der Stein unter dem Schelfeis von einem anderen Ort dorthin transportiert worden sein könnte. Und zwar durch Gletscherbewegungen. Antonia kannte das Phänomen: Wie in Hochgebirgen, so schoben sich auch in der Antarktis Gletscher über das Land. Glaziologen sprachen von Gletscherströmen und davon, dass das Eis floss, obwohl es sich nur mit einer Geschwindigkeit von wenigen Metern im Jahr fortbewegte. Die meisten Gletscher der Antarktis flossen aus dem Landesinnern zu den Rändern des Kontinents ab, und während das Eis über Gebirgshänge schliff, nahm es Gestein mit. Auf diese Weise hatte die letzte Eiszeit auf der Nordhalbkugel vor mehr als zehntausend Jahren Findlinge von Skandinavien bis nach Mitteleuropa transportiert. Dieselben Kräfte waren hier auf dem Südkontinent am Werk.

Also hatte Emilio nicht bloß nach weiteren Proben gesucht – er hatte gehofft, den Herkunftsort des Steins und damit den der darauf wachsenden Schwämme zu finden.

Das Papier in Antonias Händen zitterte. Der Text darauf verschwamm. Emilio hatte etwas auf den Schwämmen entdeckt, das ihn dazu angetrieben hatte, nach ihrem Ursprung zu suchen. Aber er hatte sein Wissen für sich behalten, es in einer Kassette eingeschlossen. In seinem Container, in Eden, musste er etwas herausgefunden haben, von dem er befürchtete, dass andere es für sich beanspruchen würden. Vielleicht war einer der Forscher neidisch auf Emilios Entdeckung. Vielleicht wollte ihn deshalb sogar jemand aus dem Weg räumen. Möglicherweise einer der Männer, die jetzt mit Antonia im selben Raum waren. Sie hatte einen kleinen Kloß in der Kehle, als ihr bewusst wurde, dass sie den Grund für das Verschwinden ihres Bruders in der Hand hielt.

Antonia beschloss, den anderen nicht zu verraten, was sie gerade gelesen hatte und zu welcher Schlussfolgerung sie gekommen war. Stattdessen trug sie laut vor, was Emilio über Makrophagen und den Yamanaka-Faktor auf das Blatt gekritzelt hatte. Darauf konnte sie sich selbst keinen Reim machen. Aber Henlein war Mediziner. »Was kann er damit gemeint haben?«, fragte sie.

Der Stationsleiter atmete tief durch. »Makrophagen sind die erste Instanz des menschlichen Immunsystems. Dringt etwas Schädliches in unseren Körper ein, fressen die Makrophagen es auf, jedenfalls, so weit das möglich ist.« Er trommelte auf die Lehne von Emilios Bürostuhl. »Ich erkenne keinen Zusammenhang zu den Schwämmen.«

»Und Yamanaka?«, fragte Antonia.

»Das ist schon ein paar Jahre her«, antwortete Henlein, »aber ich meine, mich erinnern zu können, dass Yamanaka herausgefunden hat, wie man das Alter einer Zelle zurücksetzen kann. Ich glaube, er hat es geschafft, die Zellalterung bei Mäusen zu stoppen und sie in ihren embryonalen Zustand zurückzuversetzen.«

»Das bringt uns nicht weiter«, wandte Lutz Hübner ein.

Antonia schaute auf den Monitor, auf dem nun ein Standbild des Felsbrockens zu sehen war, die Schwämme stachen im Scheinwerferlicht hell aus dem dunklen Hintergrund heraus. Das Ganze sah aus wie ein Bild, das ein Rover vom Mars gesendet haben könnte. »Danke, dass ihr mir das gezeigt habt«, sagte sie.

Hübner schaltete den Computer aus. Justus Henlein hielt Antonia die Hand hin. »Dann versuchen wir zwei es noch einmal von vorn: auf gute Zusammenarbeit!«

Bevor Antonia einschlagen konnte, wurde die Tür aufgerissen. Karim streckte den Kopf ins Büro. »Tut mir leid, wenn ich störe, aber es gibt ein Problem im Gewächshaus«, sagte er schwer atmend. »Jemand hat die Tür offen gelassen. Da drin sieht es aus wie im Gefrierschrank meiner Mutter.«

Justus Henlein zog seine Hand zurück.

Kapitel 10

6. Januar

Zu viert liefen sie aus der Station in Richtung Eden: Henlein, Antonia, Lutz und Karim hatten sich in der Umkleidekabine die Schutzkleidung angezogen. Der Wind hatte nachgelassen, und die Luft war klar. Schon von Weitem war eine Gestalt auf der Treppe des Gewächshauscontainers zu sehen. Erst auf den letzten Metern erkannte Antonia den Fotografen Francisco Nero, ihren Leidensgefährten und Mitreisenden auf dem Flug in die Antarktis. Wie er der Gruppe berichtete, war er draußen unterwegs gewesen, um Außenaufnahmen von der Station zu machen, dabei sei ihm die offen stehende Gewächshaustür aufgefallen. Er sei zurück in die Station gelaufen und habe dem erstbesten Besatzungsmitglied Meldung gemacht: Karim, der daraufhin Justus Henlein gesucht hatte. Francisco war unterdessen nach Eden zurückgekehrt, hatte fotografiert und gewartet.

»Die Tür stand offen?«, blaffte Henlein.

»Sie stand nicht nur offen«, erklärte Nero, »es war auch so viel Schnee in den Eingang geweht, dass sie nicht wieder zufallen konnte.« Er deutete auf eine Stelle auf dem Treppenabsatz. »Ich habe das selbst erst …«

Henlein stürmte in das Gewächshaus. Die anderen folgten ihm.

Sofort fiel Antonia auf, wie heiß es in dem Container war. Schon in der Nacht war es hier warm gewesen, doch jetzt pumpten die Rohre so viel Hitze in den kleinen Raum, dass sie augenblicklich anfing zu schwitzen. Der Frost hatte das Thermostat verwirrt und ließ die Anlage auf höchster Stufe laufen.

»Die Heizung ausschalten«, befahl Henlein, und Karim drehte an einem Regler an der Wand. Antonia nahm die Mütze ab und öffnete ihren Schutzanzug. Dann sah sie den Tod in hundertfacher Form.

Die Pflanzen waren eingegangen. Die Blätter der Tomaten, der Gurken und der Rauke hingen schlapp herunter, diejenigen, die den Frost möglicherweise überlebt hatten, waren anschließend in der extremen Hitze verwelkt.

Ein Moment fassungslosen Entsetzens verstrich. »Nein«, sagte Karim leise. Dann herrschte wieder Trauerstille.

Der Fotoapparat klickte und surrte. »Raus hier! Sofort!«, rief Henlein Francisco Nero zu.

Der Fotograf breitete in einer beschwichtigenden Geste die Arme aus und machte sich an seiner Tasche zu schaffen, verließ die Gruppe aber nicht.

Henlein fuhr zu Antonia herum. »Wann waren Sie hier drin, um die Papiere Ihres Bruders zu holen?«

Gegen die Hitze, die Antonia angesichts der unausgesprochenen Anschuldigung durchwallte, war die der hochgedrehten Heizanlage bloß ein laues Lüftchen. Sie schluckte gegen die Trockenheit in ihrer Kehle an. »Gestern Nacht war das. Ich war hier und habe Emilios Berichte gefunden. Nach etwa zwanzig Minuten bin ich wieder gegangen.« Dass Arlo ebenfalls dabei gewesen war, behielt sie lieber für sich. Der Kanadier hatte ihr geholfen, sie würde ihn auf keinen Fall verraten. Sie schaute Henlein direkt in das rot angelaufene Gesicht. »Ich habe die Tür hinter mir geschlossen. Ich habe mich versichert, dass sie nicht durch den Wind auffliegen kann, ich weiß genau …« Sie verstummte. Je intensiver sie beteuerte, alles richtig gemacht zu haben, desto unglaubwürdiger musste sie wirken.

»Ich weiß nicht, was für eine Art Wissenschaftlerin Sie sind, aber Ihre Unachtsamkeit hat gerade die Arbeit mehrerer Jahre zerstört.« Ein Zucken lief über Henleins glatt rasierte Wangen. »Wie könnte ich jemanden wie Sie in die Westantarktis schicken, um dort Vulkane zu untersuchen? Sie würden genauso enden wie Ihr Bruder.«

Antonia spürte einen schmerzhaften Zorn. Dass Henlein ihre Fähigkeiten infrage stellte, damit konnte sie fertig werden. Aber Emilio indirekt zu kritisieren, Emilio, der sein Leben für seine Arbeit aufs Spiel gesetzt hatte und der sich jetzt nicht verteidigen konnte, das durfte sie nicht zulassen. »Mein Bruder ist nicht tot. Und er ist ein hervorragender Wissenschaftler, das wissen Sie genau.« Antonia hob die Fäuste, am liebsten hätte sie Henlein gegen die Brust geschlagen. »Er hat das alles hier geschaffen.« Sie drehte sich zu den toten und sterbenden Pflanzen um. In all dem dunklen Grün blitzte etwas Weißes auf.

»Augenblick mal!« Antonia ließ Henlein stehen, drängte sich an den anderen vorbei und beugte sich zu der Orchidee hinunter. Die Blume lebte noch. Die Stängel waren fest, die Blüten waren aufgerichtet und sahen gesund aus. Für einen Moment glaubte Antonia, eine Seidenblume vor sich zu haben, und verschaffte sich mit einer Berührung Gewissheit, dass es sich tatsächlich um die echte Orchidee handelte, die sie schon bei ihrem Besuch am Abend zuvor entdeckt hatte.

»Das gibt es doch nicht!«, sagte sie leise.

Die anderen scharten sich um sie. »Ausgerechnet die Orchidee hat es geschafft?«, fragte Karim. »Ich dachte immer, das sei eine der empfindlichsten Pflanzen, die es gibt.«

»So ist es ja auch.« Lutz Hübner streckte eine Hand nach der Blüte aus. »Wenn ich kein Wissenschaftler wäre, würde ich sagen: Das ist ein Wunder.«

»Dann ist das jetzt deine Gelegenheit, auf katholische Theologie umzusatteln«, gab Karim zurück und grinste durch seinen Bart hindurch.

»Ich wette, das hat etwas mit Emilios Schwämmen zu tun«, sagte Lutz.

Niemand wollte dagegenhalten.

»Für mich sieht das auch nach einem Wunder aus«, sagte Justus Henlein, »dem Wunder, dass es unserem Botaniker gelungen ist, dem Stationsleiter ein sensationelles Forschungsergebnis zu verheimlichen.« Er wies Lutz und Karim an, die Pflanzen zu sichten und festzustellen, ob noch welche zu retten waren. Dann stach er Francisco Nero mit einem Zeigefinger gegen die Brust. »Sie werden mir noch erklären müssen, warum Sie ohne Begleitung die Station verlassen haben, obwohl ich das ausdrücklich verboten habe, und Sie«, er wandte sich an Antonia, »erwarte ich in einer halben Stunde in meinem Büro.«

»... und deshalb schicke ich Sie nach Hause.« Justus Henlein saß hinter seinem Schreibtisch, lehnte sich zurück und verschränkte die Arme hinter dem Kopf. Er wirkte auf eine widerliche Art und Weise zufrieden. »Außerdem händigen Sie mir die Forschungsunterlagen ihres Bruders aus. Ich habe den Verdacht, dass darin mehr zu finden ist, als Sie mir gesagt haben.«

Antonia starrte ihn entgeistert an. Sie stand Henlein gegenüber, den Stuhl, den er ihr angeboten hatte, ignorierte sie mit steinerner Miene.

»Es geht einzig und allein um den reibungslosen Ablauf in der Station«, fuhr er fort. »Und der wird durch Sie gestört. Oder wollen Sie das abstreiten?«

Antonia spürte eine dumpfe Abneigung gegen diesen Mann, der sie von Anfang an herablassend behandelt hatte. »Über eins sollten Sie sich im Klaren sein: Wenn Sie mich fortschicken, wird es niemanden geben, der die Vulkane untersucht, jedenfalls nicht in dieser Saison. Der polare Winter bricht in sechs Wochen herein. Entweder wissen wir bis dahin, ob das Vulkanfeld aktiv ist und eine Gefahr für das globale Klima darstellt. Oder Sie finden das erst im nächsten Sommer heraus. Und dann könnte es zu spät sein, um auf einen Ausbruch zu reagieren.«

Auf Henleins Gesicht lag jetzt ein Ausdruck von Nachdenklichkeit. Antonia konnte beinahe sehen, was er dachte. Waren die Vulkane nicht aktiv, war es gleichgültig, wann man das herausfand. Selbst in dem Fall, dass sie aktiv waren, war das noch immer kein Grund, in Panik zu verfallen. Aktive Vulkane gab es an vielen Orten auf der Welt, einige davon auch in der Antarktis. Sollten sie aber ausbrechen, dann könnte sich das Klima der Erde schnell und drastisch verändern, und derjenige, der dann in der Kritik stand, würde der Stationsleiter von Neumayer III sein, weil er die einzige Vulkanologin, die ihm zur Verfügung stand, nicht eingesetzt hatte.

»Wenn unter dem Eis Magma in Bewegung sein sollte«, sagte er schließlich, »dann ist es das schon seit Millionen von Jahren. Warum sollte es jetzt an die Oberfläche kommen, ausgerechnet in diesem Jahr, in dem ich Leiter der Neumayer-Station bin?« Er schlug mit der Faust auf den Tisch, der Kaffee schwappte über den Rand seiner Tasse und bildete einen Teich auf einem Stapel Papiere – eine Eruption im Modellformat.

Antonia trat näher heran. »Millionen von Jahren herrschte Ruhe, das stimmt«, sagte sie, »aber das lag daran, dass das Eis über den Vulkanen stetig zugenommen hat. Auf dem Land darunter lastet der Druck von drei bis vier Kilometern mächtigem Eis. Aber der Eisschild schmilzt – Sie kennen die Klimadaten genauso gut wie ich – und damit lässt der Druck nach. Jetzt ist da draußen alles möglich. Diese Vulkane jetzt nicht zu erforschen, wäre fahrlässig. Unterlassene Hilfeleistung, Henlein, wollen Sie das, was Sie meinem Bruder angetan haben, auf die ganze Weltbevölkerung übertragen?«

»Sie sind raus, Antonia!« Henleins Stimme hätte auf einem Seismometer für hohe Ausschläge gesorgt. »Packen Sie Ihre Sachen zusammen, das nächste Flugzeug kommt übermorgen. Bis dahin will ich Sie nirgendwo anders sehen als auf Ihrem Zimmer oder in der Kantine. Andernfalls stelle ich Sie unter Arrest.«

Antonia entschied, alles aufs Spiel zu setzen und Henlein in ihr Geheimnis einzuweihen. »Ich weiß, wo Emilio sein könnte.«

Der Stationsleiter schaute sie mit schlauer Miene an. »Natürlich! Auf einmal wissen Sie, wo man in der großen Leere Ihren Bruder finden kann. Und deshalb werde ich Sie jetzt wohl doch hierbehalten müssen. Nicht wahr, Antonia?« Er lachte kalt. »Erzählen Sie keinen Unsinn, und beenden Sie das hier wenigstens mit einem Rest Würde.«

Antonia drehte den Kopf zur Seite und suchte ihr Spiegelbild in der Fensterscheibe. Die Reflexion war verschwommen, aber sie konnte sehen, dass in ihren Augen Flammen züngelten. Sie wollte noch etwas erwidern, wusste ein Dutzend Argumente, aber ihre Worte wären an Henlein abgeprallt. Die Zeit, die ihr blieb, war kurz, musste jedoch ausreichen, um einen Weg zu Emilio zu finden. Sie schaute auf die Uhr an der Wand. Es war Mittag. »Entschuldigen Sie mich«, sagte sie mit gespielter Höflichkeit und wandte sich zum Gehen, »ich verschwende hier meine Zeit, dabei gibt es noch so viel zu tun.« Sie lief aus dem Büro und warf die Tür hinter sich zu. Ihr Entschluss stand fest: Sie würde die Station tatsächlich so schnell wie möglich verlassen, aber nicht, um zurückzufliegen.

Sondern um auf eigene Faust nach Emilio zu suchen.

Kapitel 11

6. Januar

Pietro Malatesta öffnete den Reißverschluss des Zelts und steckte den Kopf ins Freie. Der Tag begann vielversprechend mit einem tiefblauen Himmel und nur einer einzelnen, an ein Ufo erinnernden Wolke, etwa dort, wo vier Vulkankegel aus dem Eis ragten.

Zwei Wochen war er jetzt schon der trockenen Luft der Westantarktis ausgesetzt. Sein Rachen fühlte sich an, als habe er ihn mit Schleifpapier bearbeitet. Seine Haut spannte. Er verteilte etwas Creme auf der Nase und achtete darauf, auch die Nasenlöcher zu behandeln, denn dort hatten sich blutende Risse gebildet. Dann zog er die Handschuhe an, setzte die Polarbrille auf, klopfte sich dreimal auf die Schultern und dreimal auf die Oberschenkel. Sechs. Seine Sternenzahl. Heute war der sechste Januar, heute musste etwas geschehen. Schließlich wartete er schon sein halbes Leben auf diesen Moment. Kein Tag war besser dafür geeignet, dass Gott ihn endlich erhörte, als der erste Sechste eines neuen Jahres.

Pietro stieg aus dem Zelt und reckte sich. Vor ihm lag die Antarktis, oder besser gesagt: jenes Stück Antarktis, das er in Gedanken als sein Reich bezeichnete. Das war ein Wortspiel, das er sich ausgedacht hatte, denn dieses Stück Land würde ihn reich machen. Endlich, nach so vielen Rückschlägen.

In einiger Entfernung stand der Polar 300 mit den Anhängern, mit dem er von Neumayer III hergekommen war. Vier Wochen war das jetzt erst her, aber es kam ihm vor, als läge der Abschied von der Station und den Schwachköpfen, die dort arbeiteten, schon Jahre zurück. Hier draußen verging die Zeit anders, mal schneller, mal überhaupt nicht. Hin und wieder fragte sich Pietro, ob für einen Gletscher, der sich drei Meter im Jahr vorwärtsschob, so etwas wie Zeit überhaupt eine Rolle spielte. Er selbst wollte auch wie ein Gletscher sein, ruhig, aber kraftvoll, eine Macht, die alles, was ihr im Weg stand, einfach überrollte.

So wie Emilio Rauwolf. Warum hatte dieser Dummkopf unbedingt mitkommen müssen in den Westen? Pietro empfand so etwas wie Bedauern, als er an den sympathischen Biologen dachte. Emilio hatte sterben müssen, weil er sich in den Pistenbully und damit in Pietros Pläne gedrängt hatte. Dumm. Der Junge war einfach dumm gewesen, hatte geglaubt, Malatesta breche auf, um die Vulkane zu untersuchen, und wollte mitfahren, um seinen eigenen Forschungen nachzugehen, diese eigenartigen Schwämme suchen.

Pietro hatte versucht, Emilio zum Bleiben zu bewegen. Zunächst hatte er nicht gewusst, wie er das anstellen sollte. Er konnte ja weder zu dem jungen Biologen noch zu Justus Henlein sagen, dass er in der Westantarktis keine Mitwisser gebrauchen konnte. Deshalb hatte er nur verhaltene Bedenken geäußert. Aber Emilio hatte weiterhin an seinem Vorhaben festgehalten, hatte versucht, Henlein zu überzeugen und auf die Bedeutung der Schwämme hingewiesen. Schließlich hatte Malatesta gewusst, wie er Rauwolf davon abhalten konnte, mitzufahren: Indem er die Grundlagen seiner Forschung zerstörte. Eines Abends, zwei Tage vor dem Aufbruch, hatte sich Malatesta ins Gewächshaus geschlichen und nach den Schwämmen gesucht. Er hatte gewusst, wie sie aussahen, denn er hatte den Film des Tauchroboters gesehen. Rasch hatte er die vier Behälter mit Nährlösung gefunden und sie draußen im Schnee begraben. Den Rest hatte die Kälte erledigt. Nur an Emilios Unterlagen war er nicht herangekommen. Er hatte die in den Arbeitstisch eingelassene Kassette entdeckt und versucht, sie mit einem Schraubenzieher aufzubrechen, doch der Stahl hatte standgehalten und nur einige verräterische Kratzer abbekommen. Pietro hatte unverrichteter Dinge aufgeben müssen. Vielleicht, so dachte er jetzt, hatten die Spuren an der Kassette Emilio Rauwolf sogar in seinem Bestreben gestärkt, mit ihm zu der Expedition aufzubrechen.

Wenn er gehofft hatte, Emilio mit dem Verlust der Proben den Antrieb zu nehmen, so hatte er sich getäuscht. Nachdem Rauwolf festgestellt hatte, dass sein Untersuchungsgegenstand fort war, hatte er nur umso mehr darauf gedrängt, mit Malatesta mitfahren zu können, weil er hoffte, neue Schwämme zu finden, die die verschwundenen ersetzen würden. Schließlich hatte Justus Henlein nachgegeben.

Schwämme! Mit welchen Nichtigkeiten sich manche Menschen abgaben. Was Pietro suchte, waren keine Schwämme, er suchte nicht mal Vulkane, sondern etwas, das viel kleiner, dessen Wert aber viel größer war: Diamanten.

Malatesta ließ den Blick schweifen. Schnee und Eis glitzerten in der Sonne wie Edelsteine und schienen den Jahrhundertfund schon anzukündigen. Um ihn herum waren die Zelte im Halbkreis aufgestellt, eines zum Übernachten, ein weiteres zum Kochen und Arbeiten, die übrigen für seine Helfer, die hoffentlich bald ankommen würden. Linker Hand standen die beiden Container im Schnee, die er mit dem Pistenbully eine Woche lang durch die Antarktis gezogen hatte. Sie waren bis zum Dach mit Ausrüstung gefüllt. Er hatte die Geräte geschickt ausgewählt. Alle gehörten zum typischen Werkzeug eines Geologen. Aber wer genau hinsah, der hätte sich über die Stärke der Generatoren, über die Größe der Bohrköpfe oder einfach über die schiere Menge an Instrumenten gewundert.

In einiger Entfernung ragte der Bohrer in den Himmel, er hing an einem Gerüst von der Höhe eines Hauses. Es hatte Pietro einige Mühe gekostet, die Konstruktion allein zusammenzubauen.

Der Bohrer sah aus wie ein Ölfass, war aus zehn Zentimeter dickem Stahl und wies Löcher auf, durch die ausgebohrtes Eis in sein Inneres fallen konnte. Die Löcher dienten auch dazu, den Stahl zu kühlen, denn obwohl er sich durch kilometerdickes Eis fressen sollte, erzeugte die Bewegung enorme Hitze. Naturgewalten trafen aufeinander. Und er, Pietro Malatesta, war derjenige, der sie kontrollierte.

Schon jetzt, nach wenigen Tagen, war der Boden mit Löchern übersät, die von seinen bislang erfolglosen Bohrungen zeugten. Manchmal, wenn Malatesta den Bohrer versetzen musste, um an einer anderen Stelle sein Glück zu versuchen, wünschte er sich seinen Komplizen von der Neumayer-Station herbei. Zur technischen Hilfe, aber vor allem, um jemanden bei sich zu haben, mit dem er seine Aufregung, seine Erfolge und Enttäuschungen teilen könnte. Die Einsamkeit hier draußen brannte einem manchmal Illusionen in den Kopf, die man bisweilen für die Wahrheit hielt.

Dabei war Pietro gar nicht allein. Drok war ja bei ihm, sein Digital Robotic Operational Kolossus. Es war Zeit, ihn zu wecken. Pietro ging zum Koch- und Arbeitszelt hinüber. Drok lag in der Kiste, in der er ihn gestern zurückgelassen hatte. Wäre er nicht darin, hätte Malatesta das vermutlich den Verstand gekostet, denn Drok war ein von ihm selbst entwickelter Roboter. Machte ihn das zu Droks Vater? Jedes Mal, wenn ihm dieser Gedanke kam, musste Pietro lachen. Aber er lachte für sich allein, denn Drok zeigte niemals eine Regung.

Dabei ähnelte der Roboter durchaus einem Menschen. Er hatte einen Kopf mit kleinen Scheinwerfern als Augen, schmale Schultern, damit er durch Engstellen manövrieren konnte und, das Wichtigste, zwei Arme mit Greifhänden. Was Drok nicht besaß, waren Beine oder ein Unterleib. Sein Körper hörte dort auf, wo bei einem normalen Menschen das Becken begann. Die unteren Extremitäten brauchte er nicht. Drok war dazu entwickelt worden, in Bohrlöcher einzudringen und Gesteinsproben an die

Oberfläche zu bringen. Beine wären dabei nur im Weg. Der Roboter wurde an einer Seilwinde hinabgelassen oder konnte sich, falls das notwendig sein sollte, mit den Händen vorwärtsbewegen. Er konnte sogar schwimmen, dafür hatte Malatesta ihm Propeller eingebaut. All die Technologie war eingefasst in Droks »Haut«, einer Schale aus orangefarbenem Polypropylen, einem robusten Kunststoff, der beinahe die Widerstandskraft von Metall aufwies, aber wesentlich leichter war.

Malatesta hob Drok aus der Kiste, wie immer von dem geringen Gewicht des Roboters überrascht – er hatte ihn wirklich perfekt entwickelt. »Komm, mein Guter, es wartet Arbeit auf dich.«

Er trug Drok hinaus zu dem Schneemobil und legte ihn in den Anhänger, dann stieg er auf die Sitzbank und startete den Motor. Das Ski-Doo setzte sich in Bewegung. Malatesta liebte die rasanten Fahrten mit dem Motorschlitten, das Gleiten durch den Schnee mit der Vorstellung, drei Kilometer Eis unter sich zu haben, und darunter, noch tiefer, einen Kontinent, der seit dreißig Millionen Jahren eingefroren war. Erst seit einigen Jahren wusste man, wie dieses verborgene Land aussieht: wie eine Insellandschaft. Denn der Eisschild hatte an vielen Stellen so stark auf die Erdoberfläche gedrückt, dass das Land dort unter den Meeresspiegel gesunken war. Durch geothermische Phänomene, deren Entstehung noch rätselhaft war, hatten sich in den Mulden Süßwasserseen gebildet – bis zu zwei Kilometer tief und einige von der Größe Roms. Auch Flüsse unterhalb des Eisschilds wurden vermutet. Einige, so mutmaßten Biologen, könnten Leben enthalten – Leben, das sich seit dreißig Millionen Jahren in einem abgeschlossenen Raum entwickelt hatte.

Malatesta hielt auf die Küste zu. Der Polarwind blies ihn von Südosten an, hinzu kam der eiskalte Fahrtwind, beides ließ die Temperaturanzeige in der Mitte der Armaturen auf minus einundsechzig Grad fallen. Die Luft stach wie mit Nadeln durch jede Nahtstelle seines Anzugs. Trotzdem verringerte er die Geschwindigkeit nicht.

Nach einer Stunde Fahrt stieß er auf Sastrugis, steinharte Riefen im Eis, die der Wind dort hineingefräst hatte. Der Motorschlitten sprang durch die Luft, Malatesta fühlte sich wie in einem Kanu auf hoher See. Er hielt den Lenker fest und schaute sich zu Drok um, der in seinen Spanngurten bei jeder Bodenwelle auf und ab hüpfte.

Das Ski-Doo konnte einhundertsechzig Stundenkilometer erreichen, aber das war bei diesen Temperaturen nicht auszuhalten. Malatesta drehte den Gashebel so weit auf, dass er die Kälte ertragen konnte, und nach einiger Zeit sah er die Küste am Horizont. Er roch das Salz in der Luft. Wo Wasser war, da gab es Nahrung.

In diesen Wochen, den letzten des Sommers, waren Festland und Ozean nur von einem schmalen Streifen Eis getrennt. Das Meereis taute fast vollständig ab, was erstaunlich war, denn im Winter umschloss es die Antarktis und wuchs zu einer Größe von der Fläche der USA heran. Jetzt türmten sich vor der Küste nur wenige Hügel aus Presseis, das waren Eisschollen, die durch den Wind und die Meeresströmung gegeneinander geschoben worden waren und sich ineinander verkeilt hatten. Die mehrere Meter hohen, bizarren Gebilde waren ein perfekter Windschutz für Robben, und gerade an sonnigen Tagen wie diesem lagen die Tiere gern faul zwischen den Presseishügeln. Diesmal waren es mehrere hundert Exemplare, rosig und fett, nach Salz und Exkrementen stinkend. Die meisten lagen in Gruppen zusammen, einige rutschten auf dem Bauch ins Wasser, andere kamen daraus hervor, einen Fisch im Maul. Einige Tiere lagen für sich, etwas abseits von ihren Artgenossen – die perfekte Beute.

Malatesta ging zum Ski-Doo zurück und befreite Drok von der Verschnürung, dann trug er den Roboter bis auf fünfzig Meter an die Robbenkolonie heran und legte ihn in den Schnee. Er startete die Steuerkonsole, ein gelbes Metallkästchen mit drei Anzeigen und zwei Joysticks, die mit den Daumen bewegt werden konnten. Als Nächstes schaltete er Drok ein, und ein Ruck ging durch den mechanischen Leib. Malatesta legte sich neben den Roboter auf den Boden und betätigte die Steuerkonsole. Der Roboter reagierte auf die Impulse, schlug seine Finger ins Eis, winkelte Schulter und Ellbogen an und zog sich vorwärts, fast wie ein richtiger Mensch.

Natürlich hätte Pietro auch einfach ein Gewehr benutzen können, um eine Robbe zu töten. Aber das hier war viel mehr als eine Jagd im ewigen Eis, das hier war der Beweis, dass Drok ein Meisterwerk war, ein Triumph seines Einfallsreichtums.

Über den Robben kreisten Skuas, Raubmöwen, beobachteten das herankriechende Gebilde neugierig, verloren aber rasch das Interesse an dem orangefarbenen Ding. Auch einige Robben schauten herüber, als sich Drok näherte. Die Tiere der Antarktis kannten keine Scheu, sie waren nur ihren natürlichen Fressfeinden gegenüber vorsichtig, Pinguine mieden Robben, Robben mieden Orcas, aber ein Mensch und ein Roboter passten in kein Schema, das ihnen bekannt war. Um dieses Zutrauen nicht zu stören, waren alle menschlichen Besucher der Antarktis dazu angehalten, mindestens zehn Meter Abstand zu Robben und Pinguinen zu halten. Andernfalls drohten Strafen bis hin zur Ausweisung. Malatesta lächelte. Er hielt sich ja an die Regeln, blieb sogar viel weiter von den Tieren entfernt, als verlangt wurde. Von Robotern war in dem Gesetz keine Rede.

Drok war bis auf zehn Meter an die Kolonie herangekommen. Das Surren seiner Motoren ließ einige Tiere zu ihm herüberschauen. Eine Robbe lag auf dem Rücken, ließ sich die Sonne auf den gefleckten Bauch scheinen und hatte die Augen geschlossen. Malatesta steuerte Drok auf das Tier zu. Erst, als die Maschine auf Armlänge heran war, öffnete die Robbe die Augen, der Schreck war ihr anzusehen, denn sie zuckte mit den Muskeln und rollte sich auf den Bauch. Nicht schnell genug. Drok hob eine seiner Klauen und schlug sie in das Fett der Robbe, ebenso wie er es zuvor mit dem Eis gemacht hatte.

Das Tier brüllte vor Schmerz.

Malatesta vergaß zu atmen, jetzt würde sich zeigen, welche Kräfte Drok entwickeln konnte. Er ließ die beiden Joysticks rotieren, die Hände des Roboters schlugen noch einige Male zu und verletzten die Robbe schwer. Das Tier war zäh. Erst schnappte es nach dem Angreifer, dann, nachdem es festgestellt hatte, dass es nichts ausrichten konnte, warf es sich herum und versuchte, ins Meer zu fliehen. Doch Drok hielt fest. Er hatte seine Klauen in der mächtigen Fettschicht verankert, sodass das Tier nicht entkommen konnte, ohne sich selbst noch mehr zu verletzen. Nach einigen Minuten war der Kampf Robbe gegen Roboter vorbei. Die Beute war tot.

Malatesta stand auf. Die anderen Robben lagen so da wie zuvor, es schien, als habe sich nichts ereignet. Das orangefarbene Ding, das gerade einen ihrer Artgenossen abgeschlachtet hatte, wurde noch immer nicht als Bedrohung angesehen. Dazu brauchte es vermutlich mehrere solcher Angriffe.

Malatesta genügt dieser eine. Er ging auf Drok und den Kadaver zu, reinigte den Roboter mit Schnee und trug ihn zum Schneemobil. Dann fuhr er so nah wie möglich an die Beute heran und zog sie auf den Anhänger. Frisches Robbenfleisch! Das war genau die richtige Belohnung für all die harte Arbeit und Einsamkeit. Wenn Drok eine Robbe töten konnte, dann war er auch gewandt und kräftig genug, um unter dem Eisschild nach Diamanten zu suchen. Pietro schaute in den Himmel, der Augenblick der Wahrheit und Freude war scharf wie ein Schwert. Er zog ein Messer hervor, schnitt ein Stück Robbenfleisch aus dem Kadaver und steckte es sich in den Mund.

Kapitel 12

6. Januar

Am Abend frischte der Wind auf. Die Anzeige vor dem Fenster stand auf vierundvierzig Knoten. Die Neumayer-Station zitterte ein wenig, das war ein Gefühl, an das sich Antonia noch nicht gewöhnt hatte – und an das sie sich auch nicht mehr gewöhnen konnte, wenn es nach Justus Henlein ging. Würde sie seiner Anordnung folgen, wäre sie jetzt damit beschäftigt, ihre Sachen zu packen. Stattdessen kniete sie vor dem Bett und studierte eine Karte der Antarktis, die sie auf der Matratze ausgebreitet hatte. Darauf waren die Topografie und sämtliche Forschungsstationen zu sehen. Mit rotem Stift hatte Antonia den Weg gestrichelt, den Emilio und Malatesta genommen haben könnten, ein rotes Kreuz markierte die Stelle, von der aus der letzte Funkspruch gekommen war.

Sie legte ein Lineal an den Rand der Karte, verschob es, bis sie die richtigen Koordinaten gefunden hatte, und zog von diesem Punkt einen Strich quer über den nördlichen Teil der Antarktis. Sie tat dasselbe mit den Koordinaten am Ostrand der Karte. Wo sich die beiden Linien trafen, zeichnete sie ein Kreuz ein. Dorthin könnte Emilio unterwegs gewesen sein, als er seinen letzten Funkspruch abgesetzt hatte. Nur sie beide wussten von diesem Ort. Es war fraglich, ob es ihn noch immer gab – und noch zweifelhafter war es, dass Emilio es bis dorthin geschafft hatte, auch wenn sie es verzweifelt hoffte.

Unter der Landkarte zog sie den geologischen Atlas der Antarktis hervor, der alle Daten über den Kontinent enthielt. Sie hatte ihn in der kleinen Bibliothek der Station ausgeliehen, einem Container mit fünf Regalen und einem Sofa. Im Westen, zwischen dem Transantarktischen Gebirge und der Küste, lag das neue Vulkanfeld. Dorthin war Emilio unterwegs gewesen, weil er herausfinden wollte, woher der Stein unter dem Schelfeis stammte. Emilio war kein Geologe, aber das Offensichtliche musste er gewusst haben: Der Felsen mit den Schwämmen war durch Gletscherbewegungen bis unter das Schelfeis geraten. Diese Bewegungen ließen sich zurückverfolgen. Glaziologen wussten genau, wie Gletscher flossen. Vermutlich hatte sich Emilio deshalb mit Magnus Petersen unterhalten. Antonia dachte einen Moment darüber nach, ob sie Petersen einen Besuch abstatten sollte, entschied sich aber dagegen. Sie wollte dem gutmütigen Wissenschaftler keine Schwierigkeiten mit Justus Henlein bereiten. Sie würde selbst herausfinden, wonach sie suchte.

Auf Seite zweiundachtzig begann der Abschnitt mit den Gletschern. Es gab über fünfhundert davon, wenn man nur die größten zählte, aber die genügten für ihre Zwecke. Es dauerte nicht lange, und Antonia hatte nachvollzogen, dass der Driscoll-Gletscher in Richtung Filchner-Ronne-Schelfeis floss und sich dort mit dem Union-Gletscher verband. Sie markierte den Schnittpunkt der beiden Eisströme mit einem grünen Fähnchen, auf das sie *Ziel* schrieb. Der Felsen auf dem Film der Roboterkamera war aus Basalt gewesen, einem vulkanischen Gestein. Also steckte Antonia ein weiteres Fähnchen auf das Vulkanfeld nahe der westantarktischen Küste, dieses erhielt das Wort *Start*. Dann begann sie damit, jeden Eisstrom zwischen diesen beiden Punkten einzuzeichnen. Es dauerte nicht lange, bis sie eine Verbindung hergestellt hatte, ein System von Linien, immer wieder unterbrochen von Abzweigungen und Einmündungen. Es schien tatsächlich möglich, dass das Stück Basalt diesen Weg genommen hatte. Unwahrscheinlich hingegen war, dass der Stein von einem Gletscher zum nächsten weitergewandert war, ohne zwischenzeitlich ausgestoßen zu werden und liegen zu bleiben. Sie wühlte mit einer Hand in ihrem Haar. Das wäre etwa so, als würde ein Seiltänzer von Berlin nach München balancieren, ohne ein einziges Mal zu straucheln. Unmöglich. Es sei denn … Antonias Stift verharrte an einem Punkt, bis die Papierfasern die Tinte aufsogen und sich auf der Karte ein Fleck ausbreitete … es sei denn, es gab noch viel mehr Felsen, die von den Gletschern erfasst worden waren, den weiten Weg aber nicht geschafft hatten und nun irgendwo unter dem Eisschild lagen. Das große Stück Basalt, das Emilio und seine Kollegen entdeckt hatten, war ein Glücksfund gewesen, ein einziges Stück Stein von Tausenden seiner Art, das über diese weite Strecke transportiert worden war.

Eine Gänsehaut überlief Antonias Rücken. Emilio war zur Stelle gewesen, als dieser verschwiegene Kontinent eines seiner Geheimnisse preisgegeben hatte. Wäre sie abergläubisch, würde sie jetzt schlussfolgern, dass die Antarktis Emilio festhielt, damit er sein Wissen nicht weitergeben konnte.

Antonia rieb sich die Arme, mit einem Mal schien es in der Kabine kühler zu werden. Sie schaute auf die Uhr. Es war kurz vor Mitternacht. Dann wandte sie sich wieder der Karte zu, die jetzt ein Netz aus bunten Strichen aufwies, sie schienen ein Abbild von Antonias verworrenen Gedanken zu sein. Sie legte beide Hände auf das Papier und spreizte die Finger. Dann schloss sie die Augen und suchte nach dem Gedanken, der am Anfang einer Kette von Schlussfolgerungen stand.

Nach den Gesetzen der Wahrscheinlichkeit musste es viele Basaltabbrüche geben, die unterwegs von der Westantarktis zum Filchner-Ronne-Schelfeis liegen geblieben oder zermahlen worden waren, sogar sehr viele. Wieso sollte ausgerechnet dieses eine Stück Gestein, das den langen Weg zurückgelegt hatte, Leben bergen? Anzunehmen war, dass auch auf den anderen Steinen

Schwämme gelebt hatten. Das wiederum bedeutete, dass es eine Quelle geben musste, aus der die Organismen kamen. Und die könnte in der Nähe der Vulkane liegen.

Aber was hatten Vulkane mit unentdeckten Organismen zu tun? Vulkane zerstörten Leben, sie brachten es nicht hervor. Das ergab keinen Sinn.

Antonia faltete die Karte zusammen und steckte sie zusammen mit Emilios Aufzeichnungen über Artemis in ihren Rucksack. Wenn jemand Antworten auf dieses Rätsel wusste, so war es ihr Bruder. Sie würde ihn auf eigene Faust suchen. Einen Helikopter konnte sie zwar nicht fliegen, aber einen Pistenbully zu fahren, das traute sie sich zu. Sie wusste auch, wo die Fahrzeuge standen. Unter der Station gab es eine Garage, eigentlich war es eher eine Höhle aus Eis, dort hinab führte eine Rampe. Sie würde sich eines der Kettenfahrzeuge ausleihen und es wohlbehalten zurückbringen. Mitsamt ihrem Bruder.

Ein Klopfen an der Tür unterbrach ihre Gedanken. Wer wollte denn jetzt noch etwas von ihr? Die Uhr zeigte eins. Die Station schlief längst. Wollte sich jemand verabschieden? Vielleicht Karim? Aber dazu war doch beim Frühstück Gelegenheit.

Das Klopfen wiederholte sich. Antonia öffnete.

Vladimir Wiemers blasses und von Sommersprossen überzogenes Gesicht war durch den Türspalt zu sehen.

»Hallo, Vladimir«, sagte Antonia. »Du bist spät dran. Was gibt's?«

Der Luftchemiker blies sich über das Gesicht, eine Strähne seines kupferfarbenen Haars flog auf. Er schaute Antonia mit einem verlegenen Lächeln an. »Ich habe gehört, dass du uns schon wieder verlässt. Deshalb wollte ich dich noch mal sehen«, sagte er.

Antonia sah ihn ernst an. Sie hatte sich doch vorhin erst mit den Kollegen von der Station unterhalten, da war Vladimir auch dabei gewesen. Sie steckte den Kopf aus der Tür und schaute den Gang hinunter. Niemand sonst war zu sehen.

»Das ist nett von dir, Vladimir«, sagte sie und schloss die Tür wieder bis auf einen Spalt. »Aber ich habe jetzt keine Zeit. Vielleicht treffen wir uns ja mal in Deutschland auf einem Kongress. Ich schreibe eine Postkarte, wenn ich wieder daheim bin.«

Plötzlich hielt er eine Flasche Wein in der Hand. »Ich dachte, wir könnten uns noch kurz unterhalten.« Antonia suchte nach höflichen, aber ablehnenden Worten, da drückte Vladimir die Tür auf und drängte sich an ihr vorbei ins Zimmer. Seine breiten, hängenden Schultern schoben Antonia beiseite. Erst jetzt bemerkte sie seinen blauen Kapuzenpulli. So einen hatte ihr Verfolger in der Nacht zuvor angehabt. Empörung und ein Anflug von Angst durchfuhren sie. Ihre Gedanken rasten wie Labormäuse in einem Labyrinth. Was wollte der Luftchemiker? Konnte sie sein Auftauchen für sich nutzen? Wusste Vladimir etwas über Emilios Verschwinden, so wie Karim? Vorhin in der Lounge war das Thema nicht richtig zur Sprache gekommen. Die Hoffnung in Antonia war größer als ihre Furcht.

»Was willst du?«, fragte sie und folgte ihm in den Raum.

Vladimir stellte die Flasche auf den Schreibtisch und ließ sich in den Sessel fallen. Er spreizte die Beine und streckte die Stiefel aus. »Mich verabschieden. Sagte ich das nicht? Ich bleibe nicht lange.«

Antonia ging zum Bett hinüber und klappte den geologischen Atlas zu, die Landkarte steckte bereits zusammengefaltet im Rucksack. Gab es sonst noch etwas, das Vladimir verraten könnte, was sie vorhatte? Die farbigen Stifte lagen auf dem Boden. Sie hob sie auf. »Bist du wegen Emilio hier?«, fragte sie. »Weißt du, was da draußen geschehen sein könnte?«

»Dein Bruder?« Durch halb geschlossene Lider ließ er faule Blicke zu ihr hinüberschweifen. »Keine Ahnung.«

Antonias Hoffnung ging zur Neige wie Flaschenbier an einem heißen Tag. Die Angst bekam Raum. Sie ging einen Schritt in Richtung Tür.

Vladimir saugte an seinen Zähnen. Unter dem Geräusch richteten sich Antonias Nackenhaare auf. »Ich bin wegen Emilios Schwester gekommen.« Er wischte sich die Nase am Ärmel ab. »Dein Bruder hat so oft von dir gesprochen, dass ich mir irgendwann gewünscht habe, du würdest persönlich hier auftauchen. Wie du siehst, gehen Wünsche manchmal in Erfüllung.« Er lächelte auf eine angestrengte Art. »Emilio hat dich als Schönheit beschrieben, aber er lag falsch. Schön bist du nicht, dafür ist eine Menge an dir dran.« Er deutete auf das Bett. »Setz dich!« Seine Stimme war mit einem Mal laut, sein blasses Gesicht rot angelaufen. Als Antonia sich nicht rührte, sagte Vladimir: »Vielleicht erzähle ich dir mehr über die Suchaktion, wenn du ein bisschen nett zu mir bist.«

Seine Augen lagen im Schatten, trotzdem erkannte Antonia die Absicht darin. Wiemer war einfach nur ein Kerl, der seine in der Einsamkeit unterdrückte Sexualität an ihr ausleben wollte, einer von den Typen, wie man sie überall auf der Welt trifft. Antonia deutete auf die Tür. »Raus jetzt!«

Wiemer lachte kehlig und hob die Weinflasche. »Hast du einen Korkenzieher?«

Antonia spürte ihr Herz unter dem Pullover schlagen. Würde sie jemand hören, wenn sie um Hilfe rief? Wie gut isoliert waren die Wände der Kabine? Die Wärmedämmung war vermutlich stark und würde verhindern, dass Schall nach außen drang.

»Ja oder nein?«, fragte Wiemer und deutete auf die Flasche.

Antonia zwang sich dazu, ruhig weiterzuatmen. »Der Korkenzieher ist da vorn, in meiner Reisetasche.« Sie ging auf die Gepäckstücke zu, in Richtung Ausgang, versuchte dabei, nicht auf die Tür zu starren. Die öffnete sich in den Raum hinein, das bedeutete, Antonia würde sie erst aufreißen müssen, bevor sie auf den Flur entkommen konnte. Absichtslos wühlte sie in der Tasche herum. Sie wusste: Wenn sie noch länger zögerte, würde sie es nicht mehr fertigbringen loszulaufen. Der Moment würde zu groß.

Sie sprang auf die Tür zu, hörte, wie der Sessel zurückgeschoben wurde. Eine Hand packte ihren Pullover. Wiemer zerrte daran, die Wolle dehnte sich. Antonia fuhr herum und schlug seine Hand weg. Im nächsten Moment war sie bei der Tür. Sie hatte die Klinke noch nicht gedrückt, als sie seine Arme um ihre Schultern spürte. Seine Finger tasteten nach ihren Brüsten.

»Nur ein Kuss, dann lass ich dich los«, keuchte er in ihr linkes Ohr. Sie spürte etwas Warmes, Feuchtes an ihrer Wange. Sie hob die Unterarme, soweit sein Griff das zuließ, und krallte sich in seine Schultern, stemmte sich mit einem Bein gegen die Tür und stieß sich nach hinten ab. Vladimir taumelte, lockerte den Griff, gemeinsam gingen sie zu Boden. Sie prallte auf seinen Oberkörper und konnte hören, wie die Luft aus seinen Lungen gepresst wurde. Im Nu war sie wieder auf den Beinen, riss die Tür auf und lief auf den Gang hinaus. Ihre Hände zitterten, ihre Knie fühlten sich weich an, als sie zur Treppe rannte.

»Antonia!«, rief Vladimir hinter ihr her. Dann waren seine Schritte zu hören. Er verfolgte sie.

»Hilfe!«, schrie Antonia. Sie fand die Treppe, nahm zwei Stufen auf einmal und sprang die letzte Strecke hinab. Das hier war Deck eins. Wohin sollte sie sich wenden?

Von oben hörte sie eine Frauenstimme. »Was ist los?«

Sie könnte zurücklaufen und um Hilfe bitten, doch zwischen der Stimme und ihr war Vladimir, und er würde sich bestimmt nicht noch einmal überrumpeln lassen.

Also lief sie weiter, den Gang hinunter. Wo konnte sie sich vor ihrem Verfolger verstecken?

Rechts ging es in die Lounge, Antonia rannte hindurch und kam in die Kantine. Sie hörte Wiemer hinter sich. Im Vorbeigehen griff sie in einen Besteckkasten und nahm ein Messer und eine Gabel heraus. Das Messer ließ sie fallen. Mit der Gabel in der Hand stürzte sie aus der Kantine und fand sich auf dem Gang wieder.

Die Türen, an denen sie jetzt vorbeikam, führten zu Lagern und Laboren. Um die Schilder zu lesen, blieb keine Zeit, sie musste einen passenden Raum finden, bevor Wiemer um die Ecke bog. Die erste Tür, an der sie rüttelte, war verschlossen, ebenso die nächste, die dritte ließ sich öffnen. Antonia verharrte auf der Schwelle. Im Raum vor ihr standen Regale voller Kabel und Plastikkanister. Und natürlich schien die Sonne durchs Fenster und warf Licht und Schatten hinein.

Sie ließ die Tür offen stehen und lief bis zur nächsten Abbiegung. Kaum war sie um die Ecke, presste sie sich gegen die Wand und versuchte, ihren Atem und ihren Fluchtreflex unter Kontrolle zu bekommen. Wiemers Schritte näherten sich. Er ging jetzt etwas langsamer und rief ihren Namen, dann war das Geräusch einer sich bewegenden Tür zu hören. »Antonia?«, fragte Vladimir. Hörte sich seine Stimme an, als käme sie aus dem Lager, oder stand er noch immer im Gang? Ein metallisches Rumpeln erklang. Vladimir musste gegen eines der Regale gestoßen zu sein. Er war in die Falle gegangen.

Antonia schaute um die Ecke, Wiemer war nicht zu sehen. Sie hielt die Gabel fest umklammert und lief los, holte weit aus und rammte sie an der Schmalseite der Tür ins Schloss. Dann bog sie die Zinken in ihre Richtung, schlug die Tür zu und stemmte sich dagegen. Aus dem Spalt ragte jetzt der Stiel der Gabel. Antonia bog ihn nach links und rechts, bis er abbrach, und steckte ihn dann zwischen den aus dem Türspalt herausschauenden Gabelzinken hindurch.

In diesem Moment drückte Vladimir von innen gegen die Tür. Antonia wich zurück. Die Türklinke bewegte sich, aber das provisorische Schloss hielt. Sie atmete stoßweise und starrte die Klinke an, von ihren Bewegungen hypnotisiert wie ein Kaninchen von einer Schlange. Sie hatte diesen Trick früher oft angewandt, wenn sie im Labor der Universität heimlich geraucht hatte und sich die Tür nicht abschließen ließ.

»Antonia!«, rief Wiemer und hämmerte gegen die Tür. »Antonia, mach auf. Wir können uns doch wieder vertragen. Ich meine es gut.« Als sie nicht antwortete, wurde seine Stimme wütend. »So lasse ich nicht mit mir umgehen. Ich habe dir meine Gefühle offenbart. Ist dir das überhaupt nichts wert?«

Die Gabel wackelte im Türspalt, fiel aber, gesichert durch den Stiel, nicht herunter. Das Schloss würde eine Weile halten.

Antonia machte sich auf den Rückweg zu ihrer Kabine, sie hielt ihre Unterarme umklammert, um das Zittern ihrer Muskeln unter Kontrolle zu bringen. Dort, wo Vladimir sie gepackt hatte, spürte sie Blutergüsse. Unter normalen Umständen wäre sie jetzt zum Stationsleiter gegangen und hätte den übergriffigen Luftchemiker gemeldet. Dann wäre es Vladimir, der den nächsten Flieger nach Deutschland hätte nehmen müssen. Aber Henlein war so sehr gegen Antonia eingenommen, dass er behaupten würde, sie hätte sich die ganze Geschichte nur ausgedacht.

Sie erreichte die Treppe zu Deck zwei, als ihr jemand von oben entgegenkam. Es war Ignacio. Der Koch winkte ihr freundlich zu und lächelte sie an, trotzdem konnte Antonia erkennen, dass Schatten unter seinen Augen lagen. Er schien geschlafen zu haben. Er trug Shorts und ein zerknittertes T-Shirt.

»Hast du auch die Hilferufe gehört?«, fragte Ignacio. »Es hat deswegen einen regelrechten Auflauf oben im Korridor gegeben. Aber niemand weiß, woher die Rufe kamen. Hoffentlich ist nichts passiert!«

Antonia war froh, Ignacio zu sehen. Sollte sich Vladimir wider Erwarten befreien können, hatte sie jetzt jemanden an ihrer Seite. »Ich habe nichts gehört«, sagte sie. Im nächsten Moment wurde ihr bewusst, dass das ein Fehler war.

»Warum bist du dann mitten in der Nacht unterwegs?« Der Koch legte die Stirn in Falten.

»Ich wollte mir die Station noch einmal ansehen, bevor ich abfliege«, sagte sie und ärgerte sich über ihre Einfallslosigkeit.

Das schien auch Ignacio zu bemerken. »Die Station ansehen«, wiederholte er und verschränkte die Arme, »so ist das also.«

Antonia suchte in seinen braunen Augen nach einem Anzeichen von Ironie. Wusste Ignacio, was sie vorhatte? Ahnte er, dass sie auf eigene Faust losfahren und nach Emilio suchen wollte? Sie beschloss, alles auf eine Karte zu setzen. »Ich brauche Vorräte«, sagte sie. »Für ein paar Tage. Ein paar Konserven würden genügen.« Sie sah ihn aus großen Augen an. »Hilfst du mir?«

Er schien nachzudenken, spitzte den Mund. »Natürlich helfe ich dir«, sagte er dann. »Ich bin schließlich dafür zuständig, dass hier niemand Hunger leidet. Wo und wann die Besatzung ihr Essen zu sich nimmt, geht mich nichts an.« Er schaute sie ernst an, doch um seine vollen Lippen konnte Antonia ein Schmunzeln erahnen.

»Komm mit, wir packen eine kleine Wegzehrung für dich zusammen.«

Antonia folgte dem Koch in die Kantine. Ein Stuhl war umgeworfen, Vladimir musste vorhin dagegengestoßen sein. Ohne ein Wort zu verlieren, stellte Ignacio den Stuhl wieder auf und rückte ihn unter dem Tisch zurecht, an dem schon bald das Frühstück eingenommen werden würde. Dann ging er in die Küche, wo er einen Schrank öffnete, mit seinen muskulösen Armen hineinlangte und ihr Lebensmitteldosen aus Kunststoff anreichte. Antonia stapelte die Behälter auf der Arbeitsfläche aus Edelstahl, an der Ignacio und seine Gehilfen tagsüber das Essen zubereiteten. Rasch hatte sich dort so viel Nahrung angesammelt, dass die gesamte Besatzung damit einen Tag lang durchgefüttert werden konnte.

»Wasser brauchst du ja nicht. Das stellst du mit dem Kocher her.« Ignacio schloss den Schrank, zog einen leeren Karton hervor und begann, die Behälter hineinzustellen.

»Und du verrätst mich nicht?«, fragte sie.

Er legte eine sanfte Hand auf ihre Schulter, seine Berührung war das Gegenteil von der Vladimir Wiemers. »Du tust das Richtige. Achte nur darauf, dass du zu uns zurückfindest.«

»Danke«, sagte Antonia. »Ich hätte nicht gedacht, dass ich an diesem seltsamen Ort so schnell einen Freund finden würde.«

Sie hob den Karton probeweise hoch. »Das schaffe ich allein«, gab sie ihm zu verstehen, als er ihr helfen wollte. Im Rausgehen wandte sie noch einmal den Kopf. »Da ist noch etwas. Ich habe eine der Gabeln aus der Kantine missbraucht, du findest sie auf Deck eins, Lagerraum zweiundzwanzig.«

Kapitel 13

6. Januar

Zwanzig Minuten später stand Antonia in Schutzkleidung gehüllt im Treppenschacht und öffnete die Tür ins Freie. Sie trug einen großen Rucksack, in den sie die Vorräte aus Ignacios Küche gestopft hatte, Verpflegung für etwa zwei Wochen. Allerdings hoffte sie, Emilio früher zu finden.

Draußen fegte der Driftschnee um die Stützpfeiler, und die Flaggen an der Schneeschmelze, die die Station mit Wasser versorgte, wurden durchgeschüttelt. Es war taghell. Dabei hätte Antonia jetzt Dunkelheit willkommen geheißen, Schatten, die sie verbargen, wenn sie in die Garage mit den Pistenbullys hinabstieg. Im Schein der Mitternachtssonne musste sie sich wohl mit der Hoffnung zufriedengeben, dass um diese Zeit alle schliefen, vermutlich sogar Vladimir Wiemer – falls Ignacio ihn aus der Kammer befreit hatte.

Antonia stemmte sich gegen den Wind, die Säume ihres Schutzanzugs flatterten, sie erreichte die Nordseite der Station. Der Abstellplatz für die Pistenbullys ähnelte einer Tiefgarage, eine ins Eis geschnittene Rampe führte hinab. Um sie zu öffnen, musste eine hydraulische Klappe angehoben werden.

Jetzt war die Klappe hinuntergefahren. Antonia hatte beobachtet, dass der Mechanismus zum Öffnen an dem Gerüst zu finden war, an dem die Klappe hing. Sie stellte den Rucksack im Schnee ab und suchte an den grau lackierten Trägern nach Schaltern.

Schnell fand sie den Kasten mit der Technik und musste ebenso schnell feststellen, dass das System verriegelt war. Unter dem Schutzdeckel war ein Schließmechanismus zu sehen, für den man offensichtlich einen Schlüssel brauchte.

Arlo hatte am Tag zuvor einen Pistenbully aus der Garage gefahren, um damit seine Halfpipe aufzuschichten. Er hatte den Mechanismus betätigen können! Jedenfalls war es unwahrscheinlich, dass er einen Schlüssel besaß. Also gab es auf die Frage, warum die Garage jetzt verschlossen war, nur eine Antwort. Justus Henlein hatte den Zugang versperrt, weil er vorhergesehen hatte, was Antonia plante.

Sie ließ den Blick zu den Fenstern von Neumayer III hinaufwandern. Stand hinter einem jetzt Henlein und schaute selbstzufrieden auf sie hinunter? Hatte er sein überhebliches Grinsen aufgesetzt und gratulierte sich dazu, ihr einen Schritt voraus gewesen zu sein? Wenn er Emilio nicht bereits auf dem Gewissen hatte, so gab er sich doch Mühe, am Ende für seinen Tod verantwortlich zu sein, indem er Antonia nicht bei ihrer Suche unterstützte.

Sie ging in die Knie und wühlte Schnee unter der Stahlplatte hervor. Zu Hause, auf dem Hof ihrer Adoptiveltern, gruben sich Füchse auf diese Weise unter dem Gartenzaun hindurch, um zu den Hühnern zu gelangen. Warum sollte das hier nicht auch funktionieren? Die Klappe war ja nur dazu da, Schnee aus der Garage abzuhalten, Räuber gab es hier nicht – jedenfalls bislang.

Nach einigen Zentimetern konnte Antonia die Finger unter die Klappe schieben, damit war ein Teil von ihr schon mal am Ziel. Sie grub weiter, einer ihrer Handschuhe riss, und die Fingerlinge darunter wurden nass. Gerade als sie das Gefühl in den Fingern verlor, stieß sie auf etwas Hartes. Sie hatte damit gerechnet, dass die Eisschicht unter dem Pressschnee auftauchen würde, aber nicht so bald. Sie kratzte links und rechts der Stelle, doch das Eis war überall. Nur mit einem Presslufthammer würde sie da durchkommen. Sie schlug mit der Faust auf die Stahlplatte. Ein dumpfes Dröhnen drang aus dem darunter liegenden Hohlraum herauf, es klang, als wolle die Station sie verspotten.

Antonia ließ sich rücklings in den Schnee fallen und schaute in den verhangenen Himmel. Was sollte sie tun? Ohne Fahrzeug konnte sie nicht aufbrechen. Wenn sie aber nicht bald loskam, war es zu spät. Sie beobachtete, wie ihre Atemfahne in die Luft stieg, um von dem Wind fortgerissen zu werden, ein Sinnbild für ihre Hoffnung, Emilio lebend finden zu können.

Schneegestöber landete auf ihrer Polarbrille. Etwas brummte.

Antonia stutzte. So hörte sich kein Luftzug an. Der Wind in der Antarktis, das hatte sie in den zwei Tagen gelernt, die sie auf der Station war, heulte, sang und pfiff, aber er brummte nicht. Sie richtete sich auf, stützte sich mit einem Ellbogen ab und sah sich um.

Auf der anderen Seite der Station bewegte sich etwas, verschwand hinter den Stützpfeilern, kam wieder dahinter hervor. Es war blau und bewegte sich langsam vorwärts. Antonia blinzelte. Spielten ihre Nerven ihr einen Streich? Sie hatte davon gehört, dass es Luftspiegelungen in der Antarktis geben sollte, ähnlich einer Fata Morgana in der Wüste, die etwas nah erscheinen ließen, was in Wirklichkeit weit, weit entfernt war. Aber zum einen gab es selbst in einigen hundert Kilometern keine Kettenfahrzeuge, und zum anderen saß in dem Pistenbully da vorn Arlo. Er steuerte das Fahrzeug um seine Halfpipe herum, offenbar damit beschäftigt, die Bahn aufzuschütten, um aus noch größerer Höhe noch waghalsigere Sprünge auf dem Snowboard vollführen zu können.

Antonia war auf den Beinen, bevor die nächste Schneeflocke fiel. »Arlo!«, rief sie und rannte auf die Station zu, tauchte darunter weg, umrundete die Stützpfeiler. Dann hatte sie das Kettenfahrzeug erreicht und winkte. Arlo bemerkte sie nicht, er bewegte den Mund, schien zu singen. Sie rief seinen Namen, aber das führte zu nichts. Also nahm sie Anlauf, sprang auf die Trittstiege und packte den Griff, an dem sich der Fahrer normalerweise in die Kabine zog. Mit der freien Hand klopfte sie gegen die Scheibe. Arlos Kopf fuhr herum.

»Ich kann dir den Pistenbully nicht überlassen«, sagte er, nachdem Antonia ihm von ihrem Vorhaben erzählt hatte. Sie saß auf dem Beifahrersitz und wurde in das Polster gepresst, denn das Fahrzeug stand schräg auf der Halfpipe.

»Du könntest sagen, ich hätte dich bedroht, mit einer Waffe«, versuchte es Antonia erneut. Das durfte doch nicht wahr sein! Jetzt bot sich ihr endlich eine Möglichkeit loszufahren, und Arlo stellte sich quer. Sollte sie den jungen Piloten einfach aus der Kabine stoßen und den Pistenbully kapern?

Arlo schüttelte den Kopf. »Es gibt auf dem ganzen Kontinent keine Waffen. Das widerspricht dem Antarktischen Vertrag. Außerdem ist es da draußen allein viel zu gefährlich.«

»Das hat Maxim auch schon gesagt«, knurrte Antonia. »Was ihr beide nicht wisst, ist, dass ich …«

»Deshalb werde ich dich begleiten«, fuhr Arlo fort.

Antonia verstummte und schaute Arlo an, als wäre er eine Gesteinsprobe.

»Warum nicht?« Auf Arlos Gesicht zeichnete sich ein jugendliches Grinsen ab. »Wir müssen auf die neue Kufe warten, und ich habe grad nichts Besseres vor, als mit dem Snowboard über die Halfpipe zu gleiten. Da kann ich genauso gut auf dich aufpassen.«

Aber ich müsste auch auf dich aufpassen, wollte Antonia erwidern. Sie wollte nicht für den jungen Piloten verantwortlich sein, falls etwas geschah und sie nicht zurückkehren würde. Aber sie schwieg. Arlo war ein kräftiger junger Mann, der sich in diesem Land auskannte. Als Pilot wusste er das Wetter einzuschätzen, und wer ein Flugzeug durch einen Schneesturm fliegen konnte, der würde auch mit einem behäbig dahinrollenden Pistenbully zurechtkommen. Vor allem: In seiner Gesellschaft würden die langen einsamen Stunden schneller verfliegen. Sie überschlug im

Geiste, wie viele Lebensmittel sie im Rucksack hatte. »Also gut!«, sagte sie. »Es ist nur so. Wir müssen sofort los. Und du könntest Probleme mit dem Stationsleiter bekommen.«

»Schon klar«, sagte Arlo. »Ich hole meine Sachen aus der Twin Otter. Dafür muss ich nicht mal in die Station.« Er klatschte in die behandschuhten Hände. »Das wird ein Abenteuer. Wenn ich Maxim davon erzähle, wird er blass werden vor Neid. Ich kann schon seine russischen Flüche hören, die er ausstoßen wird, wenn wir zurückkehren.«

Ja, wenn …, dachte Antonia. Überleben war im ewigen Eis eine Kunst, und sie hoffte, dass sie diese noch immer so gut beherrschte wie damals. Ein Gedanke schoss ihr durch den Kopf. »Ich hole auch noch etwas, wir treffen uns in einer Viertelstunde hier.«

*

Er schlug mit der Faust gegen die Scheibe, aber das, was er draußen gerade gesehen hatte, ließ sich dadurch nicht ungeschehen machen. Antonia Rauwolf war im Begriff, mit dem kanadischen Piloten loszufahren, um ihren Bruder zu suchen.

Sein Plan war fehlgeschlagen! Dabei hatte er alles Erdenkliche unternommen, um die Rauwolf von der Station zu entfernen. Die Tür im Gewächshaus: Die hatte er geöffnet, und Antonia war dafür verantwortlich gemacht worden. Wie er erfahren hatte, sollte sie die Station so bald wie möglich verlassen. Doch diese Frau gab sich so einfach nicht geschlagen. Statt ihre Sachen zu packen und ihre Initialen in eine Wand zu ritzen, hatte sie versucht, einen Pistenbully zu kapern. Das hatte er vorausgesehen und dafür gesorgt, dass die Tiefgarage abgesperrt war. Allerdings hatte er nicht mit dem kanadischen Piloten gerechnet, demjenigen, der wie ein Japaner aussah. Der hatte schon vorgestern eines der Fahrzeuge ins Freie geholt, und jetzt schien er sich mit Rauwolf verabredet zu haben, gemeinsam ins Eisland aufzubrechen. Jedenfalls sah es ganz danach aus.

Die Zeit der heimlichen Intrigen war vorbei. Jetzt half nur noch eins.

Er riss die Matratze vom Bett, darunter kam die Glock zum Vorschein. Die Waffe lag in seiner Hand wie eine Spielzeugpistole. Aber das, was er damit vorhatte, war alles andere als ein Vergnügen.

*

Arlo verschwand in Richtung des Flugzeugs, Antonia lief zum Gewächshaus. Der Wind kam von hinten und verlieh ihren Schritten Schwung. Sie stieg die Treppe zum Container hinauf und öffnete die sorgfältig verschlossene Tür. Im Innern herrschte jetzt wieder die für Eden normale Temperatur, es war warm, aber nicht heiß. Die Überreste der Pflanzen hingen welk in ihren Anzuchtkästen, und auch die Orchidee war noch da. Antonia nahm sie aus dem Regal und ließ die Nährflüssigkeit von den Wurzeln tropfen. Sie fand einen Blumentopf mit ein wenig Erde darin und pflanzte die Orchidee hinein.

An der Tür blieb sie stehen und nahm noch einmal die Hand von der Klinke. Sie war gerade dabei, die einzige überlebende Pflanze des Gewächshauses in die Kälte hinauszutragen, bis zum Pistenbully waren es einige hundert Meter. Keine normale Pflanze konnte das überstehen. Aber diese hier, die Lieblingsblume ihres Bruders, hatte auch die Katastrophe im Gewächshaus überlebt. Emilio hatte dafür gesorgt, dass sie gegen Kälteextreme resistent wurde. Die Pflanze vermittelte Antonia das Gefühl, ihrem Bruder nah zu sein. Sie wollte sie bei sich haben.

In diesem Moment begriff sie, dass es nicht allein die Orchidee war, die sie zögern ließ. Sie trug noch etwas anderes aus der Neumayer-Station heraus: das Wissen um Emilios Entdeckung.

Nach ihrem Bruder war sie die Einzige, die von den wandernden Steinen wusste, die vermutete, dass die seltsamen Schwämme von einem Ort stammen mussten, an dem es mehr von ihnen gab.

Was würde aus diesem Wissen, wenn auch Antonia nicht aus der Eiswüste zurückkehrte? Die Antwort war einfach: Niemand würde davon erfahren. Eine möglicherweise einzigartige Entdeckung in der Geschichte der Biologie wäre verloren. Sie musste mit jemandem sprechen, einem der anderen Forscher das Geheimnis anvertrauen.

Antonia tauchte aus den Tiefen ihrer Gedanken auf und schüttelte den Kopf. In welchen Bahnen dachte sie da überhaupt? Warum sollte sie über Emilios Forschungen sprechen, wenn er das doch viel besser selbst konnte? Sie würde ihren Bruder finden, zurück zur Station bringen, und dort konnte er selbst entscheiden, wem und wann er etwas preisgab.

Sie ging hinaus und schloss die Gewächshaustür. Der Wind blies ihr jetzt ins Gesicht. Antonia stemmte sich dagegen und versuchte, die Orchidee so gut wie möglich mit ihrem Körper zu schützen, trotzdem konnte sie nicht verhindern, dass einige Blütenblätter abrissen und davonflogen. Ein Gefühl von Verlust stach sie. Sie lief schneller.

Von Weitem konnte sie erkennen, dass Arlo den Polar 300 bereits erreicht hatte. Er startete den Motor, das Geräusch zerfaserte im Wind, aber die Scheinwerfer leuchteten auf, als sie Strom von der Maschine bekamen.

Um von Eden zu Arlo zu gelangen, musste Antonia die gesamte Länge der Station abschreiten. Auf Höhe des Treppenschachtes bemerkte sie im Augenwinkel eine Bewegung. Die Tür zur Station wurde aufgerissen, und eine in rote Schutzkleidung gehüllte Gestalt erschien. Antonia blieb stehen. War das Vladimir Wiemer? Oder Henlein? Hatte er tatsächlich aus dem Fenster geschaut, schlaflos wegen des Sonnenlichts, und gesehen, was sich vor der Station abspielte?

Mit einem Mal streckte der Vermummte den Arm aus. Er hielt etwas in der Hand. Erst als sie den Schuss hörte, erkannte Antonia, dass er eine Pistole auf sie richtete. Sie presste die Orchidee noch enger an sich und rannte auf den Pistenbully zu. Hinter dem ersten Pfeiler ging sie in Deckung. Ihr Mund zitterte. Sie schloss die Zunge hinter den Zähnen ein, verwirrt darüber, dass ihre Gedanken noch immer mit der Frage beschäftigt waren, wie sie die Orchidee unbeschadet in die Kabine des Kettenfahrzeugs bringen sollte.

Jemand versuchte, sie zu töten.

Antonia blieb keine Zeit, sich Fragen zu stellen. Sie hörte Schritte näherkommen, Stiefel knirschten im Pressschnee. Und von links näherte sich der Polar 300 mit aufheulendem Motor. Arlo trat das Gaspedal durch.

Antonia leckte sich über die Lippen, wo ihr Speichel augenblicklich gefror. Sie konnte auf den Angreifer zulaufen und versuchen, ihn zu entwaffnen, doch das würde nur funktionieren, wenn er bis auf wenige Schritte herankam. Sie konnte sich hinter den Pistenbully werfen, aber dort war sie ebenso wenig in Sicherheit wie irgendwo sonst. Außerdem würde Arlo dann zur Zielscheibe werden.

Eine Person mit einer Pistole. Wie sollte sie dagegen bestehen?

Die Schritte kamen näher. Antonia hob die Orchidee hoch, holte aus und warf sie, so weit sie konnte, in Richtung Gewächshaus, dann rannte sie in die entgegengesetzte Richtung, auf Arlo zu. Sie hörte den nächsten Schuss. Sie lief noch immer, anscheinend hatte sich der Schütze lange genug ablenken lassen.

Arlo hielt ihr die Tür auf, sie sprang in die Kabine, achtete nicht auf Arlos Protest und hämmerte mit der Faust auf die Hupe.

Das Gebrüll eines Dinosauriers gellte durch die taghelle Nacht. Antonia hatte gehofft, die Hupe würde kräftig sein, so laut, dass sie sogar durch das Heulen eines antarktischen Sturms zu hören war. Aber die Dezibel, die jetzt durch den Wind fegten, waren so mächtig, dass sich noch die Pinguine in der Atka-Bucht die Ohren zuhalten würden.

Antonia rammte einen Fuß auf das Gaspedal, wo Arlos Stiefel stand. Das Fahrzeug machte einen Satz nach vorn. Im nächsten Moment war durch das Kreischen der Hupe ein weiterer Schuss zu hören. Der Polar 300 bekam einen Stoß. Ihr Begleiter packte das Lenkrad, während Antonia weiter auf die Hupe drückte. Arlo rief etwas, dass durch den Lärm nicht zu hören war, und lenkte das Kettenfahrzeug von der Station weg.

Antonia erwartete einen weiteren Treffer. Als nichts geschah, nahm sie die Hand von der Hupe und wandte sich zur Station um. Der Schütze war verschwunden. Dafür öffnete sich jetzt der Eingang, und mehrere Besatzungsmitglieder kamen heraus. Sie trugen keine Schutzkleidung, einige sogar nur T-Shirts. Zwar konnte Antonia durch das verschneite Seitenfenster nicht viel sehen, aber Justus Henlein war in der Gruppe zu erkennen.

Der Attentäter war fort. Er musste in der Nähe im Verborgenen lauern, darauf wartend, dass er sich unbemerkt in die Station schleichen und wieder unter die Besatzung mischen konnte. Antonia dachte darüber nach, anzuhalten und Henlein zu berichten, was geschehen war.

Aber dann würde der Stationsleiter sie nicht mehr fahren lassen.

Einige der Besatzungsmitglieder kamen jetzt auf den Pistenbully zu. Sie waren eilig aus der Station gekommen, niemand trug Schutzkleidung. Sie würden es nicht lange im Freien aushalten.

»Gib Gas!«, rief sie Arlo zu.

TEIL

2

Kapitel 14

7. Januar

Antonia hatte sie immer gerngehabt, die roten Häuser im weißen Schnee. Sie hatten sie an ihr Lieblingsmärchen erinnert, in dem es Rosenblüten schneite, bis die Menschen von ihrem Duft so verzaubert waren, dass alles Böse aus der Welt verschwand. Esperanza, Hoffnung, hieß die argentinische Station in der Antarktis, Antonias Zuhause.

Sie war fünf Jahre alt und lebte in der Station so behütet wie in einem kleinen Dorf. Die vierzehn Häuser von Esperanza lagen an der Küste, und im Sommer gab es Eisberge und hunderttausend Adeliepinguine in der Bucht und einige warme Tage. Die meiste Zeit des Jahres jedoch herrschte der lange, dunkle Winter. Die Erwachsenen litten unter Finsternis und Kälte, aber für Antonia und Emilio war diese Zeit etwas Natürliches, sie kannten das Leben nicht anders, denn beide waren in Esperanza geboren worden – Kinder der Antarktis.

Die Geschwister sowie sechs weitere Kinder waren Teil eines Programms der argentinischen Militärdiktatur. Wie viele andere Staaten versuchte auch Argentinien, Besitzansprüche auf den Südkontinent zu erheben. Unter dem Eis lagerten die reichsten Bodenschätze der Welt: Gold, Diamanten, Erdöl, Kohle, Nickel, Kupfer, Platin. Der Zugriff aber war verboten. Im Antarktisvertrag von 1959 und dem Madrider Protokoll von 1991 hatten sich fünfundvierzig Staaten verpflichtet, das Land am Ende der Welt ausschließlich friedlich zu nutzen und dort weder Militär zu stationieren noch Bodenschätze zu fördern. Argentinien gehörte zu den unterzeichnenden Ländern, doch die Regierung Jorge Rafael Videlas versuchte durch die Hintertür an die Reichtümer zu gelangen.

Die Südspitze Argentiniens und der Nordzipfel der antarktischen Halbinsel liegen nur etwa tausend Kilometer voneinander entfernt, das war die Entfernung zwischen Berlin und Paris, kein anderes Staatsgebiet reichte so nah an den Südkontinent heran. Vielleicht glaubte der argentinische Präsident deshalb, er habe vor allen anderen Ländern das Recht, Ansprüche auf das Land zu erheben. Antonia und Emilio sollten ihm dabei helfen.

Von Buenos Aires kommend landete im November 1978 ein Flugzeug auf der Halbinsel. Zu den Passagieren gehörte das Forscherehepaar Santino und María Egea Gonzaga. Als María zum ersten Mal einen Fuß auf den polaren Boden setzte, spürte sie einen stechenden Schmerz, der sie in die Knie gehen ließ. Sie war im siebten Monat schwanger und sollte, so der Wunsch der Regierung, ihr Kind auf der Krankenstation von Esperanza zur Welt bringen. Denn eines gab es in der Antarktis nicht: Ureinwohner. Der Kontinent war schon immer menschenleer gewesen. Als er noch aus Landmasse bestand, bevor das Eis über ihm wuchs, gab es noch keine Menschen, und als sie vor einigen Millionen Jahren auftauchten, war der Südkontinent bereits unbewohnbar.

Emilio Egea Gonzaga wurde am 7. Januar 1978 als erster Mensch in der Antarktis geboren. Er sollte die Ansprüche Argentiniens auf den eiskalten Boden untermauern. Zwar funktionierte das nicht, denn die anderen Staaten ließen diesen Trick nicht gelten, dennoch lief das Programm noch eine Weile weiter. Insgesamt kamen bis 1983 acht Kinder in der Station Esperanza zur Welt, eines davon war Antonia.

Der Geruch von gegrilltem Fisch, die von Robbenfett schwarzen Bretter der Vorratslager, lange Abende im Kreis der Forscher, wenn es nichts weiter zu tun gab, als sich gegenseitig Geschichten zu erzählen – Antonia und Emilio liebten ihr Zuhause. Wenn jemand ihnen von großen Städten berichtete, dachten sie, es handele sich um Märchen und wollten nicht glauben, dass es so etwas wirklich gab. Die Geschwister lernten Laufen im Schnee und Sprechen mit vom Frost gelähmter Zunge. Mit fünf Jahren kannten sie die einheimischen Tierarten der Küstenregion mit lateinischen Namen, denn ihre Eltern waren Biologen.

All das endete an einem stürmischen Tag am Ende eines kurzen Sommers. Die Sonne hing bereits tief über dem Horizont, und die antarktische Nacht kündigte sich an, als María früher als sonst aus dem Labor kam und Antonia und Emilio aufforderte, sich auf eine Reise vorzubereiten. Alles, was sie mitnehmen durften, musste in einen kleinen Koffer passen.

Antonia hielt sich nicht an die Anordnung der Mutter und ließ ihre Kleidung zurück, um stattdessen ihre Lieblingsstofftiere, den Elefanten Bautista und den Pinguin Valentin, mitzunehmen. In dicke Schutzkleidung gehüllt, lief sie neben ihrem Bruder her, an der Hand ihrer Eltern zum Flugfeld, wo eine Propellermaschine mit laufendem Motor wartete. Darin saß ein Pilot, den Antonia nie zuvor auf der Station gesehen hatte. Er sah gar nicht aus wie ein Argentinier, seine Haut war viel heller, und er sprach Spanisch mit fremdartigem Akzent.

Das Flugzeug war noch nicht in der Luft, als der Pilot anfing, Antonias Vater anzuschreien, der ebenfalls im Cockpit saß. Santino wurde ebenfalls laut, was sonst nur vorkam, wenn er ausgelassen mit den Kindern herumtobte. Antonia hörte Schüsse, sie wusste, dass es Schüsse waren, denn sie war schon mit den Erwachsenen auf die Robbenjagd gegangen. Aber auf dem Rollfeld gab es keine Robben.

Bald darauf flogen sie durch die Luft, so etwas hatten die Geschwister noch nie erlebt, das Land lag tief unter ihnen, und alles wackelte und vibrierte. Die Aufregung legte sich, und unter den beruhigenden Worten ihrer Mutter schliefen Antonia und Emilio auf ihren Sitzen ein.

Irgendwann, es mochten Stunden oder Tage vergangen sein, das war am Stand der Sonne nicht zu erkennen, erwachte Antonia, weil sie gegen das Fenster neben ihrem Sitz gepresst wurde. Die Maschine lag schief, die Tragfläche neigte sich in Richtung Erdboden. Emilio fiel gegen Antonia, auch er erwachte und schaute sie aus verschlafenen Augen an.

Das Nächste, an das sie sich erinnern konnte, war der Arm ihrer Mutter, der sich um die Kinder legte und sie festhielt, dass es schmerzte. Von vorn waren wieder die aufgeregten Stimmen der beiden Männer zu hören.

Dann stürzte die Maschine ab.

Es fühlte sich an, als werde ihr Magen durch den Hals gedrückt. Sie erbrach sich auf ihre Kleider, stellte dabei fest, dass ihre Beine plötzlich über ihr waren und im nächsten Moment wieder dort, wo sie hingehörten. Emilio kreischte, tröstende Worte der Mutter blieben aus. Durch das Fenster konnte Antonia den Horizont erkennen, der im einen Moment eine senkrechte Linie bildete, im nächsten wieder waagerecht stand. Sie wusste, was der Tod war, sie wusste auch, dass er mit ihr im Flugzeug saß, dennoch empfand sie keine Angst. Ihre Eltern waren bei ihr, was konnte schon passieren?

Der Absturz ging in ein Gleiten über, der Motor hatte aufgehört zu dröhnen, die Propeller an den Tragflächen drehten sich nicht mehr, aber die Maschine hatte sich ausgerichtet und sank sanft. Antonia beruhigte sich ein wenig, fand genug Kraft, um ihrem Bruder Trost zuzusprechen, denn Emilio weinte von Krämpfen geschüttelt. Dann setzte das Flugzeug auf. Die Welt vor dem Fenster drehte sich, Antonia hatte von Karussells gehört und stellte sich vor, sie säße in einem. Es gab einen Schlag, sie sah noch, wie ihre Mutter aus dem Sitz gerissen wurde und davonflog, dann schlug sie selbst mit dem Kopf gegen etwas Hartes und konnte mit einem Mal nicht mehr denken.

Als es wieder hell wurde, sah sie das Gesicht ihres Vaters über sich, es hing am tiefblauen Himmel wie der Mond, allerdings hatte dieser Mond Blut im Gesicht, Blut und Tränen. Er drückte Antonia an sich, sie konnte seinen Körper kaum spüren, so dick waren sie beide in die Schutzanzüge verpackt, dennoch merkte sie, dass er zitterte.

Sie blinzelte. Nach und nach kehrte ihre Sehkraft zurück. Sie saß im Schnee und lehnte gegen einen Rucksack, die Sonne schien, und rings um sie her gab es nichts als Eis. In einiger Entfernung entdeckte sie das gelb lackierte Flugzeug mit der Nase im Schnee und einem Loch in der Windschutzscheibe, die gezackten Splitter waren rot gefärbt. Wo war die Küste, wo war Emilio, wo ihre Mutter?

Als Erstes holte Santino ihren Bruder. Die Geschwister fielen sich in die Arme, Antonia hatte befürchtet, dass Emilio etwas geschehen sein könnte. Doch die Erleichterung verwandelte sich in Entsetzen, als der Vater ihnen eröffnete, dass ihre Mutter bei der Bruchlandung ums Leben gekommen war. Auch der Pilot war gestorben. Antonia nahm die Nachricht wie durch einen Nebel wahr. Sie fühlte sich erstarrt wie das Eis, das sie unter ihren Stiefeln spürte, das Eis, das überall um sie herum war, und in diesem Moment ließ sie es in sich hinein. Emilio hockte neben ihr und schluchzte. Auch Antonia spürte Tränen aufsteigen und die Verzweiflung nach ihrem Herzen greifen. Sie öffnete Mund und Augen ganz weit und erlaubte es der polaren Luft, durch sie hindurchzuströmen. Die Tränen gefroren, bevor sie fallen konnten, und die Verzweiflung verdorrte im Frost, der Antonia nun vollends ausfüllte.

Dann sagte ihr Vater etwas, das Antonia davon überzeugte, er müsse bei der Landung verrückt geworden sein. Sie und Emilio sollten ihre Oberkörper freimachen, ihre Jacken ausziehen und alles, was sie darunter trugen, bis er ihre nackten Arme sehen könne. Antonia weigerte sich, auch Emilio schaute den Erwachsenen an, als habe er sich in ein Ungeheuer verwandelt, und mit dem Blut überall auf seinem Gesicht und seiner zerrissenen Kleidung sah er auch ein bisschen so aus. Aber er war immer noch ihr Vater, Santino Egea Gonzaga. Antonia wusste, dass er ihnen niemals etwas Böses wollen würde, sondern immer nur das Gegenteil, und wenn dieses Gegenteil erforderte, dass sich die Kinder bei minus zwanzig Grad auszogen, dann musste er seine Gründe dafür haben.

Es ging schnell. Nur kurz spürte Antonia den Biss der Polarluft auf der Haut und den Stich der Spritze, deren Nadel ihr Vater schnell in ihren Arm versenkte. Schon im nächsten Moment war das Instrument wieder fort, und Santino half ihr, sich anzuziehen. Dann war Emilio an der Reihe.

Antonias Arm schmerzte von der Injektion, da legte Santino einen olivgrünen Kasten in ihre kleine Hand. Der Kasten hatte Knöpfe, die von einer Abdeckung aus durchsichtigem Kunststoff geschützt waren. Ein rotes Lämpchen blinkte. Der Vater schärfte Antonia ein, dass sie das Gerät keinen Moment lang loslassen durfte, nicht einmal, wenn sie schlief. Niemals. Bis man sie gefunden hatte.

Zuerst verstand Antonia nicht, was er damit meinte. Dann erklärte er, dass sie und Emilio zu Freunden gehen sollten, Freunden, die im Osten auf sie warteten – er zeigte mit dem Arm in eine Richtung. Aber er hätte auch in eine andere deuten können, sie sahen alle gleich aus.

Die Fragen der Geschwister waren so zahlreich wie die Schneeflocken, die zu fallen begannen, Santinos Antworten hingegen so spärlich wie ein Sonnenstrahl in der antarktischen Nacht. Das genügte nicht. Antonia beschloss, auf keinen Fall ohne ihren Vater in die Kälte hinauszugehen, ganz gleich, ob dort Freunde auf sie warteten. Was sollten das für Freunde sein? Die einzigen Freunde, die sie hatte, lebten in Esperanza, und das lag nicht im Osten, sondern im Westen.

Santino redete auf die Kinder ein, beschwor sie, seinen Anordnungen zu folgen, versicherte immer wieder, dass es nicht weit sei, und dass die Spritze, die er ihnen gegeben hatte, ihnen helfen würde, es bis zum Ziel zu schaffen. Er selbst, so gestand er ein, werde zurückbleiben und später nachkommen, denn bei dem Absturz hatte er sich verletzt – nur leicht, wie er behauptete. Deshalb war es wichtig, dass Antonia und Emilio Hilfe holten, und zwar so schnell wie möglich.

Das leuchtete Antonia ein. Ihre Mutter war gestorben, aber ihren Vater konnten sie retten. So eine Geschichte hatte sie schon einmal an den langen Winterabenden in Esperanza gehört, allerdings mussten die Retter dabei nicht durch Schnee und Eis irren, sondern durch ein heißes Land voller riesengroßer Pflanzen.

Sie würden es schaffen.

Vor dem Flugzeug stand ein Schlitten. Darauf war allerlei Ausrüstung festgebunden, von der ihr Vater so viel herunternahm, bis der Schlitten leicht genug war, damit die Kinder ihn zu zweit ziehen konnten. Santino zeigte ihnen, wie man einen Schneeschutz baut. Das wäre sogar lustig gewesen, wäre ihr Vater dabei nicht mehrfach zusammengebrochen. Schließlich blieb er im Windschatten des Flugzeugs sitzen und erklärte Antonia und Emilio, was sie zu tun hatten. Sie lernten schnell, es war ein bisschen, wie ein Iglu zu bauen, aber dafür benötigte man mindestens einen Erwachsenen und eine Schneesäge.

Irgendwann schloss ihr Vater die Augen und blieb im Schnee liegen. Emilio schüttelte ihn, versuchte, ihn zu wecken und rief Antonia zu, dass sie ihn ins Flugzeug bringen mussten. Doch Antonia zog ihren Bruder von dem leblosen Körper fort und überzeugte ihn mit fester Stimme davon, dass die Zeit des Aufbruchs gekommen sei. Ihr Vater brauche Ruhe, und sie sollten die Freunde, von denen er gesprochen hatte, erreichen, damit ihm schnell geholfen werden könne. Sie war zwar die jüngere der beiden Geschwister, aber ihr Mut war größer.

Gemeinsam brachen die Kinder auf, ließen das Flugzeug und die drei Leichen zurück und machten sich auf den Weg.

»… in Richtung Neumayer-Station«, sagte Antonia und schaute auf die blaue Flamme des Gasbrenners, die ein beinahe heimeliges Licht auf die gelbe Zeltplane warf. Der Becher frisch geschmolzenen Schnees wärmte ihre Hand, und der Geruch von auftauender Pasta stieg ihr in die Nase. Arlo saß ihr gegenüber auf seinem Schlafsack und rührte in einem Topf aus verkratztem Aluminium. Sie kampierten, nachdem sie fast den gesamten Tag mit dem Pistenbully gefahren waren. Zur Ausrüstung des Polar 300 gehörte ein Zelt mit Kocher und Schlafsäcken, und die Lebensmittel stammten aus der Kiste, die Ignacio für Antonia in seiner Küche befüllt hatte. Antonia empfand dem Koch gegenüber eine tiefe Dankbarkeit.

»Wie habt ihr das bloß überlebt?« Arlo unterbrach seine Rührbewegungen und ließ die Nudeln Wärme annehmen. »Zwei Kinder allein in der Antarktis. Ihr seid vermutlich im Kreis gelaufen und herumgeirrt.« Er streckte eine Hand aus und berührte Antonia sanft am Arm.

»Manchmal weiß ich selbst nicht, ob sich alles wirklich so zugetragen hat«, sagte sie, »aber die Erinnerungen sind da, einige so schmerzhaft, als wäre es gestern gewesen.« Sie trank einen Schluck und legte sich auf den Schlafsack, dessen Daunenfedern sie bei Temperaturen bis zu minus einundfünfzig Grad warmhalten sollten. Darunter lagen eine Thermomatte und eine Wolldecke. Sie stützte den Kopf mit der Hand auf und schaute Arlo beim Kochen zu. Die kreisenden Bewegungen seiner Hand strahlten Ruhe aus. »Vermutlich haben wir uns tatsächlich verlaufen, aber der Peilsender, den ich fest in der Hand hielt wie einen Schatz, muss die Leute von der Neumayer-Station auf unsere Spur gebracht haben. Jedenfalls haben sie uns gefunden.«

»Hatte euer Vater einen Funkspruch abgesetzt, als das Flugzeug abstürzte?«, fragte Arlo.

»So muss es gewesen sein«, sagte Antonia. »Ich verstehe bis heute nicht, warum wir überhaupt losgeflogen sind und warum man auf uns geschossen hat. All das ist für Emilio und mich ein Rätsel geblieben. Die einzigen Menschen, die etwas darüber wussten, sind tot. Mein Bruder und ich wurden nach Deutschland geschickt und dort von einer Familie aufgenommen, von Bekannten meiner Eltern, Friedrich und Elisabeth Rauwolf. Sie haben uns adoptiert.«

»Warum hat man euch nicht nach Argentinien gebracht?«, fragte Arlo. »Hattet ihr dort keine Verwandten?«

»Ich glaube, daran waren die unruhigen Zeiten schuld. Während der Militärdiktatur verschwanden dort viele Menschen auf unerklärliche Weise. Man hielt es wohl für besser, uns nach Deutschland zu bringen. Es hat auch keine Nachfragen vonseiten der Argentinier gegeben. Vermutlich glaubte man dort, wir seien umgekommen.«

»Und deine Eltern? Hat man die gefunden?«

»Die Neumayer-Besatzung hat die Leichen geborgen und sie zurück nach Buenos Aires geschickt. Dort sollten sie begraben werden, aber als ich später Nachforschungen anstellte, wusste dort niemand von ihrem Verbleib. Dreimal war ich in Argentinien, habe ihre Gräber aber nie gefunden, nur eine Meldung in einem Zeitungsarchiv. Darin stand, dass Santino und María Egea Gonzaga bei einer Expedition auf dem Schelfeis ums Leben gekommen waren.«

»Was für eine rätselhafte Geschichte«, sagte Arlo. Er schaufelte die Pasta in Plastikschalen und reichte Antonia eine Portion. Sie aßen schweigend, Antonia genoss den warmen Dampf, der von dem Gericht aufstieg und ihr Gesicht einhüllte. Kauend fragte Arlo: »Dann ist dein Besuch auf Neumayer eine Art Rückkehr für dich gewesen, oder?«

Antonia ließ ihre Schale sinken. »Die Station gab es damals in dieser Form noch nicht«, erklärte sie. »Neumayer III ist erst 2009 in Betrieb genommen worden. Bei meinem Aufenthalt dort war es noch Neumayer I, ein System aus Metallröhren, es sah ein bisschen aus wie ein U-Boot. Aber viel weiß ich nicht mehr darüber.«

»Hat man die alte Station abgebaut? Oder lag die ganz woanders?«

»Soviel ich weiß, musste man sie in den Neunzigerjahren aufgeben, weil sie immer tiefer ins Eis einsank. Da soll sie heute noch liegen, ein Eis-U-Boot, wenn du so willst. In zehn Metern Tiefe gibt es die Räume noch. Die neue Station steht auf Pfeilern, die sich anheben lassen«, erklärte Antonia. »Sonst würde auch sie langsam versinken.«

»Eines Tages wird uns alle mal dieses Schicksal ereilen«, sagte Arlo und hob sein Glas. »Trinken wir darauf, dass es noch lange nicht so weit sein wird.«

Antonia war von dem feierlichen Ton des Kanadiers überrascht, aber sie prostete ihm zu, und das Wasser der Antarktis schmeckte ein bisschen wie Wein.

»Verrätst du mir jetzt, wo unser Ziel liegt?«, fragte Arlo. »Ich werde das Gefühl nicht los, dass du es genau kennst.«

Antonia nickte. Es war an der Zeit, ihren Begleiter einzuweihen. »Zwischen unserem Standort und dem Punkt, von wo aus das letzte Lebenszeichen von Emilio und Malatesta kam, liegen zweihundert Kilometer. Und etwa auf der Hälfte der Strecke befindet sich der Ort, an dem damals das Flugzeug mit meiner Familie notgelandet ist.«

Der Rand von Arlos Becher schien an seinen Lippen festzufrieren. Er schaute Antonia aus großen Augen an.

»Es war eine Lockheed C-130 und: Ja, ich glaube, dass die Maschine noch da ist«, fuhr Antonia fort. »Mittlerweile muss sie genauso tief im Eis versunken sein wie die alte Neumayer-Station. Wenn der Rumpf von dem Gewicht nicht zerdrückt wurde, wenn Emilio und Malatesta einen Schacht ins Eis treiben konnten, dann könnten sie darin Unterschlupf gefunden haben.«

»Das sind eine Menge Wenns«, sagte Arlo vorsichtig.

»Es gibt noch eins«, erwiderte Antonia leise. »Wenn wir nicht bald dorthin kommen, ist es vielleicht zu spät.«

Die Mahlzeit verwandelte sich in Wärme, Antonias Füße, die seit ihrer Ankunft in der Antarktis nicht mehr warm geworden waren, kribbelten, und eine wohlige Ruhe breitete sich in ihr aus. Als es Zeit wurde, in die Schlafsäcke zu kriechen, schob sie ihren Schlafsack dicht an Arlos heran.

»Es stört dich doch nicht, wenn ich ein wenig zudringlich werde?«, fragte sie.

»Ich verstehe schon«, gab er zurück, »wegen der Wärme.«

Antonia wollte noch etwas hinzufügen, aber sie schwieg. Sie legte sich in ihrer Thermowäsche schlafen und hörte zu, wie Arlo neben ihr raschelnd in seinen Schlafsack kroch. Das Licht der Mitternachtssonne fiel durch den Zeltstoff. Diesmal, das wusste Antonia genau, konnte ihr die Helligkeit nichts anhaben, nicht, solange dieser tollkühne junge Kanadier bei ihr war.

»Danke, dass du mir hilfst«, murmelte sie. Ob er ihr noch antwortete, wusste sie nicht, denn im nächsten Augenblick war Antonia eingeschlafen.

Kapitel 15

8. Januar

Der Motor jaulte wie ein angeschossener Hund, dann gab es ein knirschendes Geräusch, und der Bohrer blieb stecken. Heiße sizilianische Flüche auf den Lippen stapfte Malatesta um das Gerüst herum und sah sich den Schlamassel an. Es war nicht das erste Mal, dass er den Bohrer mit der Kettensäge aus dem Eis befreien musste. Diesmal jedoch schien es schwieriger zu werden. Aus dem Bohrloch, in dem das Gestänge verschwand, quoll schwarzer Rauch. Malatesta versuchte, ihn beiseitezuwedeln und etwas in dem Loch zu erkennen, aber der Bohrkopf war zu tief im Eis verschwunden. Es war ein Risiko gewesen, so weit nach unten vorzudringen, denn jetzt schien sich der Bohrer festgefressen zu haben, und das konnte nur eins bedeuten: Er war auf Fels gestoßen. Dort unten endete der Eisschild, und der feste Boden begann: Gestein, auf das seit dreißig Millionen Jahren kein Sonnenstrahl gefallen war.

Malatesta schaute auf die Messgeräte. Eintausendfünfhundert Meter tief war er vorgedrungen. Der gesamte Eisschild war zwischen dreitausend und viertausend Meter hoch. Er war also erst auf der Hälfte angelangt, hatte vermutlich den Hang eines Berges erwischt. Die Chancen standen gut, dass es sich um einen Vulkan handelte, denn in dieser Region war jüngst das neue Vulkanfeld entdeckt worden, das Malatesta als Geologe hatte untersuchen sollen. Er lachte in sich hinein. Er untersuchte es ja auch, allerdings auf andere Weise, als sich die Kollegen von Neumayer III das vorgestellt hatten. Nicht nach vulkanischer Aktivität forschte er, sondern nach Kimberlit, einer Gesteinsart, die Diamanten enthalten konnte. Kimberlit gab es an vielen Orten der Welt, allerdings in unerreichbaren Tiefen. An die Oberfläche gelangte das Gestein durch vulkanische Eruptionen. Wenn Magma aus dem Erdmantel aufstieg, drang es durch die Erdschichten, in denen sich vor über hundert Millionen Jahren Diamanten gebildet hatten, und transportierte sie nach oben. Dabei entstand das Kimberlit, es legte sich in geschmolzener Form um die Diamanten und erkaltete nach dem Ausbruch. Zurück blieb ein Stück Stein in Karottenform, das einen Schatz in seinem Innern bergen konnte.

Malatesta beugte sich weit über das Bohrloch und hielt sich am Gestänge des Bohrers fest. Unter ihm öffnete sich der Abgrund, der sowohl zur Endlichkeit des Lebens als auch zu unendlichem Reichtum führen konnte.

Zunächst einmal musste der Bohrer befreit werden. Malatesta ging zu einem der Container hinüber, die auf den Anhängern des Pistenbullys standen, und holte den Schlauch aus Kevlar heraus. Ein Ende befestigte er an der Heißwasseranlage, die er genau zu diesem Zweck mitgenommen hatte, das andere Ende hängte er in das Bohrloch. Das heiße Wasser würde bis zum Grund des Lochs fließen und es erweitern. Mit etwas Glück kam der Bohrer wieder frei. Bis es so weit war und das Millionen Jahre alte Eis auf das warme Wasser reagierte, würde mindestens ein ganzer Tag vergehen – ungenutzte Zeit sinnlosen Wartens.

Malatesta schaufelte Schnee in die Heißwasseranlage und füllte den Generator bis zum Rand mit Diesel, um ihn einige Stunden am Laufen zu halten. Er überprüfte noch die hydraulischen Schläuche, denn sie waren besonders kälteanfällig. Dann holte er sein Gewehr aus dem Zelt und schwang sich auf das Schneemobil. Er wollte seiner Wut bei der Pinguinjagd freien Lauf lassen. Zwar benötigte er noch kein frisches Fleisch – der Rest der Robbe von vorgestern lag gefroren vor seinem Zelt und würde noch eine Weile frisch bleiben – aber er liebte es, auf die albernen Vögel zu schießen, sie brachten ihn zum Lachen mit ihrer tölpelhaften Art. Besonders komisch fand Malatesta, dass er einen von ihnen töten konnte, und die anderen blieben einfach um den Kadaver herum stehen, weil sie nicht kapierten, was los war. Wie geistlos Tiere waren! Wie konnte ein Lebewesen existieren, ohne zu wissen, was der Tod war und dass es irgendwann sterben musste? Das ganze Dasein war doch auf diesen einen Punkt ausgerichtet. Ohne das eigene Ende im Blick zu haben, verschwamm das Leben zu einer unendlichen Fläche der Bedeutungslosigkeit, einer Fläche, weit und wüst wie die Antarktis.

Er startete das Ski-Doo und fuhr los. Zwischen aufgeblähten Wolken, die an weit entfernt grasende Schafe erinnerten, zeigte der Himmel eine glatte blaue Fläche. Die Strecke zum Meer kannte er mittlerweile gut, er hatte sogar einen Weg um die Sastrugis herum gefunden und musste nicht länger über die gefrorenen Bodenwellen holpern.

Die Route führte an einigen seiner Bohrlöcher vorbei. Sie sprenkelten die Umgebung, und wenn er nicht bald fündig würde, müsste er andernorts arbeiten, denn zum einen könnte das Eis instabil werden, zum anderen wäre eine große Fläche von Bohrlöchern vom Weltraum aus zu erkennen. Das Letzte, was Malatesta jetzt gebrauchen konnte, waren Satellitenaufnahmen, die den Behörden verrieten, was er hier trieb.

Er spürte den Fahrtwind an seiner Kleidung zerren und drehte den Gashebel weiter auf. Die eisige Luft fraß sich durch die Gesichtsmaske, er zog die Lippen zurück und fletschte die Zähne, bis der Kälteschmerz in seinem Kiefer unerträglich wurde. Er schloss die Augen und konzentrierte sich auf das Gefühl des beißenden Frosts, ja, er würde es aushalten, nur noch ein bisschen länger. Dann war auf einmal das Ski-Doo unter ihm verschwunden, und er landete hart auf dem Boden.

Von der Fliehkraft fortgetragen rollte er über das Eis, dann kam er zum Liegen. Was war geschehen? Gab es auch hier Sastrugis, oder …

Der Riss klaffte eine Mannslänge entfernt im Boden, eine Spalte von gut fünf Metern Breite und einer Länge von … er konnte weder Anfang noch Ende ausmachen, es schien, als liefe der Riss von Horizont zu Horizont quer durch die Welt.

Das Schneemobil war nirgendwo zu sehen, es musste darin verschwunden sein, und um ein Haar wäre er selbst in den Abgrund gefallen. Er legte sich auf den Bauch und kroch zur Abbruchkante, darauf bedacht, die Beine so weit wie möglich zu spreizen, um sein Gewicht zu verteilen. Er reckte den Hals und riskierte einen Blick in die Tiefe.

Das Eis schien erst vor Kurzem aufgerissen zu sein, denn auf den Graten der steil abfallenden Wände lag noch kein Schnee. Stattdessen waren sie so spiegelglatt, dass sie das Blau des Himmels reflektierten. Der Grund lag so weit unten, dass er nicht zu erkennen war, nur ein winziger gelber Punkt war zu sehen, vielleicht lag dort das Schneemobil, für immer verloren.

Malatesta zog sich vom Rand zurück und richtete sich auf. Er würde zu Fuß ins Lager gehen müssen, das würde er schon schaffen. Kopfschmerzen bereitete ihm hingegen die Existenz des Risses. War es möglich, dass der Eisschild durch die Bohrungen instabil geworden war, dass sich die Spannungen zwischen den Eisschichten verschoben hatten und der Boden deshalb aufriss?

Er schüttelte den Kopf. Das war unwahrscheinlich. Allerdings könnten seine Bohrungen ein Fass zum Überlaufen gebracht haben, dessen Inhalt schon lange unter dem Eis brodelte. Die Vulkane hatten den Eisschild geschwächt, dieser Riss, und vielleicht weitere, mochten vor längerer Zeit unter der Oberfläche entstanden sein. Und jetzt hatte die Suche nach den Diamanten dafür gesorgt, dass der Boden aufbrach.

Um diese Vermutung zu untermauern, würde er Messergebnisse benötigen. Aber dafür hatte er keine Zeit. Wichtiger, als die Ursache für den Riss zu finden, war die Frage, ob dieser ihm zum Nachteil oder zum Vorteil gereichte.

Solche Risse gab es sonst nur im Schelfeis. Dort waren sie besorgniserregend, weil sie die Ursache dafür sein konnten, dass Gletscher von der Größe New Yorks von der Antarktis abbrachen und als riesige Eisberge im Polarmeer trieben.

Aber das hier war kein Schelfeis, unter dem sich Wasser bewegte. Unter diesen Eismassen lag festes Land.

Es gab nur eine Erklärung: Das Land war überhaupt nicht fest. Der Gletscher war durch Bodenbewegungen aufgebrochen, dort unten hob und senkte sich das Gestein, quoll auf und fiel in sich zusammen. Die Vulkane waren aktiv.

Malatesta grinste. Hatte es nicht zu seiner Tarnung gehört, als Geologe in die Westantarktis aufzubrechen, um festzustellen, ob dort Magma an die Oberfläche stieg? Und jetzt schien er genau das herausgefunden zu haben.

Zu dumm, dass er mit dieser Erkenntnis niemanden würde beeindrucken können. Er suchte keinen Ruhm als Wissenschaftler, er suchte Reichtum durch Diamanten.

Und dort unten warteten sie vielleicht auf ihn. Das musste er herausfinden.

Allerdings reichte sein Arm nicht bis in diese Tiefe hinab. Aber er hatte ja einen Helfer. Mit einem Mal schien es Malatesta, als habe er seinen Roboter Drok zu genau diesem Zweck entwickelt. Vielleicht hatte er schon vor Jahren, als er die ersten Entwürfe auf ein Blatt Papier gekritzelt hatte, geahnt, dass er irgendwann in diesen Abgrund blicken würde. Gott hatte ihm ein Zeichen gesandt.

Pietro schaute in den Himmel. Die Wolkenschafe grasten auf ihrer blauen Weide. Er nahm sein Gewehr und feuerte in die Luft.

Kapitel 16

8. Januar

»Hier stimmt was nicht.« Arlos Stimme riss Antonia aus den Gedanken. Gerade hatte sie noch dem Gefühl nachgehangen, das sie beim Aufwachen im Zelt genossen hatte. Neben Arlo war sie aus einem angenehmen Traum aufgetaucht, ihre Schlafsäcke hatten gegeneinandergerieben und sein Arm hatte auf ihrem Bauch gelegen. Antonia hatte sich schlafend gestellt und die Berührung genossen, aber schließlich war Arlo aufgewacht, hatte sich langsam von ihr zurückgezogen und begonnen, Kaffee zu kochen. Über die Annäherung in der Nacht verloren beide kein Wort.

Jetzt waren sie schon wieder zwei Stunden unterwegs. Arlo saß auf dem Fahrersitz des Pistenbullys und klopfte gegen die Armaturen.

»Was ist denn los?«, fragte Antonia.

»Wir haben zu viel Diesel verbraucht«, stellte er fest und stoppte das Fahrzeug. »Der Tank war voll, als ich den Polar 300 aus der Garage geholt habe. Jetzt sind wir erst zweihundert Kilometer gefahren und haben nur noch ein Viertel Treibstoff.«

Antonia zog sich die Kapuze über den Kopf und setzte die Schneebrille auf. »Ich schaue mal nach.« Sie stieg aus der Kabine.

Um sie herum lag leblos die Wüste, eine sterile Ebene mit leerem Himmel über ihren Köpfen. Die Benzinleitung hatte ein Loch. Es war winzig, kaum zu erkennen, aber die rostrote Verfärbung im Schnee, wo der Diesel abtropfte, war verräterisch. Antonia flickte die Leitung mit einer Metallklemme.

»Das könnte von der Kugel stammen, die für mich gedacht war«, sagte sie, nachdem sie in die Kabine zurückgekehrt war. »Wenn wir jetzt mitten im Nichts stranden, hat der Schütze doch noch sein Ziel erreicht. Wie weit kommen wir noch?«

Arlo wiegte den Kopf. »Wir haben zwei Reservekanister an Bord. Die reichen für zweihundert Kilometer, vielleicht dreihundert bei Rückenwind. Und das hängt wiederum davon ab, in welcher Richtung wir unterwegs sind: Sollen wir weiter deinen Bruder und Malatesta suchen, oder kehren wir zur Station zurück?«

Neumayer III lag mehr als eine Tagesreise entfernt. Auf dem Rückweg würde der Pistenbully irgendwann stehen bleiben, und sie würden zu Fuß weitergehen müssen. Wenn sie das überlebten, würde es keine Möglichkeit mehr geben, nach den Vermissten zu suchen. Aber Emilio und Malatesta waren vielleicht tot. Und Arlo lebte.

»Wir kehren um«, entschied Antonia. Sie musste die Worte hochwürgen, um sie über die Lippen zu bekommen. »Das Risiko ist zu groß, ich kann mein eigenes Leben für meinen Bruder aufs Spiel setzen, nicht aber deins.«

»Nein.« Arlo griff nach ihren Händen und drückte ihre Finger. »Wir fahren weiter. Wir werden Emilio und seinen Begleiter finden. Ich habe gewusst, worauf ich mich einlasse. So lautete unser Ziel, als wir aufgebrochen sind, und das wird es bleiben.« Er nickte wie zur Bestätigung seiner eigenen Gedanken. »Ich glaube, ich kenne da eine Tankstelle, ist nur ein kleiner Umweg.«

»Red keinen Quatsch«, erwiderte Antonia. »Dieseltreibstoff bekommen wir nur auf den Forschungsstationen, und die nächste ist Neumayer.«

»Wenn man weiß, wo man suchen muss, gibt es selbst in der tiefsten Wildnis Sprit – altes russisches Pilotensprichwort. Das behauptet jedenfalls Maxim.« Er kramte eine Art Funkgerät aus seiner Jackentasche hervor und schaltete es ein.

»Was ist das?«, wollte Antonia wissen.

»Ein Ortungsgerät. Für Notfälle«, erklärte Arlo. »Sollte man als Pilot in der Antarktis immer bei sich tragen.« Er starrte auf den kleinen Monitor, auf dem gelbe Punkte blinkten. »Wir sitzen zwar gerade in keinem Flugzeug, aber als Notfall würde ich das hier schon bezeichnen.«

»Was ortest du damit?«, fragte Antonia.

Arlo grinste die lebensfeindliche Landschaft durch die Windschutzscheibe hindurch an und startete den Motor.

Drei Stunden später hatten sie das Ziel erreicht: einen der gelben Punkte auf dem Ortungsgerät. Antonia stieg aus dem Polar 300 und stapfte hinter Arlo her zu einer Fahne, die mitten im Nichts ins Eis gepflanzt war. Der dünne Fahnenmast bog sich im Wind, die Flagge war ein roter, aufgeregt zitternder Wimpel.

Hier sollte eine Tankstelle liegen? Arlo hatte erklärt, dass es an vielen Stellen der äußeren Antarktis Fässer mit Kerosin gab, abgestellt von Wissenschaftlern, die auf Expeditionen an diesen markierten Punkten vorüberkamen. Die Fässer waren eine Lebensversicherung für Piloten, denn die Antarktis war vierzehntausend Quadratkilometer groß, die Reichweite der Flugzeuge jedoch mit zweitausend bis dreitausend Kilometern begrenzt. Damit Rettungsflüge nicht wegen Treibstoffmangels abgebrochen werden mussten, gab es Depots im ewigen Eis. Das Kerosin hatte den Vorteil, dass es selbst bei extremen Temperaturen nicht gefror, aus diesem Grund wurde es auch weltweit als Flugbenzin verwendet. Arlo hoffte, dass es auch den Motor des Pistenbullys antreiben würde. Aber sicher war er nicht. Er klappte den Spaten auseinander, der zur Ausrüstung des Kettenfahrzeugs gehörte, und begann, ein Loch in den Schnee zu schaufeln. Als er auf Eis stieß, half Antonia mit einem Meißel nach. Zum Glück mussten sie nicht tief graben, bis sie auf die Fässer stießen. Um ein Haar hätte Antonia ein Loch in eines hineingeschlagen.

»Wie ich es gesagt habe!«, rief Arlo und warf den Spaten in hohem Bogen in die Luft. Das Werkzeug landete klappernd auf den Ketten ihres Fahrzeugs.

Antonias Blick verschleierte sich vor Erschöpfung. Noch waren sie nicht am Ziel. Sie ließ den Meißel fallen und versuchte mit Arlo, eines der insgesamt vier Fässer aus dem Eis zu befreien. Doch die Behälter rührten sich nicht.

»Ohne Schneesäge bekommen wir die nicht frei«, stellte Arlo fest. »Bleibt nur eins: Wir müssen so viel Kerosin wie möglich zapfen.«

Zunächst gelang es nicht, den Treibstoff aus den Fässern zu bekommen, denn die Behälter waren tief ins Eis eingesunken und der Pistenbully stand höher, sodass die Flüssigkeit nicht durch den Schlauch in den Tank fließen konnte. Schließlich verfiel Arlo darauf, das Loch um die Fässer zu vergrößern und einen der Reservekanister daneben zu versenken. Nun lief die Flüssigkeit ungehindert, allerdings dauerte es lange, bis der dreihundert Liter fassende Tank des Polarmobils mithilfe der zehn Liter fassenden Kanister gefüllt war. Mit letzter Kraft füllten sie auch noch die Kanister bis zum Rand, dann ließen sie sich in die Sitze der Fahrerkabine fallen. Arlo schlief augenblicklich ein, die Erschöpfung hatte sich tief in die Züge des jungen Kanadiers gegraben, sodass er mit einem Mal älter aussah, und das, fand Antonia, stand ihm gut zu Gesicht.

Sie weckte ihn und brachte ihn dazu, auf den Beifahrersitz zu rutschen, dann drehte sie mit tauben Fingern den Zündschlüssel und fuhr los. Zum Ausruhen war noch genug Zeit, wenn sie Emilio und seinen Begleiter endlich gefunden hatten.

Am nächsten Tag entdeckten sie den Schlitten. Er stand aufrecht im Schnee, musste absichtlich dort hineingegraben worden sein,

ein rotes Signal im endlosen Weiß. Antonia sprang aus dem Pistenbully, noch bevor die Ketten zum Stillstand gekommen waren, und lief auf den Schlitten zu, musste sich beherrschen, ihn nicht zu umarmen. Emilio war hier – oder zumindest hier gewesen. Sie spürte seine Anwesenheit.

Arlo legte eine Hand auf die Schlittenkufen. »Eine Überlebensausrüstung«, sagte er. »Jemand war in Not und hat das Ding hinter sich hergezogen, bis …« Er zupfte an der Plane, die über dem Schlitten hing. »Bis die Notrationen aufgebraucht waren. Die Werkzeuge, Isomatten und Schlafsäcke sind auch weg.« Er schaute Antonia prüfend an. »Du glaubst, dass dein Bruder und Malatesta hier waren?«

Sie schüttelte den Kopf. Da es windstill war, hatte sie auf die Kapuze verzichtet und trug nur Balaklava und Mütze. Die Schneebrille hatte sie auf die Stirn hochgeschoben. »Ich glaube es nicht, ich weiß es. Und Emilio war nicht nur hier. Er ist es noch immer.«

Arlo drehte sich im Kreis. »Aber hier ist nichts. Niemand. Und von dem Flugzeug gibt es auch keine Spur. Du musst dich geirrt haben, Antonia.«

»Der Schlitten ist da, oder nicht?«, schnappte sie, während sie den Boden absuchte. »Der steht nicht zufällig hier.« Sie hatten sich so weit wie möglich dem Gebiet auf der Landkarte genähert, das Antonia zwei Tage zuvor bestimmt hatte: einer Region von fünfzig Quadratkilometern, die die Verschollenen zu Fuß hätten erreichen können und in dem überdies das Flugzeugwrack lag.

»Es muss hier irgendwo sein«, rief sie Arlo zu, der in einiger Entfernung suchend umherlief. »Es muss«, sagte Antonia leise. Zweifel stiegen in ihr hoch, wie die Kälte, die allmählich durch ihre Füße und Waden in ihre Oberschenkel kroch. Lange würden sie es hier draußen nicht mehr aushalten. Der Wind frischte auf. Sie versuchte, die Schneebrille vor die Augen zu ziehen, aber das Band war gefroren und ließ sich nicht mehr bewegen. Dann musste es eben so gehen.

Antonia legte die Hände an die Wangen. »Emilio!«, rief sie, so laut sie konnte. Der Name ihres Bruders materialisierte sich in Form eines Nebels vor ihren aufgesprungenen Lippen und zerfaserte in der kalten Luft. Was erwartete sie eigentlich? Dass Emilio winkend am Horizont auftauchte und sie sich in die Arme fielen? Sie musste das Flugzeug finden. Und das lag ganz in der Nähe unter Schnee und Eis begraben.

»Was machen wir, wenn er die Maschine nicht gefunden hat?«, rief Arlo aus einiger Entfernung herüber. »Er könnte daran vorbeigelaufen sein. Das ist doch nur eine Schneeflocke in der Wüste.«

Antonia schwieg. Sie wusste, dass er recht hatte mit seinen Bedenken. Das Flugzeugwrack war ein Wassertropfen in einem gefrorenen Ozean. Aber es war ihr einziger Anhaltspunkt. Emilio hatte ihr bei seinem letzten Funkspruch zu verstehen gegeben, dass sie dorthin kommen solle. Seine Botschaft hatte das Wort »Flugzeug« enthalten. Hätte er »Mond« gesagt, wäre Antonia in eine Rakete gestiegen.

Obwohl ihr Müdigkeit und Kälte zusetzten, lief sie schneller, zog immer weitere Kreise um den Schlitten herum, schaute, lauschte, aber außer Arlos Schritten und seinen Flüchen war nichts zu hören. Das Eis war stumm und behielt seine Geheimnisse für sich. Wäre es Wasser gewesen, hätte es mit vielen Stimmen zu ihr sprechen können, hätte geflüstert, gesungen, gerauscht, sobald es jedoch gefror, verlor es die Fähigkeit, sich mitzuteilen, und etwas, das nicht mehr kommunizieren konnte, war tot. Aber Eis konnte tauen.

Sie sah die Mulde nur deshalb, weil die Sonne so tief stand und ihre Strahlen Unregelmäßigkeiten aus dem Boden herausmodellierten. »Hierher!«, rief sie und rannte auf die Stelle zu. Sie konnte nicht mehr anhalten und versank im Boden, rutschte in die Tiefe und streckte instinktiv beide Arme aus. Als Arlo sie erreichte, ragten nur Antonias Kopf und Schultern aus dem Loch hervor. Sie versuchte, mit den Füßen Halt zu finden, paddelte aber in der Luft. Arlo fasste sie unter den Schultern und zog sie an die Oberfläche.

Das Loch war so groß, dass ein Erwachsener hindurchpasste, es hatte unregelmäßige Kanten, trotzdem war zu erkennen, dass es keine Naturerscheinung war. Jemand hatte den Schnee beiseitegeräumt und mit einem Werkzeug große Stücke aus dem darunter liegenden Eis geschnitten. Arlo bestätigte Antonias Vermutung. Schneesägen gehörten zur Ausrüstung der Notfallschlitten, mit ihnen ließen sich Eisblöcke aus dem Boden schneiden, um damit Iglus zu bauen.

Arlo holte eine Taschenlampe aus dem Pistenbully und leuchtete in die Tiefe. In etwa vier Metern sahen sie etwas Metallenes aufblitzen. Das Flugzeug. Emilio und Malatesta hatten es gefunden. Antonias Bruder war dort unten und wartete auf sie.

Auf dem Metall war der verschneite Umriss eines Seils zu erkennen. Damit mussten sich die Männer herabgelassen haben. Dann schien sich das Seil gelöst zu haben, und ihnen war der Rückweg abgeschnitten worden. Anhand der Schneemenge, die auf das Seil gefallen war, schätzte Antonia, dass es seit zwei oder drei Wochen dort lag. Zwei oder drei Wochen in Kälte und Finsternis. Antonia erschauerte, obwohl ihre Haut von der polaren Kälte bereits taub geworden war.

»Arlo«, rief sie, ohne den Grund des Lochs aus den Augen zu lassen. »Fahr den Pistenbully auf zehn Meter an das Loch heran und lass mich mit der Winde runter.« Wenige Minuten später hing sie an einem Abschleppseil, und die Winde am Heck des Polar 300 surrte, als Arlo sie in die Tiefe hinunterließ.

Kapitel 17

9. Januar

Antonia konnte nicht abwarten, bis die Winde sie am Boden des Schachts abgesetzt hatte, sie ließ sich auf der Hälfte der Strecke fallen und landete auf dem Metall. Ein dumpfer, hohler Laut erklang.

»Emilio?«, rief sie. Als keine Antwort kam, ging sie in die Knie und scharrte den Schnee beiseite. Um beide Hände nutzen zu können, klemmte sie die Taschenlampe zwischen die Zähne. Der Lichtschein schwankte durch die Grube, und sie sah, dass ein Tunnel horizontal in das Eis hineingetrieben war. Sie legte sich flach auf den Boden und kroch los. Der Spalt erweiterte sich zu einem Gang, sie tastete sich vorwärts, mit jeder Bewegung flog der Strahl der Taschenlampe über die Wände aus Eis. Emilio musste das hier angelegt haben, um über die Tragflächen des Wracks zu einem der Fenster kriechen zu können.

Der Gang endete über den verbogenen Streben des Cockpits. Die Fenster waren verschwunden, vermutlich hatten sie unter dem Druck von Eis und Schnee nachgegeben und waren ins Innere der Maschine gepresst worden. Die Hülle hingegen hielt stand.

Sie hörte Arlo von oben rufen, aber das war jetzt nicht so wichtig. Sie nahm die Taschenlampe wieder in die Hand und lenkte den Strahl in das Wrack hinein. Schnee und Eis waren in die Maschine gedrungen und bedeckten die Sitze des Piloten und Co-Piloten wie Leichentücher. Dort hatte einst ihr Vater in den letzten Stunden seines Lebens gesessen. In der Schneeschicht auf dem Polster waren deutlich die Abdrücke von Händen und Füßen zu sehen. Sie waren noch nicht alt.

»Emilio!«, rief Antonia. Wieder blieb eine Antwort aus.

Sie kletterte durch das Fenster ins Cockpit der C-130. Die Polster der Sitze waren zu Stein gefroren. An einem Schalthebel zog sie sich in eine aufrechte Position und starrte auf die Tür, die vom Cockpit in den Fracht- und Passagierraum führte. Sie war geschlossen. Antonia drückte die Klinke hinunter, und die Tür schwang, durch die Schräglage des Wracks begünstigt, nach innen auf. Dahinter gähnte eine beängstigende Finsternis. Antonias Haut prickelte, als würde jemand mit einem Eiswürfel über ihr Rückgrat streichen. Eine Zeile aus einem Roman fiel ihr ein: *Der Weg in den Tod ist eine einsame Straße, und sie ist dunkel. Es scheint kein Mond auf ihr, um dir den Weg zu weisen.*

Sie stellte sich aufrecht, soweit das in dem niedrigen Cockpit möglich war, richtete die Taschenlampe auf den Durchgang, der ihr wie das Maul eines prähistorischen Ungeheuers erschien, und trat hindurch.

Sie hatte die C-130 größer in Erinnerung, für Kinder wirkten Räume weitläufiger als für Erwachsene, und das, was Antonia von dem katastrophalen Flug noch wusste, hatte sich vor ihrem geistigen Auge in einem hallenartigen Flugzeugbauch abgespielt. Der Raum, den sie jetzt betrat, war eng, vollgestopft mit durcheinanderliegenden Frachtkisten. Der Strahl der Taschenlampe strich über die Ladung – und über die orangefarbene Kuppel eines Zelts.

Im nächsten Moment war Antonia bei dem Unterschlupf, versuchte, den Verschluss aufzureißen, verlor die Kontrolle über ihre Finger und musste mehrmals nach der Lasche tasten, bis sich die Plane mit leisem Ratschen öffnete.

Der Geruch, der ihr aus dem Innern entgegenschlug, raubte ihr den Atem. Selbst durch die Sturmmaske war der Gestank kaum auszuhalten. Antonias Augen tränten, sie drehte den Kopf zur Seite und holte tief Luft, bevor sie sich in das Zelt beugte.

Zwischen leeren Dosen und Kanistern lag Emilio in einem blauen Schlafsack. Sein Gesicht war wächsern und grün, die Augen waren geschlossen. In seiner Haltung erinnerte er an eine altägyptische Mumie, wie Antonia sie einmal im Louvre in Paris gesehen hatte, allerdings hatte das Gesicht von Ramses dem Großen im Vergleich zu dem von Emilio geradezu gesund gewirkt.

Sie stürzte auf ihren Bruder zu, wollte ihn an den Schultern fassen und an sich drücken, doch ihre Hände erstarrten in der Luft. Erst jetzt sah sie, dass sich Eis in seinem Haar und seinen Brauen gebildet hatte. Auch der Bart, den er sonst nicht trug, war mit Eiskristallen übersät. Antonia kannte Bilder erfrorener Menschen von Berichten über verunglückte Expeditionen. Emilio sah genauso aus.

Sie zog einen Handschuh aus, riss auch den Fingerling weg und schleuderte sie beiseite, um mit den Fingerspitzen Emilios Wange berühren zu können. Seine Haut war kalt. Antonia spürte, wie sich ihr Brustkorb zusammenzog und eine Zentnerlast ihre Schultern nach unten presste.

»Antonia?« Arlos Stimme kam von hinten. »Alles in Ordnung?« Aus dem Cockpit war Rumoren zu hören.

Die Geräusche holten sie in die Wirklichkeit zurück. »Ich bin hier hinten, in dem Zelt«, sagte sie leise, auf absurde Weise darauf bedacht, Emilio nicht zu wecken.

Arlos Gesicht erschien im Zelteingang. »Ich konnte nicht länger oben warten, ich habe immer wieder gerufen, aber es kam keine Antwort, deshalb dachte ich …« Er verstummte, als er Emilio sah. »Teufel auch! Du hast recht behalten. Wenn ich das Maxim erzähle!« Er machte eine Pause. »Ist er tot?«

Statt einer Antwort suchte Antonia nach dem Verschluss des Schlafsacks und zog ihn auf. Wenn der Geruch im Zelt schlimm war, so steigerte sich das noch durch die Luft, die daraus aufstieg.

Emilio trug volle Schutzkleidung, im linken Arm des Tempex-Anzugs war ein Loch zu sehen, etwa so groß wie ein Hühnerei. Antonia untersuchte es mit der Taschenlampe. Unter dem Ärmel war eine Wunde in Emilios Arm zu erkennen, getrocknetes Blut klebte an den Rändern, und weiße Frostpartikel entfärbten die Haut. Die Verletzung hatte sich entzündet, daher der Geruch.

Antonia tastete nach Emilios Hals, suchte nach seinem Puls. Dabei stieß sie mit einem Knie gegen den verletzten Arm. Ein kaum hörbares Stöhnen entrang sich Emilios Kehle.

»Er lebt!«, rief Antonia und beugte sich über ihren Bruder. Der Geruch machte ihr nichts aus, nichts bedeutete mehr etwas, solange er nur atmete. Sie wollte seinen Kopf mit den Händen umfassen, hielt sich aber zurück. »Wir müssen ihn hier rausschaffen«, sagte sie und warf Arlo einen wilden Blick zu. »Ich wusste es, Arlo. Ich habe es doch die ganze Zeit gesagt, oder nicht?«

»Ja«, stimmte Arlo zu, »und ich habe dir auch ein bisschen geglaubt.«

Sie bauten eine Trage aus den Resten des Schlittens und aus Material, das sie im Frachtraum der C-130 fanden. Es gelang ihnen, Emilio darauf festzubinden. Er rührte sich nicht und gab auch sonst kein Lebenszeichen von sich. Dann begann der schwierigste Teil: Arlo musste den Kanal, den Emilio durch das Eis gegraben hatte, erweitern. Das war zum einen gefährlich, denn die Eismassen über ihren Köpfen mochten durch die Arbeiten instabil werden, zum anderen war es harte Arbeit, denn Arlo musste auf dem Rücken liegend mit der Schneesäge nach oben arbeiten. Das schwere Gerät hatten sie im Wrack gefunden. Anscheinend hatte sich Emilio damit zu dem Flugzeug durchgegraben. Antonia wollte Arlo ablösen, aber er ließ es nicht zu, dass sie sich von der Seite ihres Bruders entfernte.

Sie nutzte die Zeit, um Emilio zu untersuchen. Während die Säge dröhnte, tastete sie seinen eiskalten Körper ab. Brüche schien er keine erlitten zu haben, aber an seinen Fingern und Zehen hatten sich schwarze Stellen gebildet – Erfrierungen dritten Grades. Antonia war versucht, die eisigen Gliedmaßen zu reiben, wusste aber, dass sich die Haut an den erfrorenen Stellen lösen konnte. Was Emilio jetzt brauchte, war eine Wärmepackung, um den zentralen Kreislauf von außen wiederzubeleben. Aber die Packung war nicht zur Hand. In dem eiskalten Wrack gab es nur eine einzige Wärmequelle. Antonia öffnete ihre Schutzkleidung und führte Emilios Hände unter ihre Achseln. Die Kälte biss so kräftig zu, dass sie zischend die Luft einsog. Sie unterdrückte den Reflex, zurückzuweichen. Seine Extremitäten waren kälter als Schnee. Es war ein Wunder, dass er überhaupt noch lebte.

»Wo ist dein Begleiter?«, fragte Antonia, während sie spürte, wie sich Emilios Hände langsam erwärmten. »Wo ist Malatesta?« Aber sie erhielt keine Antwort.

Nach einer Weile tauchte Arlo wieder auf, den Kopf voller Eissplitter. »Ich glaube, wir können es versuchen.«

Sie brauchten lange, um Emilio durch den Eiskanal zu ziehen, so lange, dass Antonia das Gefühl für die Zeit verlor. Unterwegs musste Arlo noch einige Stellen mit der Schneesäge bearbeiten, aber schließlich war es so weit: Sie vertäuten den Schlitten an der Winde und zogen ihn aus dem Schacht ins Freie.

Obwohl sie es besser wusste, war Antonia überrascht, dass noch immer die Sonne schien. Mit einiger Mühe banden sie Emilio von dem Gestänge los und schnallten ihn auf dem Beifahrersitz fest. In der Kabine würde es eng werden.

Arlo räumte Seile und Werkzeuge zusammen und bereitete sich auf die Abfahrt vor. So sehr es Antonia drängte, Emilio mit Höchstgeschwindigkeit zur Neumayer-Station zu bringen, so schwer fiel es ihr, noch einmal in das Wrack zurückzukehren.

»Warum willst du denn noch mal da runter?«, fragte Arlo erstaunt. Er saß bereits auf dem Fahrersitz, hatte die Zündung eingeschaltet und prüfte die Anzeigen.

»Emilios Begleiter«, sagte Antonia, »Pietro Malatesta. Ich will ganz sicher gehen, dass er nicht auch dort unten ist, vielleicht hat er sich verkrochen.«

Arlo nickte zur Bestätigung, und Antonia kehrte zurück in das Wrack. Sie schob die Frachtkisten beiseite, fand einen GPS-Sender, wie es ihn zu Zeiten ihrer Eltern noch nicht gegeben hatte. Der musste aus dem Überlebenspaket stammen. Er hatte funktioniert, und die Station hatte Emilios ungefähre Position bestimmen können. Doch dann war er in das Wrack gestiegen, und das mehrere Meter mächtige Eis über ihm hatten die Funktionstüchtigkeit des Senders beeinträchtigt. Deshalb also war das Signal mit einem Mal ausgefallen.

Antonia ließ den Sender liegen und suchte weiter nach Spuren von Malatesta. Sie stieß auf eine Luke, die in den Bauch des Flugzeugs führte und steckte den Kopf hinein. Da war niemand. Sie klopfte die Wände ab, um Hohlräume zu entdecken, die einem Mann als Rückzugsort dienen könnten, fand jedoch nichts. Wenn Malatesta das, was Emilio zugestoßen war, überlebt hatte, so war er jedenfalls nicht hier unten.

Ein letztes Mal ließ Antonia den Lichtstrahl der Taschenlampe durch den Frachtraum der Lockheed gleiten. Sie atmete die verbrauchte Luft ein, auf der Suche nach einer Erinnerung, etwas, das sie an jenen unglückseligen Tag vor fast dreißig Jahren zurückversetzte. Aber da waren nur Metall und Eis um sie herum. Ihre Atemzüge waren das einzige Geräusch. Wenn es etwas gab, das sie an ihre Eltern erinnerte, dann pulsierte es nur noch in ihr selbst. Dieses Wrack war kein Gedächtnisplatz, sondern ein Ort des Todes.

Fröstelnd schloss Antonia den Reißverschluss ihres Schutzanzugs bis unter das Kinn und machte sich auf den Rückweg, zurück an die Oberfläche. Emilio brauchte dringend einen Arzt, er brauchte Justus Henlein.

Kapitel 18

9. Januar

Der Riss hatte sich vergrößert. Am Tag zuvor, als Malatesta ihn entdeckt hatte, war der Spalt eindeutig schmaler gewesen. Auch war er jetzt länger und reichte näher an das Lager heran. Wäre er ein richtiger Forscher, hätte er längst Messungen vorgenommen und würde mit allerlei Geräten um Hals und Schultern durch den Schnee stapfen.

Zum Glück war er viel mehr als nur ein Wissenschaftler, deshalb hing um seinen Hals ein einziger Apparat: die Fernsteuerung für Drok. Vor einer halben Stunde war der Roboter in dem Spalt verschwunden.

Malatesta lehnte sich gegen den Pistenbully. Diesmal war er mit dem Kettenfahrzeug gekommen, nachdem er gestern zu Fuß ins Lager zurückgekehrt war. Jetzt verfolgte er die Aufnahmen auf den Monitoren, die in die Fernsteuerung eingelassen waren. Zwei Kameras übertrugen die Bilder von dem, was Drok durch seine mechanischen Augen sah. Viel war nicht zu erkennen. Eis sah nun mal aus wie Eis, und auf den winzigen Monitoren verschwammen auch die letzten Strukturen.

Der beinlose Roboter mit dem orangefarbenen Metallkörper hing an zwei Gurten, die mit Seilen an einem kranartigen Ausleger des Polarmobils befestigt waren. Die Seile waren zweihundert Meter lang, Malatesta hatte damit gerechnet, spätestens nach fünfzig Metern den Boden des Risses erreichen zu können.

Aber Drok schwebte noch immer zwischen den Eiswänden hinab.

Da endlich erkannte er einen dunklen Fleck in der Mitte der Monitorbilder. Er stoppte Drok, wartete, bis sich der Roboter ausgependelt hatte, und erhielt ein schärferes Bild. Mithilfe eines Kipphebels zoomte er es heran. Tatsächlich! Dort unten schien es festen Boden zu geben. Wie tief mochte der liegen? Hundert Meter? Er musste auf den Hang eines Berges gestoßen sein, so wie er gehofft hatte. Vielleicht war das sogar der Gipfel eines Vulkans, der Rand einer Caldera, eines Kessels, der sich vor Urzeiten durch eine Magma-Eruption gebildet hatte.

Malatesta zog sich die Sturmhaube vom Gesicht und massierte seine Wangen. Seine Haut fühlte sich wie Sandpapier an. Jetzt würde sich Drok bewähren müssen. Der Roboter hatte seine Fähigkeiten schon als Robbenjäger unter Beweis gestellt, nun würde sich zeigen, ob er auch Diamanten jagen konnte.

Wenn es hier überhaupt welche gab.

Mit langsamen Bewegungen drehte Malatesta das Rad weiter, gab Drok mehr Seil. Der Motor an dem kleinen Kran surrte. Das Geräusch verwob sich mit dem pfeifenden Wind zu einem kakofonen Duett.

Darauf bedacht, dass der Roboter nicht zu nahe an die Eiswande geriet, ließ Malatesta Meter um Meter Leine abspulen. Drok sank so langsam hinab, dass sich der dunkle Fleck auf dem Monitor kaum zu vergrößern schien. Am liebsten hätte Malatesta das Rädchen mit aller Kraft nach vorn gedrückt und Vollgas gegeben, doch er beherrschte sich. So kurz vor dem Ziel würde er nicht scheitern. Diesmal war er Herr der Lage. Sein Leben lang hatte er auf diese Gelegenheit gewartet. Was bedeutete da eine weitere halbe Stunde?

Schon als er zum ersten Mal Diamanten gesehen hatte, war er von ihnen fasziniert gewesen. Damals war er ein kleiner Junge in einem armen sizilianischen Dorf nahe Catania gewesen, Sohn einer Familie von Landarbeitern. Sein Vater hatte sich geweigert, in die Stadt zu ziehen, um dort einfachere und besser bezahlte Arbeit zu finden. Die Malatestas, sagte er immer, gehörten auf das Land, und das Land gehörte den Malatestas. Aber das war schon lange nicht mehr wahr, denn die Familie hatte durch den Zweiten Weltkrieg Haus und Hof verloren, allerdings weigerte sich Pietros Vater, das zu akzeptieren. Stattdessen stolzierte er über die Felder der Gutsherren, als wären sie sein Eigentum, eine traurige Gestalt in abgerissener Kleidung, und die anderen Landarbeiter lachten über ihn, nannten ihn Il Conte, den Grafen. Zuerst bewunderte Pietro seinen Vater für seinen Stolz, der ihn auch dann nicht verließ, wenn er sich zum Gespött machte, doch als kaum noch etwas zu essen auf den Tisch der Familie kam, wuchs in Pietro der Zorn.

Die Diamanten sah Pietro im Haus der Familie Lugnano, reichen Leuten aus Mailand, die eine Villa am Meer besaßen. Der Gegensatz zwischen den armen Dörfern der Landbevölkerung und den Domizilen der Reichen, die für ein paar Tage auf der Insel Urlaub machten, war zwar drastisch, gehörte aber zum Alltagsbild Siziliens. Als Pietro mit zwölf Jahren alt genug zum Arbeiten war, verschaffte ihm sein Vater Beschäftigung im Park der Lugnanos. Dort sollte der Junge Baumwurzeln ausgraben, die Holzfäller stehen gelassen hatten. Am ersten Tag freute er sich noch auf die Arbeit, war stolz darauf, zur Ernährung der Familie beitragen zu können, und rückte den Pinienwurzeln mit Axt und Schaufel zu Leibe. Eine Stunde später waren seine Arme, Schultern und sein Rücken in Feuer gebadet, und seine Hände waren nass von Schweiß und dem Sekret aus aufgeplatzten Blasen. Die Baumwurzeln hatten seine Attacken beinahe unbeschadet überstanden.

Pietro gab nicht auf. Als die anderen Gartenarbeiter begannen, ihr Werkzeug zu säubern und nach Hause gingen, schlug der Junge weiter mit der Axt auf die Wurzeln ein, freute sich mit grimmiger Entschlossenheit über jeden Splitter, der durch die Luft flog. Auf wundersame Weise versprach ihm der robuste Rest der Pinie eine Erlösung vom Schicksal seiner Familie. In den sich am Boden festklammernden Wurzeln erkannte Pietro seinen Vater wieder, der an der Vergangenheit festhielt, obwohl er damit seiner Frau und seinen Kindern das Leben schwer machte.

Die Sonne ging bereits unter, als seine Schläge mit der Axt schwächer wurden, und als seine Beine nachgaben, arbeitete er auf den Knien weiter. Irgendwann, es war längst dunkel, spürte er, wie jemand ihn hochhob und davontrug. Er nahm einen Geruch nach Pfirsichen wahr, hörte ein sanftes Klingeln und Stimmen, die um ihn herum flüsterten. Als er die Augen aufschlug, fand er sich in einem weitläufigen, blau gestrichenen Zimmer mit weißen Möbeln wieder. Er lag auf einem Sofa, das dreimal so groß war wie sein Bett zu Hause und zehnmal so bequem. Die Polster schmeichelten seinen entzündeten Muskeln, und als er sich aufrichtete, fiel ein kühles Tuch von seiner Stirn. Dann beugte sich die Fee zu ihm herab.

Sie hieß Luisa Lugnano und war so schön, dass Pietro sich sofort in sie verliebte, in ihre weinfarbenen Lippen, ihre spiegelhellen Augen und die Farbe ihrer Zunge, deren Spitze zwischen perlweißen Zähnen zu sehen war, als sie sprach. Er vergaß, wer er war, vergaß seine Fragen und seine Erschöpfung. Alles, was er wusste – und wollte –, war, dass ihn dieses schöne Mädchen für immer ansah. Sie bewegte die Lippen, aber er hörte ihre Worte nicht, konnte den Blick nicht lösen von ihrem schmalen Gesicht mit den langen Wimpern – jedenfalls zunächst nicht. Denn dann entdeckte er das schmale Diamantcollier, das um Luisas Hals lag. Wie die Steine funkelten und blitzten, wie sie das Licht aufsaugten, vermehrten und tausendfach verstärkt wieder abstrahlten. Luisas Augen waren vergessen. Ohne zu wissen, was er tat, hob Pietro eine Hand und griff nach dem Schmuck. Luisa ließ es zu, lächelte amüsiert über die Verzauberung des Knaben. An jenem Abend verliebte sich Pietro Malatesta unsterblich in die Diamanten, die für ihn ein Teil von Luisa Lugnano waren.

Später, ein Angestellter der Lugnanos brachte ihn in einem luxuriösen Auto nach Hause, erfuhr Pietro, dass Luisa die erwachsene Tochter der Familie war und den Frühling auf dem Anwesen verbrachte, um sich dort in Ruhe auf ihr Examen vorzubereiten. Zwar hörte Pietro den Erklärungen zu, während der Wagen über die löcherige Straße des Dorfes rumpelte, verstand aber das meiste nicht. Was war ein Examen? Wo waren Luisas Eltern? Und wieso suchte sie Ruhe? Sie musste krank sein. Pietro, von den zarten Strahlen einer kindlichen Liebe durchflossen, machte sich Sorgen um seine Fee. In dieser Nacht träumte er zum ersten Mal von Luisas Augen, die sich in seiner Fantasie in Diamanten verwandelten. Der Traum kehrte viele hundert Male zu ihm zurück.

Luisa hatte ihm zugesehen, wie er die Baumwurzeln bearbeitete, hatte aus dem Fenster geblickt, an dem sie über ihren Büchern saß, und war von Stunde zu Stunde erstaunter darüber gewesen, dass der Junge noch immer die Axt schwang, als gelte es, sich durch den Kern der Welt zu graben, um am anderen Ende wieder hervorzukommen. Die Zähigkeit Pietros hatte die Studentin beeindruckt und sie dazu ermuntert, ihre Examensarbeit mit ähnlichem Feuereifer anzugehen. Luisa bestand mit Auszeichnung, sehr zur Überraschung ihrer Eltern, denn bislang hatte sich die einzige Tochter der Familie nur durch ausgeprägte Lustlosigkeit hervorgetan. Die Eltern erfuhren von dem jungen Sizilianer, der Luisa auf so eigenwillige Weise das Lernen beigebracht hatte, und beschlossen, sich bei ihm zu bedanken. Pietro arbeitete nach wie vor auf dem Gut, zum einen wegen des Lohns, in der Hauptsache aber, um hin und wieder einen Blick auf Luisa zu erhaschen. An einem Tag im Herbst jenes schicksalhaften Jahres machten die Lugnanos ihm ein Geschenk, das sein Leben veränderte: Sie legten einen Mischfonds in Aktien und festverzinslichen Wertpapieren an, eine Summe, die es dem Jungen später erlauben würde, ein Studium an der Universität von Bologna aufzunehmen, jener Hochschule, an der auch Luisa erfolgreich gewesen war.

Als sein Vater davon erfuhr, wollte er von dem Geld nichts wissen. Er war zu stolz, um Almosen von reichen Leuten anzunehmen, Leuten, die nicht einmal Sizilianer waren. Außerdem hatte er für Pietro eine Zukunft auf jenem Land vorgesehen, das ihn hervorgebracht hatte, ihn und seine Vorfahren. Über Pietros Argument, er müsse studieren, um reich zu werden, denn nur so könne er Luisa heiraten, schüttete sein Vater Gelächter aus. Wie sich später herausstellte, behielten die Eltern recht, als sie voraussagten, dass sich Luisa Lugnano niemals mit einem sizilianischen Bauernsohn abgeben würde. Das lernte Pietro langsam und schmerzhaft jedes Mal, wenn er versuchte, Luisa zu besuchen, und nicht weiter kam als bis zum Gartentor des Anwesens. Er musste einsehen, dass seine Fee ein Märchen für ihn bleiben würde. Aber die Diamanten, die konnte er erreichen.

Mit fünfzehn Jahren besuchte Pietro die weiterführende Schule in Catania, mit achtzehn schrieb er sich an der Universität von Bologna in Geologie ein. Wie er gehört hatte, war das ein Fach, das ihn zu einem Experten bei der Suche nach Diamanten ausbilden würde, aber das war nicht der einzige Grund, aus dem er sich für diese Disziplin entschied. Auf Exkursionen, wenn er mit dem Gesteinshammer Proben nahm, hatte er das Gefühl von aufgeplatzten Blasen an den Händen und meinte das Geräusch einer Axt zu hören, die auf eine Wurzel schlug.

Er war Student im achten Semester, als Gott ihm zum ersten Mal ein Zeichen sandte. Das war in Kanada, wo er bei Bodenprospektionen in Northern Ontario half. Sein Dozent, Professor Carlo del Verme, war der weltweit führende Experte für die Suche nach Ölvorkommen. Pietro, als einer seiner besten Studenten, durfte del Verme begleiten.

Die Arbeit in der kanadischen Einöde war nicht besonders aufregend, aber Pietro genoss es, aus Italien herauszukommen. Eines Nachmittags, an einem Sonntag, saß er angelnd am Attawapiskat River. Die vom Fluss ausgewaschenen Steine säumten das Ufer wie Juwelen, und der rauschende Fluss glitzerte in der Sonne. Es war der sechste Juni, kurz vor sechs Uhr. Schon damals war Pietro klar, dass die Sechs seine Glückszahl war.

Das Angeln gestaltete sich als langweilige Angelegenheit, immer wieder holte er die Leine ein und warf sie aus, nur um etwas zu tun zu haben. Schließlich gab er diese eintönige Beschäftigung auf und widmete sich der Betrachtung der am Fluss liegenden Kiesel. Er hatte gelernt, in Gestein zu lesen wie in einem Buch, es erzählte ihm etwas über die Geschichte des Bodens, auf dem er saß, und über die Vergangenheit der Erde. In einigen Steinen in Kanada gab es sogar versteinerte Reste von Mikrofossilien, den ältesten Spuren von Leben auf der Erde. Lange hatte Pietro die Kiesel durchsucht, als ihm ein ungewöhnliches Exemplar auffiel. Einer der Steine wies eine glänzendere Oberfläche auf als die ihn umlagernden, auch war er wesentlich größer und nicht von homogener Struktur. Pietro erkannte Einschlüsse darin. Er sah sich nach weiteren Exemplaren um, fand aber keine. Mit dem Stein in der Tasche suchte er noch am selben Abend den Professor auf. Der identifizierte den seltsamen Brocken als Kimberlit und erklärte, dass in seltenen Fällen Diamanten darin eingeschlossen sein könnten. Pietros Vorschlag, diese Auster zu öffnen, kam de Verme augenblicklich nach. Gemeinsam brachen sie das Kimberlit auf, wurden jedoch enttäuscht, als sich im Innern nur wertlose Einsprenglinge von Olivin zeigten. De Verme klopfte Pietro anerkennend auf die Schulter und bestätigte ihm, dass er ein gutes Auge habe und noch viele Funde machen werde.

In den Wochen und Monaten danach gingen Pietro die Diamanten nicht mehr aus dem Kopf. Die Prospektion, die Suche nach den Rohstoffen, wurde erfolglos abgeschlossen, es gab kein Öl in Northern Ontario, und er kehrte nach Bologna an die Universität zurück, flog aber in den nächsten Semesterferien wieder nach Kanada, um dort nach weiteren Kimberliten zu suchen. Er hatte das vage Gefühl, dort könne sich sein Schicksal erfüllen: Es waren die Diamanten am Hals von Luisa Lugnano gewesen, die in ihm die Liebe geweckt hatten, es waren Luisa und ihre Eltern gewesen, die ihm eine Ausbildung ermöglicht hatten, die ihn letztlich zu einem möglichen Diamantvorkommen geführt hatte. Alles, was er jetzt noch tun musste, war, es zu finden.

Als Pietro am Attawapiskat River ankam, hatte sich die Landschaft verändert. Wo zuvor Wälder geschwiegen hatten, dröhnten jetzt Maschinen. Schweres Gerät wühlte sich durch den Boden, eine Grube war entstanden, so tief, dass man darin zu Tode stürzen konnte. Auf den spiralförmigen Serpentinen fuhren Lastwagen Tonnen von Erdreich an die Oberfläche, wo die Fracht in Presswerken zermahlen wurde und dann in eine Waschanlage kam. Man fördere dort Diamanten in großem Stil, erklärte der Vorarbeiter, der Pietro durch das Abbaugebiet führte. Zuerst hatte er ihn nicht einlassen wollen, doch als sich der junge Italiener als Mitarbeiter von Professor del Verme ausweisen konnte, war der Vorarbeiter, ein korpulenter Mann in einem durchgeschwitzten hellblauen Hemd, freundlicher geworden. Del Verme, erklärte er, sei schließlich derjenige gewesen, der das Diamantvorkommen am Attawapiskat River entdeckt habe. Er habe sogar als Erster die Rechte an dem Land erstanden, es aber dann an die Abbaufirma weiterverkauft. Gewinnbringend, verstand sich.

Pietro schloss sich drei Tage lang in einem Motel ein und biss sich die Fingerknöchel blutig. Dabei stellte er sich vor, seine Zähne bearbeiteten del Verme. Sein Lehrer hatte ihn betrogen. Es gelang ihm, sein Studium abzuschließen. Er hasste seinen Dozenten glühend, diesen Mann, der ihm ein Leben im Wohlstand gestohlen hatte, der ihn darum gebracht hatte, seinen Eltern ein besseres Leben zu bieten und der seine einzige Chance, Luisa Lugnano wiederzusehen, zerschlagen hatte. Die Diamanten waren außerhalb von Pietros Reichweite. Aber es waren nicht die einzigen auf der Welt. Und wenn Gott und die Sechs ihm weiterhin beistanden, würde er eines Tages ein Diamantenfeld finden, das ihm niemand streitig machen konnte.

Mit dem Examen in der Tasche und dem Ruf, ein Musterschüler des berühmten Professor del Verme zu sein, schloss sich Pietro in den folgenden Jahren kleinen Diamantfirmen an, stöberte Vorkommen auf, wo andere Prospektoren längst aufgegeben hatten, und machte seine Arbeitgeber reich. Er selbst lebte zwar nicht gerade in Armut, sein Bankkonto war gefüllt, aber einen Diamanten besaß er nie. Da hörte er eines Tages von den einundneunzig Vulkanen, die in der Westantarktis entdeckt worden waren, Vulkanen, so weit abseits jeglicher Zivilisation und so tief unter dem Eis, dass sie niemand erreichen konnte.

Niemand?

Malatesta betätigte die Bremse und brachte die Winde zum Stehen. Drok hatte den Grund des Risses beinahe erreicht. Seine Sensoren zeigten eine leicht gestiegene Temperatur an, aber mit minus zehn Grad Celsius war es noch immer viel zu kühl für einen Anstieg von Magma aus dem Erdinneren. Keine Gefahr also für den Roboter. Malatesta schaltete die Scheinwerfer ein, die in Droks Augen verbaut waren. Die Lichtstrahlen fraßen sich durch das Dämmerlicht. Da waren die Eiswände, sie endeten auf festem Boden, der sich auf den Monitoren grau abzeichnete und feucht glänzte von dem Eis, das unlängst darauf geschmolzen war.

Es gab einen Ruck, als Drok aufsetzte. Für einen Moment wünschte sich Malatesta, an der Stelle des Roboters zu sein und als erster Mensch diesen Untergrund zu berühren, denn als das Eis über die Landfläche gewachsen war, war die Gattung Homo noch ein ferner Traum Gottes gewesen. Die Knochen von Dinosauriern und Säugetieren lagen vermutlich noch immer dort unten, Schätze für Paläontologen. Aber was war schon ein Fossil im Gegensatz zu einem Diamanten? Oder gleich ein ganzes Lager davon?

Mit geübter Bewegung ließ Malatesta den Roboter über den

Boden kriechen, ließ die hydraulischen Arme vorschnellen, festkrallen und anziehen. Er drehte Droks Kopf und ließ seine Augen den Boden abtasten, auf dem Monitor waren Kästchen aus zarten grünen Linien zu sehen, mit deren Hilfe die optischen Sensoren auf ausgewählte Punkte scharf stellten. Details wurden sichtbar. Das ein oder andere Gestein erkannte Malatesta sofort, es gab Eruptivgestein wie Lakkolith, plutonisches Gestein wie Diorit, aber auch subvulkanisches Gestein wie Dolerit, und wo diese letzte Art zu finden war, mochten auch Kimberlite an die Oberfläche gekommen sein.

Aber es waren keine zu sehen. Pietro fluchte lauthals. Die Enttäuschung holte ihn in die Wirklichkeit zurück. Mit einem Mal war er wieder der Student, der einem Traum nachjagte. Erst jetzt bemerkte er, dass die Kälte längst in seine Schutzkleidung gekrochen war und seine Beine gefühllos gemacht hatte. Er würde eine Pause einlegen, würde sich bewegen müssen, um Erfrierungen zu vermeiden.

Es gelang ihm, den Gedanken in jenen Winkel seines Geistes zu verbannen, der zum Kerker seiner Vernunft geworden war. Er würde an Ort und Stelle bleiben, bis er entweder Kimberlit gefunden hatte oder selbst zu einem Fossil geworden war. Mit der Rückseite des Handschuhs wischte er sich den Raureif von den Wimpern und starrte auf die Monitore. Drok hielt ein Stück glattes Gestein zwischen den Fingern und wartete auf den nächsten Befehl. Wieder nichts. Er ließ den Stein fallen, der Nächste sah erst gar nicht vielversprechend aus und erwies sich wie erwartet als schnöder Gneis. Die Steuerhebel weit nach hinten ziehend, ließ Malatesta den Roboter den rechten Arm heben, ausholen und den wertlosen Fund weit von sich schleudern. Er lachte angesichts dieser ungelenken Nachahmung menschlichen Zorns.

Dann sah er die Eisfläche. Dort, wohin Drok den Stein geschleudert hatte, war der Boden noch nicht getaut. Das konnte allerlei Gründe haben, aber Malatesta fiel nur ein einziger ein:

Gott gab ihm ein Zeichen. Er ließ den Roboter auf die Stelle zukriechen, ihm war, als könne er die Elektromotoren sogar aus dieser Entfernung surren hören. Drok kratzte auf der Eisfläche herum. Sie war hart, hatte noch keine Spur der Bodenwärme angenommen. Im linken Handgelenk des Roboters war ein Schneidbrenner eingebaut. Malatesta hatte bei Droks Konstruktion mit einbezogen, dass sich der Roboter durch Engstellen würde arbeiten oder Hindernisse würde beseitigen müssen. Jetzt zahlte sich diese Voraussicht aus.

Der Schneidbrenner zündete beim dritten Versuch und ließ die Monitore für einen Moment weiß werden, dann reagierten die Sensoren auf die Helligkeit, und der Boden war wieder zu erkennen. Malatesta lenkte die Flamme über die Eisfläche, er konnte sehen, wie Wasser davon herunterlief, wie das Gestein darunter zum Vorschein kam, zuerst nur ein Stück, dann immer mehr. Er war ein Bildhauer mit einem Meißel aus Feuer.

Er wusste, dass er Kimberlit gefunden hatte, noch bevor die Eisfläche zur Hälfte geschmolzen war. Das Gestein schimmerte im Licht des Brenners, glänzte noch feucht vom Eis und schien Malatesta zu sich zu rufen.

Er lief auf den Abgrund zu, schaute auf den Riss, dann wieder auf die Fernsteuerung. Wenn er doch Flügel hätte, er würde in die Tiefe springen. Gefährlich nahe an der Kante blieb er stehen, sein Atem ging viel zu schnell, die Sturmhaube ließ nicht genug Luft durch, und er musste sich beherrschen, den Stoff nicht vom Gesicht zu reißen und seine Lungen mit der frostigen Luft zu belasten. Drok wartete auf den nächsten Befehl. Behutsam ließ Malatesta den Roboter eine Hand ausstrecken und sie auf den Fund legen. Das Gestein war eiskalt, jedenfalls glaubte er, das fühlen zu können. Drok schloss die Finger darum, nicht zu fest, aber vollständig. Malatesta brauchte nicht lange, um ein zweites Exemplar zu entdecken und es in der anderen Hand des Roboters zu bergen.

Jetzt musste er nur noch prüfen, ob Diamanten darin eingeschlossen waren.

Er setzte die Winde in Gang, der Motor am Kran brummte, das Seil straffte sich, rollte sich zu einer roten Spule auf. Jeder Meter war eine Erleichterung für seine angespannten Nerven. Er verspürte Harndrang, fand aber die Geduld nicht, sich in der Kabine auszuziehen, um in den dafür vorgesehenen Beutel zu urinieren – im Freien hätten ihm nachhaltige Schäden gedroht, es gab Berichte von Männern, deren Urin in der Harnröhre gefroren war.

Warum arbeitete diese verfluchte Winde denn nicht schneller? Er prüfte die Führung des Seils und schlug mit der Faust gegen den Motor. Wie zur Antwort hörte die Leine kurz darauf auf, sich aufzuwickeln, straffte sich stattdessen und zitterte unter Spannung. Etwas stimmte nicht. Drok musste hängen geblieben sein.

Malatesta kehrte die Laufrichtung des Motors um, damit der Roboter wieder tiefer sank. Die Leine lockerte sich und hing nun durch, obwohl das Gewicht Droks sie hätte nach unten ziehen müssen. Das konnte nur bedeuten, dass Drok eingeklemmt war, und jetzt weder steigen noch sinken konnte.

Malatesta zog Handschuhe und Fingerlinge aus, um mehr Gefühl zu haben, und drückte kräftiger gegen den Hebel. Der Motor sprach sofort an, die Leine straffte sich, rollte aber nicht weiter auf. Der Roboter hing fest.

Malatesta schwenkte Droks Kopf im Kreis. Er sah die ewig gleichen Eiswände rechts, oben und unten. Aber als Drok nach links schaute, tauchte etwas in seinem Blickfeld auf. Malatesta stellte das Bild schärfer. Was war das? Es sah aus wie ein Besenstiel, nein, eine Stange. Sie war aus Metall, denn sie reflektierte das Licht, das von oben hereinfiel. Da war ein runder Griff zu erkennen und an seinem Ende Zahlen.

Die Lenkstange des Schneemobils.

Gestern war es in den Abgrund gestürzt und hätte ihn um ein Haar in den Tod gerissen. Er hatte geglaubt, die Maschine sei am

Boden des Spalts zerschellt, doch wie es schien, war sie auf einem Vorsprung aufgeschlagen, auf halbem Weg in die Tiefe, und jetzt war das Wrack des Ski-Doos zur Falle für den Roboter geworden.

Malatesta zog sich den Gurt der Fernbedienung von der Schulter und warf den Apparat in den Schnee. Liegend kroch er noch näher an den Rand der Kluft heran und suchte in der Tiefe nach einem Zeichen von Drok. In einiger Entfernung meinte er, einen Farbtupfer in dem monotonen Blaugrau zu erkennen. Dort musste Drok festhängen, denn die Leine führte wie eine rote Linie genau auf diesen Punkt zu.

Wozu hatte der Roboter Hände? Er würde sich schon befreien können.

Aber er hielt ja das Kimberlit fest!

Malatesta presste die Lider zusammen. Die beiden Stücke Kimberlit waren die Ausbeute seiner Anstrengungen, das Ergebnis monatelanger Vorbereitungen und Investitionen. Und jetzt würde er eines davon aufgeben müssen, damit Drok sich befreien konnte.

Er schlug mit der Faust in den Pressschnee und entließ eine sizilianische Verwünschung in die klare Luft. Was nützte ein Fluch, den niemand hören konnte? Er drückte das Gesicht aufs Eis. Die Kälte kühlte sein Gemüt. Erst als ihm die Luft ausging, kam er wieder hoch, sammelte die Fernsteuerung auf und ließ die Daumen über dem linken und rechten Steuerhebel schweben. Eine der beiden Proben musste er fallen lassen. Aber welche? Angenommen, in einer von beiden waren Diamanten eingeschlossen, welche mochte es sein? Rechts oder links? Der rechte Daumen senkte sich auf den Steuerungshebel, hob sich wieder. Links oder rechts? Malatesta spürte, wie Tränen seine Wangen hinabliefen. Was hatte er nur verbrochen, dass Gott ihm eine solche Prüfung auferlegte? Rechts oder links?

Er drückte mit dem linken Daumen den Hebel nach oben und drehte ihn dann, die Sensoren der Fernsteuerung übertrugen den

Befehl auf den Roboter. Malatesta konnte auf dem Monitor mitverfolgen, wie die Kimberlitprobe in die Tiefe stürzte. Vielleicht konnte er später eine weitere holen, aber dafür würde er zunächst Drok unversehrt bergen müssen. Jetzt hing alles von dem Roboter ab.

Eine halbe Stunde später kniete Malatesta im Schnee, seine Blase war zum Bersten gefüllt, und sein Magen krampfte sich zusammen. Es war ihm nicht gelungen, Drok zu befreien. Auch mit einer Hand schaffte es der Roboter nicht, die Lenkstange des Schneemobils aus seinen hydraulischen Eingeweiden zu entfernen. Drok hing fest, und die Kälte schien allmählich die Flüssigkeiten in seinen Leitungen anzugreifen, denn die Befehle der Fernsteuerung setzte die Maschine nur noch langsam um, bisweilen geschah überhaupt nichts, wenn Malatesta einen Hebel bewegte oder auf einen Knopf drückte.

Er öffnete den Mund und ließ den Atem aus seinen Lungenflügeln entweichen, all jene Luft, die er, so schien es, seit Stunden angehalten hatte. Dann kletterte er in den Polar 300, um endlich seine Blase zu entleeren und dabei Gewicht zu verlieren. Jedes Gramm würde zu viel sein, wenn er sich mithilfe der Winde zu Drok hinabließ. Das war die einzige Möglichkeit, die ihm blieb. Sein Leben lag buchstäblich in der Hand des Roboters.

Malatesta legte das Geschirr an, das für die Bergung von Verletzten zur Notausrüstung des Pistenbullys gehörte. Ob sich der Konstrukteur jemals hätte vorstellen können, dass damit einmal ein künstlicher Mensch gerettet werden würde? Pietro prüfte den Sitz der Karabinerhaken und zog die Gurte so stramm wie möglich. Dann tauschte er Droks Fernbedienung gegen die der Seilwinde und ging mit bebenden Knien auf den Abgrund zu.

Kapitel 19

9. Januar

Im Innern des Risses waren die Wände von so kräftiger Farbe, dass Malatesta, im Geschirr hängend, das Gefühl hatte, die Intensität des Türkis kaum ertragen zu können. Trotzdem starrte er weiter auf das Eis. Er wollte nicht in die Tiefe blicken – oder in die Höhe, wo der Spalt immer schmaler wurde und ihm das Gefühl gab, die Wände würden zusammenrücken, um ihn zu zermalmen. Er betätigte die Fernsteuerung der Winde mit zaghaften Bewegungen. Sank er zu schnell, begann er sich zu drehen und musste sich erst wieder auspendeln lassen.

Trotz der von den Eiswänden abgestrahlten Kälte spürte er eine Hitze in seinem Magen. Wie weit war es denn noch bis zu Drok und dem Schneemobil? Die Steuerungskonsole zeigte an, dass er schon viezig Meter gesunken war. Fünfundvierzig. Fünfzig.

Schließlich kam Drok in Sicht. Er hing an der Lenkstange des Schneemobils wie ein betrunkener Fahrer und schien Malatesta schuldbewusst anzusehen. Das Ski-Doo war auf einem Abbruch aus Eis aufgeschlagen, einer Kante, die sich beim Auseinanderdriften des Eises gebildet haben musste. Sie war groß genug, um einen Pistenbully zu tragen. Aber für Malatesta war sie außer Reichweite.

Er streckte den Arm aus – eine lächerliche Geste: Drok war wenigstens zehn Meter entfernt. Beim Blick nach oben stellte er fest: Der Ausleger des Krans, an dem die Winde befestigt war, ragte ein gutes Stück über den Rand des Abgrunds hinaus. Pietro war es gewohnt, sich auf Technik und Maschinen zu verlassen, in Bologna hatte er es geliebt, mit seiner Ducati Monster bei zweihundertfünfzig Stundenkilometern über die Autostrada zu fegen und das Leben durch seine Adern pulsieren zu spüren. Schon ein winziger Fehler in der Maschine hätte ihn das Leben gekostet. Jetzt ruckelte er mit drei Stundenkilometern einen Abgrund hinunter und machte sich vor Angst fast in die Hose. Sein Vater hätte ihn ausgelacht, und Luisa Lugnano hätte ihn verachtet.

Malatesta begann, sein Gewicht in den Gurten zu verlagern. Erst trudelte er vorwärts, dann nutzte er den Schwung, um rückwärts zu schweben. Er wiederholte das Manöver. Einmal. Zweimal. Beim dritten Mal konnte er sich von der Eiswand abstoßen und pendelte ein gutes Stück durch den Riss hindurch. Über seinem Kopf hörte er die Winde knarren, als er sich nach vorn lehnte und versuchte, Drok, das Schneemobil oder den Vorsprung zu greifen.

Mit einer Hand langte er nach dem Auspuff des Ski-Doo, da geriet das Gefährt ins Rutschen. »Porca miseria!«, fluchte er. Während er wieder zurückpendelte, zog er den Geologenhammer aus der Seitentasche des Anzugs. Beim nächsten Mal, als ihn der Schwung wieder in die Nähe des Abbruchs brachte, schlug er die Spitze des Werkzeugs tief in das Eis, wie ein verhungerndes Tier, dass sich in seiner Beute verbeißt. So blieb er eine Weile hängen, von der Kraft des Gurtes zugleich gehalten und nach hinten gezerrt.

Zentimeter um Zentimeter arbeitete er sich an der Wand vorwärts, bis er Drok erreicht hatte. Aus der Nähe betrachtet wirkte der Roboter mit einem Mal überhaupt nicht mehr tölpelhaft und hilflos. Er starrte Malatesta aus bedrohlich blickenden Augen an. Pietros Hand, die versuchte, Drok aus dem Gestänge des Schneemobils zu befreien, erstarrte. Lag es an dem unheimlichen Ort, lag es an seinen Nerven, lag es an dem grünblauen Licht, das sich in den Scheinwerferaugen des Roboters spiegelte? Oder hatte sich Droks Blick wirklich verändert?

Ein Brocken Eis löste sich und fiel in die Tiefe. Malatesta blickte in den Abgrund. Dort erkannte er den dunklen Fleck des Gesteins, das Drok mit dem Schneidbrenner bearbeitet hatte. Und da war noch etwas. Etwas, das er von weiter oben nicht hatte sehen können. Etwas Rotes, etwas, das Droks monochrome Kameras nicht wahrgenommen hatten. Pietro durchfuhr es wie ein Blitz. Und mit einem Mal verstand er auch, warum er beim Abstieg ins Schwitzen geraten war.

Magma. Dort unten war flüssiges Gestein aus dem Erdinnern an die Oberfläche gestiegen.

Die Vulkane waren aktiv.

Jetzt hatte er seinen Auftrag als Geologe doch noch erfüllt, wenn auch mit anderen Mitteln als vorhergesehen. Er musste hier weg! Er zerrte Drok zu sich heran, versuchte, den Roboter freizubekommen, aber die Lenkstange steckte in den mechanischen Eingeweiden fest. Er zog kräftiger, brachte aber nur zustande, dass eine hydraulische Flüssigkeit aus Drok herauslief. Malatesta zuckte zusammen und ließ los.

Er würde den Roboter aufgeben müssen.

Er legte eine Hand auf Droks Schädel und meinte, das eiskalte Gehäuse durch seine Handschuhe spüren zu können. Dann bog er die Finger von Droks rechter Hand um und holte das Kimberlit daraus hervor.

Das Gestein war schwer, es schien, als habe es sich mit Erdgeschichte vollgesogen. Malatesta verstaute den Fund in einer Tasche seines Anzugs, warf Drok einen letzten Blick zu und setzte die Winde in Gang. Der Gurt straffte sich und zog ihn in die Höhe. Ungeduldig schaute er nach oben, wo das schmale Stück Himmel langsam wieder weiter wurde.

*

Der peitschende Ansturm von nassem Schnee ließ die Neumayer-Station erzittern. Vor dem eisverkrusteten Fenster stand eine Flagge stramm im Wind. Die Pistole lastete in seiner Hand. Wohin jetzt damit? Henlein hatte nach den Schüssen auf den Pistenbully angeordnet, alle Kabinen nach der Waffe zu durchsuchen.

Was also anstellen damit? Die Glock 17 zeichnete sich dadurch aus, dass sie zum Großteil aus Kunststoff hergestellt war, optimal für Temperaturen, in denen vereistes Metall an der Haut festfrieren und den Dienst versagen konnte. Aber mit ihrem Kunststoffgehäuse würde es die Pistole kaum überstehen, im Schnee vergraben zu werden. Das Gehäuse würde Risse bekommen.

Vielleicht konnte er sie in einem Lüftungsschacht verstecken, bis die Durchsuchung vorüber war.

Er stopfte die Glock in seinen Hosenbund und nahm einen Aktenordner mit, den er vor die Ausbuchtung in seiner Kleidung hielt. Dann verließ er sein Zimmer. Es war früher Nachmittag, und die Station summte vor Betriebsamkeit. Er schlenderte an Kolleginnen und Kollegen vorbei, lächelte und grüßte in alle Richtungen.

Er öffnete die Tür zu einem der Waschräume und schaute hinein. Es gab eine Dusche und eine abgetrennte Nische mit Toilette. In Spielfilmen klebten Attentäter ihre Waffen unter den Deckel des Wasserspülkastens. Doch in der Antarktis gab es keine Wasserklosetts, aus naheliegenden Gründen. Stattdessen benutzte die Besatzung Incinolets, deren Name sich von »Incinerator«, Verbrennungsanlage, ableitete. Darin wurden Hinterlassenschaften auf Knopfdruck eingeäschert – kein besonders gutes Versteck für eine Handfeuerwaffe. Über dem Incinolet verlief ein Lüftungsrohr mit einem Gitter. Dort würde er die Glock unterbringen, bis sich die Aufregung gelegt hatte.

Gerade als er eintreten wollte, hielt ihn jemand an der Schulter fest. »Ich habe einen Funkspruch für dich auf Frequenz zwölf. Hört sich dringend an.«

Er fuhr herum, beinahe wäre ihm die Pistole aus dem Hosenbund gerutscht. Karim stand vor ihm. Karim, der mit seinem schwarzen Bart und schwarzem Zopf aussah, als gehöre er eher in ein Land der Sonne als in eines voller Eis. »Muss das jetzt sein, Karim?«, fragte er. »Ich wollte gerade …«

»Das sehe ich«, erwiderte Karim. »Aber die Verbindung ist schlecht, sie droht abzubrechen, und der Funker auf der anderen Seite sagte, ich solle dich sofort suchen und dir sagen, Luisa habe eine Nachricht für dich.« Er grinste. »Wer ist denn Luisa? Deine Lieblingspinguindame?«

Malatesta! Augenblicklich war die Glock vergessen. »Luisa? Ja, das könnte wichtig sein.« Er quetschte eine Portion Belanglosigkeit auf seine Stimme. Dann schob er Karim in Richtung der Kommunikationszentrale.

Von den Arbeitsplätzen im Funkraum war nur der von Karim besetzt. Er bat darum, das Gespräch allein führen zu dürfen. Die gerunzelte Stirn Karims glättete er mit den Worten, Luisa sei der Funkname einer alten Freundin auf der spanischen Station Juan Carlos. Wenn sie sich meldete, habe das gewiss einen persönlichen Grund.

Die Lüge trug Früchte. Karim zog sich zurück und schloss die Tür. Er ließ sich auf den Stuhl des Funkers fallen, kurz blieb sein Blick auf der Cognacflasche haften, dann suchte er mit dem Mauszeiger nach dem richtigen Symbol auf dem Bildschirm. Kaum hatte er es aktiviert, erfüllte ein Rauschen den Raum, dann war Malatestas Stimme zu hören. »Hier ist Luisa«, rief der Sizilianer. »Ich rufe …« Der Name ging im Rauschen und Knistern unter, aber er wusste auch so, dass er gemeint war.

»Hier ist Tiffany«, sagte er in das Standmikrofon und drehte zugleich die Lautstärke herunter. Was nutzte der heimlichste Plan, wenn das gesamte Deck mithörte? »Hast du sie gefunden?«

Das Knistern kehrte zurück. Die Kurzwelle mit einer Länge von achtundvierzig Metern reichte bis in die Westantarktis, aber die Schneedrift sorgte für elektrostatische Aufladungen. »Luisa, kannst du mich hören?«

Malatestas Stimme kam mit einem Mal so deutlich und klar aus den Lautsprechern, als säße der Geologe im Nebenraum und nicht in einem Zelt dreitausend Kilometer entfernt. »Bist du allein?«, fragte Malatesta.

»Augenblick.« Er ging zum Eingang und schaute auf den Korridor. Niemand war zu sehen. Er schloss die Tür und kehrte zum Mikrofon zurück. »Es ist niemand hier, Malatesta.«

»Vor mir liegen zwei Diamanten. Hörst du mich? Zwei Diamanten.« Malatestas Stimme schien sich zu überschlagen. »Ich habe sie aus einem einzigen Stück Kimberlit herausgeholt. Das ist eine Trefferquote von zweihundert Prozent. Vielleicht ist das nur Zufall, aber daran glaube ich nicht. Weißt du, welcher Tag heute ist? Der neunte Januar. Das lässt sich durch drei teilen und die Drei ist die Mutter der Sechs. Und wir sprechen auf Frequenz zwölf, das ist zweimal sechs. Und jetzt schau auf die Uhr.« Es knackte, als Malatesta die Sprechtaste des Funkgeräts losließ.

Die Wanduhr neben dem *Shining*-Filmplakat zeigte achtzehn Uhr. Drei Mal sechs. Er presste die Lippen zusammen. Malatesta war abergläubisch bis in die Fingerspitzen. Hauptsache, er hatte die Diamanten gefunden.

»Sechs Uhr, nicht wahr?« Die Stimme des Sizilianers kehrte zurück. »Gott sendet mir ein Zeichen. Zweihundert Prozent Erfolgsquote. Ich glaube … nein, ich bin sicher, dass in jedem Stück Kimberlit, das hier liegt, ein Diamant eingeschlossen ist. Vielleicht sogar mehrere. Unter meinen Füßen liegt das größte Vorkommen der Welt. Hallo? Bist du noch da?«

»Ja. Das ist fantastisch. Wir sind reich.« Er bemerkte, dass seine Finger zitterten und sein Mund trocken geworden war. »Wie geht es jetzt weiter?«

»Ich habe gebetet«, sagte Malatesta. »Und als ich in den Himmel geschaut habe, flog die ISS über meinem Kopf vorbei. Ich konnte sie genau sehen.«

»Was hat das mit …«

»Du solltest auch beten. Danken wir gemeinsam Gott für dieses Geschenk.« Malatesta senkte die Stimme. »Jetzt musst du das Team aktivieren. Wir müssen hier so schnell wie möglich alles bergen, bevor man uns bemerkt. Bring die Männer mit dem nächstbesten Flugzeug zu mir. Wir machen alles so, wie wir es besprochen haben.«

Malatesta meinte den Trupp, den er angeheuert hatte und der seither, als Touristengruppe getarnt, bei Bearclaw auf seinen Einsatz wartete.

Wo er die Leute aufgetrieben hatte, war Malatestas Geheimnis. Zu ihren Talenten gehörte es, Drecksarbeit zu erledigen, ohne Fragen zu stellen, und Erdschichten ebenso wie andere Probleme mit Brutalität aus dem Weg zu räumen.

Was Malatesta da im Westen trieb, war illegal, es verstieß gegen den Antarktisvertrag, der unter anderem festschrieb, dass auf dem Südkontinent keine Rohstoffe abgebaut werden durften. Kein normaler Bergarbeiter hätte sich auf einen solchen Job eingelassen. Diese Jungs aber hofften darauf, durch Malatesta ihr Glück zu finden. Das machte sie nützlich, aber auch unberechenbar. Ein Zitat von Shakespeare kam ihm in den Sinn: *»Mord rufen und des Krieges Hund entfesseln.«* Ihm war nicht wohl bei dem Gedanken, diese Meute aus dem Zwinger zu befreien. Aber was blieb ihm übrig? Er hatte sich auf das Geschäft eingelassen, jetzt gab es kein Zurück.

Er bestätigte den Erhalt der Anweisungen mit einem knappen »Wird erledigt.« Dann fügte er hinzu: »In zwei Tagen sind die Leute bei dir.« Er zögerte, ließ die Sprechtaste nicht los. »Da ist noch etwas. Es geht um Emilio Rauwolf.«

»Was ist mit dem?« Der Klang von Malatestas Stimme war härter geworden, und das lag gewiss nicht an den statischen Aufladungen in der Atmosphäre.

»Seine Schwester ist hier. Sie soll deinen Platz einnehmen und das Vulkanfeld untersuchen.«

Die Stimme am anderen Ende des Kontinents krächzte. »Hier darf niemand auftauchen. Das musst du verhindern.«

»Ich habe sogar auf sie geschossen«, er versuchte, seine Aufregung unter Kontrolle zu bekommen und schloss die Augen, »aber diese Frau ist nicht aufzuhalten. Sie ist los, um nach ihrem Bruder und nach dir zu suchen. Sie ist davon überzeugt, dass ihr noch lebt.« Er ließ die Sprechtaste los.

»Sie wird ihn nicht finden und wieder umkehren«, sagte Malatesta. »Sorg dafür, dass sie keinen Ärger macht.«

Als er die Augen wieder öffnete, stand Karim in der offenen Tür. Der Funker starrte ihn mit offenem Mund an.

»Was machst du?«, rief er und drückte dabei versehentlich die Sprechtaste. Als er sie losließ, antwortete Malatesta: »Ich suche jetzt weiter nach den Diamanten.«

Mit einem Mal drohte alles zum Teufel zu gehen. Er sprang aus dem Stuhl, riss die Glock hervor und richtete sie auf Karim. »Reinkommen! Wenn du versuchst abzuhauen, schieße ich dir in den Rücken.«

Karim zögerte, unter den Ausläufern seines Bartes tanzte sein Adamsapfel.

Mit vier Schritten hatte er den Funker erreicht und zerrte ihn in den Container hinein. Er warf die Tür zu und rollte einen der Bürostühle davor, eine schlechte Sicherung, aber eine andere stand nicht zur Verfügung.

Er stieß Karim den Lauf der Glock in den Rücken. »Warum bist du hier? Hat dich jemand geschickt? Was hast du gehört?«

Karim versuchte, sich umzudrehen, empfing jedoch einen Stoß gegen die Schulter, der ihn vorwärtstaumeln ließ, auf das Funkgerät zu. Daraus drang jetzt wieder die Stimme Malatestas. »Das ist doch Pietro«, stellte Karim fest. »Wo ist er? Ist Emilio auch am Leben?«

»Schalt das Gerät aus!«, befahl er. Karim starrte ihn an, kam dem Kommando aber nach. Danach herrschte eine unheimliche Stille in dem kleinen Raum. »Also, raus mit der Sprache. Spionierst du mir nach?«

Karim deutete auf die Flasche Cognac auf seinem Schreibtisch. »Ich bin deshalb zurückgekehrt. Ich war in Sorge, du würdest die Gelegenheit nutzen und dich an der Flasche vergreifen, nachdem wir es so lange geschafft hatten, dass du trocken bleibst.«

Ein Anflug von Reue durchströmte ihn. Karim hatte ihm tatsächlich dabei geholfen, weniger zu trinken. Aber jetzt war Karim ein Feind, und Feinde mussten bei diesem Unternehmen aus dem Weg geräumt werden. Zu viel stand auf dem Spiel.

Er legte den Zeigefinger an den Abzug der Glock, ertastete den Druckpunkt, jetzt fehlte nur die winzige Kontraktion eines Muskels. Aber er hatte eine bessere Idee.

»Da rauf!« Er zeigte auf die Decke des Containers, wo sich eine Luke abzeichnete. Die Funker hatten unmittelbaren Zugang zu den Antennen auf dem Dach. Oft genug riss ein Sturm ein Kabel ab oder verbog ein Gestänge. Dann konnte ein Mann hinaufklettern und während der Reparatur in Rufkontakt mit seinem Kollegen vor dem Funkgerät bleiben.

Karim versuchte zu widersprechen, musste aber einsehen, dass er der vorgehaltenen Waffe keine Argumente entgegenbringen konnte. Er stellte sich auf einen Hocker, reckte sich nach der Luke und zog sie herunter. Eine schmale Leiter aus Aluminium senkte sich herab. Karim verankerte sie in zwei Metallösen im Boden. Ein kalter Luftzug wehte in den Raum.

»Wenn ich da raussoll, werde ich Schutzkleidung brauchen«, sagte der Funker. In seinen Augen stand die Angst.

»Diesmal nicht. Vorwärts!« Er ließ Karim vorgehen, ein kritisches Manöver, denn der Funker hätte sich einfach von der Leiter auf ihn fallen lassen können. Doch entweder kam ihm der Gedanke nicht, oder das Risiko erschien ihm zu hoch. Die Männer erreichten das halbe Deck, von dem aus eine Treppe zum Dach führte. Karim holte einen Schlüssel hervor und öffnete die Sicherheitstür. Augenblicklich klatschte ihnen eine Ladung nassen Schnees gegen die Brust. Der Wind war so stark, dass er einem die Haut vom Gesicht zu schälen schien.

»Weiter«, rief er und verlieh seinen Worten mit der Pistole Nachdruck.

Karim drehte sich um. »Bitte«, sagte der Funker, »lass uns noch mal darüber reden. Ich werde das alles für mich behalten. Mit dem Cognac hat es auch geklappt, da konntest du mir auch vertrauen.«

Wut stieg in ihm auf. Was fiel dem Funker ein, ständig seine Alkoholkrankheit ins Spiel zu bringen? Mit einer ausholenden Geste hämmerte er Karim die Pistole gegen die Kniescheibe. Der Funker schrie auf und sackte zusammen. »Vorwärts!«, befahl er. »Schnell, bevor wir hier festfrieren.«

Karim humpelte auf das Dach hinaus. Das Schneetreiben war infernalisch, die Sichtweite betrug nur wenige Meter und näherte sich einem Whiteout. Er würde sich beeilen müssen, sonst lief er Gefahr, Karim zu verlieren.

Aus dem Dach der Neumayer-Station ragten allerhand Messgeräte hervor, weiter hinten war die rote Halle zu sehen, von der aus die Wetterballone in den Himmel geschickt wurden. In regelmäßigen Abständen schauten die Rohre der Lüftungsanlage aus dem Dach, die einmal in der Woche mit einem großen Gummihammer vom Eis befreit werden mussten. Der Hammer war etwa armlang und wurde unter einem Vorsprung aufbewahrt.

Karim ging voraus, er hatte die Arme um den Oberkörper geschlungen, um sich vor Erfrierungen zu schützen.

Der Moment war günstig. Er ließ die Glock fallen und zog den Gummihammer unter dem Schutzdach hervor. Mit einer fließenden Bewegung holte er aus und schmetterte den melonengroßen Hammerkopf gegen Karims Rippen. Der Wind riss den Schrei des Funkers mit sich fort. Karim taumelte auf die Dachkante zu, fing sich und hielt sich am Geländer fest, presste die Hände gegen die Seite und rief etwas Unverständliches.

Er ließ den Hammer fallen, sprang auf Karim zu, und trat dem Funker die Beine unter dem Leib weg. Karim hing über dem Rand des Dachs, der Moment dehnte sich, die aufgerissenen Augen des Funkers leuchteten hell durch den Schnee. Dann versetzte ihm eine Windbö einen zusätzlichen Stoß, und er verschwand in der Tiefe.

Wenn Karim einen Todesschrei ausstieß, so fraß ihn der Wind auf.

Einundzwanzig Meter. Von unten betrachtet, mochte die Neumayer-Station gar nicht so hoch wirken, wer aber von oben über die Dachkante nach unten schaute, dem konnte schwindelig werden. Karims Körper lag klein und leblos auf dem Pressschnee. Seine Arme und Beine waren so abgewinkelt, dass es aussah, als führe er einen Tanz auf. Der Schnee trieb wie ein Schleier über ihm her.

Kapitel 20

9. Januar

Der niedrige Himmel spuckte Schnee. In der Kabine des Pistenbullys verriet der gegen den Ostwind arbeitende Motor, dass das Wetter draußen schlechter wurde, aber Antonia bemerkte es kaum. »*Dieses Land*«, hatte Emilio ihr einmal geschrieben, »*steckt voller Wunder. Man muss nur genau hinschauen.*« Und jetzt lag eines dieser Wunder in ihren Armen. Ihr Bruder lebte. Er hatte das Bewusstsein wiedererlangt, nur für kurze Zeit, jedoch lange genug, um Antonia zu erkennen. Jetzt ruckelte er, eingepackt in Wolldecken, in der engen Kabine des Kettenfahrzeugs hin und her, und sie hielt ihn umschlungen, damit sein Kopf nirgendwo anschlug.

Arlo steuerte den Polar 300 so vorsichtig wie möglich um Schneeverwehungen herum und versuchte zugleich, alles aus dem Motor herauszuholen. Emilio musste so schnell wie möglich in die Krankenstation von Neumayer III gebracht und mit dem nächsten Flugzeug ausgeflogen werden.

Seine Haut war kalkweiß, die Augen waren rot umrändert, und seine Lippen hatten eine besorgniserregende blaue Farbe angenommen. Seine Nase war schwarz von Erfrierungen, und auf seinen Wangen und seiner Stirn hatten sich blutgefüllte Blasen gebildet. Die Heizung im Innern der Kabine lief auf Hochtouren. Antonia verabreichte ihm immer wieder Cortisonspritzen aus der Notfallausrüstung.

Emilio rührte sich, er stöhnte, die Lider flatterten. Mit einem saugenden Geräusch holte er tief Luft. Antonia drückte ihn sanft zurück auf das improvisierte Lager.

»Was ist geschehen?«, fragte sie ihn leise. »Wo ist dein Begleiter? Wo ist Malatesta?« Sie wollte auch nach der Schusswunde an seinem Arm fragen, aber Emilio kam ihr zuvor.

»Artemis«, rasselte er, hob eine matte Hand und ließ sie auf seine Brust fallen.

Antonia legte ihre Finger darauf, seine Haut war hart und kalt. »Ich habe deine Unterlagen gelesen«, sagte sie. »Du kannst mir das später erklären. Ruh dich aus.«

Er öffnete den Mund, wollte noch etwas sagen, doch die Worte purzelten zurück in seine Kehle. Antonia hielt ihm eine Flasche an die Lippen. Emilios Körper hatte viel Wasser verloren, jeder Tropfen bedeutete einen Schritt zurück ins Leben.

Erneut versuchte er, die Hand zu heben, begleitet von dem gehauchten Namen der griechischen Göttin. Zitternd bewegte er den Arm. Hatte er Schmerzen? Sie tastete ihn ab, spürte eine Schwellung und schob die Hand unter seine Jacke. Das war keine Schwellung. Etwas steckte in der Innentasche.

Aus dem Augenwinkel nahm sie ein schwaches Nicken ihres Bruders wahr. Ihre Finger berührten etwas Eckiges. Sie zog eine kleine Box aus weißem, halb durchsichtigem Kunststoff hervor. So ähnlich hatten auch die Schalen im Gewächshaus Eden, in Emilios Forschungslabor, ausgesehen.

»Was ist das?«, fragte sie und drehte das Kästchen in alle Richtungen. An einer Stelle war eine Lasche zu erkennen. Sie zog daran, und der Deckel sprang auf.

»Artemis.« Emilio krächzte die drei Silben zum dritten Mal. Er verzog den Mund zur Fratze eines Lächelns, dabei rissen seine Lippen auf und begannen zu bluten. Antonia tupfte ihm das Gesicht ab, dann wandte sie sich wieder dem Kästchen zu.

Im Innern schwappte eine Flüssigkeit, und eine weiße Masse war zu erkennen. Erst dachte Antonia, es handele sich um ein Büschel Haare, doch dafür waren die Fäden zu stark. Dann erkannte sie, was sie vor sich hatte. Es waren die Schwämme, die Emilio und seine Kollegen unter dem Filchner-Ronne-Schelfeis gefunden hatten. Er hatte damit im Gewächshaus der Neumayer-Station experimentiert. Antonia hatte die Versuchsnotizen gefunden, aber die Schwämme waren verschwunden gewesen.

Weil Emilio sie mitgenommen hatte.

»Was ist daran so wichtig?«, fragte sie laut.

Arlo schaute herüber und wollte wissen, was sie da habe.

»Das versuche ich gerade herauszufinden«, sagte sie. Emilios Hand tastete nach ihr. Sie griff danach, so sacht wie sie eine Blüte im Spätherbst umfasst hätte. Mit der anderen Hand hielt sie ihm das Kästchen mit den Schwämmen hin. »Was ist damit?«, fragte sie.

Emilio versuchte zu sprechen. Er schluckte schwer, atmete schnell und hustete. Er rang sichtlich damit, sich auszudrücken, Tränen quollen ihm aus den Augen. Seine Lippen bebten.

Sie legte ihm eine Hand gegen die eingefallene Wange. »Du kannst es mir später erzählen«, sagte sie.

»Jemand wollte Artemis zerstören«, brach es aus Emilio heraus. Seine Stimme war kaum wiederzuerkennen, sie schien nicht aus seinem Mund zu kommen, sondern von einem weit entfernten Ort. »Im Gewächshaus. Die Schwämme.« Er hustete. »Waren fort. Gestohlen.«

»Ruh dich aus«, sagte Antonia. »Das hat Zeit.«

Emilio schüttelte den Kopf. »Ich fand sie. Im Schnee hinter Eden. Vergraben.« Er lachte und hustete gleichzeitig. »Haben überlebt.« Mit bebendem Zeigefinger tippte er gegen das Kästchen. »Wie die Orchidee.« Im nächsten Moment war er eingeschlafen. Die Aufregung musste ihn erschöpft haben.

Antonia untersuchte Emilio, so gut es ging. Sein Puls war kaum wahrzunehmen, aber er schlug regelmäßig. Sie verschloss das Kästchen mit Artemis und wollte es in ein Seitenfach des Pistenbullys legen. Dann überlegte sie es sich anders, holte es wieder hervor und steckte es in eine Tasche ihres Anzugs. Wenn es Emilio so wichtig war, würde sie es bei sich tragen, bis sie wusste, was es damit auf sich hatte.

»Was, glaubst du, ist mit ihm und seinem Kollegen passiert?«, fragte Arlo. Er streckte eine Hand aus und hielt sie über die Lüftungsschlitze am Armaturenbrett, dabei formte er mehrfach eine Faust und öffnete sie wieder, um das Blut zum Zirkulieren zu bringen.

Schon seit einigen bangen Stunden war Antonia klar, was geschehen sein musste, doch bislang war sie davor zurückgeschreckt, den Gedanken in Worte zu fassen. Erst wenn sich Ideen in Sprache manifestierten, konnten sie Wirklichkeit werden. Und vor dieser Wirklichkeit hatte Antonia Angst.

»Pietro Malatesta hat auf Emilio geschossen«, sagte sie mit einer Stimme, mit der sie sonst eine Gesteinsart in einem Hörsaal vorgestellt hätte. »Es gibt keine andere Möglichkeit. Das da ist eindeutig eine Schusswunde, und es gibt hier draußen sonst niemanden, der eine Waffe hätte abfeuern können.«

»Die Besatzung einer anderen Station vielleicht«, wandte Arlo ein.

»Ich wüsste nicht, wieso die auf deutsche Forscher schießen sollten«, erwiderte Antonia. »Außerdem sind die viel zu weit weg.« Sie schüttelte den Kopf. »Es muss eine Auseinandersetzung zwischen Emilio und Malatesta gegeben haben.«

»Aber wieso hatten sie eine Waffe dabei?«, bohrte Arlo weiter.

Antonia zuckte mit den Schultern.

»Und was ist aus Malatesta geworden?«

Sie sah auf ihre Hände, die Emilios Finger umklammerten. Es gab nur eine Erklärung. »Emilio hat Malatesta getötet«, sagte sie. Jedes Wort war wie ein Stück Granit zwischen ihren Zähnen. »In Notwehr«, fügte sie hinzu.

Arlo wiegte den Kopf. »Nicht unbedingt«, sagte er nach einer Weile.

»Glaubst du etwa, es war keine Notwehr?« Antonia hörte, wie ihre Stimme schärfer wurde.

»Ich meine etwas anderes: Wir haben keine Spuren der Traverse gefunden. Der Pistenbully und die Anhänger, mit denen die beiden unterwegs waren, sind wie vom Erdboden verschluckt. Wenn Emilio Malatesta ausgeschaltet haben sollte, wäre er dann nicht mit den Fahrzeugen zurück zur Station gefahren?«

Antonia schaute Arlo aus großen Augen an. Sie hatte das Gefühl, seine Gedanken aufzufangen und damit von einem Tonnengewicht erdrückt zu werden. »Du glaubst«, begann sie zögerlich, »dass Malatesta Emilio aus der Kabine gestoßen und auf ihn geschossen hat? Dass er dann einfach weitergefahren ist? Dass er meinen Bruder ausgesetzt hat, damit er verblutet oder erfriert?«

Arlo sah zu Antonia herüber. Er sog zischend die Luft ein und nickte.

Am selben Abend ging ihnen der Treibstoff aus. Zwar hatten sie noch einmal an Arlos Tankstelle gehalten und hätten es mit den Reserven vielleicht auch bis zur Neumayer-Station geschafft, doch der Ostwind blies ihnen entgegen, sodass Arlo das Gaspedal ununterbrochen auf den Kabinenboden hatte heruntertreten müssen. Jetzt war der Tank leer, und bis zur Station waren es noch hundertdreißig Kilometer – zu viel, um die Strecke zu Fuß zurückzulegen, aber nah genug, um einen Funkspruch abzusetzen.

Während Arlo gegen die Reservekanister schlug und versuchte, die letzten Tropfen aus ihnen herauszuholen, suchte Antonia am Funkgerät die Frequenz, auf der sie sich mit Karim in Verbindung setzen konnte. Sie setzte sich die Kopfhörer auf, in ihren Ohren klangen Rauschen und Quietschen. »Hier spricht Antonia Rauwolf. Ich rufe die Neumayer-III-Station. Kann mich jemand hören?«

Das Rauschen veränderte sich nicht. Sie versuchte, die Frequenz zu korrigieren. War da etwas gewesen hinter dem Vorhang aus Störgeräuschen? Eine Stimme? Arlo sprang mit den Kanistern im Arm aus dem Kettenfahrzeug und schmetterte die Tür zu. »Ruhe!«, rief Antonia. Wie sollte sie bei dem Lärm etwas verstehen? »Hier spricht Antonia Rauwolf«, versuchte sie es erneut. »Ich rufe …«

»Hier spricht Justus Henlein!«, platzte die Stimme des Stationsleiters aus den Kopfhörern. »Antonia, wo sind Sie? Geht es Ihnen gut?«

Sie wusste vor Überraschung zunächst nicht, was sie sagen sollte. Henlein schien um ihr Wohl besorgt zu sein. Sie hatte mit einer Standpauke gerechnet. Immerhin hatte sie einen der Pistenbullys gestohlen und war damit losgefahren, gegen das ausdrückliche Verbot des Stationsleiters und gegen jede Vernunft. »Arlo und ich sind wohlauf«, rief sie in das Sprechgerät. »Wir haben Emilio gefunden. Er lebt. Er braucht dringend Hilfe.«

Das Rauschen am anderen Ende war lang und tief. Gerade als Antonia glaubte, sie habe die Verbindung verloren, kehrte Henleins Stimme zurück. »Wo sind Sie? Schaffen Sie es zurück zur Station?«

Antonia gab die Koordinaten durch. »Wir haben nur noch Diesel für ein paar Kilometer. Schicken Sie den Hubschrauber.« Sie schloss die Augen, erleichtert, dass sich nun alles zum Guten wenden würde. Während sie auf Henleins Antwort wartete, klopfte sie gegen die Seitenscheibe der Kabine und zeigte Arlo einen hochgereckten Daumen.

»Negativ.« Henleins Stimme hatte einen heiseren Unterton angenommen. Oder lag das an den atmosphärischen Störungen? »Wir können bei diesem Wetter nicht starten. Wir sind in einer Notsituation. Karim ist tot.« Der Rest verrauschte.

»Henlein!« Antonia schlug mit der Faust gegen das Funkgerät. »Henlein! Ich brauche den Helikopter. Mein Bruder stirbt sonst.« Und wir vielleicht auch, dachte sie.

Die Stimme des Stationsleiters kehrte zurück »Also gut … fliegen, sobald der Wind sich legt … Kommen Sie uns entgegen … zum Lager … Treibstoff …« Dann verstummte er. Alle Versuche, die Frequenz wiederzufinden, schlugen fehl.

Antonia ließ sich zurückfallen und stieß die Luft aus. Sie drehte den Kopf zur Seite und schaute Emilio an. Er schlief, sein Gesicht hatte etwas Farbe angenommen, das Blut schien wieder kräftiger zu zirkulieren, er könnte es schaffen.

Aber nicht hier draußen.

Arlo riss die Tür auf, warf die leeren Kanister in die Kabine und schwang sich auf den Fahrersitz. »Ein paar Tropfen haben wir noch. Keine Ahnung, wie weit wir damit kommen. Was gibt es von der Station. Holen sie uns ab?«

Antonia schüttelte den Kopf. »Henlein hörte sich an, als sei er ernsthaft um uns besorgt. Aber herschicken wird er uns niemanden.«

»Was?«, platzte es aus Arlo heraus. »Warum denn das? Wir sind so nah bei der Station. Das ist kein Risiko für ihn.«

Antonia berichtete, was sie von Henlein erfahren hatte. »Mehr weiß ich nicht. Er hat dann noch etwas von einem Lager gesagt, und von Treibstoff. Dann war die Verbindung weg.«

Arlos Gesicht sah aus, als habe es jemand mit einem Meißel aufgestemmt. »Aber beim Treibstofflager waren wir schließlich schon«, rief er barsch. »Hast du ihm denn unseren Standort nicht durchgegeben?«

»Doch. Natürlich.« Henleins Worte klangen noch einmal durch Antonias Kopf. Lager. Treibstoff. Henlein musste etwas anderes gemeint haben als die vergrabenen Kerosinfässer.

»Die Touristen!« Antonia riss die Augen auf. »Die sind ja auch in einem Lager. Darüber haben sich die Männer in der Lounge der Station unterhalten.«

»Touristen?«, fragte Arlo.

»Es gibt ein Lager für Extremtouristen. Bei Bearclaw. Weißt du, wo das liegt?«

»Das ist eine Bergkette, nordöstlich von hier. Sie heißt so, weil die aus dem Eis hervorschauenden Berggipfel aussehen wie die Klauen eines Bären.«

»Dort muss es Treibstoff geben. Schaffen wir es noch bis dorthin?«

Der Schnee taute auf Arlos Gesicht und tropfte an seinem Kinn herab, während er nachdachte. »Das wird knapp, könnte aber klappen. Auf jeden Fall kommen wir bis in die Nähe von Bearclaw. Die letzten Kilometer könnten wir zu Fuß schaffen.« Er hielt inne und schaute sorgenvoll zu Emilio hinüber, der noch immer schlief.

»Rutsch rüber!«, sagte Antonia. »Ich fahre.«

Kapitel 21

9. Januar

Der Wind legte sich, und die Wolkendecke riss auf, als sie Richtung Nordosten fuhren. Vielleicht ist das ein gutes Zeichen, dachte Antonia. Wenn das Wetter auch bei Neumayer aufklarte, würde Henlein den Helikopter losschicken. Aber darauf wollte sie nicht warten.

»Ich hoffe, diese Reisegruppe kann uns weiterhelfen«, knurrte Arlo vom Beifahrersitz herüber, während er Emilio festhielt. »Normalerweise ist der einzige Treibstoff dieser Leute hochprozentiger Alkohol.«

Antonia manövrierte um eine Schneeverwehung von der Höhe eines Einfamilienhauses herum. »Du scheinst Touristen nicht zu mögen«, stellte sie fest.

»Als ich die ersten Male mit Maxim geflogen bin, vor acht Jahren, waren Reisende in der Antarktis noch eine Seltenheit. Aber mittlerweile hat das bedenkliche Ausmaße angenommen«, sagte er. »Kreuzfahrtschiffe steuern täglich mit fünfhundert Menschen an Bord immer dieselben Stellen an, zum Beispiel die Halbmondinsel hundertzwanzig Kilometer vor der Nordwestküste. Weil sie nicht anlanden dürfen, fahren sie dicht an die Pinguin- und Seevögelkolonien heran, damit die Passagiere die Tiere von Deck aus fotografieren können. Ich habe es selbst gesehen. Die Schiffe liegen dort für eine Stunde, mit laufenden Motoren und einer Horde lärmender Touristen, die gegen die Reling drängen. Einige

Arten haben sich schon von ihren Brutplätzen zurückgezogen, denn die Besucher kommen während des antarktischen Sommers, also genau dann, wenn Robben, Vögel und Pinguine ihre Jungen bekommen.« Sein sonst freundliches Gesicht verdüsterte sich. »Und jetzt dringen diese Leute sogar ins Landesinnere vor.«

Antonia konnte Arlos Empörung verstehen. »Ich stimme dir zu«, sagte sie. »Aber deine Meinung hältst du besser zurück, wenn wir mit der Reisegruppe über Treibstoff verhandeln.«

Nach einer Weile, die Sonne war über den Horizont gewandert und hatte ihre Höhe dabei kaum verändert, sahen sie die Felsen von Bearclaw aus dem Eis ragen. Aus der Ferne sahen die Spitzen der Berggipfel tatsächlich aus wie die Klauen einer Bärentatze, die sich aus der Tiefe durch das Eis bohrte. Aus solchen Naturerscheinungen schufen Ureinwohner andernorts Mythen, doch in der Antarktis musste jeder seine Legenden selbst erfinden.

Bald darauf sahen sie das Lager, eine Zeltstadt auf der weißen Ebene, ein kleines Dorf im ewigen Eis. Die Behausungen waren halbrund und geräumig, eine Mischung aus Iglu und Container. Schornsteine aus Aluminiumblech ragten aus den Dächern hervor und pumpten weißen Rauch in den blauen Himmel. An einem Ende des Lagers war ein kleiner Fuhrpark aufgereiht, ein Dutzend Schneemobile und ein Pistenbully. Sie hatten es geschafft. Antonia steuerte den Polar 300 auf die Zelte zu.

Menschen waren nicht zu sehen, wohl aber die unverkennbaren Anzeichen ihrer Anwesenheit: Leere Plastikflaschen und Konservendosen bildeten einen Kranz um die Behausungen, der Wind spielte mit Plastikfolie, und die Zelte waren von Flecken schmutzigen Schnees umringt.

Antonia ließ den Pistenbully vor der ersten Unterkunft anhalten und schaltete den Motor aus. »Bleib du bei Emilio«, sagte sie. »Ich sehe mich mal um.«

Arlo widersprach, hielt es für besser, dass Antonia ihren Bruder bewachte, doch sein Ausbruch gegen den Tourismus in der Antarktis hatte Antonia beunruhigt. Arlo war tapfer und ein Retter in der Not, sie würde ihm immer dankbar sein für das, was er für sie und Emilio auf sich genommen hatte. Aber er war auch aufbrausend und unbeherrscht, und das Letzte, was sie jetzt brauchen konnten, war ein Streit mit den einzigen Menschen, die ihnen helfen konnten.

Sie setzte sich die Mütze auf, verzichtete jedoch darauf, sich auch noch mit Sturmhaube und Kapuze zu vermummen. Sie wollte den Touristen offen und freundlich begegnen. Emilios Leben hing davon ab.

Im Freien drang die Klarheit der antarktischen Luft in ihre Nase. Es roch nach trockenem Schnee und Diesel, vermutlich von Generatoren. Ausgelassene Männerstimmen drangen aus den Behausungen hervor, dazu dröhnte der Bass einer Hardrockband.

Jemand kam auf Antonia zu, ein Mann in einem grünen Schutzanzug mit roter Schneemütze, auf seiner Brust prangte das Wort »Guide«. Die Farbe der Schutzkleidung hatte eine ähnliche Signalwirkung wie das Rot und Orange der Neumayer-Anzüge, sollte aber wohl fröhlicher wirken. So also sah man aus, wenn man als Animateur in der Antarktis arbeitete – wie Kermit, der Frosch.

Das Gesicht des Mannes war unter einer Balaklava verborgen. Die Stimme, die darunter hervorkam, klang alles andere als fröhlich. »Was wollen Sie hier?«, fragte der Mann auf Englisch.

Antonia stellte sich vor und erklärte die Situation in knappen Worten, dabei wurde sie das Gefühl nicht los, jede Silbe sei zu viel. Kermits Körpersprache und die Art, wie er sein Gewicht von einem Bein auf das andere wechselte, signalisierten Ungeduld und Verärgerung. »Bitte, helfen Sie uns mit Treibstoff aus«, bat Antonia. »Geben Sie uns ein paar Kanister. Ihre Gäste müssen gar nichts von unserem Notfall erfahren. Wir brechen sofort wieder auf. Sie bekommen den Diesel zurück, sobald wir Neumayer erreicht haben.«

»Verschwinden Sie«, zischte der Mann unter seinem Gesichtsschutz hervor, »solange Sie noch können.« Er drehte sich um und ging davon.

Antonia presste die Lippen aufeinander, bis sie schmerzten. Sie hatte mit vielem gerechnet: damit, dass sie den Treibstoff teuer bezahlen mussten, dass die Reiseleitung ihre Gäste nicht mit einem Unfall verschrecken wollte, oder dass alle Urlauber gemeinsam helfen würden, den Pistenbully flottzumachen. Diese drastische Abweisung war jedoch ein Schlag ins Gesicht.

»Ich würde ja sofort verschwinden«, rief sie Kermit hinterher. »Aber ohne Diesel kann ich das nicht.«

Der Reiseleiter kehrte mit schnellen, zornigen Schritten zu Antonia zurück. Unter seiner Ausrüstung schien ein kleiner, hagerer Mann zu stecken. »Hören Sie!«, knurrte er. »Sie verstehen das nicht. Ich rate Ihnen dringend, abzuhauen.« Er schob die Schneebrille in die Stirn und zog die Sturmhaube herunter. Sein schmales, verkniffenes Gesicht war mit Blutergüssen übersät. »Glauben Sie mir! Egal, was Ihnen da draußen zugestoßen ist, hier ist es schlimmer. Vor allem für eine Frau.« Er wühlte in einer Tasche seines Anzugs, holte einen Schlüsselbund hervor und drückte es Antonia in die Hand. »Sie finden schon den passenden Schlüssel für das richtige Fahrzeug. Nehmen sie den ganzen Bund mit, damit diese Männer hier festsitzen. Und wenn Sie Neumayer erreichen, schicken Sie Hilfe!«

In Antonias Kopf überschlugen sich die Gedanken. Bislang war ihre einzige und größte Sorge das Überleben Emilios gewesen, aber jetzt mischte sich Angst darunter.

»Kommst du bald wieder rein, oder sollen wir hier drin verdursten?«, röhrte eine entzündet klingende Stimme aus dem nächstgelegenen Zelt.

Ohne ein weiteres Wort zu verlieren, eilte der Reiseleiter zurück und verschwand hinter der Schmalseite des Zeltes.

Antonia schaute auf die Schlüssel in ihrer Hand. Hätte sie die Blutergüsse im Gesicht des Mannes nicht gesehen, wäre sie zu dem Schluss gekommen, er sei betrunken. Stattdessen schien er Probleme mit seinen Gästen zu haben – ernste Probleme.

Ein Grund mehr, so schnell wie möglich weiterzufahren. Sollten sie Treibstoff aus dem Fuhrpark zapfen und in ihren Pistenbully füllen? Oder war es klüger, Emilio in das andere Kettenfahrzeug umzubetten und damit loszufahren? Was auch immer sie unternahmen, es musste schnell gehen. Antonia entschied sich für den Treibstoff. Emilio durfte nicht mehr als unbedingt nötig bewegt werden.

Sie kehrte zu Arlo zurück und berichtete, was sie erfahren hatte. Im Gesicht ihres Begleiters zeichneten sich ein Dutzend Fragen ab, doch Antonia legte ihm einen Zeigefinger auf die vermummten Lippen. »Das ist alles, was ich weiß. Wir müssen handeln.« Arlo kletterte aus der Kabine. Gemeinsam trugen sie die leeren Kanister zu den Schneemobilen hinüber, behielten dabei die Zelte im Auge. Dort rührte sich nichts, nur die Geräusche aus dem Inneren waren zu hören, laut genug, damit Antonia und Arlo unbemerkt vorgehen konnten.

Der Tankdeckel des Pistenbullys hatte ein Schloss, aber da es das einzige Fahrzeug dieser Art war, fand Antonia den passenden Schlüssel schnell. Ihre Finger zitterten, und sie ließ den Bund fallen. Arlo hob ihn auf. Bei ihm klappte es besser.

Antonia steckte ein Ende des Schlauchs in den Tank und saugte den Diesel mit dem Mund an. Sie konnte nicht verhindern, dass die ersten Tropfen auf ihre Zunge gerieten, und spie in den Schnee, während Arlo den Schlauch in den Kanister steckte. Das Gluckern klang wie Musik und entschädigte für das Brennen in ihrem Mund.

Beinahe hätte sie die Stimmen und Schritte überhört.

Arlo stieß Antonia an und klemmte den Schlauch mit der Hand zusammen. Das Gluckern erstarb. Sie lugten an den Fahrzeugen vorbei in Richtung der Zelte. Drei Männer waren herausgekommen. Sie trugen blaue Schutzanzüge, schwarze Handschuhe und Wollmützen, aber weder Brille noch Maske. Einer war hochgewachsen und hatte ein schwartiges Pferdegesicht, dem Zweiten waren die fleischigen Züge ein wenig entgleist, entweder war er verschlafen oder betrunken, und der Dritte hatte ein weiches, ebenmäßiges Gesicht, aber einen Oberkörper wie ein Fass. Alle Männer trugen Bärte, die sie jedoch nicht in Form gehalten, sondern einfach hatten wuchern lassen. Anscheinend hatten sie von der Zeit hier im Lager nur wenig auf Körperpflege verwendet.

Jeder trug eine Schusswaffe. Antonia erkannte eine Maschinenpistole, die das Pferdegesicht um den Hals gehängt hatte. Die anderen hielten Gewehre in den Händen. Wollten sie etwa Jagd auf Pinguine machen?

Die Gestalten entfernten sich vom Zelt und näherten sich einem Aufbau aus Schnee. Das musste eine der berüchtigten Schneebars sein, wie sie Touristen in Ski-Orten nutzten. Vermutlich hatte der Reiseleiter seinen Gästen auch hier so etwas bieten wollen – bevor er hatte feststellen müssen, von welchem Kaliber diese Männer wirklich waren.

Jetzt häuften sie Schnee auf die Theke und kehrten dem Fuhrpark den Rücken zu. Arlo gab Antonia durch Zeichen zu verstehen, dass sie verschwinden sollten. Er hatte recht. Solange die Kerle beschäftigt waren, könnten sie es unbemerkt zurück zu ihrem Fahrzeug schaffen. Aber was dann? Sobald sie den Motor anließen, würden die Männer auf sie aufmerksam werden. Überdies war ein Pistenbully mit zwanzig Stundenkilometern Höchstgeschwindigkeit kaum das geeignete Fahrzeug für eine überstürzte Flucht. Antonia bedeutete Arlo, zu warten. Sie hoffte, die Bewaffneten würden wieder in eines der Zelte zurückkehren. Hinter dem Dröhnen der Musik waren die Aussichten, unbemerkt zu entkommen, besser.

Während die Bewaffneten sich an der Schneebar zu schaffen machten, redeten sie miteinander. Antonia konnte Fetzen des Gesprächs aufschnappen. Darin ging es um einen Funkspruch, der kürzlich hereingekommen war. Alle drei schienen erleichtert darüber zu sein, dass »es endlich losging«. Was meinten sie damit? Antonia kroch auf allen vieren unter den Polar 300, sie wollte noch näher heran, aber Arlo hielt ihr Bein fest.

»War doch gemütlich hier, als Eishockeyteam«, hörte sie den mit dem Pferdegesicht sagen, auch er sprach Englisch. »Vielleicht spiele ich später wirklich mal Eishockey.«

»Wenn wir hier fertig sind, Jerome, wirst du dir ein eigenes Team kaufen können, mindestens National Hockey League«, sagte einer der anderen.

»Gibt's da auch Damenmannschaften?«, fragte der Dritte. »Die würde ich dann mit den Diamanten behängt aufs Spielfeld schicken. Ausschließlich mit Diamanten behängt, versteht sich.« Die Männer lachten.

Antonia duckte sich, als die drei sich umwandten und näherkamen. Unter dem Auspuff des Polarmobils hervorschauend, konnte sie verfolgen, wie sie stehen blieben, ihre Waffen hoben und auf die Schneebar anlegten. Schneehaufen darauf waren zu kleinen Schneemännern und -figuren geformt, eine sah aus wie eine Ente.

Schüsse explodierten. Die Figuren zerplatzen. Von dem guten Dutzend Schneegestalten wurde etwa die Hälfte von den Kugeln zerfetzt.

»Na, Jerome? Habe ich dir nicht gesagt, dass du mit der Maschinenpistole nicht gut genug zielen kannst?« In der Stimme schwang Schadenfreude mir. »Lass mich mal!«

»Fertig«, zischte Arlo. Er deutete auf zwei Kanister, die jetzt verschlossen waren. Offenbar hatte er die Behälter in der Zwischenzeit gefüllt. »Wir verschwinden, sobald sie wieder im Zelt sind.«

Antonia nickte. Sie warteten eine weitere Feuergarbe ab, danach stand noch immer die Schneeente auf der Bar, aber die Männer verloren die Lust an ihrem Spiel, und als der Erste wieder Richtung Zelt stapfte, folgten die anderen beiden nach.

»Seit wann haben wir zwei Pistenbullys im Lager?«, hörte Antonia einen von ihnen fragen. Sie presste die Lider zusammen in der Hoffnung, dass der Wind ihren Ohren einen Streich gespielt hatte. Als sie die Augen wieder öffnete, musste sie beobachten, wie die Bewaffneten auf den Polar 300 starrten und darauf zugingen.

Die drei Männer schienen den bewusstlosen Emilio zu bemerken. Der mit der Maschinenpistole – Jerome – deutete auf ein Seitenfenster. Die anderen hielten ihre Gewehre hüfthoch im Anschlag. Sie riefen zu Emilio hinüber, forderten ihn auf, ins Freie zu kommen. Einer riss die Kabinentür auf und stieß den Verletzten mit dem Lauf seines Gewehrs an.

Antonias Füße setzten sich wie von selbst in Bewegung. Sie achtete nicht auf Arlos Rufe und ging hoch aufgerichtet auf die Bewaffneten zu. »Sie da!«, rief sie. »Lassen sie den Mann in Ruhe. Er ist verletzt und braucht ärztliche Hilfe.«

Die Männer schauten sie überrascht an, aber nur für einen Moment. Dann rief ihr der Fassbauchige entgegen: »Ich brauche auch ärztliche Hilfe. Von einer Frau.«

»Dann hat Finnegan also doch nicht gelogen, als er behauptet hat, es würden noch Frauen kommen«, sagte Jerome, »hätte ich nicht gedacht.«

Sie gingen Antonia entgegen und staunten sie an. Einer legte ihr einen Arm um die Schultern. »Wir gehen erst mal dorthin, wo es ruhig ist. Die anderen kriegen später was ab.« Mit sanftem Druck schob er sie auf eines der kleineren Zelte zu.

Antonia stemmte die Beine in den Schnee und duckte sich unter dem Arm weg.

»He!«, war alles, was dem Belästiger dazu einfiel, dass er ausmanövriert worden war.

»Der Mann da drin benötigt Hilfe«, wiederholte Antonia. »Wie oft soll ich das noch sagen? Wir nehmen uns jetzt etwas Treibstoff und verschwinden wieder. Zur nächsten Krankenstation. Verstanden?«

»Der Kerl da in der Kabine kann meinetwegen verschwinden«, rief Xavier. »Aber du bleibst hier. Weißt du eigentlich, wie lange wir auf dich gewartet haben?« Wieder streckte der Mann eine Hand nach ihr aus, erreichte sie jedoch nicht mehr.

Ein Surren ertönte hinter Antonia. Sie wusste, dass es von einem der Schneemobile kam – und dass Arlo darauf saß. Im nächsten Moment war er heran. Die Schnauze des Ski-Doos stieß Antonia zur Seite. Sie fiel in den Schnee. Die Männer stoben auseinander. Einer hob die Waffe und feuerte eine Garbe in den Himmel. Arlo bremste, das hintere Teil des Ski-Doos scherte aus und hebelte Xavier von den Beinen. Arlo streckte eine Hand nach Antonia aus und zog sie auf den Sozius. Dann drehte er das Gas auf und schoss auf den Pistenbully zu.

Ein Schuss krachte. Ein Blick über die Schulter verriet Antonia, dass zwei der Männer sich abmühten, in ihrer schweren Schutzkleidung wieder auf die Beine zu kommen, einer jedoch, auf dem Boden liegend, richtete die Mündung seines Gewehrs auf sie. Er feuerte. Eine Fontäne Schnee flog auf.

Neben dem Polar 300 brachte Arlo das Schneemobil zum Stehen. »Wir holen Emilio raus«, rief er. »Auf dem Schneemobil haben wir vielleicht eine Chance.«

Antonias Bauch zog sich zusammen, als sie Arlo dabei half, Emilio aus der Kabine zu ziehen. Eingehüllt in den Schlafsack konnten sie ihn nicht auf der Sitzbank platzieren, also setzten sie ihn seitwärts auf das Ski-Doo. Antonia schob alle Sorge über Emilios Gesundheitszustand beiseite und schwang sich hinter ihm auf das Gefährt. Arlo war bereits wieder aufgesprungen, und rutschte nach vorne auf den Tank, um für alle Platz zu schaffen.

Ein Schuss krachte. Die Kugel schlug neben den Kufen ein. Rufe waren zu hören. Offenbar forderte Jerome Verstärkung aus den Zelten an.

Arlo drehte den Gashebel auf. Das Schneemobil machte einen Satz und sauste los. Antonia streckte die Arme, hielt sich an Arlos Schultern fest und legte damit eine Klammer um Emilio. Ihre Muskeln schmerzten schon nach wenigen Augenblicken.

Rufe wurden laut, und das Husten der Maschinenpistole war zu hören. Antonia zog den Kopf ein und wandte sich um. Vor dem großen Zelt versammelte sich ein Haufen Männer, unter ihnen der Reiseleiter. Er fiel Xavier in den Arm, als dieser sein Gewehr auf das Schneemobil richtete. Der Schütze drosch Kermit den Gewehrkolben in den Magen und richtete den Lauf des Gewehres nun auf ihn.

In diesem Moment spürte Antonia, wie schwarze Flocken in ihrem Gesichtsfeld erschienen und von der oberen Kante ihrer Lider herabsanken wie Ruß. Ihr Kreislauf drohte auszusetzen. Nicht jetzt!, dachte sie. Wenn ich jetzt stürze, ist es nicht nur aus mit mir, sondern auch mit Emilio und Arlo.

Der Kopf ihres Bruders war nur eine Handbreit entfernt. Emilio schaute aus dem Schlafsack hervor, sein Geist schien sich auf der Schwelle zum Bewusstsein zu befinden. Der Fahrtwind ließ Eiskristalle auf seinem Gesicht entstehen. Antonia ließ Arlos Schultern los, riss sich die Wolfsmütze vom Kopf und stülpte sie Emilio über. Jetzt bereute sie, die Balaklava im Pistenbully liegen gelassen zu haben. Sie zog die Mütze so tief über Emilios Gesicht, wie es der Fleecestoff zuließ. Der Schutz musste genügen, um ihn warmzuhalten.

Wie ein hungriges Tier biss der Frost in ihre Stirn, Wangen und Nase, riss an ihren Haaren und drohte, ihre Augen gefrieren zu lassen. Der Schmerz war so umfassend, dass sie aufschrie. Die Benommenheit verflog. Der Fahrtwind trug die schwarzen Flecken vor ihren Augen mit sich davon. Die Sicht wurde wieder klar. Ihre Finger fanden den Stoff von Arlos Anzug und hielten ihn fest, niemals, das schwor sie sich, würde sie ihren Griff lockern. Solange sie bei ihm war, würde sich Emilio in Sicherheit befinden.

Im Rückspiegel sah sie Arlos vermummtes Gesicht. Er rief etwas, aber der Fahrtwind trug die Worte davon. Noch einmal rief

Arlo. Als er feststellte, dass Antonia ihn nicht hörte, drehte er den Rückspiegel so, dass sie sehen konnte, was hinter ihnen passierte.

Ein halbes Dutzend Schneemobile folgte ihnen. Sie zogen Fontänen aus Schnee hinter sich her, und in dem Pulk zuckten Blitze auf. Mündungsfeuer. Antonia schlug Arlo auf den Rücken. Der Kanadier drehte den Gashahn noch weiter auf. Hoffentlich war das Ski-Doo vollgetankt.

Verstecke würden sie nirgendwo finden. Die aus dem Schnee ragenden Gipfel von Bearclaw waren die einzigen Erhebungen in der Nähe und lagen jetzt schon weit hinter ihnen. Vor ihnen und um sie herum gab es nur die schmerzhaft leere Landschaft, die im Nordosten, dort, wo Neumayer III lag, unter einem unsichtbaren Horizont in den Himmel hineinfloss.

Antonia spürte die Eiskristalle auf ihrer Haut knistern. Nicht mehr lange, und die Erfrierungen würden ernste Ausmaße annehmen.

Den Gedanken, dass ihre Nase und Ohren zuerst von Erfrierungen dritten Grades betroffen sein würden, schob Antonia beiseite. Sie drückte das Gesicht gegen Emilio, suchte nach seinem Geruch, doch ihre Schleimhäute waren gefroren und lieferten keine Sinneseindrücke mehr an ihr Gehirn. So dicht wie möglich presste sie sich an ihren Bruder und verharrte in seinem Windschatten. Sie war bereit, mehr als ihre Nase und Ohren herzugeben, wenn er nur überlebte.

Die Zeit löste sich auf und fiel wie Schnee über das dahinrasende Ski-Doo. Der Motor dröhnte, die Kufen zischten, hin und wieder machten sie einen Satz, wenn Arlo einen Buckel übersah. Im Osten, Antonia hoffte jedenfalls, dass sie nach Osten fuhren, verfärbte sich der Himmel lila. Sie spürte, wie ihre vereisten Haare im Fahrtwind brachen. Aber das kümmerte sie nicht. Ein friedliches Gefühl stieg in ihr hoch, die Überzeugung, dass sie für immer so weiterfahren könnte. Gleichzeitig wusste sie: Das waren die ersten Anzeichen einer Hypothermie. Sie war dabei, in einen lebensgefährlichen Zustand zu verfallen, aber es machte ihr nichts aus. Solange sie nur Emilio mit ihren gefühllosen Armen festhalten konnte, würde alles gut werden.

Der vorbeisausende Untergrund verlor jegliche Struktur, wurde zu einem weißen Flimmern.

Sie bemerkte erst, dass Arlo angehalten hatte, als er ihr auf die Wange schlug. Antonia kam zu sich. Arlo deutete in die Richtung, aus der sie gekommen waren, und sagte etwas, doch die Worte drangen nicht durch seinen vereisten Gesichtsschutz.

Antonia drehte sich um. Dort, wo die Verfolger hätten sein sollen, erstreckte sich nur die unendliche Leere. Die Sonne modellierte die Spuren, die das Ski-Doo in den Pressschnee gezogen hatte, plastisch hervor. Aber es waren nur zwei.

»Wo sind sie?«, wollte Antonia fragen, aber sie konnte den Unterkiefer nicht bewegen, und ihre Zunge war taub.

Arlo hob die Polarbrille und zog den Gesichtsschutz herunter. Sein Gesicht war weiß, und seine Bartstoppeln ragten schwarz daraus hervor. Er tippte mit einem Finger auf die Armaturen des Schneemobils. »Unser Tank ist zur Hälfte leer«, erklärte er schwerfällig. »Ich habe darauf gesetzt, dass diese Kerle umkehren, wenn sie das bemerken. Verstehst Du? Wir fahren weiter geradeaus Richtung Neumayer III. Aber sie mussten zurück in ihr Lager. Dafür benötigten sie die andere Hälfte des Treibstoffs.«

Sein Lächeln zeigte das Pulsieren des Triumphes. Dann fiel es in sich zusammen. »Warum …? Wo ist deine Mütze?« Er sprang vom Tank herab, suchte auf steifen Knien nach dem Gleichgewicht. Dann zog er Antonia zu sich heran und umfasste ihr Gesicht mit beiden Händen.

Sie spürte die Berührung einzig dadurch, dass sie zwischen Arlos dick behandschuhten Händen den Kopf nicht mehr bewegen konnte. Sie sah ihn an, ertrank beinahe in den Sorgen, die aus seinem Blick sprühten.

»Emilio«, brachte sie hervor. Der Name ihres Bruders löste den

Frost in ihrem Mund, ihr Kiefergelenk knackte. »Emilio brauchte den Kopfschutz …«, sie schluckte eiskalten Speichel herunter, »… dringender.«

Arlos Blicke tupften in ihrem Gesicht herum. »Du hättest tot sein können.« Er schüttelte den Kopf. »Weißt du, wie lange wir unterwegs waren? Fast zwei Stunden. Normalerweise überlebt niemand so eine Fahrt schutzlos im Wind.«

Antonia brachte ein Lächeln zustande und umfasste zitternd Arlos Hände. »Genau so, wie niemand vier Wochen in einem Flugzeug in der Antarktis überlebt?«, fragte sie. »Du unterschätzt die Zähigkeit der Menschen.«

Er klemmte ihre Nasenspitze zwischen Daumen und Zeigefinger ein und drückte zu.

»Au!«, rief Antonia und wich zurück. »Willst du mir die Nase abreißen?«

»Nur prüfen, ob das Gewebe noch lebendig ist.« Wieder schüttelte er den Kopf. »So was hab ich noch nie gesehen.«

Er zog sie an sich und schlang seine Arme um sie. Sie fühlte sich aufgehoben in dem bisschen Wärme, die sein Schutzanzug nach außen ließ, und küsste ihn. Die Eispartikel auf seinem Gesicht lösten sich und liefen als Wasser in ihren Mund. Nach einer Weile machte sie sich von ihm los. »Genug. Du warst es doch, der mir beigebracht hat, dass man hier draußen nicht ins Schwitzen geraten sollte. Wir versorgen Emilio und fahren dann so schnell wie möglich weiter.«

»Das ist vernünftig.« Arlo räusperte sich. »Aber Vernunft ist nicht immer die angenehmste Lösung.«

Ein Lächeln hüpfte auf Antonias Lippen. Sie griff nach Emilios Schlafsack, um dessen Sitz zu prüfen, dann zog sie die Mütze von seinem Gesicht.

Sie wusste sofort, dass er tot war. Seinen Zügen fehlte jegliches Licht. Sogar nach Wochen in der Eishöhle hatte Emilio noch Leben ausgestrahlt, hatte etwas von sich gegeben, was man nicht sehen, aber spüren konnte. Da hatte sein Geist noch die Fühler nach Antonia ausgestreckt. Jetzt war das Gefühl verschwunden.

Eine dumpfe Wut ergriff von ihr Besitz. Der Druck ihres Pulses ließ ihr Blickfeld erzittern. Alle Strapazen waren umsonst gewesen. Mehrfach hatte sie ihr Leben und zuletzt auch das von Arlo aufs Spiel gesetzt, um ihren Bruder zu finden. Und jetzt, kurz vor der Neumayer-Station, war sie gescheitert.

Arlo hob Emilios leblosen Körper vom Schneemobil herunter, legte ihn in den Schnee und riss den Reißverschluss des Schlafsacks auf. Beidhändig begann er mit einer Herzmassage. Der Rhythmus, in dem Arlo arbeitete, erinnerte Antonia an die stampfenden Bässe aus den Zelten der Touristen. Sie wollte nicht, dass Arlo ihren Bruder auf diese Weise malträtierte, es war zu spät, erkannte er das denn nicht? Sie rüttelte an seiner Schulter. »Hör auf damit!«, sagte sie in strengem Ton, von der eigenen Selbstbeherrschung überrascht.

Nach einer Weile schaute Arlo zu ihr hoch. Aus seinen Augenwinkeln rannen Tränen. »Aufhören? Nach allem, was wir getan haben?« Er beugte sich über Emilio, hielt ihm die schwarz gefrorene Nase zu und versuchte es mit Mund-zu-Mund-Beatmung.

Antonia ließ ihn gewähren. Offenbar konnte er nicht spüren, dass nichts mehr von Emilio in der Nähe war, was in seinen Körper hätte zurückkehren können. Also beobachtete sie, wie Arlo seine Erste-Hilfe-Kenntnisse wie aus dem Lehrbuch abspulte, wie er abwechselnd Luft in Emilios Mund pumpte und das Herz massierte, wie er den leblosen Körper auf die Seite drehte, die Beine anhob, um das Blut zum Zirkulieren zu bringen, um schließlich, nach einer gefühlten Endlosigkeit, seine Mütze davonzuschleudern, die Fäuste in den Schnee zu stemmen und den Kopf hängenzulassen. Niemals hätte Antonia gedacht, dass eine solche Verzweiflung aus dem lebenslustigen Kanadier herausbrechen konnte. Sie fühlte sich von Arlos Ausbruch auf zusätzliche Art und Weise erschüttert. Alles in ihr schnürte sich zusammen. Sie schluckte gegen den Kloß in ihrer Kehle an, trotzdem dauerte es noch eine Weile, bis sie wieder sprechen konnte.

»Wir fahren jetzt weiter«, sagte sie. »Emilio bekommt ein anständiges Begräbnis. Außerdem habe ich mit Justus Henlein zu reden.« Sie kniete vor dem Leichnam ihres Bruders nieder und war dankbar, dass sie etwas tun konnte, das die Flut der auf sie einstürzenden Gefühle zurückhielt. Sie schloss den Schlafsack, der Emilios Sarg geworden war, und nahm ihm die Wolfsmütze ab. Sie brauchte sie jetzt dringender als er.

Antonia bestand darauf, das Schneemobil selbst zu steuern, so, wie sie es mit Emilios Leichenwagen getan hätte. Sie startete den Motor und begann, eine Schneise in den Wind zu fräsen.

Kapitel 22

10. Januar

Der Reißverschluss des Leichensacks machte ein hässliches Geräusch, als Justus Henlein ihn zuzog. Antonia zuckte zusammen. Der Laut war endgültig, Emilio würde für immer fort sein.

Die Krankenstation war voller Menschen, doch niemand sprach ein Wort. Antonia erkannte Ignacio, den Koch, Harry Zacharias, den Techniker, Magnus Petersen, den Glaziologen, und Lutz Hübner, den Geophysiker. Außerdem lehnten Arlo und sein Fliegerkollege Maxim an einem Medikamentenschrank und schauten mit betroffenen Gesichtern auf die Bahre. Sie alle vermieden es, zu ihr hinüberzusehen, wie sie neben dem leblosen Körper ihres Bruders stand.

Der Pilot des Helikopters hatte sie wenige Kilometer von der Stelle gefunden, an der sie Emilios Tod festgestellt hatten. Henlein hatte die Maschine beim ersten Anzeichen besseren Wetters losgeschickt. Als sie losgeflogen waren, war das Schneemobil unter ihnen zurückgeblieben – ein verloren aussehender Gedenkstein für das, was dort geschehen war.

In der Station hatte Justus Henlein Emilio in seiner Doppelfunktion als Stationsleiter und Arzt untersucht, den Tod festgestellt und den Leichnam für die Überführung nach Deutschland freigegeben. Dort würden sich weitere Begutachtungen anschließen, bis Emilio beerdigt werden konnte. Henleins Frage nach der rätselhaften Schusswunde in Emilios Arm konnte

Antonia nicht beantworten. Ihre Mutmaßungen behielt sie für sich.

Stille lastete auf dem Raum. Umso lauter klang das Klacken und Surren der Fotokamera. Über den Köpfen hielt der spanische Fotoreporter Francisco Nero seinen Apparat in die Höhe und betätigte mehrfach den Auslöser. Antonia drehte das Gesicht weg. Die Anwesenheit des Journalisten war ihr unangenehm, gleichzeitig empfand sie eine grimmige Genugtuung darüber, dass es einen wichtigen Zeugen für diesen Moment gab.

»Er war noch am Leben, als wir ihn gefunden haben«, erklärte sie und hoffte, dass jedes Wort ein Schlag in Henleins Gesicht war.

Der Stationsleiter presste die Lippen zusammen.

»Haben Sie nichts zu sagen, Justus?«, hakte sie nach. Es war offensichtlich, dass Henlein seinen Fehler nicht eingestehen wollte, jedenfalls nicht vor den anderen. Und irgendwo musste sie einfach hin mit ihrer Verzweiflung.

»Es tut mir leid, Antonia«, sagte er, als hätte er ihre Gedanken gelesen. »Als Sie behauptet haben, Ihr Bruder könne noch am Leben sein, habe ich Ihnen nicht geglaubt. Das war falsch.«

»Falsch? Sie haben ihn auf dem Gewissen«, brach es aus Antonia hervor.

»Falsch«, wiederholte Henlein, »und es tut mir leid. Ich bin Arzt, und ich kenne den menschlichen Körper und die Grenzen, die ihm gesetzt sind. Niemand kann da draußen vier Wochen überleben. Niemand! Dass Emilio das geschafft hat, widerspricht allem, was mir bisher begegnet ist.«

»Dann ist er gestorben, weil Ihre Erfahrung in der Medizin nicht ausreichte«, sagte Antonia. »Hätten Sie die Suchmannschaft noch einmal losgeschickt …« Ihr brach die Stimme.

Henlein legte eine Hand auf den Leichensack. »Die Sicherheit meiner Leute, die mit der Suche beauftragt waren, hatte Vorrang. Ich musste eine Entscheidung treffen und habe mich geirrt.«

»Sie irren sich, und Menschen sterben«, setzte Antonia nach.

Der Stationsleiter ließ den Blick über ihr Gesicht schweifen, dann befahl er allen anderen bis auf Arlo, die Krankenstation zu verlassen. Die Besatzungsmitglieder zogen sich zurück. Einige, darunter Harry und Ignacio, kamen zu Antonia herüber und bekundeten ihr Beileid. Als der Koch sie in die Arme nehmen wollte, schob Antonia ihn weg. Das Letzte, was sie jetzt wollte, war, vor Justus Henlein in Tränen auszubrechen.

Der Stationsleiter schloss die Tür. »Ich weiß«, sagte er ruhig, »Sie haben um Hilfe gebeten, und ich habe sie Ihnen verweigert. Aber vielleicht denken Sie auch mal an etwas anderes als an sich und Ihren Bruder. Während Sie unterwegs waren, ist hier auf der Station ein Mensch ums Leben gekommen.«

Karim! Durch Emilios Tod hatte Antonia die Nachricht von der Notlage auf der Station verdrängt. »Was ist hier geschehen, während wir weg waren?« Sie versuchte, nicht länger auf Emilios grau schimmernden Kokon zu starren.

»Karim ist vom Dach gestürzt. Er ist bei starkem Wind raus, vermutlich wollte er die Antenne richten. Die hat in letzter Zeit Probleme bereitet. Dabei muss es ihn über das Geländer gefegt haben. Wir konnten nichts mehr für ihn tun.«

Antonia und Arlo tauschten einen verwunderten Blick aus. Dann gab es jetzt schon zwei Leichensäcke auf Neumayer. Antonia hatte Karim gemocht. Er hatte ihr aus freien Stücken Emilios letzten Funkspruch vorgespielt und sie in die Geheimnisse seiner Funkerbude eingeweiht. In ihrem Innern, dort, wo ihre Trauer entsprang, spürte sie ein Gefühl der Taubheit.

»Dann ist da noch die Frage, wer auf dieser Station eine Schusswaffe abgefeuert hat und warum«, hörte sie Henlein sagen. Seine Gesichtszüge waren ein sinkendes Schiff.

Antonia dachte daran, wie sie sich zu Arlo in den Pistenbully gerettet hatte. Danach waren sie einfach losgefahren. Einige Besatzungsmitglieder waren im T-Shirt aus der Station gestürzt. »Mich macht das alles genauso ratlos wie Sie«, gab sie zu.

Arlo mischte sich ein. »Habt ihr den Schützen denn nicht stellen können?«

Henlein zögerte, dann schüttelte er den Kopf. »Ich habe alle Kabinen und Labore nach der Waffe durchsucht und angeordnet, dass nur noch Gruppen von drei Leuten die Station verlassen dürfen, um Sabotage zu vermeiden. Wenn ich daran denke, dass wir einen Psychopathen unter uns haben …« Er massierte seine Stirn. »Hier herrscht eine Atmosphäre des Misstrauens. Jeder verdächtigt jeden, ein Wahnsinniger zu sein. Die Lounge ist abends leer, die Leute essen in ihren Kabinen, und wenn es Besprechungen gibt, sollten Sie mal die Blicke sehen, die über den Tisch fliegen. Ich habe beschlossen, die Saison drei Wochen früher zu beenden. Die ersten Besatzungsmitglieder reisen morgen mit dem nächsten Transportflugzeug ab.«

»Wenn Sie nach einem Wahnsinnigen suchen, unterhalten Sie sich mal mit Vladimir Wiemer.« Noch einmal hetzte Antonia in Gedanken durch die Gänge von Deck eins und sperrte den zudringlichen Luftchemiker in einem Lagerraum ein. Vorhin war er nicht unter den Besatzungsmitgliedern gewesen.

»Was ist mit ihm?«, wollte Henlein wissen.

Antonia berichtete von dem Vorfall vor vier Tagen, von Wiemers Übergriffigkeit und Gewaltbereitschaft.

»In Ordnung«, sagte Henlein. »Ich werde ihn mir vornehmen. Bei so einem Vorfall droht Arrest.« Er schüttelte den Kopf. »Wiemer ist ein zuverlässiger Kollege. Aber sein Gemütszustand war in letzter Zeit auffällig.« Er machte eine Pause. »Vladimir ist aber nicht der Einzige, um den ich mich kümmern muss. Jetzt will ich erst mal wissen, was Sie beide sich dabei gedacht haben, auf eigene Faust mit einem Stationsfahrzeug loszufahren. Ihnen muss klar sein, dass das Konsequenzen haben wird.«

Arlo ergriff das Wort. »Wir haben nur getan, was getan werden musste.« Er deutete auf den Leichensack. »Dass wir Emilio Rauwolf gefunden haben, rechtfertigt unser Handeln. Aber es gibt noch mehr: Die Umstände seines Todes sind rätselhaft, auch dabei hat eine Waffe eine Rolle gespielt.«

Henlein streifte Antonia mit einem lauernden Blick. »An der Fundstelle muss es Hinweise darauf gegeben haben, was passiert sein könnte. Haben Sie eine Spur von Malatesta gefunden?«

Antonia schüttelte den Kopf, dann schilderte sie, was sie in dem Flugzeugwrack entdeckt hatten – die Schwämme aus Emilios Jackentasche ließ sie aus – und schloss mit dem Bericht über ihre Erlebnisse im Touristenlager. »Als ich in die Antarktis kam«, sagte sie, »habe ich mit allem gerechnet: Erfrierung, Dehydrierung, Einsamkeit, Depression, Flugzeugabsturz, Hunger und Durst. Aber dass man auf mich schießen würde, und das gleich mehrmals, das hätte ich mir nicht träumen lassen.«

»Die Situation ist für alle gefährlich.« Henlein verschränkte die Arme und blickte auf den Linoleumboden.

»Das macht Karims Tod leider allzu deutlich«, warf Arlo ein.

»Wie kommst du darauf?«, fragte Henlein. »Er ist vom Dach gestürzt. Das war ein Unfall. Auf seinem Schreibtisch haben wir eine Flasche Cognac gefunden, sie war leer. Ich vermute, dass Karim betrunken war, als er aufs Dach gestiegen ist.« Er wartete die Wirkung seiner Worte nicht ab, sondern fuhr fort: »Zwei Tote und ein vermisster Kollege, Aggression und Waffengewalt – das wächst mir hier alles über den Kopf. Damit werden sich nun die deutschen Behörden befassen müssen.«

Arlo wollte etwas erwidern, aber Antonia gab ihm mit einem leichten Kopfschütteln zu verstehen, dass sie nicht weiter mit Henlein diskutieren sollten. Sie wandte sich von dem Leichensack mit Emilios leblosem Körper ab und spürte mit einem Mal statt der Leere, die sie zu verschlingen drohte, eine trotzige Energie in sich aufsteigen. Emilios Geschichte ließ sich nicht schließen wie dieser Leichensack. Sie würde herausfinden, was auf Neumayer III vor sich ging. Und sie wusste auch schon, wo sie damit anfangen musste.

Die Kommunikationszentrale sah noch genauso aus wie vor vier Tagen. Karims Arbeitsplatz war unaufgeräumt, es schien, als habe er ihn gerade erst verlassen. Antonia schlüpfte in den Raum. Hinter ihr ließ Arlo die Tür leise ins Schloss fallen.

Sie nahm vor dem Monitor Platz und drückte eine Taste auf dem Keyboard. Der Bildschirm erwachte mit einem schmatzenden Laut zum Leben und begrüßte sie mit dem unbarmherzigen Grinsen der Passwortabfrage.

»Weißt du, was du tust?«, fragte Arlo. Er stand hinter ihr, genau da, wo Antonia ihn brauchte.

»Karim ist nicht verunglückt. Das glaube ich einfach nicht. Er war wohl ein bisschen unordentlich, aber nicht verantwortungslos. Er war schon lange auf der Station und kannte die Bedingungen draußen. Niemals wäre er bei schlechtem Wetter aufs Dach geklettert. Schon gar nicht allein.« Sie deutete auf den Kasten mit den Drehschaltern, der unter Karims Schreibtisch angeschraubt war. »Siehst du das?«

Arlo beugte sich vor. »Was ist das?«

Antonia erzählte ihm, wie Karim ihr Emilios letzte Nachricht vorgespielt hatte. »Er hat gesagt, dass er damit alle Funksprüche aufzeichne, nur wisse das niemand.«

Arlo stieß die Luft durch die Zähne aus. »Dann glaubst du, wir könnten in diesem Gerät einen Hinweis darauf finden, was in der Station vor sich geht?«

Antonia nickte.

»Was sollte Karim denn aufgezeichnet haben, bevor er in den Tod gestürzt ist?«

»Vielleicht nur das Rascheln seiner Keksschachtel, vielleicht mehr.«

»Kennst du das Passwort?«, fragte Arlo und deutete auf den Monitor, wo die Eingabemaske beharrlich darauf wartete, mit Zeichen gefüttert zu werden.

»Lass mich einen Augenblick nachdenken!« Antonia schloss

die Augen und legte beide Hände auf ihren Kopf. Ihr Haar, durch die weite Fahrt im eisigen Wind strapaziert, fühlte sich stumpf und stachelig an. In ihrer Erinnerung fand sie den Augenblick, als Karim sich über das Keyboard gebeugt hatte. An genau dieser Stelle hatte er gesessen, hatte die Finger über die Tasten fliegen lassen, viel zu schnell, als dass Antonia die Kombination der Buchstaben hätte erkennen können. Sie ließ die Hände über der Tastatur schweben. Waren es nur vier Tastengeräusche gewesen, die sie gehört hatte? Zu Karim hätte das gepasst. Er hatte es offenbar gern bequem. Sie gab seinen Namen in die Passwortabfrage ein. Eine Fehlermeldung erschien. Das Kästchen wackelte kurz, dann sah es aus wie zuvor. »Noch zwei Versuche«, war in roter Schrift zu lesen.

Antonia ging die Möglichkeiten durch. Das Passwort konnte alles Mögliche sein, der Name eines Ortes oder eines Freundes, ein Gedanke, den er gehabt hatte. Antonia ließ den Blick über den Arbeitsplatz schweifen. Dann tippte sie ein Wort ein. Der Bildschirm leuchtete hell auf. Die Fenster mit den Wellenlinien erschienen.

Antonia warf sich im Stuhl zurück. »Treffer!«

»Wie lautete die Lösung?«, fragte Arlo.

»Jack.« Antonia zeigte auf die Wand, an der das *Shining*-Filmplakat mit Jack Nicholsons Konterfei hing. Mit einem Mal erschien ihr das Grinsen auf dem Gesicht des Schauspielers wie eigens für sie aufgesetzt.

Wie Karim vor einigen Tagen Emilios Nachricht aufgerufen hatte, daran erinnerte sich Antonia noch genau. Sie beugte sich zu dem Gerät unter dem Tisch herab und drehte am zweiten Regler von links, dann klickte sie auf den Startknopf auf dem Monitor.

Es folgten Funksprüche in gebrochenem Englisch, vermutlich waren sie von anderen Stationen hereingekommen. Ein Textfeld teilte ihr das Aufnahmedatum mit. Einmal sagte jemand etwas, das sich Japanisch anhörte, das war drei Tage her. Dann war wieder Karim zu hören, der mit der McMurdo-Station am anderen Ende des Kontinents sprach. Antonia schob den Regler dicht vor den rechten Rand der Leiste, zum Ende der Aufzeichnungen.

»Hier ist Luisa«, sagte jemand. Dem Rauschen nach zu urteilen, saß der Sprecher am entfernten Ende der Verbindung.

Arlo rüttelte an der Lehne von Antonias Stuhl. »Ein Mann namens Luisa?«

»Sch-sch-sch«, machte Antonia und wedelte mit der Hand.

Aus dem Lautsprecher antwortete jetzt jemand anderes. »Hier ist Tiffany. Hast du sie gefunden?« Auch diese Stimme gehörte einem Mann, sie war klar und deutlich zu hören, und sie kam Antonia bekannt vor. Vladimir? Sie drehte sich mit fragendem Blick zu Arlo um, dann lauschten beide gebannt weiter.

»Vor mir liegen zwei Diamanten«, sagte Luisa. »Hörst du mich? Zwei Diamanten. Ich habe sie aus einem einzigen Stück Kimberlit herausgeholt. Das ist eine Trefferquote von zweihundert Prozent.« Die Stimme redete weiter: »Ich bin sicher, dass in jedem Stück Kimberlit, das hier liegt, ein Diamant eingeschlossen ist. Vielleicht sogar mehrere. Unter meinen Füßen befindet sich das größte Vorkommen der Welt. Hallo? Bist du noch da?«

Antonia stoppte die Aufzeichnung. Als Vulkanologin kannte sie das Phänomen der in Kimberlit eingeschlossenen Diamanten, und ihr war klar, dass damit auch ein aktiver Vulkan im Eis entdeckt worden sein musste. Mindestens einer. Luisa hatte vom größten Diamantvorkommen der Welt gesprochen. Also musste der Funkspruch von einem Ort gekommen sein, an dem es viele Vulkane gab. Die Westantarktis! Sie teilte Arlo ihre Gedanken mit.

»Was sind das nur für Typen?«, fragte er. »Hast du gehört, was der eine über mystische Zahlen und Gebete gesagt hat?« Als Antonia nicht antwortete, drängte er: »Los, lass uns hören, ob noch etwas kommt.«

Sie drückte auf die Maustaste.

Im nächsten Moment drehte sich ihr der Magen um. Erst

sprachen Tiffany und Luisa über Emilio, dann über Antonia selbst. »Sie soll deinen Platz einnehmen und das Vulkanfeld untersuchen«, hörte sie durch das Rauschen der Funkaufzeichnung einen der Männer sagen. Bedeutete das etwa, dass einer der Männer Malatesta war? Bevor sie sich darüber klar werden konnte, fiel wieder der Name ihres Bruders. »Emilio ist tot«, berichtete die Stimme, die vielleicht zu Malatesta gehörte, ungerührt. »Ausplaudern kann der bestimmt nichts mehr.« Sie spürte Arlos Hand auf ihrer Schulter, die Berührung beruhigte sie.

Als Nächstes war Karims Stimme zu hören. »Das ist doch Pietro«, sagte der Funker, der offenbar in das Gespräch geplatzt war und nun von einem der Männer aufgefordert wurde, das Funkgerät auszuschalten. Dann verstummte die Aufzeichnung.

Antonia drehte sich mit dem Stuhl zu Arlo um und sah ihn verstört an. »Das heißt, Pietro Malatesta lebt, und er hat vielleicht Emilio auf dem Gewissen.«

Arlo nickte langsam und spann ihren Gedanken weiter. »Karim hat das zufällig mit angehört.«

»Und musste sterben. Tiffany hat ihn aufs Dach gezwungen und in die Tiefe gestoßen, um es nach einem Unfall aussehen zu lassen. Hast du seine Stimme erkannt?«

Arlo schüttelte den Kopf.

Antonias Blick fiel auf die Flasche Cognac, die neben Karims Monitor stand. Sie war leer. Justus Henlein hatte vermutet, dass Karim sich einen Schluck zu viel daraus genehmigt hatte. Aber Antonia wusste es besser.

»Diese Flasche hat Karim für jemanden verwaltet.« Sie griff danach und holte den *Louis XIII* hervor, hielt ihn schräg gegen das Licht des Monitors. Die letzten Tropfen Alkohol rannen über den Boden. »Er hat mir erzählt, dass es ein alkoholkrankes Besatzungsmitglied gibt und dass er ihm hilft, indem er seinen Schnapsvorrat rationiert. Leider weiß ich nicht, um wen es sich handelt.«

Arlo musterte die Flasche. »Worauf willst du hinaus?«

»Das könnte Karims Mörder sein. Oder ein Mitwisser.« Sie schüttelte die Flasche und schaute Arlo durch das Glas hindurch an. War nicht alles im Leben eine Frage der Perspektive? »Der Kerl hat vielleicht mit dem Cognac seine Nerven beruhigt und dann sogar darauf spekuliert, dass der Alkohol als Ursache für Karims Sturz in Betracht gezogen wird – ein großer Schluck, und alle Probleme sind gelöst.«

»Und wer könnte unser Flaschengeist sein?« Arlo sah ihr direkt in die Augen, und Antonia erkannte das Brennen der Neugierde in seinem Blick.

Sie stellte die Flasche wieder an ihren Platz und stand auf. »Das sollten wir herausfinden, bevor noch mehr Menschen sterben müssen.«

Bevor Antonia zur Tür gehen konnte, hielt Arlo sie fest. »Warte! Sollten wir nicht zuerst mal Justus Henlein darüber informieren, dass Malatesta noch lebt, dass er Emilio auf dem Gewissen hat und mit einem Komplizen auf der Station einen Diamantencoup plant?«

»Was ist, wenn Henlein mit Luisa und Tiffany unter einer Decke steckt? Ich traue hier niemandem mehr über den Weg.« Antonia löste sich von Arlo.

»Moment mal«, sagte er. »Was ist das für ein Team, von dem die Rede war?«

Jetzt fiel es auch Antonia ein. »In dem Funkspruch war die Rede davon, jemanden zu aktivieren. Malatesta hat anscheinend mehr als nur einen Komplizen.«

Arlo kratzte sich eine Wange und verzog den Mund. »Du meinst, es sind mehrere Wissenschaftler von der Station in die Sache verwickelt?«

»Ich denke eher an diese angeblichen Touristen, die auf uns geschossen haben.« Antonia wirbelte zu Arlo herum und griff nach seinen Armen. »Als wir in dem Zeltlager waren, habe ich gehört, wie einer von denen sagte, er sei froh, dass es endlich losgeht. Hol mich der Teufel, wenn da kein Zusammenhang besteht.«

»Dem Teufel würde ich gern Konkurrenz machen«, sagte Arlo und griff nach ihren Fingern. »Du hast recht. Diese Kerle könnten diejenigen sein, die Malatesta über Funk angefordert hat. Es klang, als sollten sie ein Flugzeug kapern.«

»Die nächstgelegene Landebahn ist hier«, Antonia folgte ihm zur Tür, »hier an der Neumayer-Station.«

»Hier gibt es nur ein Flugzeug«, knurrte Arlo. »Die Schall und Rauch.«

»Vielleicht ist das Flugzeug gemeint, das Henlein für die Evakuierung der Besatzung bestellt hat«, sagte Arlo, schüttelte jedoch sofort den Kopf. »Nein, diese Entscheidung hat er erst später getroffen. Zur Zeit des Funkspruchs konnte nur unsere Twin Otter gemeint sein.«

»Aber die ist nicht flugfähig«, wandte Antonia ein. »Die zerstörte Kufe ist noch nicht ersetzt worden. Das Ersatzteil muss noch geliefert werden.« Sie trat auf den Gang und lief zum nächsten Fenster. Draußen stand die Turbo-Prop auf der Landebahn. Das Licht der Mitternachtssonne spiegelte sich auf den roten Tragflächen. Die Maschine sah aus, als warte sie auf etwas.

In dem Augenblick, in dem Antonia auffiel, dass das Flugzeug nicht länger schräg stand, schlug Arlo mit beiden Händen gegen die Scheibe. »Was hat dieser Verrückte nur angestellt?«, hörte sie ihn rufen. »Wir müssen sofort mit Maxim sprechen.«

Kapitel 23

10. Januar

Sie fanden Maxim in der verlassenen Lounge. Auf dem Bildschirm waren die grellbunten Figuren eines Videospiels erstarrt. Es roch nach Kaffee. Maxim hatte es sich auf dem gelben Sofa bequem gemacht und trank aus einem Becher. Dampf stieg daraus auf und umkräuselte seinen Bart. »Aber Antonia hat doch selbst den Vorschlag gemacht, das Snowboard als Ersatz für die Kufe zu benutzen. Jedenfalls hast du mir das erzählt, von ihr geschwärmt und gesagt, sie sei so mutig und verrückt, dass sich unsere Urenkel in langen Winternächten davon erzählen würden.«

Arlo riss ihm den Becher aus der Hand. »Ich meinte damit nicht, dass du sofort losrennen sollst, um mein Snowboard unter der Maschine zu montieren.« Er schwenkte den Becher, verteilte dabei Kaffee auf dem Linoleumboden und nahm einen tiefen Schluck.

Maxim verschränkte die Arme hinter dem Kopf. »Meine Großmutter hat immer gesagt, solange man den Mund hält, taut der Schnee nicht.«

»Du hast eine Großmutter?«, fragte Arlo. »Ich dachte immer, sie hätten dich in den sibirischen Wäldern gefunden.«

Antonia stellte sich zwischen die beiden Männer. »Hört jetzt auf«, sagte sie. »Kann die Twin Otter mit dem Snowboard abheben?«

»Ich glaube schon«, sagte Maxim. »War jedenfalls eine Heidenarbeit, das Ding anzubringen.« Er runzelte die Stirn. »Warum schaut ihr denn so verzweifelt? Ich verstehe nicht, was daran so schlimm sein soll. Wir können wieder fliegen, das ist die Hauptsache.«

Arlo versuchte, Maxim die Situation zu erklären, aber in seiner Erregung brachte er die Ereignisse durcheinander. Schließlich übernahm Antonia und berichtete Maxim, was sie herausgefunden hatten.

Der Russe fuhr sich mit den Fingern durchs Haar. »Dieser Malatesta sucht Diamanten in der Westantarktis, hat deinen Bruder auf dem Gewissen und wartet nun darauf, dass er Unterstützung von einer Horde Schießwütiger erhält, die sich als Reisegruppe ausgibt und unser Flugzeug entführen will? Das hört sich an, als hättet ihr zwei den Cognac selbst ausgetrunken.«

»Was machen wir jetzt?« Arlo schien sich beruhigt zu haben. Der Kaffee übte überraschenderweise eine besänftigende Wirkung auf ihn aus.

»Henlein zu informieren, dass diese Leute in der Station auftauchen könnten, kommt nicht infrage«, sagte Antonia. »Jeder könnte zu denen gehören.«

»Dann verschwinden wir am besten von hier«, sagte Maxim. »Und zwar sofort. Die Besatzung ist spätestens morgen weg, wenn die Kollegen mit der Basler landen. Wir verduften einfach ein paar Stunden früher und nehmen unsere Arbeit wieder auf, beliefern die Stationen mit frischer Milch und Ersatzteilen. Wenn dann diese Typen aus dem Touristenlager kommen, werden sie weder ein Flugzeug noch eine besetzte Station vorfinden.«

Antonia stellte sich die Gesichter von Jerome und Xavier vor, wenn sie die verlassene Neumayer-Station erreichten. Sie ließ sich neben Maxim in die Sofakissen fallen. »Die Idee gefällt mir. Aber es gibt einen Nachteil.«

»Ich erkenne nur Vorteile«, gab Maxim zurück.

»Wir müssen diese Kerle aufhalten. Malatesta darf nicht damit durchkommen, dass er die Station und die Wissenschaftler missbraucht, um sich zu bereichern. Und vor allem muss er für das bestraft werden, was er meinem Bruder angetan hat!«

»Das können doch die Behörden übernehmen«, wandte Maxim ein. »Wir verständigen die zuständigen Stellen, das sollte genügen.«

»Was ist nur mit euch beiden los?«, platzte es aus Antonia heraus. »Habt ihr etwa Angst vor diesen Leuten? Es geht hier um mehr als eine Straftat, um mehr als um die Verletzung des Antarktischen Vertrags und den Tod meines Bruders. In der Funkaufzeichnung war von einem Riss im Eisschild die Rede. Ein Riss, versteht ihr? Wo diese Leute nach Diamanten suchen wollen, sind Kräfte am Werk, die Menschen auf der ganzen Welt bedrohen!« Sie starrte die beiden Männer fassungslos an.

Maxim schmunzelte. »Und diesen Kräften willst du dich entgegenstellen?«

»Ich will jedenfalls nicht hier sitzen bleiben und dabei zusehen, wie alles vor die Hunde geht«, brachte Antonia gepresst hervor.

Arlo und Maxim sahen sich an. Arlo nickte und stellte den Kaffee ab.

Maxim stand auf und schaltete das Videospiel aus. »Hast du denn eine Idee, wie wir vorgehen sollten?«

»Allerdings«, sagte Antonia.

Drei vermummte Gestalten verließen die Station im matten Licht des Abends. Die Sonne hatte die Größe und Farbe eines Basketballs und erhob sich nur noch mühsam über den Horizont. Nicht mehr lange, und die antarktische Nacht würde anbrechen. Bis dahin, so hoffte Antonia, würde sie dieses Land aus Eis und Tod hinter sich gelassen haben, dieses Land, das einmal Leben für sie bedeutet hatte.

Eingehüllt in dicke Lagen Schutzkleidung stapfte sie neben Arlo und Maxim in Richtung der Twin Otter. Obwohl sie nun schon eine Woche in der Antarktis war, hatte sie sich noch immer nicht daran gewöhnt, dass sie ihre Knie unter all den Schichten aus Wolle und Kunstfasern kaum bewegen konnte. Sie war ein Roboter, der ungelenk auf das Flugzeug zusteuerte.

Immerhin hatte der Wind nicht wieder aufgefrischt, sodass sie gefahrlos die neue Kufe untersuchen konnten. Das Snowboard war zwar etwas kleiner als die ursprüngliche Vorrichtung, aber Maxim war überzeugt, dass sie damit sauber würden abheben und landen können.

Arlo legte sich unter die Maschine, nahm die Polarbrille ab und hantierte mit einem Schraubenschlüssel an den Verstrebungen des Fahrwerks herum. Während unter der Twin Otter Metall gegen Metall schlug, sprach Antonia den Plan noch einmal mit Maxim durch.

Um dem Treiben Malatestas und seiner Leute ein Ende zu bereiten, wollten sie zunächst seinen Komplizen auf der Station ausfindig machen, jenen Geheimnisvollen, der Karim auf dem Gewissen und auf Antonia geschossen hatte. Er würde sich davon überzeugen wollen, dass die Schall und Rauch flugfähig war, bevor er sie entführte. Erst dann würde er die Leute aus dem Touristenlager herbeirufen. Bei seiner Inspektionsrunde würden ihm Maxim, Arlo und Antonia im Flugzeug auflauern, ihn überrumpeln und unschädlich machen. Ohne den Kopf der Truppe würden die anderen Männer keinen Befehl erhalten und Neumayer III würde von ihrem Besuch verschont bleiben.

»Bist du sicher, dass es so funktionieren wird?«, fragte Maxim. Seine Stimme kam dumpf unter seinem Gesichtsschutz hervor.

»Sicherheit ist etwas für Maschinen, wir haben es hier mit Menschen zu tun«, gab sie zurück.

»Maschinen sind mir lieber«, sagte Maxim. »Da weiß man genau, was passiert, wenn man auf einen Knopf drückt. Jedenfalls meistens.« Er kratzte sich den dick vermummten Hals. »Was machen wir, wenn dein Plan nicht aufgeht? Der beruht doch nur auf Vermutungen.«

»Da hast du recht«, entgegnete Antonia. »Jede Wissenschaft arbeitet so lange mit einer Hypothese, bis sie erhärtet oder widerlegt wird. Und genau das machen wir jetzt auch. Unsere Vermutung lautete, dass Malatestas Komplize seine Leute nicht herkommen lassen wird, damit sie dann ratlos vor einer flügellahmen Maschine stehen. Nein! Erst muss er die Twin Otter kontrollieren. Wenn er das tut, liefert er den Beweis, dass unsere Annahme stimmt. Dann schnappen wir ihn.«

Welches Gesicht würde wohl zum Vorschein kommen, wenn sie dem Unbekannten die Balaklava vom Gesicht riss?

Maxim sah sie an und brummte etwas Unverständliches.

Bevor Antonia weitere Überzeugungsarbeit leisten konnte, kam Arlo unter dem Flugzeug hervor und klopfte sich Schnee von Armen und Beinen. »Das wird halten. Gute Arbeit, Maxim. Jetzt noch einen Verbrecher fangen, dann können wir von hier verschwinden. Hoffentlich räumen sie die Piste diesmal sorgfältiger frei.«

Arlos Worte lösten einen Gedanken in Antonia aus. »Wissen wir eigentlich, wer dafür verantwortlich war, dass die Schall und Rauch havariert ist?«, fragte sie. »Ich könnte mir vorstellen …«

»… dass Malatestas Komplize die Schneeverwehung auf der Bahn absichtlich dort hinterlassen hat,« vollendete Arlo den Satz. »Warum?«

»Er hätte dadurch ein Flugzeug, das nicht wegkann, bis er es benötigt«, antwortete Antonia. »Ihr habt einige Tage hier festgesessen und dann die Maschine repariert. Beides muss ihm in die Karten gespielt haben.«

»Wenn er das alles vorausgesehen hat, ist er tatsächlich ein kluger Kopf«, gab Arlo zu. Er schaute zur Neumayer-Station hinüber. »Davon gibt es da drin ja eine ganze Menge.«

»Wissenschaftler gehen normalerweise nicht über Leichen«, verteidigte Antonia ihre Kollegen.

»Ich gehe jetzt wieder rein in die Station«, unterbrach Maxim. »Wann legen wir los?«

Antonia und Arlo vermuteten, dass der Unbekannte bis tief in die Nacht warten würde, um das Flugzeug zu untersuchen. Erst wenn alle schliefen, würde er unerkannt vorgehen können.

»Wir treffen uns hier, sobald …«, sagte Antonia, als sie das Gefühl für oben und unten verlor.

Schwarze Schlieren senkten sich über ihre Lider. Im nächsten Moment lag sie am Boden und schnappte nach Luft. Die Sturmhaube ließ nicht genug Sauerstoff durch, und sie befreite sich davon. Danach ging es ihr etwas besser.

Arlo ließ sich gleich neben ihr auf die Knie fallen und stützte ihren Kopf mit einer Hand. Antonia hörte, dass er etwas sagte, verstand aber die Worte nicht, zu sehr war sie damit beschäftigt, die Schwerkraft und ihren Körper in Einklang zu bringen.

»Ich bin schon wiederhergestellt«, log sie.

Immerhin drang Arlos Stimme jetzt wieder zu ihr durch.

»Bei dem, was wir vorhaben, wäre es besser, dass du richtig bei Kräften bist«, sagte er. »Kein Wunder, dass du zusammenklappst. Die beschwerliche Reise, der Tod deines Bruders, die Flucht auf dem Schneemobil – du hast noch keine Minute Ruhe gehabt, seit wir wieder hier sind, von Schlaf gar nicht zu reden.«

Er sah zu Maxim herüber. »Ich bringe Antonia in ihre Kabine und komme dann zu dir in die Lounge.«

Antonia setzte sich auf und versuchte, das Flugzeug zu fixieren. Sie wollte trotzdem weitermachen. Doch die Maschine trudelte in ihrem Gesichtsfeld wie in einem Sturm auf fünftausend Metern Höhe.

»In Ordnung«, sagte Maxim. »Ich halte von dort die Schall und Rauch im Blick. Sollte sich draußen etwas rühren, melde ich mich bei euch.«

Arlo nickte Maxim zu. Dann zog er Antonia auf die Füße, schlang einen ihrer Arme um seine Schultern und führte sie zum Eingang der Station hinüber. Immer wieder drehte sie sich zu dem Flugzeug um.

Kapitel 24

10. Januar

Auf den Gängen herrschte kaum noch Betriebsamkeit. Es war kurz nach neun Uhr abends, und die Station bereitete sich auf die Nacht vor.

Antonia war froh, dass Arlo sie stützte. Ohne den starken Arm des Kanadiers hätte sie es vermutlich nicht bis auf Deck zwei geschafft, so wackelig war sie auf den Beinen. Was war nur los mit ihr? Sie hatte diese Anfälle schon, seit sie ein Kind war, aber nie zuvor waren sie in dieser Häufigkeit aufgetreten. Der Gedanke, sie könnte ernsthaft krank sein, drängte sich auf, aber Antonia schob ihn beiseite. Sie hatte sich um Wichtigeres zu sorgen als um ihre Befindlichkeit.

Arlo ließ sie auf das Bett sinken und machte sich an ihren Schneestiefeln zu schaffen. Antonia wollte ihn davon abhalten, ihr die Schuhe auszuziehen. Sie musste doch schnell wieder auf den Beinen sein. Aber Arlo ließ sich nicht beirren und warf die nassen Stiefel in eine Ecke, dann massierte er ihre Füße. Antonia schloss die Augen und genoss das Gefühl, als das Blut zurück in ihre Zehen strömte und ihre Waden kribbeln ließ.

Nach einer viel zu kurzen Zeit hielt Arlo inne. »Ich gehe zurück zu Maxim«, sagte er.

»Das wird wohl das Beste sein«, erwiderte Antonia, konnte aber das Bedauern in ihrer Stimme nicht unterdrücken. Sie warf Arlo noch einen Blick zu und ließ ihn langsam über seine schlanke, hochgewachsene Gestalt gleiten. An einem anderen Ort, zu einer anderen Zeit hätte ich ihn gebeten zu bleiben, dachte sie.

»Was hast du da?«, fragte sie, als sie sah, dass hellgelbes Papier aus seinem Anzug lugte.

Arlo schaute an sich herunter und zog ein Buch hervor. Es war dasselbe, das er im Gewächshaus gelesen hatte, während Antonia nach den Aufzeichnungen von Emilio gesucht hatte. »Verdammt, es ist nass geworden«, sagte er und wedelte mit dem Band.

»Was liest du?« Antonia erwartete Testberichte über Flugzeugmotoren oder Überlebensberichte von Piloten, die im Regenwald abgestürzt waren – Geschichten über tollkühne Männer in fliegenden Kisten.

»Ovid«, sagte Arlo. Lag da ein Anflug von Verlegenheit auf seinem Gesicht?

»Den römischen Dichter?« Das Kribbeln in Antonias Beinen erfasste ihren gesamten Körper. »Du liest …«

»Gedichte«, sagte er. »Was schaust du denn so? Ist das etwa verboten?« Wieder wandte er sich zum Gehen. »Wenn du willst, leihe ich dir das Buch.« Er warf es aufs Bett, wo es mit dem Rücken nach oben liegen blieb wie ein Vogel mit ausgestreckten Schwingen.

Antonia griff danach und drehte es um. Es war der Originaltext in Latein. Arlo überraschte sie in jeder Sekunde, die er bei ihr war. »Das kannst du lesen?«

»Mein Vater war Altphilologe«, sagte Arlo. »Er hat an der Universität von Toronto unterrichtet. Ich bin mit Latein und Altgriechisch aufgewachsen.«

»Aber war er denn nicht Japaner?«

»Wieso sollten Japaner nicht Homer oder Ovid lesen?«, fragte Arlo, und Antonia schämte sich ein bisschen für ihre Frage.

Arlo lachte. »Mein Vater war kein Japaner. Die Eltern meiner Mutter kamen aus Osaka.«

Antonia spürte das Blut heiß in ihre Wangen steigen – ganz ohne Massage.

»Gib her!« Er nahm ihr das Buch aus der Hand. »Ich lese dir vor.« Einen Moment lang stand er unschlüssig da. Dann ging er zum Fenster und spähte hinaus, vermutlich um den Status der Twin Otter zu überprüfen. Schließlich setzte er sich auf die Kante des Bettes und blätterte durch das Buch wie ein Pokerspieler durch ein gutes Blatt. Schließlich steckte er einen Daumen zwischen die Seiten und begann.

Arlo schien eine Metamorphose zu durchlaufen mit jedem Wort, dass er mit den Augen vom Papier pflückte. Auch seine Stimme veränderte sich. Ihr Klang, der sonst an das Tuckern eines Motors erinnerte, verwandelte sich in ein Cello, seine Züge gerieten in Bewegung wie die eines Schauspielers.

Zwar las Arlo den Text auf Latein, dennoch meinte Antonia, jedes Wort verstehen zu können. Aus seiner Stimme klang Sehnsucht. Er war ein wunderbarer Vorleser.

Das Gedicht war noch nicht zu Ende, da hob Antonia eine Hand. »Warte mal!«, sagte sie. »Was hast du gerade gesagt?«

Arlo las die letzten Zeilen noch einmal.

»Kannst du das übersetzen?«, bat Antonia.

Arlo überlegte einen Moment, dann erzählte er die Geschichte des Jägers Aktaion, der die Göttin Artemis beim Bad überrascht, woraufhin sie ihn von ihren Hunden zerfleischen lässt.

»Artemis«, murmelte Antonia versonnen. »Die griechische Göttin der Jagd.«

»Bei den Römern wird sie auch Diana genannt«, sagte Arlo. »Was interessiert dich an ihr?«

»Artemis«, erklärte Antonia, »nannte Emilio sein Forschungsprojekt. Aber ich weiß noch immer nicht, was es damit auf sich hat.« Sie tastete nach dem Kästchen mit den Schwämmen, das sie bei sich trug. »Die Göttin der Jagd. Was kann er bloß damit gemeint haben?«

»Die Götter der Antike hatten stets mehrere Aufgaben«, erklärte Arlo, »das hing davon ab, wo sie verehrt wurden. In einigen Regionen Griechenlands war Artemis auch die Göttin der Heilung.«

Antonia versank in ihren Gedanken. Nach einer Weile wurde ihr klar, dass sie Arlo ansah wie eine Schlafwandlerin. Er griff nach ihrer Hand. »Alles in Ordnung?«, fragte er.

»Die Orchidee«, flüsterte sie. »Sie hat in der Antarktis überlebt.« Antonias Augen suchten Arlos Blick, und sie bewegte stumm die Lippen. Es dauerte eine Weile, bis sie ihre Gedanken zu Worten formen konnte, »weil Emilio sie mit den Schwämmen in Verbindung gebracht hat? Artemis muss so etwas wie ein Heilmittel sein, eins, das den empfindlichsten Organismen zu überleben hilft.« Sie hob das Kästchen hoch, hielt es gegen das Licht und drehte es zwischen den Fingern. »Die Welt wird sich verändern.«

»Warum glaubst du das?«, fragte Arlo.

»Das waren die Worte, die Emilio in seine Aufzeichnungen geschrieben hat.« Sie suchte in ihrer Erinnerung. »Makrophagen, der Yamanaka-Faktor, Artemis. Das alles steckt in diesem kleinen Kästchen. Wenn ich nur wüsste, was es zu bedeuten hat. Ich bin keine Biologin.« Mit einem Mal spürte sie ihr Herz wie rasend schlagen.

Arlo nahm ihr den Behälter aus der Hand und schaute ihn sich an. Durch den milchigen Kunststoff war zu sehen, wie sich die kleine Luftblase in der Nährflüssigkeit bewegte. »Was ist das hier?« Er drehte das Kästchen um, tastete über den Boden. »Da ist was eingeritzt.«

Er reichte Antonia den Behälter. Auch sie fuhr mit den Fingern über den Kunststoff, spürte Riefen in der Oberfläche, aber keine zufälligen Kratzer, wie sie durch den Transport hätten entstehen können. »Vielleicht eine Art Gravur des Herstellers«, mutmaßte Antonia.

Arlo schüttelte den Kopf. »Dann wäre das eine Prägung, und die Linien würden hervorstehen. Ich glaube eher …«

»… dass das von meinem Bruder stammt?« Antonia schwang die Füße aus dem Bett. Mit einem Mal schien Emilio mit ihnen im Raum zu sein. Sie schaltete die Nachttischlampe ein und hielt das Kästchen unter das Licht.

»Ich brauche Erde, Schmutz«, stieß sie hervor und ließ den Blick durch die Kabine wandern, »etwas, mit dem wir die Rillen füllen können.« Sie stand auf, noch immer ein wenig unsicher auf den Beinen, und wühlte in einer ihrer Reisetaschen. Schließlich fand sie, wonach sie gesucht hatte.

»Ein Feuerzeug?«, fragte Arlo. »Was hast du vor?«

Antonia nahm die Hausordnung der Neumayer-Station zur Hand und riss eine Seite heraus. Sie legte das Papier auf einen Untersetzer und zündete es an. Qualm stieg auf, als es sich unter der Hitze krümmte. Nach wenigen Augenblicken hatten die Flammen die Seite aufgefressen, eine schwarze Masse blieb zurück. Antonia wedelte den Rauch beiseite, bevor er in die Rauchmelder aufsteigen konnte, dann zermahlte sie die Überreste zwischen den Fingern.

Arlo beobachtete sie aufmerksam.

Nun strich sie über die Unterseite des Kästchens, rieb den Ruß kräftig in die Rillen hinein. Anschließend wischte sie die Oberfläche mit einem Taschentuch und etwas Speichel sauber. Zurück blieben die Kratzer, die nun, mit Ruß gefüllt, schwarz und deutlich hervorstachen.

»Das sind Buchstaben«, sagte Arlo und beugte sich vor.

Auch Antonia senkte ihr Gesicht über die Schriftzeichen, dabei berührte sie mit der Wange Arlos Kinn. Sein Bart kratzte über ihre Haut.

»S, M, E und G«, las Antonia laut.

»Eine Abkürzung«, stellte Arlo fest. »Vielleicht für den offiziellen Namen von Artemis. Wieso lächelst du?«

»Das ist tatsächlich eine Abkürzung«, sagte sie. »Es sind die Initialen meiner Eltern: Santino und María Egea Gonzaga.« Sie erschauerte, als sie sich ausmalte, wie Emilio sich ausgerechnet in dem Flugzeug wiedergefunden hatte, in dem er Jahrzehnte zuvor Vater und Mutter verloren hatte. Er hatte wochenlang in einer eiskalten Höhle aus Metall gelebt und sich von dem ernährt, was der Notfallschlitten an Konserven hergab. Er hatte Eis auf einem Kocher geschmolzen, um Wasser trinken zu können. Und hatte das Flugzeug nach Gegenständen durchsucht, die ihm halfen zu überleben. Aber was hatte das mit seinen Schwämmen zu tun? Warum hatte er die Initialen der Eltern in das Kästchen geritzt?

Sanft strich Antonia mit einem Finger über die Rillen. Sie stellte sich Emilio vor, wie er hilflos im Bauch des Flugzeugs lag und den Tod nahen sah. Hatte er die Geister seiner Eltern um Hilfe angefleht? Ausgeschlossen! Emilio war kein religiöser Mensch. Er war durch und durch Wissenschaftler und glaubte immer nur an das, was er sah, und was er berechnen, messen oder anfassen konnte.

»Glaubst du, die Initialen sind eine Nachricht?«, fragte Arlo.

Antonia sah ihn aus feuchten Augen an und nickte. »Emilio hat etwas gefunden, das mit unseren Eltern in Zusammenhang steht. Das da soll mir etwas sagen. Er hoffte, nein, er wusste, dass ich kommen würde. S, M, E und G. Aber warum? Was hat Artemis mit unseren Eltern zu tun?«

Sie versank so tief im Grübeln, dass sie erschrak, als Arlos Hand auf ihrer Schulter landete. »Wir haben Emilios Sachen nicht durchsucht«, stellte er fest. »Du hast seine Verletzung versorgt, und er hat dir das Kästchen mit den Schwämmen gegeben. Aber vielleicht trug er mehr bei sich, er könnte doch noch etwas in dem Flugzeugwrack gefunden haben.«

Antonias Blick flog abwechselnd von Arlo zu Artemis. Ihre Benommenheit war verschwunden. »Dann sollten wir nachsehen. Sofort!«

Kapitel 25

10. Januar

Auf dem Weg zur Krankenstation schauten Arlo und Antonia in der Lounge vorbei. Maxim hatte sich einen schweren Sessel vors Fenster gerückt, sodass er die Twin Otter im Auge behalten konnte. »Bislang hat sich nichts gerührt«, meldete er. »Es ist jetzt mitten in der Nacht. Wenn ich mich heimlich an dem Flugzeug zu schaffen machen wollte, dann würde ich es bald tun.«

Antonia schlug vor, dass sie sich zu dritt erst um den Saboteur kümmern sollten, bevor sie Emilio durchsuchten. Aber es war Arlo, der davon nichts wissen wollte.

»Ich kann jetzt hier nicht rumsitzen und warten«, nörgelte er. »Wir sind so kurz davor, das Rätsel zu lösen, lass uns den nächsten Schritt sofort gehen. Maxim, du hältst doch hier die Stellung, nicht wahr?«

Der Russe brummte zu Arlo und Antonia herauf, ein indifferentes Geräusch für Antonia, das für Arlo jedoch wie eine Bestätigung klang. Er zog Antonia an der Hand hinter sich her aus der Lounge heraus.

Die Tür der Krankenstation auf Deck eins ließ sich öffnen. Das spärliche Licht der Mitternachtssonne schien auf das leere Krankenlager. Emilios Leichnam war fort. Henlein hatte ihn abtransportieren lassen, vermutlich in einen weniger warmen Bereich der Station.

»Die Lager im Untergeschoss«, sagte Antonia. Arlo stimmte

ihr zu, dass der Leichnam dort am besten aufgehoben sein würde, denn dort war es kühl. Außerdem wäre Emilio in der Nähe des Ausgangs und würde bei der Evakuierung am nächsten Tag rasch in das Flugzeug eingeladen werden können.

Allerlei Lager waren im unteren Bereich von Neumayer III angelegt, eins für Nahrungsmittel, eins für Haushaltswaren, ein Ersatzteillager für Fahrzeuge und eines für Gefahrgut, ferner das Batterielager sowie das Öl- und Schmierstofflager. In den Gängen herrschte beinah Außentemperatur. Antonia und Arlo liefen im Eiltempo hindurch. Ihre Sorge, dass sie jedes Lager einzeln würden durchsuchen müssen, erwies sich als unbegründet. Sie fanden Emilio auf einer Bahre an der Seite des Gangs. Henlein hatte den kältesten Ort der Station ausgewählt.

Antonia atmete einige Male tief durch, dann nestelte sie an dem Reißverschluss des grauen Kunststoffsacks und zog ihn auf. Grau und eingefallen tauchte Emilios Gesicht auf. Antonia wollte sich einreden, dass ihr Bruder friedlich aussah, aber das stimmte nicht. Etwas an seinen Zügen vermittelte den Eindruck von Unzufriedenheit. Das war natürlich Unsinn, aber …

»Ich finde Artemis für dich«, sagte sie und tauchte die Hände in den Sack. Die auf dem Gang herrschende Kälte schien sich in Emilios Nähe noch zu verstärken. Antonia tastete an seinem Schutzanzug herum. Die Kleidung gab nach, trotzdem spürte sie deutlich die Leichenstarre darunter.

Ihre Finger stießen gegen einen harten Gegenstand. Sie zog ihn hervor: ein Taschenmesser. Eines von der Sorte, aus der man allerlei Werkzeuge ausklappen konnte. Antonia erinnerte sich, es Emilio vor Jahren geschenkt zu haben. Dass er es mit in die Antarktis genommen hatte, bewegte sie. Eigentlich glichen Geräte wie dieses in einer menschenfeindlichen Umgebung bloß Spielzeug. Trotzdem hatte Emilio daran festgehalten. Und das Messer sogar benutzt, wie ihr ein Blick auf die Scharten an den eingeklappten Klingen verriet. Sie steckte das Messer in ihre Tasche und suchte weiter.

»Da ist sonst nichts«, sagte sie nach einer Weile und zog die Hände zurück.

»Ich mach das«, erwiderte Arlo und schob sie beiseite.

Antonia trat zur Seite, dankbar dafür, von der Aufgabe erlöst worden zu sein. Sie beobachtete, wie Arlos Arme in dem Sack verschwanden, wie das Polyethylen durch die Bewegung seiner Hände in Bewegung geriet. Für einen Augenblick schien es, als rühre sich Emilio in seinem grausamen Behältnis.

Im nächsten Moment hielt Arlo ein kleines Buch in die Höhe. Es war kaum größer als seine Hand und hatte einen roten Einband. Ein grünes Lesebändchen schaute am unteren Ende hervor.

Antonia fischte es dem Kanadier aus den Fingern und betrachtete das Buch von allen Seiten. Der Einband war aus brüchigem Leder, das Material hatte gelitten. Die Seiten waren trocken, aber gewellt. Antonia schlug es auf. Es schien ein Notizbuch zu sein. Ein handgeschriebener Text füllte die Seiten. Sofort erkannte sie, dass die Zeilen nicht von Emilio stammten. Seine Schrift war klein gewesen, und er hatte seine Marotte gepflegt, jede Seite bis zum letzten Winkel zu füllen. Diese Buchstaben waren ausladend und verblasst.

Die letzten Zweifel, ein Notizbuch ihrer Eltern vor sich zu haben, beseitigten die Worte auf dem Papier. Der Text war auf Spanisch geschrieben.

Esperanza, 15. Dezember 1982

Der Fund hat sich als Glücksfall entpuppt. Der Felsen am Rand der Bucht hatte Moos angesetzt. Raoul, unser Geologe, konnte anhand der Sedimente um den Felsen schätzen, dass er vor etwa zwanzig Jahren dort hingelangt sein musste, vermutlich durch Gletscherbewegungen.

Auf dem Felsen leben Organismen, die uns unbekannt sind. Keine vergleichbaren Lebewesen sind in der Antarktis oder in dem sie umgebenden Meer bislang katalogisiert worden. Leider können wir nicht absolut sicher sein, denn die Bibliothek von Esperanza ist dürftig ausgestattet. Wenn es doch nur Computer in der Antarktis gäbe, deren Datenbanken wir durchsuchen könnten! Aber für so ein Elektronengehirn müssten wir den Strom des gesamten Lagers umleiten, um es mit Energie zu versorgen. Also werden wir den herkömmlichen Weg gehen und Fotos und Zeichnungen der Organismen nach Buenos Aires schicken, damit unsere Kollegen an der Universität nach etwas Vergleichbarem suchen können. So hat es schon Darwin gemacht, und der war ja auch erfolgreich.

Esperanza 5. Januar 1983

Das neue Jahr beginnt mit einer Nachricht aus Buenos Aires: Auch dort hat man keine vergleichbaren Arten gefunden. Wir haben das Material eingehend untersucht. Bei den Organismen scheint es sich um Schwämme zu handeln, außerdem sind Flechten darunter. Überdies ist der Stein mit Spuren übersät, wie sie Muscheln hinterlassen, wenn sie sich in Kolonien an einen Felsen klammern, und dann irgendwann abfallen.
Die Universität verlangt mehr Proben, aber María will sie nicht liefern. Wenn wir eine wichtige Entdeckung gemacht haben sollten, so sagt sie, dann werden wir sie uns nicht aus der Hand nehmen lassen. Sie hat gewiss recht, aber ich sehe das anders: Wir sind Angestellte der Universität und müssen uns der Hierarchie beugen.

Esperanza, 7. Januar 1983

Die Meinungsverschiedenheit mit María hat scharfe Ausmaße angenommen. Diese Frau ist einfach unerträglich, wenn sie sich etwas in den Kopf gesetzt hat! Am Ende habe ich zugestimmt. Was bleibt mir übrig? Es ist hier schon kalt genug. Ohne ihre Liebe und Wärme würde ich zugrunde gehen. Also gut, María, du hast gewonnen (du liest das hier heimlich, nicht wahr?). Wir werden die Universität hinhalten, aber nur eine Zeit lang, bis wir eigene Forschung betrieben haben, und dann die Proben wie verlangt nach Buenos Aires schicken.

Esperanza, 13. Januar 1983

Die Untersuchung der Organismen hat erstaunliche Ergebnisse gezeitigt. Die Zellen haben die Fähigkeit, sich zu regenerieren. Trennt man ein Teil ab, wächst es nach. Bei den Schwämmen ist der Prozess innerhalb weniger Stunden abgeschlossen, und sie sehen genau so aus wie zuvor. Wir haben es hier mit einem außergewöhnlichen Zelltypus zu tun. Unter dem Mikroskop lässt sich erkennen, wie sich die Zellen erneuern, nachdem sie Schaden genommen haben.

María hat den Inhalt eines ganzen Probenbehälters mit dem Lötkolben »behandelt«. Ich habe sie gewarnt und ihr gesagt, dass wir Schwierigkeiten bekommen werden, wenn wir die Proben zerstören. Aber sie ließ sich mal wieder nicht von ihrem Vorhaben abbringen. Also hat sie fast einen gesamten Organismus verbrannt. Von dem Schwamm war am Ende nur noch ein Bruchteil übrig. Trotzdem hat er sich erneuert. Das hat diesmal natürlich länger gedauert. Aber als wir heute Morgen nachschauten, sah er beinahe wieder so aus wie zuvor. Es waren keine Brandstellen mehr sichtbar. Die Zellen, die wir hier vor uns haben, scheinen eine Art Gedächtnis zu besitzen und eine Kraft, die ich nur als Unzerstörbarkeit bezeichnen kann.

Buenos Aires muss warten. Jetzt bin auch ich dieser Überzeugung. Ich liebe dich, María!

Esperanza, 14. Januar 1983

Wir benötigen dringend mehr Proben. Und wir müssen wissen, woher der Felsen gekommen ist. Es ist klar, dass er durch Gletscherbewegungen auf die Antarktische Halbinsel getragen wurde. Aber wo nahmen diese Bewegungen ihren Anfang? Unsere Kolle-

gen von der Geologie wollen der Frage nachgehen, aber sie weisen darauf hin, dass es Hunderte Gletscher in der Antarktis gibt und noch lange nicht alle untersucht sind. Sieht so aus, als müssten wir uns mit dem Material begnügen, das wir haben.

Esperanza, 15. Januar 1983

Die Spuren der Muscheln haben uns weitergebracht. Wir haben den Felsen mithilfe eines Krans auf die Seite gedreht. Auf der Unterseite waren noch mehr Überreste von Muscheln. Zwei Exemplare klammerten sich noch immer an dem Gestein fest. Es handelt sich um Laternula elliptica, die Antarktische Klaffmuschel. Sie schien noch am Leben zu sein, denn sie war geschlossen, was bedeutet, dass der Muskel, der die Schale im Inneren zusammenhält, noch aktiv ist. Wir haben sie belassen, wo sie war, aber ein Stück ihrer Schale ausgesägt. Darunter war tatsächlich Muschelfleisch zu sehen, dass auf Berührung reagierte. Dann haben wir einen Behälter über die Muschel gesetzt, damit keine Verunreinigungen in ihr Inneres gelangen können. Morgen werden wir sehen, ob sie sich verändert hat.

Esperanza, 16. Januar 1983

Erstaunlich: Die Muschelschale ist über Nacht vollständig zugewachsen. Das ist eigentlich unmöglich, denn Muscheln bauen gelösten Kalk aus dem Meerwasser in ihre Schalen ein. Aber diese hatte keine Berührung mit dem Wasser.
Wir werden weitere Experimente anstellen. Wenn wir doch nur ein Wirbeltier mit diesem Zelltypus hätten! María spricht schon vom Nobelpreis. Sie ist genauso verrückt wie ihre Mutter.

Esperanza, 19. Januar 1983

Ich habe dem Projekt einen Namen gegeben. SMEG632459. Die Buchstaben sind unsere Initialen, die Ziffern die Koordinaten, an denen wir den Felsen gefunden haben. María sagt, ich sei mal wieder viel zu nüchtern, und sie wolle die Zellkulturen lieber nach unseren Kindern benennen, Emilio und Antonia. Aber diesmal habe ich mich durchgesetzt. Unsere Kinder sind keine Zellkulturen, sondern Menschen – die schönsten der Welt.

Antonia konnte nicht weiterlesen, das Notizbuch in ihren Händen zitterte. Wie lange hatte sie kein Wort mehr von ihren Eltern gehört, hatte sich die Momente, die sie als Kind mit ihnen verlebt hatte, immer wieder in Erinnerung gerufen. Sie wusste kaum mehr von ihnen als ihre Namen, ihren Beruf und ihr Schicksal. Und jetzt sprach ihr Vater aus diesen Zeilen zu ihr.

Sie presste das Buch gegen die Brust und sah Arlo aus großen Augen an.

»Soll ich weiterlesen?«, fragte der Pilot.

»Kannst du Spanisch?«, gab Antonia zurück.

Arlo schüttelte den Kopf. »Japanisch wäre möglich.«

»Gib mir einen Moment.« Antonia befeuchtete die Lippen und versuchte, sich auf die wissenschaftlichen Aspekte des Berichts zu konzentrieren. Sie hob das alte Notizbuch vor die Augen und atmete lange aus. Als keine Luft mehr in ihren Lungen war, hatte sie den Moment größtmöglicher Ruhe erreicht.

Esperanza, 23. Februar 1983

Wir haben einem Pinguin SMEG632459 injiziert. Das Tier blieb vierundzwanzig Stunden unter Beobachtung und wurde, als es keine Zeichen auffälligen Verhaltens an den Tag legte, wieder in seine Kolonie entlassen. Es scheint sich normal zu verhalten, und die anderen Tiere haben es wieder in ihre Reihen aufgenommen. Einzig die rote Markierung, die wir an der Rückseite seines Kopfes angebracht haben, erregte etwas Aufsehen unter den Artgenossen. Sobald sich der Pinguin von seinem Schreck erholt hat, wollen wir eine Versuchsreihe in freier Wildbahn starten. Wenn die Zellkulturen ihre Wirkung auch bei Wirbeltieren entfalten, können wir der Medizin ein Werkzeug liefern, dass sogar die Entdeckung des Penicillins in den Schatten stellt.

Esperanza, 25. Februar 1983

Alles geht zum Teufel!
Wir haben Jorge, den Leiter der Station, über unsere Arbeit in Kenntnis gesetzt, weil wir ein Projekt solcher Dimension unmöglich geheim halten können. Wir bestanden natürlich darauf, dass wir die leitenden Wissenschaftler bleiben. Jorge hat dem zugestimmt und einen Bericht nach Buenos Aires übermittelt. Man hat uns nach Argentinien zurückbeordert. Wir sollen Esperanza sofort verlassen. Aber nicht etwa, um an der Universität der Hauptstadt weiterzuforschen. Nein! Madre de dios! Sie wollen uns nach Ushuaia versetzen, auf einen Militärstützpunkt. Will die Regierung die Zellkulturen für kriegerische Zwecke einsetzen? Ich kann es noch immer nicht glauben! Dabei liegt die Zukunft der Menschheit in unserer Hand! Wenn wir SMEG632459 weiter untersuchen und die Ergebnisse mit allen Ländern der Welt teilen, würde das … die Möglichkeiten sind so gewaltig, dass ich sie hier nicht unterbringen kann.
Wir müssen uns widersetzen!

Esperanza, 26. Februar 1983

María und ich sind uns einig: Wir werden SMEG632459 nicht an die Militärdiktatur ausliefern. Während ich diese Zeilen schreibe, ist María im Funkraum und nimmt Kontakt zur Neumayer-Station auf. Wir haben Freunde in Deutschland, Elisabeth und Friedrich Rauwolf. Vielleicht können wir nach Europa entkommen, um dort in Freiheit weiterzuforschen.
Das Wetter ist klar. Carl, der Pilot, hat gesagt, er würde uns rausschmuggeln, wenn wir ihn nicht verraten. Er ist Däne und genauso gegen die Diktatur in unserer Heimat wie wir.
Die Tür geht. María kehrt zurück. Ich schreibe morgen weiter.

Antonia blätterte um, doch die folgenden Seiten waren leer. Auch weiter hinten stand nichts mehr geschrieben. Sie klappte das Notizbuch zu. Ihre Gedanken spulten die Geschichte ab, die sich nach dem letzten Eintrag ihres Vaters zugetragen hatte.

Ihr letzter Tag in Esperanza. Die Unbarmherzigkeit, mit der ihre Mutter sie hinter sich hergezogen hatte. Der eiskalte Wind, der ihr ins Gesicht gebissen hatte. Emilios Weinen und die Versuche ihres Vaters, ihn zu beruhigen. Sie hatte sich vor Angst an Bautista, den Stoffelefanten, geklammert.

Alles ergab jetzt einen Sinn. Ihre Eltern waren von Esperanza geflohen, um zur Neumayer-Station zu gelangen. Jemand hatte auf das Flugzeug geschossen. Vielleicht war das Jorge gewesen, der Stationsleiter.

Die Schüsse hatten die Maschine beschädigt. Nach einer Weile in der Luft war sie abgestürzt. Ihre Mutter und der Pilot waren ums Leben gekommen, ihr Vater hatte schwer verletzt überlebt, er hatte noch genügend Kraft besessen, um die Kinder zu retten.

Die Haare auf Antonias Armen stellten sich auf, als die Erkenntnis sie traf wie ein Schwall Polarwasser.

Santino hatte seinen Kindern Spritzen verabreicht. Er hatte Antonia und Emilio die Zellkulturen injiziert. Was musste ihrem Vater in diesem Moment durch den Kopf gegangen sein? Was für ein Risiko er eingegangen war! Er wusste fast nichts über die Zellen. Das Experiment mit dem Pinguin war noch nicht fortgeführt worden, und an Menschen war SMEG632459 erst recht noch nicht ausprobiert worden. Aber er hatte keine Wahl. Entweder überlebten Antonia und Emilio durch die Injektion oder sie starben, wenn nicht an den Zellen, dann an der Kälte.

Ich hätte genauso gehandelt, dachte Antonia. Und es hätte mir das Herz gebrochen.

Vielleicht, überlegte sie, ist mein Vater in Wirklichkeit daran gestorben.

Für Arlo fasste sie alles zusammen. Ihr Begleiter sah sie prüfend an. »Und du glaubst tatsächlich, dass du überlebt hast, weil du dieses Zeug in dir hattest?«, fragte er.

»Ich weiß es nicht«, sagte Antonia. »Vielleicht haben uns die Retter von Neumayer auch einfach nur rechtzeitig gefunden.« Sie schaute auf die Bahre. »Was, wenn die Zellen noch immer wirksam sind? Emilio hat vier Wochen in dem Wrack ausgehalten, obwohl alle gesagt haben, das sei unmöglich.«

»Und dann ist er doch gestorben.« Arlo machte eine wegwerfende Handbewegung. »Entschuldige, Antonia. Aber das reimst du dir zusammen.«

»Und meine Ohnmachtsanfälle?«, fragte sie. Mit einem Mal fügte sich alles zusammen. »Die Ärzte konnten doch bislang keine Ursache dafür finden. Vielleicht hat das was mit Artemis zu tun. Vielleicht wehrt sich mein Körper gegen etwas, das nach vierunddreißig Jahren noch immer in ihm aktiv ist.«

»Konzentrieren wir uns lieber auf das, was wir wissen, anstatt uns in Spekulationen zu verlieren«, entgegnete Arlo. »Eins steht fest: Emilio war auf der Suche nach dem Flugzeug eurer Eltern, weil er ahnte, dass er darin Informationen über Artemis finden würde.«

Antonia stimmte ihm zu. »Er muss die Vermutung schon länger gehabt haben. Deshalb wusste er auch, wo er nach dem Flugzeugwrack suchen musste. Bestimmt hatte er schon vor seiner verhängnisvollen Reise nach den Koordinaten des Absturzortes gesucht. Als er dann allein war da draußen, steuerte er das Flugzeugwrack aus mehreren Gründen an: Es bot ihm Schutz, und er konnte darin nach Unterlagen über Artemis suchen.«

»Beides hat er gefunden«, sagte Arlo.

»Nicht ganz«, widersprach Antonia. »Das hier«, sie hielt die Aufzeichnungen ihres Vaters hoch, »ist nur ein Tagebuch. Meine Eltern waren Biologen, Wissenschaftler, sie müssen ihre Experimente mit Messungen und Beobachtungen begleitet und alles sorgfältig aufgeschrieben haben. Dieses Material hätten sie von

Esperanza mitgenommen, als sie von dort geflohen sind. Die Dokumente sind das eigentliche Kernstück ihrer Arbeit. Aber wo sind sie?«

»Vielleicht liegen sie noch in dem Wrack«, mutmaßte Arlo.

»Nachdem Emilio mehrere Wochen darin zugebracht hat und jeden Winkel durchsuchen konnte?«, erwiderte Antonia. »Das glaube ich nicht.«

»Dann könnten sie bei den Leichen deiner Eltern liegen.«

»Ebenso unwahrscheinlich. Santino, Maria und Carl, der Pilot, sind geborgen und nach Argentinien gebracht worden. Hätten sie ihre Forschungsergebnisse bei sich gehabt, hätte die Regierung daraus etwas entwickelt, von dem wir in den letzten Jahrzehnten gehört hätten. Stattdessen ist die Militärdiktatur gescheitert. Mit der Hilfe von Artemis wäre das nicht passiert.«

»Dann müssen die Unterlagen verloren gegangen sein«, schlussfolgerte Arlo.

»Vielleicht. In jedem Fall stehen sie uns nicht zur Verfügung. Trotzdem bleibt uns eine Möglichkeit, mehr über Artemis herauszufinden.«

»Und die wäre?«

Antonia schaute zu Emilio hinab. »Wir setzen die Arbeit meiner Eltern und meines Bruders fort und finden den Ursprung von Artemis. Er liegt bei den Vulkanen im Westen.«

Arlos Haltung strahlte Ablehnung aus. »Dorthin fliege ich nicht. Wir werden jetzt versuchen, den Komplizen von Malatesta zu überführen und morgen dabei helfen, die Station zu evakuieren. Wenn alle in Sicherheit sind, werden Maxim und ich die Saison hier beenden und im Norden Kanadas Transportflüge übernehmen. Wenn in der Antarktis der nächste Sommer anbricht, können wir ja noch mal über dein Vorhaben reden.«

Wütend sah Antonia Arlo an. »So etwas Ähnliches habe ich auch von Justus Henlein gehört. Aber dir habe ich mehr Mut zugetraut.«

Arlo lief rot an. »Gute Piloten gehen keine Risiken ein.«

Antonia machte sich an dem Leichensack zu schaffen und zog den Reißverschluss zu. Dabei versuchte sie, Emilio nicht anzuschauen. Sie wollte ihn so in Erinnerung behalten, wie er im Leben gewesen war. »Dann frage ich halt Maxim, ob er mich hinfliegt. Der scheint keine Angst zu haben.«

»Die Twin Otter gehört zur Hälfte immer noch mir.« Arlos Stimme hallte von den Wänden der Station wider.

Antonia sah den Kanadier mit einem Ausdruck von Fassungslosigkeit an. »Ich habe gerade erfahren, dass meine Eltern ermordet worden sind. Mein Bruder liegt auf einer Bahre vor mir. Und wenn wir nicht herausfinden, was es mit seinem Tod und den Vulkanen da draußen auf sich hat, droht eine Katastrophe. Vielleicht …« Sie versuchte, die Worte herunterzuschlucken, bevor sie ihr über die Lippen kamen. »Vielleicht bist du für Angelegenheiten wie diese einfach noch zu jung.«

Arlos Züge versteinerten. »Ich bin ganz bestimmt zu jung. Zu jung, um weiter meine Zeit mit einer Frau zu verschwenden, die mich ausnutzt, weil sie mit ihrer Trauer nicht zurechtkommt.«

Sie stieß ihn zur Seite und rannte an ihm vorbei. Die Stille, die er ihr hinterherwarf, traf sie wie ein polarer Sturm.

Kapitel 26

11. Januar

Die Lounge war leer, Maxim verschwunden. Wo waren die Männer, wenn man sie brauchte? Antonia stand für einen Moment verloren zwischen Kaffeemaschine, Sofa und E-Piano. Sie hätte sich gern zu Maxim gesetzt und russische Flüche von ihm gelernt, um sie Arlo entgegenzuschleudern.

Draußen, unterhalb des Fensters, sah sie eine Bewegung. Eine Gestalt machte sich an der hinteren Tür der Schall und Rauch zu schaffen. Sofort erkannte Antonia, dass es Maxim war. Hatte er etwas Verdächtiges am Flugzeug bemerkt oder war ihm die Wartezeit schlichtweg zu lang geworden?

Sie ging in die Umkleidekabine und arbeitete sich in die Schutzkleidung hinein. Dann setzte sie sich auf eine der schmalen Kunststoffbänke und wartete noch eine Weile. Bestimmt hatte Arlo Maxim auch beobachtet und würde ebenfalls zu ihm wollen. Und dazu müsste auch er in die Umkleidekabine kommen.

Minuten verstrichen, ohne dass er auftauchte. Antonia ging vor die Tür und schaute den Gang hinunter. Die Station schlief. Nicht einmal entfernte Schritte waren zu hören. Wie es schien, wollte Arlo auf ihre Gesellschaft verzichten. Antonia spürte einen Stich und ärgerte sich über sich selbst. Wieso reagierte sie nur so heftig, wenn es um Arlo ging? Er war wirklich viel zu jung für sie, und trotz seiner Verlässlichkeit viel zu unbedacht. Aber als sie im Zelt in seinem Arm aufgewacht war, da war etwas von ihm auf sie übergesprungen, das sie seither immer wieder bemerkte. Erst hatte sie geglaubt, es sei sein Geruch gewesen, aber der hätte sich längst verflüchtigt. Es musste etwas anderes sein.

Sie schüttelte den Kopf, um die Gedanken zu vertreiben. Sollte er doch in Kanada herumfliegen und mit den Wildgänsen turteln. Allein stieg sie die Treppe zum Ausgang hinunter.

Als sie ins Freie trat, stand die dunstige Sonne am Horizont. Das Licht zauberte rötliche Farben auf den Pressschnee, und in den von Stürmen blank polierten Eisflächen spiegelten sich Wolken. In einiger Entfernung stand die Schall und Rauch. Die Luke war geschlossen.

Antonia klopfte, und Maxim öffnete die Tür. »Es kann losgehen«, sagte sie und stieg die Leiter hinauf.

»Wurde auch mal Zeit. Wo ist Arlo?«

»Der hat den Schmollmund zu voll genommen und muss ihn sich mit Schnee auswaschen«, gab Antonia zurück.

Maxim kratzte sich geräuschvoll über den Kopf, offenbar unschlüssig, ob er weiter nachfragen solle. Antonia schob ihn beiseite und ging zu den Sitzen für die Passagiere. Dort ließ sie sich auf den Platz fallen, auf dem sie vor wenigen Tagen gesessen hatte, als sie in der Antarktis gelandet war. Eine halbe Ewigkeit war das her.

In der Maschine war es warm und stickig.

»Ich hatte gehofft, du würdest mich dabei unterstützen, Arlo zu einem kleinen Umweg zu überreden.« Sie berichtete, was sie herausgefunden hatten, und dass sie so bald wie möglich in die Westantarktis aufbrechen wollte.

Maxim stützte die Ellbogen auf die Knie und schaute Antonia eindringlich an. »Arlo ist ein Kindskopf und für jeden Unsinn zu haben. Er würde von einer Klippe springen, wenn es eine geringe Chance gebe, lebend unten anzukommen. Aber wenn Arlo bei einem Unternehmen zögert und sagt, das Risiko sei zu groß, dann hörst du besser auf ihn.«

»Was ist nur los mit euch beiden? Ihr seid die tollkühnsten Kerle, die mir je begegnet sind, ihr fliegt mit einer Blechkiste durch antarktische Stürme und seid Retter in der Not, wenn man euch braucht. Aber jetzt benehmt ihr euch wie Feiglinge.«

»Feiglinge?«, echote Maxim. »Das hast du hoffentlich nicht zu Arlo gesagt.«

Bevor Antonia antworten konnte, war ein Geräusch vom Cockpit her zu hören, ein Scharren und Kratzen, gefolgt von dem Laut einer verschlossenen Tür, an der jemand rüttelt.

»Ist das Arlo?«, fragte Maxim, seine Stimme war ein Flüstern.

Antonia hielt ihm einen Finger gegen die Lippen. Dann ging sie nach vorn und spähte durch die Scheibe. Sie hörte Maxim dicht hinter sich atmen.

»Kannst du was sehen?«, fragte der Russe.

»Die Scheiben sind beschlagen«, antwortete Antonia. »Glaubst du, es war Arlo? Oder …«

Aus dem Frachtraum war das Geräusch einer zuschlagenden Tür zu hören. »Ich bin hier.« Die Stimme kam aus dem hinteren Teil der Twin Otter. Eine vermummte Gestalt trat ins Innere des Flugzeugs. Sie war in einen roten Tempex-Anzug gehüllt, trug eine einfache schwarze Mütze und eine Sturmhaube, die nur die Augen freiließ. Trotzdem erkannte Antonia den Mann sofort wieder, der vor der Station auf sie geschossen hatte. Zum einen lag das an seiner breiten, gedrungenen Gestalt, zum anderen am Lauf der Pistole, die auf sie und Maxim gerichtet war.

»Was macht ihr hier?« Die Stimme war dieselbe wie die auf der Funkaufzeichnung. Sie gehörte Tiffany.

»Wir haben auf dich gewartet«, sagte Antonia und versuchte, ihr Erschrecken zu überspielen.

»Und da bin ich.«

Diese Stimme! Jetzt, da Antonia sie von Angesicht zu Angesicht hören konnte, wusste sie mit einem Mal, wem sie gehörte. Auch die Statur des Mannes passte.

»Petersen«, sagte sie leise.

Er pflückte die Wollmütze vom Kopf und warf sie beiseite. Dann riss er die Sturmhaube hoch und schnappte nach Luft. Unter dem schwarzen Wollstoff kam das bekannte Gesicht zum Vorschein. Die grauen, langen Haare standen, von der Wolle statisch aufgeladen, vom Kopf ab. Die Wangen mit den geplatzten Äderchen leuchteten rot.

Antonia musste sich an den Rückenlehnen der Sitze festhalten.

»Magnus?«, fragte Maxim ungläubig. »Wir haben zusammen Kaffee getrunken.«

»*Du* hast Karim auf dem Gewissen?«, fragte Antonia.

Petersen zog eine Augenbraue hoch. »Er hätte mir den Cognac nicht so lange vorenthalten sollen. Wer Durst hat, ist zu allem fähig.«

»Und wessen Gier unstillbar ist, der erst recht. Du machst mit Malatesta gemeinsame Sache.«

»Das hast du also herausgefunden?« Petersen schmunzelte. »Ich habe dich unterschätzt.«

»Warum, Magnus? Du bist Wissenschaftler, kein Krimineller.« Antonia bemerkte, wie Maxim in ihrem Rücken die Position wechselte. Er hatte hoffentlich nicht vor, sich auf Petersen zu stürzen.

»Sagen wir: Ich bin ein bisschen von beidem«, antwortete der Forscher.

»Einer, der die Antarktis erhalten will und sie gleichzeitig bewusst zerstört.« Antonia konnte die Doppelmoral Petersens wie Galle auf ihrer Zunge schmecken. »Du hast deine Würde auf links gekrempelt, und dafür wirst du bezahlen.«

Petersen ruckte nervös mit der Pistole. »Du hättest nicht anders gehandelt. Alle Wissenschaftler sind gierig. Alle. Erst wollen sie immer mehr Erkenntnis, dann immer mehr Forschungsgelder, immer mehr Aufmerksamkeit und schließlich nehmen sie alles, was sie kriegen können.« Er schnaubte. »Malatesta ist auf mich zugekommen, weil er einen Glaziologen benötigte, um die Diamanten aus der Antarktis herauszuschmuggeln.«

»Wie kann ein Glaziologe bei so etwas helfen?«, fragte Antonia, stand auf und machte auf dem Gang einen Schritt auf Petersen zu.

»Er kann die Steine ausfliegen und in Europa durch den Zoll bringen.« Petersen lachte verächtlich. »Als Glaziologe trage ich meine Proben bei der Einreise in Deutschland stets bei mir. Das sind Kühlboxen mit Röhrchen darin. In den Röhrchen steckt Eis aus Bohrkernen, es ist Jahrhunderttausende alt und muss in deutschen Instituten auf Klimaspuren untersucht werden. Dazu darf es auf keinen Fall aus den Röhrchen entnommen werden, da es sonst verunreinigt werden oder gar schmelzen könnte. Verstehst du?«

»Die Diamanten sind unter das Eis gemischt«, sagte Antonia. »Beide ähneln sich zu sehr, als dass der Unterschied einem Zollbeamten bei einem raschen Blick auffallen würde. Clever.«

Petersen deutete eine Verbeugung an. »Nur, um deine Sorge als Wissenschaftlerin zu beruhigen: Das Eis, das in den Probenröhrchen steckt, habe ich einfach vor der Station zusammengekratzt. Niemals würde ich die wertvollen Schichten eines echten Eisbohrkerns verschwenden. Wie du siehst, bin ich noch immer der Forschung verpflichtet.«

Vor den Fenstern bemerkte Antonia eine Bewegung. Dort war ein Schemen zu sehen. Etwas Blaues zog vorbei. Antonia versuchte, einen genaueren Blick zu erhaschen, um zu sehen, ob sich Arlo näherte. Aber die Scheiben waren so gut wie undurchsichtig. Petersen durfte Arlo um keinen Preis bemerken.

»Wieso musste Emilio sterben?«, fragte sie, nicht nur, um Petersen abzulenken.

Der Glaziologe setzte eine Miene des Bedauerns auf. »Dein Bruder war zur falschen Zeit am falschen Ort. Er wollte unbedingt Malatesta zu dem Vulkanfeld begleiten, weil er nach der Herkunft seiner Schwämme suchen wollte. Emilio hätte spätestens am Zielort bemerkt, was Malatesta vorhatte. Und er hätte Alarm geschlagen. Ich selbst habe versucht, deinen Bruder von der Reise abzuhalten. Aber er blieb stur. Was mit ihm geschehen ist, hatte er sich selbst zuzuschreiben.«

»Warum hast du auf mich geschossen?«, fragte Antonia. Sie verhakte ihren Blick in Petersens Gesicht, um keine verräterische Bewegung in Richtung der Tür zu machen. Wo blieb Arlo denn nur so lange?

»Du bist selbst schuld, dass es so weit kommen musste. Ich habe versucht, dich anderweitig von der Station zu entfernen, dich beim Stationsleiter in Verruf zu bringen. Ja, die Gewächshaustür, das war ich. Es hätte eigentlich genügen müssen, um dich für den Aufenthalt auf Neumayer zu disqualifizieren. Aber Justus hat zu lange gezögert. Du hast die Zeit, die dir blieb, genutzt, und wolltest mit einem Pistenbully nach deinem Bruder suchen. Wenn du ihn rechtzeitig gefunden hättest, wäre womöglich alles herausgekommen. Das war der Moment, als ich zur Waffe gegriffen haben.« Er wedelte mit der Pistole.

Antonia nahm all ihren Mut zusammen. »Dann erschieß uns doch«, sagte sie zu Petersen. »Triffst du denn diesmal?«

»Oh, keine Sorge«, erwiderte Petersen und blinzelte.

»Ohne Brille vielleicht nicht«, sagte Antonia. Normalerweise trug der Glaziologe eine Sehhilfe. Aber Brillen waren unter Sturmhauben hinderlich, und wer auf eine angewiesen war, musste sie bei der Arbeit im Freien abnehmen.

Antonia wich einen Schritt zur Seite. Petersen folgte ihrer Bewegung mit dem Lauf der Waffe. »Stehen bleiben!« Mit der freien Hand tastete er in der Brusttasche seines Anzugs herum und zog seine Brille hervor. Die Bügel klappte er mit einem geschickten Schlenkern auf, dann schob er sich die Brille auf die Nase.

Die Gläser waren, ebenso wie die Fenster des Flugzeugs, beschlagen.

Antonia zögerte keine Sekunde. Sie stürzte auf Petersen zu

und schlug die Pistole zur Seite. Sie stieß ihm die Fäuste gegen die Brust, er kippte nach links, hielt aber die Waffe fest. Antonia stürmte zur Tür, hinter sich hörte sie Maxims Schritte. Mit einem Satz sprang Antonia aus der Maschine. Sie landete im Schnee und ging in die Knie. Hinter sich hörte sie einen dumpfen Laut.

Sie war noch nicht wieder auf den Beinen, als sie die Schneestiefel bemerkte, die sie umringten, ein Dutzend standen um sie herum, und sie gehörten – das erkannte Antonia, als sie sich aufrichtete – zu einer Gruppe Gestalten in blauen Schutzanzügen.

Die Anzüge der Stationsbesatzung waren rot, nur Maxim und Arlo trugen blau.

»Haltet die beiden fest!«, rief Petersen aus der Tür der Maschine.

Im nächsten Moment fühlte sich Antonia an den Armen gepackt. Ein rauer, kalter Handschuh presste sich so fest auf ihren Mund, dass ihre Zähne schmerzten. Der Geruch von Nikotin brannte in ihrer Nase. Aus dem Augenwinkel sah sie, wie Maxim sich gegen zwei Angreifer wehrte. Er wurde zu Boden geworfen.

Petersen stieg aus dem Flugzeug. »Die Maschine ist vollgetankt. Ihr solltet ohne Zwischenstopp bis zu Malatesta kommen. Den Kurs kennt ihr. Alles Weitere habe ich euch schon gestern durchgegeben, zusammen mit dem Zeichen zum Aufbruch.«

»Was machen wir mit denen?«, rief jemand. Antonia meinte, eine Stimme wiederzuerkennen.

»Nehmt sie mit!«, sagte Petersen halblaut. »Hier können sie nicht bleiben, sie wissen zu viel.«

»Von Geiselnahme war nie die Rede.«

Jetzt wusste Antonia, wen sie vor sich hatte: Die Schießwütigen aus dem Touristenlager bei Bearclaw.

»Wenn ihr pünktlich gekommen wärt«, fuhr Petersen fort, »hätten wir diese beiden jetzt nicht am Hals.« Er lachte. »Und wenn ihr Geiseln loswerden wollt, werft sie unterwegs aus dem Flugzeug. Niemand wird sie finden.«

Plötzlich spürte Antonia wie etwas Hartes gegen die weiche Haut unter ihrem Kiefer gepresst wurde. »Wenn du einen Laut von dir gibst, wird es dein letzter sein«, knurrte einer der Männer, den sie als Jerome erkannte.

Antonia wurde zurück in die Twin Otter gezerrt. Dort band man ihr und Maxim die Hände mit Kabelbindern an den Sitzen fest.

»Arlo!«, schrie Maxim. »Sie stehlen unser Flugzeug!«

Er erhielt einen Schlag mit der Waffe quer über das Gesicht. Die Haut über seinem Jochbein platzte auf und Blut lief seine Wange hinunter. Maxim presste die Lippen zusammen.

Antonia warf wilde Blicke in Richtung Tür. Arlo, wo bist du?, fragte sie in Gedanken. Sie bereute es, sich mit ihm gestritten zu haben. Hätte sie einfach den Mund gehalten, wäre er jetzt hier.

Hätte das etwas geändert?

Statt Arlo auftauchen zu sehen, konnte sie beobachten, wie Petersen in der Garage verschwand. Dann begann der Boden unter ihren Füßen zu vibrieren. Vorn im Cockpit saßen zwei der Männer auf den Pilotensitzen und studierten die Instrumente. Die anderen hatten Platz genommen und schnallten sich an. Zwei Männer mit Maschinenpistolen im Anschlag zogen die Tür zu und gaben mit erhobenem Daumen Zeichen, dass alles in Ordnung war.

Die Schall und Rauch setzte sich in Bewegung.

Antonia schaute aus dem Fenster. Durch das Kondensat auf der Scheibe sah sie, wie jemand in blauer Montur neben dem Flugzeug herlief.

Da ihre Hände gefesselt waren, lehnte Antonia den Kopf gegen die beschlagene Scheibe und wischte sie mit ihrer Mütze frei. Durch das verschmierte Fenster konnte sie Arlo neben der Twin Otter herlaufen sehen. Er warf verzweifelte Blicke zu der Maschine hinüber, während er versuchte, nicht zu straucheln. Ihre Blicke trafen sich. Er bewegte den Mund und deutete nach vorn.

Antonia hauchte auf die Scheibe und presste ihre Lippen dagegen, sodass ein Abdruck zurückblieb. Das war alles, was sie tun konnte. Sie hoffte, dass die Nachricht angekommen war.

Die Twin Otter nahm Fahrt auf. Dann hob das Flugzeug ab. Die Schnauze der Maschine richtete sich gen Himmel, und die Neumayer-Station und Arlo schrumpften unter ihr auf die Größe von Schachfiguren zusammen.

TEIL

3

Kapitel 27

11. Januar

Ein böiger Wind warf das Flugzeug hin und her. Antonia ruckte an ihren Fesseln, mit dem Erfolg, dass sich die Kabelbinder fester zusammenzogen und schmerzhaft in ihr Fleisch schnitten. In ihren Händen staute sich das Blut, ihre Finger fühlten sich an wie Ballons.

»Lass das besser«, brummte Maxim.

»Hast du eine bessere Idee?«, blaffte Antonia, von den Schmerzen zur Feindseligkeit angestachelt.

»Ruhe bewahren«, gab Maxim zurück. »Selbst, wenn wir die Sitze aus den Verankerungen reißen würden, um uns zu befreien – wohin sollten wir dann entkommen?«

Antonia hasste es, ihm recht geben zu müssen. Die Freiheit lag einige hundert Meter unter ihnen. Der Himmel, der sonst als grenzenlos galt, war zu ihrem Gefängnis geworden.

Jerome näherte sich, den Tempex-Anzug geöffnet und bis auf die Hüfte hinuntergekrempelt. Darunter trug er einen ausgefransten Wollpullover. Die Maschinenpistole hing nachlässig um seinen Hals. Er ließ sich in die Sitze auf der gegenüberliegenden Seite des Gangs fallen und grinste die Gefangenen an.

»Ihr habt nicht mit uns gerechnet, stimmt's?« Seiner Stimme war anzuhören, dass er den Triumph auskostete. »Wir haben noch eine Rechnung offen. Immerhin mussten wir stundenlang durch die Kälte hinter euch herjagen. Ole sind auf dem Rückweg zwei Finger erfroren. Wir mussten amputieren.«

Er deutete auf einen der Männer weiter vorn. »Zeig mal, was du der Dame zu verdanken hast, Ole!« Der Angesprochene hob eine Hand, die zur Hälfte verbunden war, aus der anderen Hälfte reckte er Antonia den Mittelfinger entgegen.

Jerome trat gegen die Seite von Antonias Sitz. »Was Ole damit sagen will, ist, dass er sich gern mal mit dir unterhalten würde.«

»Ich unterhalte mich gern mit jedem von euch«, erwiderte sie. »Zum Beispiel über die Dauer der Haftstrafen, die auf euch zukommen. Entführung, Körperverletzung, Bedrohung mit einer Waffe, Diebstahl eines Flugzeugs, Verstoß gegen den Antarktischen Vertrag durch Abbau von Diamanten und – im Fall eures Bosses Malatesta – kaltblütiger Mord.«

Jerome lachte laut auf. »Kaltblütig! Hast du gehört, Ole? Sie hat tatsächlich kaltblütig gesagt.«

»Vielleicht ist sie genau das Gegenteil«, kam es von vorn.

Jeromes Lachen fiel in sich zusammen. »Woher weißt du von den Diamanten?«

Nun war die Reihe an Antonia, ein Lächeln aufzusetzen. »Ich bin Wissenschaftlerin. Ich bin dazu ausgebildet nachzuforschen. Und die Spur, die Pietro Malatesta hinterlassen hat, war so schlecht zu übersehen wie ein Lavastrom, der sich durch einen Gletscher frisst.« Sie machte eine Pause. »Warum glaubt Malatesta eigentlich, Diamanten in der Westantarktis finden zu können? Selbst, wenn es dort welche geben sollte, lägen sie in drei- bis viertausend Metern Tiefe. Niemand kommt da ran.«

Das unattraktive Grinsen, das Antonia schon aus dem Touristenlager kannte, kehrte auf Jeromes Gesicht zurück. »Wenn du so klug bist, wie du sagst, und alles herausfinden kannst, müsstest du auf die Antwort kommen.«

Das stimmte. Antonia hatte so viele Teile des Puzzlespiels zusammengesetzt, dass ein ungefähres Bild entstanden war. Jetzt musste sie noch die fehlenden Stücke finden. »Es geht um die Vulkane in der Westantarktis, einundneunzig Orte unter dem Eis, an denen Magma austreten könnte«, begann sie. »Die Briten haben das Vulkanfeld entdeckt, und Malatesta ahnte sofort, dass dort auch Diamanten zu finden sein könnten. Kimberlit. Danach wird er suchen. Das Gestein kommt durch vulkanische Aktivität an die Oberfläche und kann Edelsteine enthalten.«

»Das ist wissenschaftliches Gelaber«, warf Jerome ihr entgegen, »du weißt gar nichts.«

Antonia ließ sich nicht ablenken. »Wenn die Vulkane bis dicht unter die Oberfläche des Eises aufragen, könnte auch das Kimberlit erreichbar sein. Malatesta hat diese Chance erkannt. Die geologische Situation ist ebenso perfekt wie die geografische: Die Vulkane liegen am Ende der Welt. Niemand kommt dort ohne Weiteres hin. Malatesta ist ungestört. Aber damit seine Aktivitäten nicht auffallen, hat er sich eine Tarnung verschafft: Er bewarb sich um eine Stelle auf der Neumayer-Station.«

»Quatsch!«, platzte es aus Jerome heraus. »Ich höre immer nur Malatesta, Malatesta, Malatesta. Ohne uns wäre er da draußen verloren.«

Offensichtlich war Jerome mit dem Verlauf des Gesprächs unzufrieden. Vermutlich hatte er damit gerechnet, sich als Drahtzieher und kluger Kopf präsentieren zu können. Sein Geltungsbedürfnis war seine wunde Stelle. »Warum sollte Malatesta Leute wie euch benötigen? Er kann die Diamanten allein finden und bergen.«

Jerome beugte sich zu Antonia hinüber, so nah, dass sie die roten Sprenkel in seinen Augen zählen konnte. »Ohne uns bekommt Malatesta gar nichts zuwege. Er ist nur schon mal vorweg zu den Vulkanen raus, um sich umzusehen. Wenn er keine Diamanten entdeckt hätte, wären wir überhaupt nicht losgeflogen.«

»Kriegt ihr eure Befehle von Petersen?«, wollte Antonia wissen.

»Pettersson?« Jerome schien den Namen absichtlich falsch auszusprechen. »Der kann mir den Arsch abwischen, wenn er freundlich drum bittet.« Jerome zeigte mit einen Finger auf Antonia.

»Petersen, oder wie er heißt, hatte bloß die Aufgabe, uns zu informieren, wenn Malatesta die Diamanten gefunden hatte. Und jetzt sind wir am Zug. Wir fliegen rüber in den Westen und bergen die Steine.« Er lehnte sich zurück. »Allein würde Malatesta viel zu lange brauchen. Wenn du einen Schatz findest, musst du ihn an dich reißen, bevor jemand anderes zugreift. Die Schnellsten überleben, das habt ihr Forscher ja selbst rausgefunden.«

Antonia verzichtete darauf, Jerome auf seine Fehlinterpretation Darwins hinzuweisen.

Von seinen eigenen Worten angetrieben, schien Jerome allmählich die Beherrschung zu verlieren. Seine Augen leuchteten, und von seinen Lippen sprühte Speichel. »Wir werden reich sein bis an unser Lebensende«, rief er.

»Das kommt manchmal schneller, als man glaubt«, gab Maxim zurück.

»Halt's Maul, du!«, rief Jerome und beugte sich zu Maxim hinüber.

»Gebt mal Ruhe da hinten«, rief einer der anderen Männer. »Quassel nicht so viel, Jerome.«

»Warum nicht?«, erwiderte der Angesprochene. »Den beiden wird doch gleich sowieso Hören und Sehen vergehen.«

Antonia spürte, wie sich ihr Magen zusammenzog. Das Gefühl, Jerome überlegen zu sein und ihn manipulieren zu können, verflog. Angesichts seiner Gewaltbereitschaft würden Worte nicht mehr viel nützen.

»Wie hoch fliegen wir?«, rief Jerome. Ole stand auf und erkundigte sich im Cockpit, dann gab er die Höhe des Flugzeugs durch.

»Hoch genug, schätze ich.« Jerome zückte ein Messer und schnitt die Kabelbinder an Antonias und Maxims Handgelenken durch.

Das Brennen des in die Finger schießenden Bluts raubte Antonia den Atem. Sie stöhnte auf. Maxim massierte schweigend seine Gelenke.

Jerome legte die Maschinenpistole auf sie an. »Zeit auszusteigen«, sagte er, und seine Stimme bebte vor Erregung.

»Was sollen wir?«, fragte Maxim verblüfft.

Jeromes Komplizen hatten sich auf ihren Sitzen umgedreht, um das Schauspiel zu beobachten. Auf ihren Mienen spiegelte sich die Erwartung eines Theaterpublikums, kurz bevor sich der Vorhang zum letzten Akt hebt.

Antonia wich den Blicken aus. Niemand würde ihr und Maxim zu Hilfe kommen.

Langsam erhob sie sich und beobachtete, wie Jerome sich auf dem Sitz neben der Tür anschnallte. Unverwandt waren seine Augen und die Mündung der Waffe auf die Gefangenen gerichtet. »Der Flug ist hier für euch zu Ende. Vielleicht hättet ihr doch besser Luxusklasse buchen sollen.«

Vier Schritte trennten Antonia von der Tür. Wolkenfetzen zogen an den inzwischen klaren Fenstern vorbei. Vermutlich würde sie erfroren sein, bevor sie auf dem Boden aufschlug. Maxim ging an ihr vorbei. Er hielt auf den Ausstieg zu.

Jerome riss an einem Hebel und entriegelte die Tür. Dann drückte er dagegen.

Nichts geschah.

Jerome drückte noch einmal. Die Tür bewegte sich nicht. Nicht einmal ein Rauschen oder Fauchen von einströmender Luft war zu hören.

Maxim hob eine Hand und hielt sich an einem herabhängenden Kabel fest. Der Russe schaute auf den angeschnallten Jerome herab. »Luftdruck«, sagte er. »Dagegen kommst du nicht an. Niemand öffnet eine Tür während eines Flugs. So was gibt's nur im Film.« Im nächsten Moment riss er den Arm herunter und hielt das Kabel zwischen den Fingern, an dem er sich festgehalten hatte.

Mit einem Mal erinnerte sich Antonia an ihren Flug zur Neumayer-Station. Maxim und Arlo hatten die Passagiere davor gewarnt, eines der von der Decke hängenden Kabel anzufassen, wenn sie den Flug überleben wollten.

Maxim warf Jerome das Kabel zu. »Versuch erst mal, damit fertigzuwerden, bevor du mich erschießt.«

Im nächsten Moment sackte die Maschine weg und legte sich auf die Seite. Antonia prallte gegen Maxim. Der Russe schlang einen Arm um sie, mit der freien Hand hielt er sich an einem der Sitze fest.

Jerome rutschte in den Sicherheitsgurten herum und versuchte, auf Maxim zu zielen. Von vorn waren Schreie zu hören. Ein Heulen erklang draußen, es erinnerte Antonia an die Sirenen einer Luftschutzübung.

Die Maschine kam wieder in die Horizontale, nur um sofort wieder wegzukippen. Jetzt senkte sich auch die Nase, und die beiden vorn sitzenden Männer wurden gegen die Lehnen der Sitze vor ihnen gepresst.

Es gelang Maxim, sich gegen die Fliehkraft zu behaupten. »Vorwärts!«, rief er Antonia zu. Sein Arm lag um ihre Hüfte wie ein Rettungsring. Er schleifte sie durch den Gang zwischen den Sitzreihen. Sie versuchte mit ihm Schritt zu halten und ihre Panik zu unterdrücken. Ihr Magen rebellierte. Aus einem Fach an der Decke purzelten Kartons herab und trafen ihre linke Schulter. Sie schrie auf. Ihre Stimme mischte sich in die der Männer. Sie war nicht länger in einem Flugzeug, sie steckte in einer Metallröhre, die vom Himmel fiel und sich dabei um die eigene Achse drehte.

Maxim zerrte sie durch die enge Tür ins Cockpit. Mit einem Mal war sie in einer winzigen Kammer voller Instrumente. Überall blinkten rote Lampen. Der Geruch nach dem Schweiß der Piloten erfüllte den Raum. Maxim brüllte den beiden Männern etwas zu.

Antonia hatte genug. Sie musste hier weg. Egal wohin. Mit aller Kraft versuchte sie, sich aus Maxims Umklammerung zu befreien, doch er hielt sie fest. Einer der Piloten arbeitete sich aus seinem Sitz hervor und verschwand. Maxim drückte Antonia in den Platz hinein. Sie fand sich vor einer Landschaft aus Armaturen, drehender Zeiger und rasender Zahlen wieder. Der Steuerhebel ragte vor ihr auf und schlug mal in diese, mal in jene Richtung, dabei traf er Antonias Knie. Tränen schossen in ihre Augen. Der Schmerz war heiß, aber er dämpfte die Panik. Was sollte sie hier?

Ein Blick zur Seite verriet ihr, dass sich Maxim auf den linken Pilotensitz geworfen hatte. »Anschnallen!«, rief er ihr zu. Antonia gehorchte, so schnell es ihre zitternden Finger und die aus dem Lot geratene Schwerkraft erlaubten.

Mit einer Hand hielt Maxim den Steuerknüppel an seinem Platz fest, zugleich beugte er sich zu Antonia herüber und griff nach dem Knüppel auf ihrer Seite. Er brachte die mit Leder umwickelte Stahlstange in eine bestimmte Position, dann befahl er Antonia, sie genau so festzuhalten.

Sie hörte die Worte wie durch einen Nebel, griff nach dem Knüppel und musste ihn mit beiden Händen umklammern, damit er ihr nicht entrissen wurde von den Kräften, die auf die Twin Otter einwirkten.

Im nächsten Moment schob Maxim einen Knopf in das Armaturenbrett hinein, und die Motoren der Twin Otter erstarben. Ohne das Dröhnen klang das Heulen noch lauter und grausiger. Maxim zog an seinem Steuerhebel. Was auch immer er vorhatte, die Maschine reagierte nicht. Antonia hatte bislang vermieden, aus dem vorderen Fenster zu schauen. Jetzt sah sie Wolken auf die Nase des Flugzeugs zurasen – vielleicht war es auch andersherum? Unter ihr, vor ihr, war alles weiß. Sie war dankbar dafür, über der Antarktis abzustürzen. Das Eis sah aus dieser Höhe aus wie eine einheitliche weiße Fläche, und sie musste nicht mitansehen, wie der Boden auf sie zu raste.

Maxim stieß einen russischen Fluch aus. Oder war das ein Schrei des Triumphs? Die Spitze des Flugzeugs hob sich. Die Füße des Piloten bewegten sich am Boden. Er bearbeitete die Pedale wie ein Pianist am Flügel. Antonia warf einen Blick zum Seitenfenster hinaus. An den Tragflächen bewegten sich Klappen. Zwar standen die Propeller still. Aber die Maschine war wieder ausgerichtet. Sie glitt einfach dahin.

»Die Luft trägt uns«, rief Maxim ihr zu. »Keine Sorge.«

Einer der Männer, die zuvor im Cockpit gesessen hatten, schaute durch den Durchgang hinein. Er war bleich wie die Wolken vor dem Fenster, und etwas hatte sich auf seiner Brust abgeregnet. »Wirf die Motoren wieder an«, befahl er barsch, aber seine Stimme war unsicher.

Ohne den Blick von den Anzeigen zu nehmen, gab Maxim zurück, dass die Motoren nur einen Strömungsabriss herbeiführen würden. Sie befänden sich im Gleitflug und wären sicher, solange kein Sturm aufziehe.

»Aber die Motoren sind aus!«, brüllte der Mann. »Wir werden abstürzen.« Hinter ihm streckten Xavier und Ole die Köpfe ins Cockpit.

Maxim reagierte nicht. Er steuerte die Schall und Rauch wie ein Segelflugzeug. Er wirkte ruhig, doch auf seiner Stirn standen Schweißtropfen, und seine Arme zitterten leicht.

Weiter hinten schrien die Männer durcheinander, offenbar waren sie sich uneinig, ob sie Maxim die Kontrolle über die Twin Otter lassen oder ihn wegen seiner Aktion erschießen sollten. Die Nonchalance des Russen heizte die Stimmung nur noch weiter an. Schließlich beendete Jerome die Diskussion: »Lasst ihn die Kiste weitersteuern. Aber sorgt dafür, dass er nach Westen fliegt. Macht ihm das klar.«

Ein Wortwechsel folgte, in dessen Verlauf Ole immer wieder mit dem Lauf seiner Waffe gegen eines der Messinstrumente tippte, den Kompass. Schließlich zogen die Männer aus dem Cockpit ab. Nur einer blieb vor der Tür stehen und kontrollierte, was Maxim trieb.

Nach einer Weile hantierte der Russe an den Armaturen, ein

Knattern ertönte, als die Motoren der Twin Otter wieder ansprangen. Antonia wandte sich um und erkannte, dass sich der Propeller auf ihrer Seite des Flugzeugs wieder drehte. Maxim zog den Steuerknüppel zu sich heran, und die Maschine begann sanft zu steigen.

»Das genügt«, rief Ole und winkte mit seiner verbundenen Hand in das Cockpit hinein. »Ihr zwei klettert jetzt wieder nach hinten.«

Maxim ließ den Steuerknüppel los, und die Maschine kippte ein wenig zur Seite. »Natürlich«, sagte er. »Habt ihr ausgerechnet, wie weit ihr mit der Tankfüllung kommen werdet?«

»Egal wie weit«, sagte Ole, »für dich wird es das Ende des Wegs sein.«

Maxim zog einen Hebel an einer der Stelle der Armaturen hervor. »Welches Treibstoffgemisch soll es denn sein?«

»Raus jetzt hier!«, bellte Ole und riss an Maxims Arm, ohne diesen einen Zentimeter zu bewegen.

»Wenn du weniger Treibstoff zuführst, kannst du spritsparender fliegen«, erklärte Maxim geduldig. »Allerdings kühlt der Treibstoff das Triebwerk, und weniger Gemisch bedeutet deshalb auch größere Wärmeentwicklung. Die Frage ist: Wie kalt muss es draußen sein, damit die Triebwerke auch dann nicht überhitzen, wenn sie weniger Treibstoff bekommen?«

Er schaute zu Ole hoch wie ein Lehrer, der einem Schüler eine besonders einfache Frage gestellt hat. Ole schien zu überlegen. Dann wandte er sich wortlos ab und ließ Maxim und Antonia im Cockpit zurück.

Antonia schloss die Augen. Was sie am Ende dieses Fluges auch erwarten mochte, sie fühlte sich wenigstens für den Moment sicher – jedenfalls, solange Maxim die Maschine steuerte.

»Warum trägt das Flugzeug eigentlich diesen seltsamen Namen: Schall und Rauch?«, fragte sie nach einer Weile.

»Das musst du Arlo fragen. Der hat bei irgendeinem Dichter

gelesen, Namen seien Schall und Rauch. Und als wir unsere Kiste taufen wollten, fand er das wohl geistreich.«

Arlo. Antonia schloss die Augen und sandte mit ihren Gedanken einen Funkspruch in Richtung Neumayer-Station. Sie wusste nicht, wie sie darauf kam, aber sie war sicher, dass Arlo ihn empfangen konnte.

Kapitel 28

11. Januar

Die Maschine glitt über die Landebahn. Arlo rannte neben der Twin Otter her. Er wünschte sich, die neue Kufe würde nicht halten. Er wünschte sich, die Schall und Rauch nicht betankt zu haben. Aber Wünsche halfen ihm jetzt nicht weiter. Was er brauchte, waren Siebenmeilenstiefel.

Durch die Fenster, die an ihm vorbeirauschten, sah er Bewegungen im Innern des Flugzeugs. Männer in blauen Schutzanzügen. Er erhaschte einen Blick auf Antonia. Sie sah ihn direkt an, dann war das Flugzeug vor ihm.

»Antonia!«, rief er und lief noch schneller. Er bekam nicht genug Luft, riss sich den Gesichtsschutz ab und schleuderte ihn fort. Der Frost ließ seine Bronchien erstarren. Jetzt war er mit dem Heckruder auf einer Höhe. Er streckte eine Hand danach aus, bekam es zu fassen. Die Maschine nahm Fahrt auf, bei achtzig Stundenkilometern konnte sie abheben.

Er konnte das Ruder nicht halten, taumelte noch eine Weile hinter dem Flugzeug her und stürzte bäuchlings in den Schnee. Sein Mund war so nah am Boden, dass sein heißer Atem den Schnee schmolz. »Antonia!«, krächzte er. Wie zur Antwort bekam er eine Wolke verbrannten Flugbenzins in die Nase, sonst einer der schönsten Gerüche der Welt, jetzt aber musste Arlo husten.

In einiger Entfernung hob die Twin Otter ab, stieg in den tiefblauen Himmel und wurde zu einem winzigen roten Punkt, einem Laserpointer Gottes. Wohin zeigte er? Arlo stemmte sich hoch und blieb, die Hände auf die Knie gestützt, stehen, während er die Flugbahn verfolgte. Die Schall und Rauch flog nach Westen, dorthin, wo die Vulkane lagen – und die Diamanten.

Eine Hand legte sich auf seinen Rücken. Arlo wirbelte herum. Vor ihm stand Justus Henlein, wie er an dem Namensschild auf der linken Seite von dessen Tempex-Anzug und an dem Zeichen des Roten Kreuzes erkannte, dass sich der Stationsleiter als Erkennungsmerkmal auf seine Mütze genäht hatte.

»Was ist mit eurer Maschine los?«, fragte Henlein. »Warum ist Maxim schon gestartet? Ihr hättet noch einige Passagiere mitnehmen können.« Er stutzte. »Und warum bist du nicht mit an Bord?«

»Gekapert?« Henlein wiederholte das Wort immer wieder, während er mit Arlo die Treppe zur Station hinaufrannte. »Gekapert? Wieso? Von wem?«

»Ich erkläre alles«, sagte Arlo, »aber ich brauche jetzt erst Radar, damit wir sehen, wohin sie fliegen.« Er folgte dem Stationsleiter in das Gebäude und sah sich hektisch um. »Wo ist eure Radaranlage?«

Henlein wischte sich die Mütze vom Kopf. »Das Radar ist in unserer Funkbude auf Station eins. Raum zweiunddreißig« Er zögerte. »Aber unser Funker ist tot. Karim war dafür zuständig, dass …«

Arlo lief bereits weiter. Er stürzte die Treppe hinauf und in den Funkraum, erst vor wenigen Stunden war er mit Antonia hier gewesen und hatte das unfreiwillige Geständnis Malatestas und seines Komplizen auf der Station mit angehört.

Henlein kam keuchend hinterher.

»Wo gehen hier die Signale der Flugzeuge ein?«, rief Arlo und schaute auf die schwarzen Monitore. »Ich brauche das Radar. Sofort! Bevor die Maschine zu weit weg ist.«

Zu seiner Erleichterung kannte sich Henlein mit den Anlagen aus. Nach wenigen Augenblicken erschien auf einem Bildschirm ein blinkender roter Punkt über dem Ausschnitt einer Landkarte. Arlo konzentrierte sich zunächst auf das Primärradar. Er wünschte, er wäre einer der elektromagnetischen Impulse, die durch die Luft flogen, bis sie von der Oberfläche eines Flugzeugs zurückgeworfen wurden. Dann wäre er jetzt schon bei Antonia.

Die Zeit, die zwischen dem Senden und Empfangen des Impulses verging, zeigte den Standort des Flugzeugs an. Und da es nicht allzu viele Flugzeuge in der Nähe gab, die von Neumayer aus nach Westen flogen, musste der rote Punkt die Schall und Rauch sein. Aber die Reichweite des Systems war begrenzt. Irgendwann würde die Maschine von der Anzeige verschwinden.

»Sekundärradar!«, bellte Arlo. »Schalte das Sekundärradar zu.«

»Da brauche ich erst die Kennung des Transponders«, sagte Henlein.

Arlo versuchte sich daran zu erinnern. Beim Sekundärradar reagierte ein Gerät im Flugzeug auf die elektromagnetischen Impulse, die es erreichten, und schickte eine Antwort zurück. Dabei erfuhr der Funker nicht nur, wo sich ein Flugzeug befand, sondern auch dessen Höhe und Identität.

Der zwölfstellige Code erschien so zuverlässig in Arlos Kopf wie die Telefonnummer seiner Lieblingskneipe. Er diktierte die Zahlen. Henlein tippte sie ein, kurz darauf sprang der rote Punkt ein wenig nach links.

»Sieh dir das an!«, sagte Henlein. »Sie fliegen ziemlich tief und meiden die Küste.«

»Weil sie da von den anderen Forschungsstationen angefunkt werden und Aufmerksamkeit erregen könnten«, sagte Arlo. »Die sind zu den Vulkanen unterwegs.«

Henlein wischte sich über das Gesicht. »Was ist hier eigentlich los? Wenn du etwas weißt, Arlo, dann wäre es jetzt an der Zeit, mich einzuweihen.« Henlein griff nach seinem Arm. »Wenn ihr

Mist gebaut habt, du, Maxim und Antonia, dann verspreche ich, mich trotz aller Bedenken für euch einzusetzen. Aber ich muss wissen, warum drei Männer sterben mussten und sich eine meiner Forscherinnen in einem entführten Flugzeug auf dem Weg nach Westen befindet.«

Arlo zögerte. Sollte er Henlein ins Vertrauen ziehen? Vielleicht steckte der Stationsleiter mit Malatesta unter einer Decke. Aber das war jetzt nicht der richtige Zeitpunkt, um Bedenken zu pflegen. Alles, was du willst, liegt jenseits deiner Angst, hatte sein Fluglehrer immer gesagt. Er warf noch einen Blick auf den roten Punkt, der über die Landkarte kroch. »Es sind zwei Männer ums Leben gekommen, nicht drei. Malatesta lebt. Er ist es, der hinter all dem steckt.«

Nachdem Arlo seinen Bericht beendet hatte, war Henlein sichtlich zusammengesunken. »Und ich hab nichts davon bemerkt«, sagte er zu seinen Polarstiefeln. Er atmete tief durch und schaute Arlo ins Gesicht. »Kann ich etwas tun?«

»Warne die anderen Stationen über Funk. Sag ihnen, dass sich eine gekaperte Maschine im Luftraum befindet und dass sie sie vielleicht anfliegen wird, um aufzutanken. Die Leute müssen in Alarmbereitschaft sein.«

Henlein nickte. »Wenn wir herausbekämen, wohin genau sie unterwegs sind, könnte ich Satellitenaufklärung anfordern. Aber dazu brauche ich die Koordinaten eines Quadranten.«

»Eins ist sicher«, sagte Arlo, »sie fliegen zu den neuen Vulkanen.«

»Das genügt nicht«, gab Henlein zurück. »Diese Vulkane verteilen sich über eine Strecke von dreitausendfünfhundert Kilometern in ungefährer Nord-Süd-Ausrichtung. Wir brauchen einen genaueren Anhaltspunkt. Hat Malatesta in diesem Funkspruch etwas über seinen Aufenthaltsort fallen lassen? Gab es einen Hinweis?«

Arlo schüttelte den Kopf. Da war nicht einmal der Schrei einer Raubmöwe im Hintergrund gewesen, der darauf hätte schließen lassen, dass Malatestas Lager nah an der Küste liegen könnte. »Nichts«, sagte er. »Aber du kannst es dir ja selbst anhören.«

Im nächsten Augenblick riss jemand die Tür auf und stürzte in den Funkraum. Lutz Hübner wedelte mit einem Blatt Papier in der Luft herum, es hatte dieselbe Farbe wie sein Gesicht. »Hier steckst du!«, rief der Geophysiker Henlein zu. »Ich suche schon die ganze Station nach dir ab, Chef.« Er knallte das Papier vor Henlein auf den Tisch. »Es geht los«, kommentierte Hübner knapp.

Während Henlein den Bogen überflog, bemerkte Arlo erschrocken, dass der rote Punkt auf dem Monitor verschwunden war. Damit war die Schall und Rauch quasi unsichtbar geworden, denn das Primärradar funktionierte über die Entfernung ebenfalls nicht mehr. »Sie sind weg!«, rief Arlo und schlug mit der Faust gegen die Wand.

Henlein schaute kurz auf den Monitor, dann wieder auf das Papier. Mit einem Blick stellte Arlo fest, dass darauf Tabellen und Zahlen zu sehen waren und eine gezackt Linie, die an die Umrisse eines Hochgebirges erinnerte »Was ist das?«, fragte er.

Lutz Hübner tippte so kräftig auf das Papier, dass er ein Loch hineinstanzte. »Das«, sagte der Geophysiker, »sind die täglichen Messdaten unserer Seismometer. Wir registrieren hier die kleinste Bewegung des Eisschilds und jedes Stückchen Schelfeises.«

Arlo schaute von dem Papier zu Hübner, von Hübner zu dem Papier. »Und?«

»Die Linie da«, sagte der Wissenschaftler. »Das ist eine Erschütterung von einer Stärke, wie wir sie hier seit Beginn menschlicher Forschungstätigkeit noch nicht gemessen haben. In der Westantarktis bebt das Eis.«

»Lutz«, sagte Henlein, »könnte es sein, dass sich die neuen Vulkane rühren?«

»Natürlich. Aber so plötzlich?«

»Könnten Bergbauaktivitäten so etwas hervorrufen?«, fragte Henlein weiter.

»Ein Robbenfurz könnte das, solange niemand diese Vulkane untersucht und feststellt, wie stabil oder instabil ihr Zustand ist.« Er stutzte. »Sagtest du Bergbau?«

Henlein schaute zu Arlo hinüber. »Da haben wir unsere Koordinaten. Ich wette meine Rote-Kreuz-Mütze gegen ein Schwesternhäubchen, dass die Twin Otter zu genau diesem Punkt unterwegs ist.«

Kapitel 29

11. Januar

Das Sonnenlicht lief wie geschmolzene Butter an den Wänden der Kantine herab und streifte die Köpfe der Besatzungsmitglieder. Alle dreißig Wissenschaftler und Techniker waren zusammengekommen, nachdem Justus Henlein einen entsprechenden Aufruf durch die Lautsprecheranlage der Station geschickt hatte. Jetzt standen die Männer und Frauen gedrängt zwischen den Tischen, die meisten mit verschränkten Armen. Einige warfen sehnsüchtige Blicke in Richtung Küche, doch dort rührte sich nichts. Da auch Ignacio und seine Küchenhilfen zur Versammlung gehörten, würde das Frühstück auf sich warten lassen.

Arlo stand am Fenster und wünschte sich Flügel. Antonia und Maxim waren da draußen in Not, und er stand hier herum und musste darauf warten, dass Justus Henlein seinen Vorschriften Genüge tat. Hätte er ein Flugzeug, wäre er längst in der Luft. Gerade spielte er mit dem Gedanken, sich den Helikopter zu schnappen, da kletterte Justus Henlein auf einen Tisch und hob die Hände.

Als das Flüstern und Raunen im Raum verstummt war, erklärte der Stationsleiter die Situation: Er spulte die Ereignisse ab vom Verschwinden Emilio Rauwolfs vor über einem Monat bis zur Entführung der Twin Otter vor nicht einmal einer Stunde. Dann überließ er Lutz Hübner das Wort, der die Messdaten aus der Westantarktis wiederholte und als besorgniserregend einstufte.

»Und der Verräter unter uns?«, fragte Harry Zacharias. Der Haustechniker lehnte an der Essensausgabe und spielte mit einem Löffel herum. »Wisst ihr jetzt, wer das ist?«

Justus gab zu, die Identität desjenigen, der Karim vom Dach gestoßen haben musste, nicht zu kennen. Er beruhigte die Versammelten, indem er sagte, er sei sicher, dass der Täter an Bord der Twin Otter sei. »Er weiß, dass wir nach ihm suchen, also wird er die einzige Möglichkeit genutzt haben, um von hier wegzukommen.«

Harry schlug vor, eine Anwesenheitsliste auszulegen, in die sich alle eintragen sollten. Derjenige, dessen Name fehlte, musste dann zwangsläufig der Gesuchte sein.

»Eine gute Idee.« Henlein ließ sich ein Blatt Druckerpapier geben und forderte die Besatzungsmitglieder auf, sich in die Liste einzutragen, bevor sie die Versammlung verließen.

»Und was machen wir jetzt?«, rief Magnus Petersen. Sein wirrer Haarschopf stach zwischen den anderen Köpfen hervor. »Willst du die Station immer noch evakuieren lassen, Justus?«

»Ja. Und Nein. Deshalb sind wir hier. Die Entscheidung liegt bei euch. In einer Stunde kommt die Basler von Whiteout Air. Die Maschine ist groß, alle Anwesenden fänden darin Platz. Wir könnten die Station verlassen. Dann wären wir in Sicherheit.«

»Oder?«, fragte Petersen.

Henlein zögerte. Arlo spürte die Blicke des Stationsleiters auf sich. Jetzt war die Reihe wohl an ihm. Er wandte sich an die Versammlung.

»Was euer Chef vorschlagen will, ist eine Rettungsmission in die Westantarktis. Wir bitten die Piloten von Whiteout, uns zu den Vulkanen rauszufliegen. Justus, Lutz und mich. Das würde allerdings bedeuten, dass euch das Flugzeug nicht zur Verfügung steht und ihr alle hier noch ein paar Tage ausharren müsst.«

»Danke, Arlo«, sagte Henlein. »Die Entscheidung darüber, was geschehen soll, liegt, wie gesagt, bei euch.«

»Was glaubt ihr, da draußen erreichen zu können?«, fragte Vladimir Wiemer. »Wollt ihr Malatestas Lager wie Guerillakämpfer stürmen und die Geiseln befreien?«

Jemand schlug vor, dass Ignacio das Küchenbesteck als Bewaffnung zur Verfügung stellen könnte.

Henlein lächelte pflichtschuldig, aber ihm war anzusehen, wie unwohl er sich fühlte. »Arlo, Lutz und ich wollen versuchen, das Bergbaulager ausfindig zu machen, Fotos aus der Luft zu schießen und diese an das argentinische Militär zu senden. Die Argentinier sind am nächsten dran. Sie könnten Soldaten einsetzen, um den illegalen Abbau zu beenden, die Geiseln zu befreien und festzustellen, was auch immer dort für die seismischen Störungen verantwortlich ist. Also, wie entscheidet ihr euch?«

Stille legte sich über den Raum. Nur ein Klirren war zu hören, als Harry den Löffel in den Besteckkasten zurücklegte.

Es war Magnus Petersen, der als Erster eine Hand hob. »Wer dafür ist, hierzubleiben, damit Justus, Lutz und Arlo nach Westen fliegen können, der meldet sich jetzt.«

Vereinzelte Hände ragten in die Höhe.

Petersen zählte durch. »Dreiundzwanzig. Das ist die Mehrheit.«

Henlein schüttelte den Kopf. »Das genügt nicht. Entweder wir entscheiden einstimmig oder wir evakuieren. Ich lasse niemanden hier zurück, der das nicht will.«

Petersen blickte abschätzig in die Runde, dann hob er die Stimme. »Bevor ich herkam, dachte ich, in der Antarktis zu arbeiten sei ein gefährliches Unternehmen, ein Abenteuer. Ich hatte romantische Vorstellungen. Als ich dann den Vorbereitungskurs absolvierte, hätte ich beinahe einen Rückzieher gemacht, weil ich die Strapazen kaum aushielt und mein Körper für die Dauerbelastung nicht geeignet zu sein schien. Ich litt an der Trockenheit und am Luftdruck. Ich war voller blauer Flecken vom Sicherheitstraining. Vor allem war mir kalt. Aber ich bin dabeigeblieben. Als ich dann in Neumayer ankam, stellte sich das Leben hier als gar nicht so gefährlich heraus. Beheizte Räume, gutes Essen, Billard, nette Leute und ein Labor, wie ich es daheim niemals hatte. Versteht mich nicht falsch: Ich liebe es, hier zu sein. Aber das große Abenteuer habe ich nicht gefunden.« Er schwieg einen Moment. »Ich möchte einen Beitrag dazu leisten, den Planeten zu retten, und bin bereit, dafür Opfer bringen. Ich möchte später einmal behaupten können, dass ich alles gegeben habe, um meine Aufgabe zu erfüllen. Und wenn das bedeutet, dass ich zwei oder drei Tage länger auf der Station bleiben soll, dann ist das verdammt noch mal wenig verlangt. Wollt ihr euren Familien und euren Freunden erzählen, dass ihr Reißaus genommen habt, als es ernst wurde? Oder wollt ihr sagen: Ich war dabei, als die Vulkane auszubrechen drohten, und gemeinsam haben wir eine Möglichkeit gefunden, die Gefahr zu bekämpfen?«

»Magnus hat recht«, kam es von Ignacio, dessen olivfarbene Haut zwischen den hellen Gesichtern auffiel. »Bleiben wir noch ein paar Tage, damit da draußen Ruhe geschaffen werden kann. Ich verspreche zu jeder Mahlzeit doppelten Nachtisch.«

Bei der nächsten Abstimmungsrunde gingen alle Hände in die Höhe. »Einstimmig«, stellte Justus Henlein fest und kletterte vom Tisch. »Ich gebe zu, dass ich auf dieses Ergebnis gehofft hatte.« Er schlug die Hände zusammen und drehte sich zu Arlo um. »Brechen wir auf nach Westen!«

Der Platz am Fenster war leer.

Vor der Station war das Dröhnen großer Motoren zu hören.

Arlo sauste auf einem Schneemobil über die Landebahn. Die Basler näherte sich, doch bei all dem Gerede über Abstimmungen und Argumente hatte die Besatzung vergessen, die Piste zu säubern. Was geschehen konnte, wenn ein Flugzeug in ein Feld voller Sastrugis oder in eine Schneeverwehung geriet, hatte er erst kürzlich miterleben müssen.

Die Basler durfte nicht havarieren. Antonias und Maxims Leben hing davon ab.

Die Maschine war bereits im Anflug auf die Station. Noch war sie ein dunkler Fleck am Himmel, aber sie näherte sich schnell und sank tiefer. Schon konnte Arlo die Tragflächen erkennen. Er legte sich mit dem Schneemobil in die Kurve und bügelte mit den Kufen Unebenheiten platt. Dann stellte er sich auf die Fußrasten und beugte sich über den Lenker. Gab es noch andere Stellen, die den Piloten gefährlich werden konnten? Weiter vorn erhob sich ein Hügel aus Schnee. Er drehte den Gashebel auf und sauste darauf zu. Als er mit dem Ski-Doo darüber hinwegbretterte, musste er feststellen, dass sich der Schnee in Pressschnee verwandelt hatte. Ohne die Schaufel eines Pistenbullys würde er das Hindernis nicht beseitigen können. Dazu blieb keine Zeit.

Die Piloten würden die Verwehung von oben nicht sehen können. Arlo stellte das Ski-Doo ab, schälte sich aus dem roten Tempex-Anzug und schwenkte ihn wie eine Fahne über seinem Kopf. Die BT 67 kam jetzt direkt auf ihn zu. Das Flugzeug war viel massiger als die Twin Otter, ein alter Rosinenbomber aus dem Zweiten Weltkrieg, umgebaut für den Einsatz in der Eiswüste. Die Maschine galt als besonders zuverlässig in ungünstigen Wetterlagen und war eines der wenigen Flugzeuge, die sogar auf Packeis landen konnten.

Aber nicht auf einem Hügel aus Pressschnee.

Jetzt sah die Basler aus wie ein Drache, der auf Arlo hinabstürzte. Das Knattern der Motoren war zu hören. Die Schnauze der Maschine war nah. Er konnte die Piloten hinter der Scheibe erkennen, sie schrien ihm etwas zu. Dann war das Flugzeug über ihm, der graue Bauch glitt über ihn hinweg wie der Unterleib eines Wals über einen arglosen Hering. Arlo duckte sich. Rechts und links zischten die Kufen an ihm vorbei. Der Tempex-Anzug wurde ihm aus den Händen gerissen, Arlo stürzte in den Schnee und rollte herum.

Ein Donnern und Knarren ertönte, als die Kufen des Flugzeugs den Boden berührten. Eine Schneewolke stieg in die Höhe, dahinter rollte die Basler aus. Arlo kam auf die Beine und klopfte sich den Schnee von seinem Unterzeug. Er musste dringend in die Station, um sich aufzuwärmen. Mit einem Satz saß er auf dem Schneemobil und fuhr los, dann entschied er sich anders und hielt auf die Basler zu.

Einer der Piloten, ein Mann mit eckigem Gesicht und kantigem Kiefer, sprang gerade aus der Kanzel und hob eine Hand zum Gruß. »Was sollte das da gerade eben?«, rief er Arlo entgegen.

Arlo kannte den Mann: François Cadet, genannt »die Maus«, weil er in jedem antarktischen Sturm das Schlupfloch in der Thermik fand, durch das er seine Maschine hindurchmanövrieren konnte. Arlo hatte jetzt keine Zeit für lange Erklärungen. Die Maschine war unbeschädigt gelandet, das allein zählte. »Ich brauche euer Flugzeug«, rief er. In seinem Rücken spürte er die Wärme der Turbinen. »Sofort!«

»Du brauchst vor allem was zum Anziehen, die Kälte hat schon dein Gehirn angefressen«, sagte Cadet und zog Arlo in Richtung Station.

Arlo schüttelte den Arm des Piloten ab. »François«, sagte er und versuchte, seine klappernden Zähne unter Kontrolle zu bekommen. »Ich brauche dein Flugzeug. Das Leben von jemandem, der mir sehr am Herzen liegt, hängt davon ab.«

Cadet schob die Pilotenbrille in die Stirn und sah Arlo aus ernsten Augen an.

»Du bist in sie verliebt?«, fragte die Maus.

Arlo zögerte keine Sekunde und nickte.

»Und sie ist in Gefahr?«

Wieder nickte Arlo. Seine Hände zitterten so stark, dass er sie falten musste. Er wäre bereit, auf der Stelle zu erfrieren, wenn das Antonia und Maxim helfen würde.

Das schien auch Cadet zu bemerken. Er schaute Arlo so lange an, bis der umherwirbelnde Schnee seine Augenbrauen weiß werden ließ. »Ich wäre kein Franzose, wenn mich das kalt lassen würde. Wohin soll's gehen?«

Arlo kehrte nicht in die Station zurück. Er klaubte seinen Schutzanzug vom Fahrgestell der Basler, schlug ihn aus und stieg in die Maschine. Den Frachtraum wärmte ein Blowdryer. Der Co-Pilot löste einen Teil der Fracht, Obstkisten, von Spanngurten. Als er Arlo entdeckte, grüßte er ihn herzlich und wühlte etwas zwischen den Kisten hervor. »Hier ist die neue Kufe für eure Twin Otter«, sagte er freudestrahlend. »Ich habe gehört, du und Maxim, ihr wartet schon eine ganze Weile darauf.«

Arlo nahm die nutzlose Kufe entgegen und betrachtete sie nachdenklich. All unsere Wege, dachte er, führen an ein Ziel, aber doch niemals dorthin, wohin wir ursprünglich wollten.

Während Arlo sich vor dem Blowdryer aufwärmte, überzeugte François seinen Co-Piloten davon, dass es das Beste sei, wenn er einige Tage in der Neumayer-Station verbringen würde. Gegenüber Whiteout Air sollte der Co-Pilot über Funk behaupten, das Flugzeug habe einen Turbinenschaden. Den Transponder sollte er aus der Maschine ausbauen und mit in die Station nehmen, um die Radarverfolgung auszuschalten. Sollte Whiteout Air den Transponder anpeilen, würde es so aussehen, als stände das Flugzeug tatsachlich noch auf der Landebahn von Neumayer III. »Mir egal, ob die das glauben oder nicht«, sagte François, als sein Kollege Zweifel anmeldete. »Hier geht es schließlich nicht um ein paar Kisten Orangen und Avocados. Hier geht es um Leben und Tod – und um die Liebe.«

Eine halbe Stunde später war die Basler wieder abflugbereit. François tankte mithilfe Henleins voll, außerdem nahmen sie noch vier Fässer Kerosin mit an Bord. Damit, sagte die Maus, verwandele sich das Flugzeug zwar in eine fliegende Bombe, aber er würde lieber in der Luft explodieren, als wegen Spritmangels in der Eiswüste erfrieren.

Justus Henlein und Lutz Hübner trugen vier eisenbeschlagene Kisten in den Frachtraum, vermutlich steckten Hübners Messinstrumente darin. Dann schlug die Luke zu, und Arlo kletterte neben François in den Pilotensitz. Er kannte die Basler gut genug, um sie gemeinsam mit der Maus fliegen zu können. Wie üblich, waren die wichtigsten Instrumente im Cockpit in einem T angeordnet. Den Rest würde ihm der Pilot erklären.

»Die Westantarktis soll sehr schön sein«, frotzelte François. »Ein schneesicheres Gebiet, sogar im Sommer. Hast du dein Snowboard dabei, Arlo?«

Bevor Arlo antworten konnte, klopfte es an die Tür. Vor dem Cockpit stand Magnus Petersen, vollständig in Schutzkleidung gehüllt und mit einem prall gefüllten Rucksack unter dem Arm. Er verlangte, mitgenommen zu werden. Arlo zögerte. Sie brauchten Petersen nicht, vor allem wollten sie nicht noch einen Menschen in Gefahr bringen. Aber der Glaziologe ließ sich auch von Henlein und Hübner nicht abschütteln. Stattdessen wies er darauf hin, dass schließlich er es gewesen sei, der die Besatzung in der Kantine dazu gebracht hatte, für die Rettungsmission zu stimmen.

Was soll's?, dachte Arlo. Platz genug haben wir ja. Er verließ die Kanzel, ging in den Frachtraum und öffnete die hintere Tür. Petersen stand davor. Arlo klappte die Leiter hinunter, streckte eine Hand aus und zog Petersen in die Maschine hinein. Der Griff des Glaziologen war fester, als er es vermutet hatte. Dann verriegelte Arlo die Luke und stieg wieder ins Cockpit.

François startete die Triebwerke, die Propeller begannen sich zu drehen. Der Luftstrom schob die Basler über das Eis. Arlo fühlte sich erleichtert, dass es endlich losging. Aber warum wurde er das Gefühl nicht los, dass irgendetwas nicht stimmte?

*

Die Kantine war von Stimmengewirr erfüllt. Es war dunkel im Raum, denn durch die Fenster drang kaum noch Licht. Jeder versuchte, einen Platz vor den Scheiben zu ergattern, um den Abflug der Basler zu verfolgen. Der Start des Flugzeugs wurde von Rufen und winkenden Händen begleitet. Vladimir Wiemer klatschte mit der flachen Hand gegen die Wand, um seiner Begeisterung Ausdruck zu verleihen. Nach einer Weile legte sich die Aufregung, und die Besatzung kehrte an die Tische zurück. Endlich gab es Frühstück.

Ignacio erschien hinter der Essensausgabe, in seinen großen Händen ein Blatt Papier. »Das hier ist nicht etwa das Tagesmenü«, rief er den erwartungsvollen Gesichtern entgegen, »das ist die Unterschriftenliste. Ich habe sie mit den Namen in meinem kleinen Buch hier abgeglichen, in dem ich euer Lieblingsessen verzeichnet habe.« Jetzt hielt er mit der anderen Hand ein Notizbuch in die Höhe. Buch und Blatt schienen sich über Ignacios Scheitel hinweg anzusehen.

»Mach's nicht so spannend!«, rief jemand. »Wer fehlt auf der Liste?«

Ignacio zögerte. »Niemand. Die Liste ist vollständig.«

Einen Moment lang herrschte Schweigen. Dann sagte Harry Zacharias: »Ich bin zwar nur ein Techniker, aber diese Schlussfolgerung kann sogar ich ziehen. Der Mörder Karims ist noch immer auf der Station. Er ist einer von uns.«

»Entweder das …«, sagte Ignacio und schaute unbehaglich zum Fenster hinüber, »… oder er sitzt mit den anderen im Flugzeug.«

Kapitel 30

11. Januar

Antonia ließ den Blick durch das Fenster der Twin Otter schweifen. Die Sonne, beinahe bezwungen vom nahenden Winter, kroch mit letzter Kraft über den Himmel. Am Horizont stiegen stecknadeldünne Fahnen aus Rauch auf. Dort musste ihr Ziel sein: die Vulkane, die Diamanten, Artemis und Malatesta.

Einen Moment später bestätigte sich ihre Vermutung. Jerome streckte den Kopf ins Cockpit, tippte Maxim mit dem Lauf der Maschinenpistole auf die Schulter und befahl ihm, die Twin Otter auf die Rauchsäulen zuzusteuern. Jerome war anzusehen, dass ihn der Qualm beunruhigte. Er verschwand wieder im Passagier- und Frachtraum.

Antonia schüttelte die Erschöpfung ab, die sie während des Gleitflugs befallen hatte. In der Schall und Rauch roch es nach verbrauchter warmer Luft. Die Propeller der Maschine dröhnten, und der Wind pfiff über die Nase des Flugzeugs, kaum zwei Meter von Antonias Gesicht entfernt. Bald würde sie jenen Ort erreichen, den Emilio gesucht hatte. »Die Welt wird sich verändern«, sagte sie laut und musste bei dem Gedanken an die Überschwänglichkeit ihres Bruders lächeln, obwohl sich ihr das Herz zusammenzog.

»Was sagst du?«, rief Maxim vom Pilotensitz herüber.

Antonia wiederholte die Worte und erklärte Maxim, dass sie von Emilio stammten.

»Hoffentlich erleben wir das noch«, rief er durch das Lärmen der Maschinen zu ihr herüber.

Der Russe schaute sich nach hinten in Richtung Kabine um. Als er sicher sein konnte, dass keiner der Entführer in Hörweite war, beugte er sich zu Antonia herüber. »Ich könnte die Maschine abstürzen lassen. Mit ein bisschen Glück kommen wir mit Blessuren davon und können fliehen. Keine Garantie natürlich.« Er zuckte mit den Schultern. »Aber eine Chance.«

Und dann?, fragte sich Antonia. Sie sah sich und Maxim verletzt im Schnee liegen und genauso enden wie ihre Eltern. Sie streckte eine Hand aus und berührte seine Wange. Seine Bartstoppeln stachen in ihre Haut. »Das ist sehr tapfer«, sagte sie. »Aber ich halte es für besser, wenn wir wie ein normales Flugzeug runterkommen. Wir schaffen das schon.« Außerdem, dachte sie und schlang die Arme um sich, bin ich sicher, dass Arlo alles in seiner Macht Stehende unternehmen wird, um uns zu finden.

Maxim warf ihr einen prüfenden Blick zu. Es schien, als könne er ihre Gedanken lesen. »Also gut«, sagte er, »dann landen wir in der Höhle des Löwen.«

Fasziniert beobachtete Antonia, wie die Rauchsäulen näherkamen, wuchsen, bald konnte sie Einzelheiten erkennen: das Farbenspiel zwischen Grau und Gelb und das Zerfasern am Rand, wo Staubteilchen zu Boden sanken wie feiner Regen. Das waren keine pyroklastischen Wolken, wie sie bei einem Ausbruch entstanden, keines jener Aschemonster, die sich den Hang eines Vulkans herabwälzten und alles in ihrem Weg verschlangen, so wie einst das antike Pompeji. Diese grauen Fahnen waren zarter, sie waren Alarmsignale aus dem Erdinnern. Bleib fern, schienen sie zu rufen. Menschen sind hier nicht willkommen. Genau das war es, was auf Antonia eine geradezu magische Anziehungskraft ausübte: das Gefühl, mit Mächten in Kontakt zu treten, die seit Jahrmillionen unter der Erdkruste schlummerten, jener Energie zu begegnen, die den Planeten im Inneren zusammenhielt. Vielleicht war das ihre Art, nach Gott zu suchen – einem Gott aus Rauch und Feuer.

Sie zählte vier Krater. Da nur die Gipfel aus dem Eisschild hervorschauten, mussten die Vulkane darunter drei- bis viertausend Meter in die Tiefe reichen. Demnach hatten sie die Ausmaße der größten Vulkane der Welt, die in Argentinien, Peru und Chile zu finden waren. Die Westantarktis und Südamerika gehörten geografisch zusammen, die einundneunzig entdeckten Vulkane könnten durch dieselben tektonischen Kräfte entstanden sein – lang verschollene Verwandte, die mit einem Mal vor der Tür standen.

Die Twin Otter flog über ein halbes Dutzend Bergsteigerzelte, sie waren im Halbkreis aufgestellt, und der Wind drückte gegen die gelben Zeltplanen. Ein Pistenbully mit einer Reihe Anhänger stand neben einer improvisierten Landebahn, und dort, etwas abseits des Lagers, waren Löcher im Boden zu sehen, die von Bohrungen stammen mussten. Das Eis war über eine weite Fläche regelrecht perforiert. Wissenschaftliche Bohrungen sahen anders aus. Dabei arbeiteten Forscher an einer einzigen Stelle und hatten anschließend lange damit zu tun, den Bohrkern einzulagern und zu untersuchen. Hier aber hatte jemand wie besessen Löcher in das Eis getrieben, große Löcher. Und Antonia wusste auch, was er gesucht hatte. Bevor sie mehr erkennen konnte, war das Flugzeug schon über das Lager hinweg und beschrieb eine Kurve. Maxim schien nach dem richtigen Anflugwinkel zu suchen.

Dann sah sie den Riss. Zunächst war nur eine schmale hellblaue Linie zu erkennen, ein Kratzer, den der Fingernagel eines Riesen hinterlassen hatte. Doch mit jeder Sekunde, die das Flugzeug näherkam, verbreiterte sich die Erscheinung, entpuppte sich als Abgrund, als klaffende Wunde im eiskalten Bauch der Erde. Die Ränder waren gezackt und erinnerten an das Gebiss eines Raubtiers. An einigen Stellen sahen die Abbruchkanten aus wie im Frost erstarrte Wasserfälle. Antonia presste das Gesicht gegen die Scheibe.

»Was ist das da unten?«, fragte Maxim.

»Ein Riss im Eisschild«, sagte Antonia. Der Anblick ließ ihren Mund austrocknen. Die Antarktis war eine der schönsten Regionen der Erde. Und wie alle Schönheit, so war auch diese von der Vergänglichkeit bedroht. Die letzte echte Wildnis der Erde drohte durch den Einfluss des Menschen vernichtet zu werden – und hier, an dieser Stelle unter Antonias Füßen, war das deutlich sichtbar. Der Riss war ein Schnitt durch den Leib des Südkontinents.

»So etwas habe ich noch nie gesehen«, sagte sie. »Risse von dieser Größe tauchen manchmal im Schelfeis auf, das auf dem Meer aufliegt. Da kommt es zu Faltenbildung durch Strömungen, es gibt viele Faktoren, die das begünstigen. Aber hier über dem Festland – das muss mit den Vulkanen zusammenhängen.« Sie erinnerte sich daran, dass Malatesta in seinem Funkspruch von dem Phänomen gesprochen hatte.

»Hoffentlich wird uns dieser Riss nicht gefährlicher als unsere Entführer«, sagte Maxim mit ernster Miene.

Keine Sorge, so schnell wird er uns nicht verschlingen, wollte Antonia erwidern, aber sie brachte die Worte nicht über die Lippen.

Die Schall und Rauch setzte auf der Landebahn auf, glitt geschmeidig auf den Kufen – das Snowboard bewährte sich – über die Piste und kam neben einigen Ölfässern zum Stehen. Die Entführer klappten die Leiter aus und stiegen aus der Maschine, Jerome und Ole dirigierten Maxim und Antonia mit den Waffen ins Freie.

Die kalte Luft roch nach Qualm und brannte in Antonias Lunge, das Atmen fiel schwer. Sie zog sich Sturmhaube und Mütze an und wunderte sich, dass der Mann, der ihnen entgegenkam, ohne diese Hilfsmittel auszukommen schien. Sein Haar und sein Bart waren schwarz und lange nicht geschnitten worden, seine Augen schauten unter schweren Lidern hervor, und seine

Haut war von der Sonne verbrannt und faltig wie Pergament. Er schien schon geraume Zeit hier draußen zugebracht haben. Das musste Pietro Malatesta sein, der verschollene Geologe von Neumayer III. Emilios Mörder.

»Menschen!«, rief er ihnen entgegen. »Ich habe schon so lange keine Menschen mehr gesehen, dass es mir vorkommt, als seien Außerirdische in meinem Camp gelandet.«

Wenn das ein Scherz sein sollte, so erfror er in der polaren Luft. Niemand lachte.

»Wer sind die beiden?« Malatesta musterte Antonia und Maxim.

Jerome beschrieb die Entführung der Twin Otter von Neumayer III und berichtete, dass die Gefangenen versucht hatten, sie aufzuhalten. »Uns blieb nichts anderes übrig, als mit ihnen an Bord zu starten. Sonst wäre uns die Besatzung in die Quere gekommen.« Er zögerte. »Wir haben versucht, sie unterwegs loszuwerden. Aber das ging nicht.«

»Dann müsst ihr das eben hier erledigen«, sagte Malatesta. An Maxim und Antonia gewandt fuhr er fort: »Es ist dumm, sich mir in den Weg zu stellen. Dummheit muss beseitigt werden.« Er nickte Jerome zu. »Erschießt sie und schafft die Leichen aus dem Lager. Dann bezieht eure Zelte. In einer Stunde zeige ich euch, was ihr zu tun habt.«

»Erst will ich die Diamanten sehen«, brach es aus Xavier hervor.

Malatesta musterte ihn wie ein Insekt, das er in seinem Mittagessen gefunden hatte. »Erschießt diesen da auch«, sagte er und stapfte davon, ohne darauf zu warten, dass seine Befehle ausgeführt wurden.

Jerome und Xavier sahen sich an. Niemand rührte sich. Die Männer, die mit dem Ausladen des Gepäcks beschäftigt waren, hielten inne, um zu beobachten, was geschah. Jerome versuchte, seine Maschinenpistole zu entsichern, aber seine Handschuhe behinderten ihn.

Xavier lachte laut und freudlos. »Na gut«, rief er Malatesta hinterher. »Du kannst uns die Diamanten auch später zeigen.«

Der Sizilianer fuhr herum und lief wieder auf die Neuankömmlinge zu. Ohne Xavier eines Blickes zu würdigen, forderte er Jerome auf, ihm die Maschinenpistole auszuhändigen. Jerome zog sich den Gurt der Waffe von der Schulter und drückte sie Malatesta in die Hand. Seine hastigen Bewegungen verrieten, dass er erleichtert war, die Verantwortung abgeben zu können.

Malatesta warf einen kurzen Blick auf die Waffe, fand den Sicherungshebel und legte auf Xavier an. Der hob beide Hände und zog sich zurück, versuchte, sich zwischen seinen Gefährten zu verstecken, doch sie wichen ihm aus, scheinbar aus Angst, ebenfalls von einer Kugel erwischt zu werden.

»Das könnt ihr nicht machen!« Xaviers Stimme hatte alle Selbstsicherheit verloren. Er stieß mit dem Rücken gegen die Twin Otter und schob sich an dem Flugzeug entlang auf der Suche nach einem Versteck.

Malatesta legte den Kolben der Maschinenpistole in seine Armbeuge. Seine Miene war so leer wie das Eis um ihn herum. Hatte er wirklich vor abzudrücken, oder ging es ihm nur darum, seine Autorität herauszustellen? Antonia wollte die Antwort nicht abwarten. Bevor Malatesta sich entscheiden konnte, stellte sie sich ihm in den Weg. Die Mündung der Waffe war nun auf ihren Bauch gerichtet.

»Sind Sie mit meinem Bruder auch so umgesprungen?«, fragte sie. Die Skrupellosigkeit dieses Mannes brachte ihr Blut zum Kochen. Sie spürte keine Angst mehr. Seit sie wusste, dass Malatesta Emilio auf dem Gewissen hatte, war ihr die Frage nicht aus dem Kopf gegangen, welche extremen Gefühle entstehen mussten, damit ein Mensch auf einen anderen schießt. Jetzt wusste sie es: überhaupt keine.

Im Hintergrund flüsterte Xavier »Lasst mich durch.« Dann war ein Poltern zu hören, als er versuchte, sich im Flugzeug in Sicherheit zu bringen.

»Ihr Bruder?«, fragte Malatesta. »Wer soll das sein?«

»Emilio Rauwolf«, sagte Antonia.

In den Augen des Geologen blitzte etwas auf. Seine Aufmerksamkeit schien nun voll und ganz Antonia zu gehören. »Emilios Schwester ist hier«, stellte er fest. »Wieso meint sie, dass ich ihrem Bruder etwas zuleide getan haben könnte?«, fragte er mit Scheinheiligkeit in der Stimme.

»Ich habe nach Emilio gesucht und ihn gefunden. Er lebte noch, als ich ihn erreichte.«

Malatesta zog die vereisten Augenbrauen hoch. Schneekristalle rieselten davon herunter wie Schuppen. »Erstaunlich. Dabei war ich sicher, ihn mindestens einmal getroffen zu haben.« Er schüttelte den Kopf. »Es war ein Fehler, ihn nicht gleich im Pistenbully in den Kopf zu schießen. Aber ich hätte das Fahrzeug beschädigen können.«

Antonia hatte sich die Begegnung mit Malatesta während des Fluges ausgemalt, sie hatte sich vorgestellt, wie sie ihn damit konfrontierte, Emilio auf dem Gewissen zu haben, wie er versuchte, sich herauszureden und sich in Widersprüche verstrickte, wie er seine Schandtat schließlich gestand und vielleicht so etwas wie Reue zeigte – die sie natürlich nicht akzeptieren würde.

All das war Unsinn. Der Mann, der vor ihr stand, war so kalt wie der Kontinent unter seinen Stiefeln. Weder fürchtete er sich davor, eines Verbrechens überführt zu werden, noch scheute er davor zurück, weitere zu begehen. Antonia ging einen Schritt vorwärts, bis sich der Lauf der Maschinenpistole in ihren Magen bohrte. Die Waffe war kurz, der Abstand zwischen ihr und Malatesta kaum länger als ihr Unterarm. Sie ballte die Faust und schlug ihm ins Gesicht.

Malatestas Kopf flog zurück. Er taumelte. In seinem Schrei mischten sich Überraschung, Wut und Schmerz.

Bevor Antonia noch einmal ausholen konnte, wurde sie von hinten gepackt und festgehalten. Sie versuchte freizukommen, warf einen Blick zu Maxim hinüber, der von zwei Bewaffneten in Schach gehalten wurde, dann widmete sie sich wieder Malatesta.

»Das war nur eine Kostprobe dessen, was ich mit Ihnen anstellen werde, wenn ich die Gelegenheit dazu bekomme«, rief sie.

Malatesta rieb sich die Nase und schaute auf seinen Handschuh. Blut lief ihm über das Gesicht und gefror in seinem Bart. Er starrte sie verblüfft an. »Sie sind tatsächlich mit Emilio verwandt, denn Sie sind genauso einfältig wie er«, sagte er, doch in seinen Augen war zu erkennen, dass seine raue Fassade unter dem Faustschlag einen Riss bekommen hatte.

Aus der Ferne war ein Brummen zu hören. Der Boden vibrierte. Dann folgte ein Fauchen.

Antonias Blick bohrte sich in den von Malatesta. »Die Vulkane. Sie brechen aus.«

»Das werden Sie nicht mehr erleben«, gab Malatesta zurück. Seine schweren Stiefel knirschten auf dem trockenen Schnee, als er zurücktrat, um Abstand zwischen sich und Antonia zu bringen. Die Männer ließen sie los und traten beiseite.

»Und Sie werden Ihre Diamanten nicht mehr rechtzeitig bergen können«, entgegnete Antonia. Sie warf einen Blick zu Jerome, Ole und den anderen hinüber. Die Männer verfolgten das Gespräch mit angespannten Mienen.

»Euer Chef hier wusste von vornherein von den Vulkanen«, sagte Antonia. »Aber er wusste nicht, dass sie aktiv sind. Jedenfalls hat er gehofft, dass sie sich nicht rühren würden.« Ihr fielen Malatestas Worte in der Funkaufzeichnung ein. »Dieser Mann hat sogar dafür gebetet, dass genug Zeit bleibt.«

»Ruhe!«, rief Malatesta. Der Riss in seinem Gemüt klaffte weiter auf und etwas Rotes, Heißes schien hindurch. »Das geht niemanden etwas an.«

»Gebetet?«, fragte Ole und spie in den Schnee. »Und wie lange haben wir noch?«

»Ein paar Tage«, antwortete Malatesta verdrossen. »Genug Zeit, um eine Tonne Diamanten zu bergen.«

»Das ist bloß eine Vermutung.« Antonia wusste, dass die nächsten Augenblicke davon abhingen, ob sie lebte oder starb. Sie war dabei, Malatesta als unzulänglich hinzustellen, und wie er vorhin erst bewiesen hatte, ließ er seine Autorität von niemanden in Zweifel ziehen. »Aber ich kann euch helfen«, fuhr sie fort.

»Sie wollen uns helfen?« Malatesta lachte. »Wozu?«

»Weil ich in die Antarktis gekommen bin, um die Vulkane zu untersuchen, eine Aufgabe, die eigentlich Sie übernehmen sollten, Malatesta.«

»Das erklärt nicht, warum wir Sie hier brauchen sollten.«

»Ich bin als Vulkanologin ausgebildet, als Spezialistin für Situationen wie diese. Ich kann anhand der richtigen Messdaten vorhersagen, ab wann Sie in etwa mit einem Ausbruch rechnen müssen. Dann können Sie den Abbau der Diamanten genau planen, und ich werde die Messergebnisse an Neumayer III senden, von dort werden sie an die zuständigen Stellen in Europa weitergeleitet. Keine Sorge: Bis sich dort etwas regt, sind Sie längst von hier verschwunden. Wir gewinnen beide, Malatesta.«

»Und danach soll ich Sie vermutlich gehen lassen«, sagte Malatesta. »Damit Sie mir Interpol auf den Hals hetzen.«

Antonia hatte sein Interesse geweckt, jetzt musste sie weiterreden. »Wenn ich Ihnen beim Abbau der Diamanten helfe, mache ich mich mitschuldig, den Antarktischen Vertrag verletzt zu haben. Ich würde genauso im Gefängnis landen wie Sie. Außerdem will ich zehn Prozent der Edelsteine für meine Expertise. Das ist eine lohnende Investition, Malatesta, denn dann können Sie sicher sein, dass ich ihre Komplizin bin.«

Malatesta lachte. Dann wurde seine Miene schlagartig ernst. »Fünf Prozent«, sagte er.

Antonia hatte keinerlei Interesse an den Diamanten. Aber mit ihrer vorgetäuschten Habgier schien sie bei Malatesta eine gewisse

Glaubwürdigkeit zu erreichen. Sie handelte den Preis bis auf acht Prozent hoch und gab sich dann verstimmt darüber, die ursprünglichen zehn Prozent nicht erzielt zu haben.

»Wo sind Ihre Messinstrumente?«, fragte Malatesta.

Antonia deutete auf die Traverse, mit der Malatesta und Emilio von Neumayer III aufgebrochen waren. »In Neumayer III wurde mir gesagt, Sie hätten auf dem Schlittenzug alles mitgenommen. Und da es hier nicht danach aussieht, als hätten sie Forschung betrieben, müssten die Sensoren und Seismometer noch in den Anhängern sein.«

Malatesta gab Jerome die Maschinenpistole zurück und befahl ihm und den anderen, das Flugzeug zu sichern und gut auf Maxim achtzugeben. Der Pilot, erklärte Malatesta, sei die Versicherung dafür, dass Antonia ihnen wirklich half und nicht etwa versuchte, sie zu täuschen. Und um die Arbeit an den Vulkanen etwas voranzutreiben, sollte Maxim am Fahrwerk der Twin Otter festgebunden werden, wo er langsam erfrieren würde, wenn Antonia versuchte, Malatesta hinzuhalten.

Antonia protestierte und verlangte, dass Maxim in eines der Zelte gebracht würde, Malatesta ließ sich jedoch nicht umstimmen. Maxim warf ihr einen aufmunternden Blick zu und schien sich in sein Schicksal zu ergeben, als Ole und Jerome seine Hände an den Verstrebungen unter dem Bauch des Flugzeugs festbanden.

Antonia ließ Malatesta stehen und ignorierte seine Warnrufe. Sie lief zu Maxim hinüber und warf sich vor ihm auf die Knie. Sie umfasste seine zusammengebundenen Hände. »Ich beeile mich«, sagte sie. »Ich werde so schnell wieder hier sein, dass du glauben wirst, ich sei überhaupt nicht fort gewesen.«

Unter seiner Balaklava schien Maxim zu lächeln. »Keine Sorge«, murmelte er aus dem Stoff hervor. »Ich bin im sibirischen Winter geboren und im Permafrost aufgewachsen. Das bisschen Schnee wird mich nicht gleich umbringen.«

Dann haben wir etwas gemeinsam, dachte Antonia. »Gut zu wissen«, sagte sie laut. »Dann lasse ich mir halt noch etwas Zeit.«

»So viel du willst«, gab Maxim zurück. »Ich genieße hier derweil die Aussicht und passe auf unser Flugzeug auf.«

Antonia versuchte zu lächeln, aber sie spürte, dass sie nur eine Grimasse zuwege brachte. Sie klopfte Maxim aufmunternd gegen die Brust und prüfte die Verschlüsse seines Schutzanzugs. Schließlich wollte sie ihm ihre Schneebrille aufsetzen, doch er schüttelte den Kopf. »Ich will sehen, wie du aufrechten Hauptes zurückkehrst.«

Auf einem der Anhänger des Pistenbullys fand sie die Kisten mit den Messinstrumenten: Sensoren und Seismometer, mit deren Hilfe Erdstöße gemessen werden konnten, Infrarotkameras, um Temperaturanomalien zu erkennen, die auf Hebungen oder Senkungen der Erdoberfläche hinwiesen, Interferometer, Pyrometer und Neigungsmesser – das Arsenal war bis zum Rand gefüllt. Hätte Antonia tatsächlich Gelegenheit gehabt, die Aktivität der Vulkane zu messen, hätten ihr alle dafür notwendigen Instrumente zur Verfügung gestanden.

Sie lud die Kisten ab und trug sie, bewacht von Jerome, zu den Zelten hinüber. Als sie an einem der vorderen Anhänger vorüberkam, fielen ihr zwei zerrissene Gurte auf, die im Schnee hingen. Sie schienen etwas Größeres gesichert zu haben, das jetzt fehlte. Abgeladen hatte es Malatesta bestimmt nicht, denn die Gurte zu zerreißen war ungleich schwieriger, als sie einfach an den Schnallen zu lösen. Was war hier geschehen? Sie musste an Emilio denken und an die Auseinandersetzung zwischen ihm und Malatesta, mitten im Niemandsland. Hatte ihr Bruder auf diesem Anhänger um sein Leben gekämpft, während Malatesta auf ihn geschossen hatte? Kalter Zorn packte Antonia, und sie musste sich zwingen, ihre Rolle weiterzuspielen.

Nach einer Weile erhob sich eine kniehohe Pyramide aus Ausrüstungsgegenständen inmitten des Halbkreises aus Zelten. Malatesta umkreiste die Kisten und schüttelte den Kopf. »Sie werden sich genau überlegen müssen, was davon Sie benötigen«, sagte er.

»Alles natürlich«, erwiderte Antonia.

»Unmöglich«, behauptete der Sizilianer. Er schaute Antonia überrascht an. »Sie wissen es noch nicht, stimmt's? Sie wissen nicht, wo die Diamanten liegen.« Eine diebische Freude stahl sich in seine Stimme.

Ein mulmiges Gefühl beschlich Antonia. »Da drüben in den Bohrlöchern. Schwer zu übersehen. Sie haben die Landschaft ja regelrecht geschändet.«

Malatesta schüttelte den Kopf und schwieg. Er nahm den Deckel einer Kiste ab und nahm einen Geigerzähler heraus, ein Gerät, das Vulkanologen manchmal verwenden, um radiologische Anomalien aufzuspüren. »Brauchen Sie den dringend?«

Antonia schüttelte den Kopf, und Malatesta ließ den Geigerzähler in den Schnee fallen. »Wir müssen hier noch ein bisschen aussortieren. Ich würde sagen, Sie wählen so viel aus, wie sie am Körper tragen können. Mehr kann ich Ihnen nicht zugestehen.«

Was hatte das zu bedeuten? Während Antonia die Ausrüstung sortierte und sich für zwei Seismometer, einen GNSS-Sensor und ein Infrarot-Thermometer zum Erkennen von Entgasungen entschied, ahnte sie bereits, warum die Ausrüstung begrenzt war. Malatesta hatte die Diamanten nicht in den Bohrlöchern gefunden, sondern in dem Riss, den sie vom Flugzeug aus gesehen hatte. Wie der Sizilianer in den Abgrund hinuntergekommen war, zudem noch allein, war unerklärlich. Aber irgendwie musste er es geschafft und dort unten Edelsteine gefunden haben. Und jetzt sollte Antonia es ihm nachmachen.

Voller Angst warf sie einen Blick über die Schulter, dorthin, wo der Riss auf sie wartete.

Kapitel 31

11. Januar

Der Riss klaffte vor Antonia und Malatesta im Boden. Der Sizilianer formte einen Schneeball, nahm Anlauf und warf die Kugel über den Abgrund. Sie beschrieb einen perfekten Bogen und fiel dann in die Schlucht hinein. »Er wächst«, sagte Malatesta begeistert. »Der Riss wird immer breiter. Vor drei Tagen konnte ich noch mühelos bis zur anderen Seite werfen.«

Antonia beobachtete den Verlauf der Spalte. Im Süden verlor sie sich in der Ferne, im Norden lief sie spitz zu, kurz bevor sie das Lager erreichte. Zwei rauchende Vulkankegel ragten in einigen Kilometern Entfernung auf, einer erhob sich in direkter Nähe der Schlucht. Er musste den Riss hervorgerufen haben.

»Sie glauben doch nicht im Ernst, dass ich dort hinuntersteige«, sagte Antonia.

»Schauen Sie«, sagte Emilios Mörder im Vortragston, »dieser Riss ist ein Geschenk Gottes. Die Vulkane sind genau zu dem Zeitpunkt aktiv geworden, als ich mit dem Bohrer nach Edelsteinen gesucht habe. Gott will, dass ich die Diamanten finde.«

»Ein Geschenk Gottes?«, wiederholte Antonia. »Sie haben mit ihren Bohrungen vermutlich eine ohnehin fragile geologische Situation über den Kipppunkt gebracht und dafür gesorgt, dass dieses Vulkanfeld aktiv geworden ist. Der Druck des Eises hat auf den Vulkanen gelastet und dafür gesorgt, dass das Magma nicht nach oben steigen konnte. Die Bohrlöcher aber wirken wie Ventile, durch die dieser Druck entweichen konnte. Jetzt hebt sich das Gestein, und das Magma kann hinauf. Wenn es in großen Mengen austritt, werden Teile des Eisschilds abbrechen und ins Meer stürzen. Was das für den Anstieg des Meeresspiegels bedeutet, muss ich Ihnen nicht erklären. Dann würde ich das nicht ein Geschenk Gottes, sondern einen Pakt mit dem Teufel nennen!«

»Wenn und Aber«, sagte Malatesta, »helfen nicht dabei, die Diamanten zu bergen. Wie steht es nun? Steigen Sie jetzt da runter und stellen Messungen an, so wie wir es vereinbart haben, oder soll ich sie ohne Halteseil in die Tiefe befördern? Ihre Entscheidung.«

Antonia sah sich um. In einiger Entfernung warteten zwei der Männer auf ein Kommando Malatestas. Vom Lager her rollte das Kettenfahrzeug heran. An seiner Schaufel war ein Kran mit einer Winde befestigt. Die Konstruktion erinnerte an einen Galgen.

»Der Pistenbully kommt wegen seines Gewichts nur auf zehn Meter an den Rand der Schlucht heran«, erklärte Malatesta. »Sein Ausleger ist drei Meter lang. Das bedeutet, dass wir das Seil ein Stück Weg über den Rand des Risses schleifen lassen müssen. Aber keine Sorge. Wenn es Reibungshitze entwickelt, frisst es sich nur in das Eis hinein. Das ist sicher. Es wird nicht reißen.«

Während Antonia sich die Messgeräte um Schultern und Hals gurtete, versuchte sie, einen Blick in die Tiefe zu werfen. »Wie weit geht es runter?«

»Schwer zu sagen«, antwortete Malatesta. »Als ich das letzte Mal nachgesehen habe, waren es sechzig Meter. Aber wie gesagt: Der Riss wächst. Sie werden schon merken, wenn sie den Boden erreicht haben. Auf die eine oder andere Art.«

Das Kettenfahrzeug war herangekommen. Ole saß am Steuer und rangierte einige Male vor und zurück, bis der Ausleger direkt auf den Abgrund zeigte. Dann stieg er aus und drückte Malatesta einen grünen Kasten in die Hand.

»Die Fernsteuerung.« Der Sizilianer tippte auf den Apparat.

»Damit ziehe ich Sie wieder an die Oberfläche.« Er grinste. »Ich habe die Batterien erst vorgestern gewechselt.«

Antonia spürte, wie ihre Knie zu zittern begannen, und das kam nicht von der Kälte, die ihr die Beine hinaufkroch.

Ole zog Gurte vom Pistenbully in Richtung Antonia und Malatesta. Hinter ihm rollte sich das rote Seil von der Winde ab und folgte ihm wie eine Zündschnur, die nur darauf wartete, mit einer Flamme in Berührung gebracht zu werden. Ole hielt Antonia das Geschirr entgegen und grinste sie schadenfroh an. »Vielleicht hab ich ein bisschen an den Karabinerhaken rumgespielt«, sagte er. »Vielleicht auch nicht. Das wirst du herausfinden.« Bevor er wieder zu dem Fahrzeug zurückkehrte, winkte er mit einer Hand. Dabei flappten zwei Fingertaschen seines Handschuhs lose hin und her.

Antonia schaute auf die gelben Gurte, die mit Karabinerhaken zu einer Sitzschale zusammengefügt waren. Sie riss an jeder einzelnen Verbindung und musterte die Nähte des gelben Kunststoffs. Alles schien in Ordnung zu sein. Trotzdem wuchs sich das mulmige Gefühl in ihren Eingeweiden zu einer beginnenden Panik aus. Sie kämpfte dagegen an, indem sie an Artemis dachte, den wahren Schatz, der dort unten auf sie warten mochte.

Während sie die Beine durch die Gurte schob, schaltete Malatesta die Fernsteuerung für die Winde ein. »Noch etwas«, sagte er. »Sie bleiben so lange unten, bis Sie das Kimberlit gefunden haben. Ein halbes Dutzend Steine. Die sind ihre Fahrkarte an die Oberfläche. Verstanden?« Er drückte ihr ein Funkgerät in die Hand.

Antonia klinkte den letzten Gurt fest. Malatesta hatte ihr unfreiwillig offenbart, dass er ein Problem hatte. Wenn seine Männer keine Diamanten zu sehen bekamen, würden sie vermutlich nicht in den Riss hinabsteigen, um welche zu fördern. Und jetzt hing der Erfolg des Unternehmens von Antonia ab. Sie hatte ihn ebenso in der Hand wie er sie.

Mit langsamen Schritten ging sie auf die Abbruchkante zu.

Sie rechnete damit, dass der Boden unter ihr nachgeben könnte, doch das Eis hielt. Sie spürte den Zug der Leine, als sie sich auf den Rand setzte. Ihre Beine hingen ins Leere. Mit beiden Händen suchte sie Halt im Schnee. Während sie langsam vorwärts rutschte, hielt sie den Blick nach oben auf die Sonne gerichtet. In die Tiefe würde sie noch früh genug schauen müssen.

»Geben Sie Spannung auf das Seil!«, rief sie Malatesta zu, der zurückgeblieben war. Als Antonia spürte, wie die Winde sie schwach nach hinten zog, stieß sie sich ab und glitt über den Rand.

Kapitel 32

11. Januar

Der Druckausgleich in der Basler funktionierte nicht. Überdies hatte die Frachtmaschine keine Sitzplätze. Magnus Petersen hockte neben Lutz Hübner auf einer Verstrebung an der Wand des Flugzeugs, klammerte sich fest und versuchte, die Kopfschmerzen zu ignorieren. Dabei half es wenig, dass der Geophysiker neben ihm sich hatte einfallen lassen, seine Lieblingslieder zu pfeifen, um sich abzulenken.

Weiter vorn, neben dem Durchgang zum Cockpit, saß Justus Henlein zusammengesunken auf einem ausklappbaren Sitz. Abseits seiner Station strahlte der Leiter von Neumayer III gar nicht mehr so viel Autorität aus.

Wie hoch das Flugzeug flog oder wie das Wetter draußen war, ließ sich aus dem Frachtraum heraus nicht feststellen, denn die Fenster der Maschine waren mit Folie zugeklebt. Petersen kannte den Mythos, laut dem die BT 67 einer der berühmten Rosinenbomber gewesen sein sollte, die Berlin während der Blockade durch die sowjetische Besatzungsmacht 1948 und 1949 mit Lebensmitteln – und Süßigkeiten für die Kinder – versorgt hatte. Angeblich hatte diese Maschine zur damaligen Flotte der Westalliierten gehört und war für den Einsatz in der Antarktis wieder flottgemacht worden, bevor sie in naher Zukunft verschrottet werden würde.

Das Flugzeug schaukelte, und Hübner schaute besorgt nach

vorn, wo Licht aus dem Cockpit in den Frachtraum fiel. »Das hätten wir uns wohl nicht träumen lassen, was, Magnus? Dass wir in so eine Räuberpistole verwickelt werden. Ich wollte eigentlich der Einstein der Geophysiker sein, nicht der James Bond der Antarktis.«

Petersen merkte, wie ihm die Nase verstopfte. Der Druck in seinem Kopf wurde stärker. Trotzdem zwang er sich, auf Lutz Hübners Gesprächsangebot einzugehen.

»Wir schießen ja nur ein paar Fotos und drehen wieder ab. Vermutlich müssen wir auf dem Rückweg irgendwo zwischenlanden, um aufzutanken. Dann sind wir bald wieder zu Hause, und das argentinische Militär kümmert sich um den Rest.« So lautete jedenfalls der Plan. Doch so weit würde es nicht kommen, nicht, solange er, Magnus Petersen, an Bord war.

Er spürte die Glock an seiner Wade. Die Waffe hatte er mit Klebeband an seinem linken Bein befestigt – unter den Schichten des Schutzanzugs fiel die Ausbuchtung nicht auf – und er war bereit, sie zu benutzen. Aber vielleicht war das überhaupt nicht nötig. Alles, was er tun musste, war, die Basler von Malatestas Lager abzulenken. Nur wenn es unbedingt sein musste, würde er dafür noch einmal über Leichen gehen.

Petersen dachte an Karim und wie der Funker mit verdrehten Gliedmaßen am Fuß der Station gelegen hatte. Er hatte Karim zwar ohne Zögern mit dem Hammer geschlagen und vom Dach gestoßen. Danach war er jedoch in seiner Kabine zusammengebrochen und hätte sich am liebsten ins Delirium getrunken. Aber der letzte Alkohol auf der Station war der Rest in der Cognacflasche gewesen, kaum genug für eine leichte Betäubung. Nur der Gedanke an die Diamanten und an ein Leben im Luxus hatte Petersen wieder auf die Beine gebracht. Jetzt musste er noch eine Zeit lang durchhalten, dann war alles überstanden.

»Du hast hoffentlich an die Messdaten gedacht«, rief er Hübner zu. Der Geophysiker hatte die Beben in der Westantarktis registriert. Auf dem Bogen mit den Messergebnissen standen die Koordinaten der instabilen Vulkane – und damit die von Malatestas Lager. Wenn Petersen diese Informationen vernichten könnte, würde die Basler das Lager niemals finden, und die Diamanten wären gerettet.

»Klar hab ich die dabei.« Hübner klopfte auf seine linke Brustseite. »Justus würde mich erwürgen, wenn ich sie liegen gelassen hätte. Diese Koordinaten sind im Moment vermutlich das Wichtigste in diesem Flugzeug. Von den Piloten mal abgesehen.«

»Darf ich mal sehen?« Petersen streckte Hübner die offene Hand hin. Es war ganz einfach. Alles, was er tun musste, war, das dünne Papier auf den Boden fallen zu lassen, wo sich Pfützen aus Schmelzwasser und Öl gebildet hatten. Wenn er dann in vorgetäuschtem Ungeschick mit dem Absatz des Polarstiefels darauftrat, würde die Tinte zu einer unleserlichen Masse zerrieben werden.

»Natürlich«, antwortete Hübner, zog den Reißverschluss seines Anzugs auf und langte in die Innentasche.

Die Basler sackte ab. Petersen riss die Hand von Hübner weg und suchte nach Halt. Die Kerosinfässer, auf der anderen Seite des Frachtraums vergurtet, rieben gegeneinander und quietschten.

»Uff!«, machte Lutz Hübner, zog die Hand aus der Tasche und hielt sich an seinem Sitznachbarn fest.

»Das war nur ein Luftloch«, beruhigte ihn Petersen. Bevor er noch einmal nach den Koordinaten fragen konnte, fiel die Basler erneut ins Leere.

»Ich glaube, mir wird schlecht«, sagte Hübner.

»Da vorn ist die Toilette.« Petersen deutete auf die Kabine aus blauem Kunststoff am hinteren Ende des Frachtraums. Das lief ja besser als erwartet. Jetzt musste Hübner ihm nur noch die Messdaten geben, bevor er verschwand, dann konnte Petersen das Papier in aller Ruhe vernichten.

Hübner war grün wie ein Ertrunkener. Er löste den Gurt um seine Hüfte, der eigentlich für Frachtgut vorgesehen war, und wollte sich aufrichten. Doch Petersen drückte ihn zurück auf die Metallschiene. »Gib mir erst die Messdaten«, befahl er schroff. »Nicht, dass sie dir da drin in den Eimer fallen.«

Hübner lächelte gequält und langte wieder in seine Brusttasche.

Die Basler legte sich auf die Seite. Aus dem Cockpit kamen Rufe, sie klangen nach Ausgelassenheit. Was trieben die Piloten da vorn?

Hübner sprang auf und schlug sich eine Hand vor den Mund. Er rannte in Richtung Toilette, wurde, als das Flugzeug wieder in die Horizontale kam, gegen die Wand geschleudert, stürzte auf die Plastikkabine zu und verschwand darin.

Petersen hätte vor Wut am liebsten ein Katzengeschrei ausgestoßen. Das Ziel war so nahe gewesen! Warum mussten die kindsköpfigen Piloten ausgerechnet jetzt ihre Flugkünste unter Beweis stellen? Hier ging es schließlich nicht um eine Mutprobe, hier ging es um das größte Diamantvorkommen der Welt.

Die Tür der Toilette klappte auf und zu. Wie in einem altersschwachen Stroboskoplicht sah Petersen den zuckenden Rücken Lutz Hübners erscheinen und wieder verschwinden. Hoffentlich hatte der Geophysiker es bald hinter sich gebracht.

»Wo ist Lutz?« Henleins Stimme war mit einem Mal direkt neben Petersens Ohr. Er fuhr hoch. Das Gesicht des Stationsleiters war ganz nah. Durch den Lärm hatte er ihn nicht herankommen gehört. Für einen Moment hatte Petersen die absurde Vorstellung, Henlein habe seine Gedanken durch seine Schädeldecke hindurch lesen können. »Lutz überprüft die sanitären Anlagen«, sagte er und deutete auf die klappende Toilettentür.

»Er soll sofort ins Cockpit kommen, wenn er wieder auf den Beinen ist. Wir brauchen die Koordinaten, um den Kurs zu bestimmen.« Henlein musterte Petersen. »Du siehst auch nicht gerade entspannt aus.« Er klopfte ihm auf die Schulter. »Wir sind gleich durch die Turbulenzen hindurch. Dann wird's besser.« Er verschwand.

Oh ja, dachte Petersen, gleich wird es tatsächlich besser werden. Er strich sich durch seine graue Mähne, die Haare waren trotz der Kälte im Frachtraum feucht von Schweiß. Lutz Hübner durfte keine Gelegenheit haben, die Koordinaten zu den Piloten zu bringen.

Langsam löste Petersen den Gurt um seine Hüfte, stand auf und ging schwankenden Schrittes auf die Toilette zu.

*

Arlo hatte noch nie eine Maschine wie diese geflogen. Die Anzeigen waren altmodisch und bestanden aus analogen Geräten mit Zeigern, digitale Ziffern waren nirgendwo zu sehen, und er war sicher, dass, wenn die Motoren nicht so gedröhnt hätten, er die mechanische Uhr an den Armaturen hätte ticken hören.

Die Turbulenzen lagen hinter ihnen. Seit zwei Stunden flogen sie jetzt Richtung Westen, und es schien, als habe François Cadet ein unerschöpfliches Reservoir an Pilotengeschichten an Bord. Der Franzose erzählte in einem fort von seinen meist amourösen Abenteuern, und Arlo spürte, wie ihm unter den Kopfhörern die Ohren glühten. Der Esprit der Maus half ihm dabei, sich von den Sorgen um Antonia und Maxim ablenken zu lassen. Aber wie jede Medizin, so war auch die Wirkung dieser zeitlich begrenzt. Gerade überquerten sie das Filchner-Ronne-Schelfeis, als François von einer Sekunde auf die andere in den nüchternen Jargon eines Antarktispiloten wechselte.

»Wir brauchen jetzt die Koordinaten«, rief die Maus, »damit wir wissen, wie weit es noch ist und ob wir sicherheitshalber jetzt schon auftanken sollten.«

Arlo befreite sich von Kopfhörer und Mikrofon und wandte sich zu Justus Henlein um. »Wo bleiben die Daten? Hat sich Lutz immer noch in der Toilette verkrochen?«

»Ich schaue mal nach«, rief Henlein und wollte sich gerade

umwenden, um in den Frachtraum zu gehen, da tauchte eine Hand über seiner Schulter auf. Zwischen den Fingern steckte ein Blatt Papier.

»Lutz geht es nach wie vor schlecht«, rief Magnus Petersen. »Aber er hatte Mitleid mit euch und hat die Messdaten rausgereicht. Hier sind sie.«

Arlo pflückte den Bogen aus Petersens Fingern. Das Papier war zerknittert und nass. »Wozu hat Lutz das verwendet?«, fragte Arlo, wartete aber eine Antwort nicht ab. So behutsam wie möglich strich er den Bogen glatt und suchte zwischen den Flecken nach den Zahlen, die ihr Ziel anzeigten. Sie waren nicht mehr vollständig lesbar. »Danach sollen wir navigieren?«, rief er und hob das Papier gegen das Fenster, versuchte es im Gegenlicht zu entziffern. Drei Zahlen waren noch erkennbar, aber die meisten waren verschwunden, an einer Stelle klaffte ein Loch.

»Zeig mal her!« Henlein streckte eine Hand aus, doch Petersen war schneller. Gemeinsam beugten sich die beiden über die Zahlen und berieten sich.

»Was ist jetzt?«, schnauzte Cadet. Seine Fröhlichkeit war verflogen. »Wie lautet der Kurs?«

»Ich bin ganz sicher«, sagte Petersen zu Henlein. »Lutz hat mir das Blatt gezeigt, bevor es in diesem Zustand war.« Er beugte sich zu Arlo hinüber und rief ihm die Zahlen für Breiten- und Längengrad des Zielpunktes zu. Arlo fluchte. Die alte Basler verfügte nicht über GPS, er würde den Kurs mit Karte und Kursdreieck berechnen müssen. Cadet deutete auf eine Klappe in der Tür, darin fand Arlo die benötigten Instrumente. Er breitete die Karte auf seinen Beinen aus und begann, ein Winddreieck anzulegen. So nah am magnetischen Südpol war das Navigieren auf die herkömmliche Art eine Kunst, denn der Kompass konnte verrückt spielen. Arlo hoffte, dieses Problem durch Erfahrung ausgleichen zu können.

Nach einer Weile hatte er die Richtung bestimmt, in der Malatestas Lager liegen musste. Er verständigte François, der die Basler in einer Kurve nach Nordwesten steuerte, bis die Anzeige auf dem Kurskreisel mit Arlos Angaben übereinstimmte. Ein Blick auf die Karte verriet Arlo, dass sie jetzt auf die Antarktische Halbinsel zuhielten, jenen Landzipfel im Nordwesten des Kontinents, dessen Spitze nah an Argentinien lag. Wie er von Antonia wusste, war das Vulkanfeld viel weiter im Süden zu finden. Wie konnte das sein?

Er wandte sich zu Petersen und Henlein um. »Seid ihr sicher, dass die Koordinaten stimmen?«

Henlein wollte antworten, aber Petersen kam ihm zuvor. »So sicher, wie man sein kann angesichts dieser Schlamperei.« Er deutete auf das Papier.

François blies die Backen auf und machte eine wegwerfende Handbewegung. »Ist egal«, sagte er. »Auf der Halbinsel gibt es viele Stationen. Selbst, wenn wir unser Ziel dort nicht finden sollten, können wir immerhin zwischenlanden.«

Genau das war es, was Arlo zu denken gab. Wenn Malatesta im Geheimen versuchte, Diamanten zu finden, so würde er das gewiss nicht auf der Antarktischen Halbinsel versuchen. Dort standen die Forschungsstationen dicht an dicht, und viele Kreuzfahrtschiffe legten an der Küste an. Die Gefahr, bemerkt zu werden, war viel zu groß.

Um ihn herum wurden die Stimmen lauter, während die Argumente für diese oder jene Richtung an Stichhaltigkeit verloren. Arlo versuchte, einen klaren Kopf zu bewahren, konnte aber nicht verhindern, dass er sich ebenfalls in die Diskussion einmischte und für eine Kursänderung Richtung Westen plädierte. Er fühlte sich in der Antarktis verloren. Das hatte er noch nie erlebt.

Der Rauch am Horizont war so weit entfernt, dass Arlo ihn zunächst für Berggipfel hielt, wie sie manchmal aus dem Eisschild hervorstachen. Dann erkannte er, dass die Konturen der Erscheinung unscharf waren, dass sie sich bewegten und ihre Höhe veränderten. Rauch. Dort brannte etwas. Entweder war es die abgestürzte Twin Otter. Oder dort lag der Ort, den sie suchten: die Vulkane.

Arlo wollte auf die Entdeckung hinweisen, doch bevor er den Arm heben konnte, durchfuhr ihn ein Gedanke wie ein Stromstoß. Die seismischen Daten von Lutz Hübner hätten die Basler eigentlich zu den Rauchsäulen dirigieren müssen. Wenn Magnus Petersen die Koordinaten tatsächlich gesehen hatte, bevor sie unleserlich geworden waren, müsste er wissen, dass die Vulkane im Westen lagen – und nicht im Nordwesten, wie er behauptete.

Arlo drehte sich auf dem Pilotensitz um und versuchte, an Petersen und Henlein vorbei einen Blick in den Frachtraum zu werfen. Täuschte er sich, oder war die Toilettentür noch immer geschlossen und von Lutz Hübner weit und breit nichts zu sehen? In seinem Nacken stellten sich die Haare auf.

Arlo rüttelte an François' Schulter und deutete auf die Armaturen. »Der Kurs liegt etwas weiter nördlich«, sagte er. »Du musst korrigieren.«

»Aber …« Der Franzose tippte auf die Karte auf Arlos Beinen, »… du hast doch selbst gesagt, dass wir diesen Kurs nehmen sollen.«

»Ich habe mich verrechnet«, sagte Arlo.

François ließ einen bissigen Kommentar über Kanadier ab, die Zahlen ebenso wenig verstehen wie Frauen, steuerte dann aber nach Norden. Die Rauchfahnen am Horizont glitten an der Seite des Flugzeugs außer Sicht. Niemand sonst schien sie bemerkt zu haben.

Arlo löste seinen Sicherheitsgurt, hängte seinen Kopfhörer auf den dafür vorgesehenen Haken und stemmte sich aus dem Pilotensitz. »Wenn ihr mich mal durchlassen würdet«, sagte er zu Petersen und Henlein und drängte sich zwischen den beiden hindurch.

»Wo willst du hin?«, rief Petersen hinter ihm her.

Arlo antwortete nicht und steuerte auf die Toilette zu. Das Rumpeln im Frachtraum war zu laut, um festzustellen, ob ihm noch jemand hinterherrief. Er erreichte die Kunststoffkabine, ein säuerlicher Geruch drang daraus hervor. Lutz Hübner schien tatsächlich schlecht geworden zu sein.

»Lutz?« Arlo klopfte gegen die Tür. Niemand antwortete. »Lutz, geht es dir gut?«

Erst da fiel ihm auf, dass die Tür mit einem Spanngummi gesichert war, jemand hatte sie von außen versperrt. Er zog das Gummi ab und warf es beiseite. Die Metallhaken klirrten. Arlo riss die Tür zur Toilette auf.

Lutz Hübner lag zusammengekauert neben dem Eimer mit dem Gummiüberzug. Sein Kinn war auf die Brust gesunken, und seine Augen waren aufgerissen. Ein Faden Blut war ihm aus dem Mund gesickert.

»Lutz!« Arlo ließ sich auf die Knie fallen und stützte Hübners Kopf. Die Augen des Geophysikers waren stumpf und leblos. Weder am Handgelenk noch am Hals fand Arlo einen Puls. Wenn Hübner noch lebte, brauchte er dringend einen Arzt.

»Justus!«, rief Arlo, ohne sich umzudrehen. »Justus, komm her. Mit Lutz stimmt was nicht.«

Er wollte Hübner das Blut aus dem Gesicht wischen, doch das war bereits geronnen. Wo blieb denn nur Henlein? Hatte er ihn nicht gehört? Behutsam ließ Arlo Hübners Kopf sinken. Dann stand er auf und drehte sich um. »Justus!«, rief er mit Groll in der Stimme. »Wo bleibst du?«

Henlein stand mitten im Frachtraum und hielt sich an einer Stange am Dach der Basler fest. Aus aufgerissenen Augen schaute er zu Magnus Petersen hinüber, der auf der anderen Seite des Flugzeugs stand. Der Glaziologe hielt eine Pistole in der Hand, die Mündung war auf die Fässer mit dem Kerosin gerichtet.

Kapitel 33

11. Januar

Der Tragegurt glitt nur eine Armlänge von der Eiswand entfernt in die Tiefe. Mehrmals musste sich Antonia von der Wand abstoßen. Dabei geriet das Seil in Bewegung, und sie drehte sich um die eigene Achse.

Eis umgab sie von allen Seiten. Das Sonnenlicht, das von oben hereinfiel, spielte mit den Kristallen und ließ die Wände in Schattierungen aus Azurblau, Aquamarin, Türkis und, weiter unten, einem tiefen Ultramarin leuchten. In der Wand waren die jährlichen Schichten des gefallenen Schnees erkennbar, mächtige Ablagerungen, was darauf hindeutete, dass es in der Westantarktis viel Niederschlag gab.

Über ihrem Kopf wurde der Riss immer schmaler, unter ihr offenbarte sich der Grund als feine Linie, die sich mit jedem Meter, den sie sank, verbreiterte. Es war noch zu früh, um Einzelheiten zu erkennen, aber sie glaubte, dass sich dort etwas bewegte.

Sie war schon eine Weile unterwegs, einzig begleitet von dem Knarren der Leine. Das Surren der Winde drang nicht länger bis zu ihr hinab. Einmal erklang ein Heulen, ein Fallwind erfasste sie und ließ sie schaukeln, doch er erstarb so schnell, wie er gekommen war.

Weiter, immer weiter ging es hinab. War das Seil überhaupt lang genug, um bis auf den Grund zu reichen? Da sah Antonia die Maschine. Sie lag auf einem Vorsprung, der aus der Eiswand ragte. War das ein Ski-Doo? Es war von Schnee bedeckt, und etwas Orangefarbenes lag darauf. Antonia erschrak, als sie im Vorbeigleiten meinte, ein Gesicht zu erkennen. Jemand schien in den Riss gefallen und auf dem Vorsprung verunglückt zu sein. Sie traute Malatesta durchaus zu, einen weiteren Menschen auf dem Gewissen zu haben, einen Mitwisser vielleicht, den er in den Abgrund gestoßen hatte. Und jetzt hing sie selbst an einem dünnen Seil, dessen anderes Ende in der Hand dieses skrupellosen Mannes lag.

Der Vorsprung mit der gespenstischen Erscheinung blieb über ihr zurück. Das Licht wurde schwächer, die Farben verblassten, bis nur noch Blau und Violett übrig waren, das untere Ende des Regenbogens. Jetzt erkannte Antonia, was sich unter ihr bewegte: aufwallender Nebel. Dort unten traf der Eisschild auf den Hang eines Vulkans, und dieser Hang hatte sich durch das aus dem Erdinnern aufsteigende Magma erwärmt. Hitze und Kälte prallten aufeinander.

Antonias Füße verschwanden im Dampf. Noch konnte sie die gegenüberliegende Wand der Schlucht erkennen, allerdings war alles verschwommen. Der Dampf war kalt, umso tiefer sie sank, umso wärmer wurde er. Schließlich stießen ihre Füße auf festen Boden.

Sie taumelte, fand Halt. Sofort bückte sie sich, zog die Handschuhe aus und berührte den Untergrund. Er bestand aus Gestein und war trocken, das Eis darauf musste schon vor einiger Zeit geschmolzen und das zurückbleibende Wasser verdampft sein. Vor allem anderen aber spürte sie nur eine milde Wärme an den Händen. Der Boden des Risses hätte ebenso gut einige hundert Grad heiß sein und sich durch ihre Polarstiefel brennen können.

Antonia wollte sich wieder aufrichten, verharrte jedoch noch einen Augenblick, von Ehrfurcht erfasst. Sie berührte ein Stück Erdkruste, das seit Jahrmillionen zum ersten Mal wieder mit Luft in Berührung gekommen war. Da es noch keine Hominiden gegeben hatte, als das Eis über dieses Land gekommen war, war sie der erste Mensch, der damit in Kontakt kam, eine Astronautin auf einem unbekannten Planeten.

Sie holte das Funkgerät hervor. »Ich bin unten«, sagte sie in das Mikrofon.

Das Seil stoppte. »Sie wissen, was Sie zu tun haben.« Malatestas Stimme kam brüchig aus dem Lautsprecher. »Bringen Sie mir die Diamanten.«

Sie gurtete sich los, das Geschirr klirrte zu Boden. Mit tastenden Schritten ging sie tiefer in den Dampf hinein. Es roch nach faulen Eiern, das war Schwefelwasserstoff, der typische Geruch vulkanischer Aktivität. Es klang verrückt, aber sie war genau dort, wo sie sein musste: auf dem Rücken eines Vulkans, dem mutmaßlichen Ursprung von Artemis.

Antonia befreite sich von den Messgeräten und legte sie auf dem Boden aus. Das also war das Arsenal, mit dem sie feststellen sollte, ob das Vulkanfeld aktiv war. Sie lachte. Unter normalen Umständen hätte sie für die Untersuchung mehrere Wochen benötigt. Sie musste herausfinden, ob sich der Erdboden hob und wie schnell das geschah. Daraus ließe sich schließen, ob aus dem Untergrund Magma an die Oberfläche drückte. Doch alles, was ihr zur Verfügung stand, war eine Handvoll einfacher Apparate und eine Frist, die von der Ungeduld Pietro Malatestas bestimmt wurde. Sie brauchte jeden Augenblick, den er ihr hier unten ließ. Antonia griff nach dem Infrarot-Thermometer und sah sich um.

Irgendwo in dem Dampf mochte die Quelle von Emilios Entdeckung liegen.

Die Welt würde sich verändern.

*

Malatesta starrte auf die Abbruchkante und fixierte die Stelle, an der das Seil über dem Rand verschwand. Es hing locker durch. Antonia Rauwolf hatte den Grund erreicht. Jetzt kam es darauf an, dass sie Diamanten fand. Denn Malatestas Team rebellierte.

»Wenn ich das gewusst hätte«, bellte Jerome, »hätte ich das alles nicht auf mich genommen.« Anscheinend war in seinem Kopf nicht viel Platz für andere Gedanken, denn er wiederholte diesen Satz immer wieder.

»Wir hatten vereinbart, dass wir beim Abbau der Diamanten helfen«, zischte der mit der verbundenen Hand, den sie Ole nannten.

»Das werdet ihr ja auch«, gab Malatesta zurück.

»Beim Abbau in Bohrlöchern«, fuhr Ole fort und wedelte mit den Händen. »Bohrer aufstellen und versetzen? Maschinen bedienen? Schlämmen und Waschen? Und das alles gegen das Gesetz und in eisiger Kälte? In Ordnung. Aber davon«, er zeigte auf den Riss, »war nie die Rede.«

»Mich bekommt da jedenfalls keiner runter«, knurrte ein Dritter im Bunde, Malatesta hatte seinen Namen vergessen. Diese Kerle waren nur Material, das er für das Erreichen seines Ziels benötigte – Material, das Ermüdungserscheinungen zeigte, bevor es überhaupt zum Einsatz gekommen war.

Er verfluchte sich dafür, den aufsässigen Xavier vorhin an der Twin Otter nicht erschossen zu haben. Er hatte sich von der Rauwolf ablenken lassen, das war ein Fehler gewesen. Jetzt war es zu spät, das Versäumte nachzuholen, denn diese Tunichtgute waren aufgebracht und würden ihn in die Tiefe stoßen, wenn er sich nicht mit ihnen einigte.

»Der Riss stellt eine Gefahr dar, das gebe ich zu. Aber er ist auch eine Chance. Erkennt ihr das nicht? Das Kimberlit liegt dort unten einfach herum. Wir müssen es nur noch aufsammeln. Das bedeutet, dass wir in einigen Tagen hier fertig sein könnten, statt mehrere Wochen schwer zu arbeiten. Das Risiko ist hoch, aber es verringert die Gefahr, dass wir entdeckt werden.«

»Wir müssen es nur noch aufsammeln?«, echote Jerome und verschränkte die Arme vor der Brust. »Wir? Ich wusste gar nicht, dass du auch mit da runterkommst.«

Malatesta verzichtete darauf, auf die Provokation einzugehen. Wenn Argumente nicht halfen, musste er es eben mit einem Angriff auf den Stolz dieser Männer probieren – sofern sie so etwas überhaupt kannten. »Ihr habt doch gesehen, dass sogar eine Frau dort hinuntersteigen kann. Da werdet ihr Angsthasen das ebenso schaffen, oder etwa nicht?«

»Die Frau sollte sowieso sterben«, sagte Jerome.

»Und was sagt ihr, wenn sie lebendig zurückkehrt?«, fragte Malatesta. »Weigert ihr euch dann immer noch?«

Ole, Jerome und die anderen sahen sich an und flüsterten miteinander. Jerome zuckte mit den Schultern, dann wandte er sich wieder an Malatesta. »Also gut. Wir holen die Diamanten da raus.« Er vermied es, auf den Riss zu schauen. »Aber nur, wenn du uns beweist, dass es wirklich welche gibt. Wenn sie Kimberlit raufbringt, gehen wir das Risiko ein. Kommt sie mit leeren Händen, verschwinden wir von hier. Sofort!«

Kapitel 34

11. Januar

Petersen zuckte mit dem Kopf, als ob ihn eine Fliege störte. Dabei huschte sein Blick zwischen Arlo und Henlein hin und her. Die Pistole, seine Glock, war gegen den Deckel der Kerosinfässer gerichtet.

Er ist klug, dachte Arlo. Justus und ich stehen zu weit auseinander, um gleichzeitig mit der Waffe bedroht zu werden, und dann ist da auch noch François im Cockpit. Mit der Drohung, das Kerosin in Brand zu schießen, hält er uns alle in Schach.

»Wenn du abdrückst, werden wir alle sterben, auch du«, sagte Arlo.

»Dann zwingt mich nicht dazu, und bleibt, wo ihr seid.« Petersens Stimme klang gepresst.

»Was soll das alles?«, fragte Henlein und warf einen Blick zur Toilette hinüber, aus der Lutz Hübners Beine ragten. »Was hast du mit Lutz angestellt?«

Petersen schwieg, eine Antwort war nicht nötig.

Mit einem Mal fügten sich die Teile für Arlo von selbst zusammen. »Lutz musste sterben, weil er die Koordinaten hatte. Du wolltest verhindern, dass sie zu uns ins Cockpit gelangten, und dass wir mit ihrer Hilfe das Lager erreichen.« Er schluckte. »Du hast Lutz getötet.«

»Das ist jetzt gleichgültig«, rief Petersen. Seine Stirn glänzte von Schweiß. Er zitterte.

»Du warst es, der die Schall und Rauch entführen sollte. Antonia und Maxim wollten dich aufhalten, aber du hast Verstärkung mitgebracht. Diese Leute aus dem Lager bei Bearclaw.« Arlo ging einen Schritt auf den Glaziologen zu.

»Stehen bleiben!«, rief Petersen und spannte den Hahn der Glock. Er schien es wirklich ernst zu meinen, denn jetzt genügte ein Ruck durch einen plötzlichen Aufwind, um eine Kugel abzufeuern.

Arlo gehorchte. Zwei Mannslängen war er noch von den Fässern entfernt – zu weit, um Petersen zu erreichen. »Warum bist du nicht mit deinen Komplizen mitgeflogen und in der Twin Otter von der Station verschwunden?«, fragte er.

Diesmal ließ sich Petersen auf das Gespräch ein. »Weil mein Posten bei diesem Unternehmen auf Neumayer III ist. Ich habe dort eine Aufgabe zu erfüllen. Alles war aufs Sorgfältigste geplant. Bis diese Frau aufgetaucht ist. Sie und ihr Bruder haben alles durcheinandergebracht.«

Arlo ließ den Blick durch den Frachtraum gleiten und hoffte, Petersen würde es nicht bemerken. Er suchte nach etwas, das er als Waffe einsetzen konnte. Aber die Basler hatte nur Gemüsekisten geladen. Zu Petersen sagte er: »Der Plan war entweder schlecht durchdacht, oder du hast einen Fehler begangen.«

»Oder beides«, mischte sich Justus Henlein ein.

»Ich mache keine Fehler«, rief Petersen. »Ich habe die Koordinaten zerstört. Jetzt werdet ihr Malatesta niemals finden.«

»Bist du sicher?«, fragte Arlo. »Schau mal aus dem Fenster.« Er ging auf die Seitenwand des Flugzeugs zu und riss die Folie von einem der verklebten Fenster herunter. Eine Lanze aus Licht stach in den Frachtraum.

Petersen blinzelte. »He! Was soll das? Niemand rührt sich, sonst …«

Arlo hob beide Hände. »Du musst nur mal einen Blick da rauswerfen.«

Petersen schaute rasch von einem zum anderen. Dann, als er

sicher sein konnte, dass Arlo und Justus sich nicht auf ihn stürzen konnten, duckte er sich und lugte durch das Fenster.

»Was ist das?«, fragte Petersen.

»Rauchsäulen«, antwortete Arlo, »von aktiven Vulkanen. Sie haben die Seismometer von Lutz ausschlagen lassen. Der Ort, nach dem wir suchen, ist über den halben Kontinent hinweg erkennbar. Hinschauen genügt. Wer braucht da noch Koordinaten?«

Bevor Petersen sich wieder aufrichten konnte, riss Arlo die Kufe von der Wand, das Ersatzteil, mit dem die Schall und Rauch hatte flugfähig gemacht werden sollen. Der Co-Pilot der Basler hatte sie an zwei Haken aufgehängt. Arlo schleuderte das Brett auf Petersen. Der riss die Arme hoch und feuerte auf Arlo. Die Kugel schlug hinter ihm durch die Flugzeughülle. Ein Pfeifen erklang, als die Luft aus dem Frachtraum gesaugt wurde.

Die Kufe traf Petersen an der Brust. Er taumelte zurück. Justus warf sich auf ihn. Petersen war groß und schwer, aber der Alkohol hatte seine Muskeln in Pudding verwandelt. Es gelang Henlein, den Glaziologen zu Boden zu stoßen, aber er bekam die Hand mit der Glock nicht unter Kontrolle. Petersen drückte den Abzug, wieder und wieder. Durch die Decke der Basler fielen jetzt Lichtstrahlen herein. Das Pfeifen wurde lauter. Arlo sprang auf Petersen zu. Als sich die Mündung auf ihn richtete, wich er zur Seite. Eine Kugel löste sich und sauste an seinem linken Ohr vorbei. Das Fauchen, das hinter ihm erklang, ließ ihn erstarren. Er warf sich herum. Aus einem der Fässer tropfte brennendes Kerosin. Petersen hatte ein Loch hineingeschossen, und der Funken hatte den Treibstoff entzündet.

»Ich hab ihn!«, rief Henlein.

Petersen brüllte vor Wut.

Das Kerosin floss jetzt schneller aus dem Fass und bildete eine brennende Lache auf dem Boden. Die Fässer explodierten nicht, aber der Treibstoff breiteten sich zu einer brennenden Pfütze aus, die größer wurde.

Bevor sie Arlos Schuhe erreicht hatte, kam er auf die Beine und zog Henlein außer Reichweite des Feuers. »Der Feuerlöscher!«, rief Arlo. »Schnell!« Dann trat er die Glock zur Seite und zog Petersen von den Fässern weg. Der Glaziologe schlug um sich, seine Hosenbeine standen in Flammen, und er zog eine Spur brennenden Treibstoffs hinter sich her. Qualm erfüllte die Luft.

»Was macht ihr da hinten?«, rief François aus dem Cockpit und ließ französische Flüche folgen.

»Wo ist der verdammte Feuerlöscher?«, schrie Henlein, während er durch den Frachtraum rannte und Gemüsekisten umherwarf.

Petersen brüllte weiter, diesmal vor Schmerz.

Arlo warf sich auf seine Hose, um die Flammen zu ersticken, doch Petersen trampelte wie wahnsinnig mit den Stiefeln und stieß Arlo fort. Mittlerweile breiteten sich kleine Feuer auf dem Boden aus und zogen eine Schneise durch den Frachtraum. Auf der einen Seite versuchte Arlo, Petersen in Sicherheit zu bringen, auf der anderen hatte Henlein endlich den Feuerlöscher entdeckt. Er riss ihn von der Wand, zog die Sicherung ab, richtete den Schlauch auf die brennende Lache und hämmerte die Faust auf den Druckknopf.

»Nicht so!«, rief Arlo, aber es war zu spät. Der Löschschaum prallte auf den Treibstoff, brennende Tropfen flogen durch die Luft. Arlo spürte, wie sie sein Gesicht trafen, und kniff die Augen zusammen. Als er wieder hinschaute, war der Frachtraum von Dutzenden kleiner Flammen erhellt. Sie loderten auf dem Boden, waren über die Seitenwände verteilt und tropften von der Decke. Henlein bearbeitete sie bereits mit dem Feuerlöscher. Vielleicht hätte er die Situation unter Kontrolle bekommen, wenn die Flammen in diesem Moment nicht das Holz der Gemüsekisten erreicht hätten. Sie fielen krachend in sich zusammen, und der Brand wuchs zur Höhe eines Scheiterhaufens empor.

Arlo wischte sich den Schmerz von den Wangen und wedelte das brennende Kerosin von seiner Hand. »Halt auf die Fässer«, rief er Henlein zu.

Mittlerweile war es Petersen gelungen, die brennenden Stiefel loszuwerden und sich aus dem Tempex-Anzug zu schälen. Er lehnte keuchend an der Wand, beobachtete, wie seine Kleidung verbrannte, und stieß Worte ohne Zusammenhang hervor.

Die Hälfte des Frachtraums stand in Flammen. Immerhin hatte es Justus Henlein geschafft, die Fässer in eine Schutzschicht aus Schaum zu hüllen, die verhindern würde, dass sich weiterer Treibstoff entzündete. Das hatte den Feuerlöscher erschöpft. Henlein ließ ihn fallen, watete in den Berg aus Löschschaum hinein und tastete darin herum, vermutlich um das Loch zu finden, das die Kugel hineingeschlagen hatte, und es zu stopfen.

Arlo näherte sich den brennenden Kisten, musste allerdings vor der Hitze zurückweichen. Wenn er nichts unternahm, würden die Flammen die Basler in Kürze flugunfähig machen. Der Brand loderte an der empfindlichsten Stelle des Rumpfes, dort, wo die Tragflächen mit der Hülle verbunden waren, deshalb war es möglich, dass das Flugzeug auseinanderbrach.

Arlo hustete. Qualm hing unter der Decke und senkte sich herab. Das Atmen fiel schwer. Er bückte sich, denn näher am Boden war noch Sauerstoff vorhanden, und trug gemeinsam mit Justus Henlein den verletzten Petersen nach vorn ins Cockpit.

François steuerte die Maschine mit sicherer Hand, warf jedoch immer wieder Blicke nach hinten. »Hättest du mir das vorher gesagt, hätte ich dich zu Fuß gehen lassen«, rief er.

Justus öffnete eine Klappe, auf der ein grünes Kreuz angebracht war, und holte einen Erste-Hilfe-Koffer hervor. Dann widmete er sich Petersen.

Arlo schwang sich in den Sitz des Co-Piloten und berichtete in knappen Worten, was im Frachtraum geschehen war. »Wir müssen landen, solange der Rumpf noch hält.«

»So?«, fragte François. »Wo denn? Hast du schon mal rausgeschaut?«

Vor dem Fenster erstreckte sich das weiße Land. Doch wo zuvor eine ununterbrochene Fläche aus Eis und Schnee gelegen hatte, ragte jetzt schwarzes Gestein daraus hervor. Sie überflogen das Ellsworth Gebirge, die mit fast fünftausend Metern höchste Bergkette der Antarktis. Es lag zwischen dem Filchner-Ronne-Schelfeis und ihrem Ziel, dem Vulkanfeld. François hatte recht: Es war unmöglich, die brennende Basler hier runtergehen zu lassen.

Arlo suchte den Horizont nach den Rauchsäulen ab und fand sie im Südwesten. Obwohl das Flugzeug nicht direkt darauf zuhielt, waren sie deutlicher zu erkennen als zuvor. »Dort muss es eine Landebahn geben«, rief er.

»Das ist noch eine halbe Flugstunde entfernt. Glaubst du, wir schaffen es bis dorthin?«

Arlo warf einen Blick über die Schulter. Die Flammen im Frachtraum waren durch den dicken Qualm kaum zu erkennen, aber Knistern und Knacken verrieten, dass es dort nach wie vor brannte. Er wandte sich wieder zu François um. »Flieg einfach weiter«, sagte er, »dann finden wir es heraus.«

Kapitel 35

11. Januar

Die Vulkane waren aktiv. Daran gab es für Antonia keinen Zweifel. Wie groß die Gefahr eines Ausbruchs war, das musste sie allerdings erst noch herausfinden. Sie wünschte sich ein Gravimeter, mit dem sie Veränderungen der Schwerkraft im Boden hätte feststellen können, Veränderungen, wie sie von aufsteigendem Magma hervorgerufen wurden. Hätte sie doch wenigstens die Geräte, mit denen sich die Verbreiterung von Spalten im Erdboden prüfen ließ! Aber die meisten Apparate waren oben geblieben, in Malatestas Lager, denn zum einen waren sie zu schwer, um sie hier herunterzubringen, zum anderen blieb ihr für Langzeitmessungen keine Zeit.

Brach auch nur einer der Vulkane aus, drohte eine Kettenreaktion gigantischen Ausmaßes. Denn auch die benachbarten Krater konnten Lava ausstoßen, sehr viel Lava, die über den Eisschild fließen und es zum Schmelzen bringen würde. Dadurch würde das Gewicht des Eises verringert, und der Boden darunter würde sich noch mehr heben, was weitere Eruptionen nach sich ziehen konnte. Ein Schauder überlief sie, als sie an die Folgen dachte.

Während Antonia durch den Nebel stapfte, versuchte sie, mit dem Infrarot-Thermometer Temperaturanomalien aufzuspüren. Sie hustete. Der schwefelige Dampf erschwerte das Atmen. Der Boden unter ihren Füßen vibrierte. Etwas krachte hinter ihr. Durch den Nebel konnte sie nicht viel erkennen, aber sie wusste auch so, was geschah: Die seismische Aktivität des Bodens erschütterte den Riss. Dabei lösten sich Eisbrocken aus den Wänden und stürzten in die Tiefe.

Ihr blieb nicht viel Zeit, sie musste sich entscheiden: Sollte sie weiter Messungen vornehmen, um die Welt vor einer möglichen Katastrophe warnen zu können? Oder sollte sie nach Artemis suchen? Vor ihr lag ihre einzige Chance, das zu Ende zu führen, was ihre Eltern begonnen hatten.

Wenn es weitere Schwämme geben sollte, dann konnten sie überall in der Westantarktis vorkommen, aber unter dem Eisschild waren sie unerreichbar. Nur hier, auf dem Grund der Eiswelt, war es möglich, sie zu finden. Antonia atmete tief ein und aus, ihre Gedanken rasten.

Hin- und hergerissen zwischen ihrem Forscherdrang und der Sorge um Maxim, der oben im Schnee lag und zu erfrieren drohte, tastete Antonia sich weiter vorwärts. Auf dem Boden suchte sie nach losem Gestein, fand ein kopfgroßes Stück erkalteter Lava und befühlte die scharfkantigen Ritzen. Sie leuchtete mit der Handlampe hinein – von Schwämmen war nichts zu sehen. Ebenso wenig wurde sie bei einem größeren Brocken Basalt fündig, und auch ein kniehoher Felsen, der jenem aus Emilios Film vom Schelfeis ähnelte, war frei von Leben. Sie lehnte sich dagegen und versuchte, in den Himmel zu schauen, sah jedoch nur den Dampf, der in größere Bewegung geraten war. Das bedeutete, dass die Hitze zunahm und das Eis stärker darauf reagierte.

Der Boden bebte. Der Stein in Antonias Rücken setzte sich in Bewegung. Sie sprang beiseite, um nicht überrollt zu werden. Auch das Krachen setzte wieder ein. Ein Stück Eis von der Größe eines Sportwagens schlug in der Nähe auf und zerplatzte. Splitter prasselten gegen Antonias Brust.

Ihre Zeit hier unten war abgelaufen. Sie stieß einen Fluch aus, griff in die Tasche ihres Schutzanzugs und zog das Funkgerät hervor. Sie drückte die Sprechtaste. Etwas quietschte. »Malatesta«, rief sie, »hören Sie mich?« Ein Stück weiter vorn erkannte sie das rote Seil, das in der Luft hing. Sie lief darauf zu, stieg in die Gurte und sicherte sich mit den Karabinerhaken. Dann schlug sie mit der flachen Hand auf die Sprechtaste und rief, Malatesta solle sie hochziehen.

»Haben Sie das Kimberlit?« Die Stimme des Sizilianers klang weit entfernt.

Diese verdammten Edelsteine! Am liebsten hätte Antonia das Funkgerät am Boden zerschmettert. »Jetzt hören Sie mir mal zu!«, rief sie in das Mikrofon. »Ich …« Am Rand des Risses, dort, wo das Eis auf den Hang des Vulkans traf, sah sie es liegen. Einige Stücke hatten die typische Karottenform, andere waren rund und abgeschliffen wie Kiesel. Kimberlit. Ob es Diamanten enthielt, war aus der Entfernung nicht festzustellen. »Ja«, rief sie und lief auf die Fundstelle zu, »ich habe es.« Ein halbes Dutzend Steine – die würden als Fahrkarte an die Oberfläche genügen.

Antonia streckte die Arme nach ihnen aus und wäre beinahe in die Pfütze getreten, die sich von einem Augenblick zum nächsten vor ihr gebildet hatte. Sie wich zurück. Magma trat aus dem Boden aus. Die Lache wurde größer, ein Rinnsal floss über den Rand nach links weg, dem Gefälle des Bodens folgend. Im nächsten Moment hatte das glühende Gestein das Kimberlit erreicht und es umschlossen.

Die Hitze versengte Antonia die Augenbrauen. Sie schrie ins Funkgerät, Malatesta solle sie endlich hinaufziehen, sonst sei bald niemand mehr da, der ihm Diamanten bringen könne. Sie spürte, wie sich das Seil straffte und sich das Geschirr um ihre Hüften zusammenzog. Bevor sie den Boden unter den Füßen verlor, klaubte sie einige Brocken Basalt auf und steckte sie in die Taschen ihres Anzugs. Dann schwebte sie durch die Luft.

Von oben war zu erkennen, dass der Boden des Risses jetzt an einem Dutzend Stellen rot gesprenkelt war. Das waren zwar noch keine Eruptionen, aber Anzeichen dafür, wie stark das Magma an die Oberfläche drängte. Antonia hoffte, in letzter Sekunde noch einen Hinweis auf Artemis zu sehen, einen großen Felsbrocken vielleicht. Doch da verschwand der Boden schon aus ihrem Sichtfeld und wurde vom Dampf verdeckt.

Als einige Zeit später genug Sonnenlicht in die Schlucht fiel, um Einzelheiten zu erkennen, sah sie, dass die Kanten der Schlucht tiefer ausgezackt waren als zuvor. Das Gefühl, zwischen den Kiefern eines riesigen Gebisses zu hängen, ließ sie erschauern.

Es fehlten nur noch wenige Meter bis zur Oberfläche, da hörte die Winde auf zu arbeiten. Antonia schwang durch die Luft, drohte gegen die Eiswand zu prallen und stieß sich mit den Füßen ab. Was sollte das? Sie griff über ihren Kopf und ruckte an dem Seil. »Malatesta!«, rief sie. »Holen Sie mich rauf!«

»Erst die Steine.« Die Stimme des Geologen war nah.

Antonia bog den Hals zurück und schaute in die Höhe, konnte aber niemanden sehen.

»Die Steine!«, wiederholte Malatestas Stimme. »Werfen Sie sie zu mir hoch. Sonst bleiben Sie dort hängen, bis Archäologen in tausend Jahren ihre Überreste finden.«

Antonia griff nach dem Basalt, der ihre Taschen ausbeulte. Das vulkanische Gestein ähnelte Kimberlit in seiner Farbe und Oberflächenbeschaffenheit. Aber Malatesta war Geologe. Er würde den Unterschied bemerken, jedenfalls, wenn er den Basalt in Händen hielt. »Die Steine sind groß und schwer«, rief Antonia. »Ich kann sie von hier aus nicht nach oben werfen. Ziehen Sie mich rauf, dann zeige ich sie Ihnen.«

»Sucht soll naiv machen«, rief Malatesta, »und ich gestehe, ich bin süchtig nach Diamanten. Aber so naiv, dass ich auf Ihre Tricks hereinfalle, bin ich nicht.«

Antonia holte das kleinste Stück Basalt aus der Tasche hervor, ihre Faust umschloss es fast vollständig. Sie hielt es in die Höhe. Der Abstand zum Rand der Schlucht betrug noch etwa drei Meter. Malatesta würde den Unterschied nicht erkennen. »Schauen Sie her!«, rief sie. »Hier ist Ihr Kimberlit.«

Es dauerte eine Weile, bis sich über ihr etwas regte. Schnee rieselte herunter. »Halten Sie es höher.« Seine Stimme klang gepresst. Vermutlich hatte er Angst, dass der Rand nachgeben und er abstürzen könnte. Eine berechtigte Angst, dachte Antonia, und wünschte sich für einen erschreckend langen Moment, dass Malatesta fallen würde.

Sie streckte den Arm in die Höhe und verdrehte den Kopf, bis sie nach oben schauen konnte.

Statt in Malatestas Gesicht sah sie in die Linsen eines Fernglases.

»Das ist kein Kimberlit«, rief er, seine Stimme war jetzt so laut, dass das Echo von der gegenüberliegenden Eiswand abprallte. »Das ist bloß Basalt.«

Antonia wollte widersprechen, wollte versuchen, den Sizilianer eines Besseren zu belehren. In diesem Moment hörte sie weitere Stimmen und erkannte Jerome und Ole.

»Ich hab doch gesagt, es gibt keine Diamanten da unten«, rief der eine.

»Wir verschwinden von hier. Du wirst von unserem Boss hören, Malatesta, darauf kannst du dein wertloses Gestein verwetten.«

»Nein! Wartet! Es gibt die Diamanten. Ich habe sie selbst gesehen. Diese Frau versucht, uns reinzulegen.«

Antonia holte tief Luft und schrie so laut wie möglich: »Ich habe alles abgesucht. Da unten gibt es nur Geröll.«

»Hörst du, Malatesta?« Das war Oles Stimme. »Ich glaube, der Betrüger bist du. Du willst uns da runterschicken, ohne wirklich zu wissen, was uns erwartet.«

»Hört nicht auf sie!«, röhrte der Sizilianer heiser. »Sie will, dass wir uns streiten.«

Antonias Herz schlug wie rasend. Malatesta musste jetzt klar sein, dass es ein Fehler gewesen war, sie in den Riss hinabzuschicken. Was würde er tun?

Ein Schuss war zu hören, dann noch einer. Antonia erschrak.

Als sie nach oben schaute, sah sie dort, wo zuvor das Fernglas gewesen war, den Lauf eines Gewehrs. Malatesta schoss auf sie. Er musste das bisschen Verstand, das er noch besessen hatte, verloren haben. Antonia verschränkte die Arme über dem Kopf, eine sinnlose Geste, um sich gegen eine Kugel zu schützen, aber was sonst konnte sie tun?

Wieder war ein Schuss zu hören. Die Kugel verfehlte sie und verschwand in der Tiefe. Dann lag ein helles Sirren und Vibrieren in der Luft, ein Geräusch, das an Leitungsdrähte erinnerte, die der Wind bewegte.

Antonia lugte zwischen ihren Ellbogen hervor. Was immer das war, es hatte Malatesta dazu gebracht, nicht länger auf sie zu schießen.

»Weg vom Rand«, brüllte jemand.

Das Sirren verwandelte sich in das Geräusch von Reifen auf Kopfsteinpflaster. Das Eis vor Antonias Gesicht verschwamm, das Bild verlor seine Schärfe, zunächst glaubte sie, etwas stimme mit ihren Augen nicht, dann musste sie erkennen, dass die Wand in Bewegung geraten war. Der Riss erzitterte.

Die Rufe von oben klangen jetzt drängender, in einer der Stimmen schwang höchste Not. Im nächsten Moment brach ein Teil der oberen Kante weg und stürzte in die Tiefe. Antonia schrie auf, als sie an der Schulter getroffen wurde. Sie sackte ab. Das Seil an der Winde musste sich gelöst haben. Sie sauste tiefer, hilflos wie in einem abstürzenden Fahrstuhl, doch ohne Notfallknopf, ohne Bremse.

Die Eiswand flog an ihr vorüber. Sie prallte auf etwas Hartes, hatte das Gefühl, ihre Beine würden ihr durch den Leib getrieben. Der Schmerz raubte ihr die Sinne und war zugleich so heftig, dass er sie wieder in die Wirklichkeit zurückriss. Ihre Hände suchten nach Halt, ihre Finger krallten sich an etwas fest. Erst da bemerkte sie, dass sie nicht länger in die Tiefe stürzte. Sie lebte.

Antonia stöhnte und sah sich um. Sie lag auf einem Vorsprung, der aus der Eiswand ragte, jenem Absatz, den sie beim Abstieg in den Riss bemerkt hatte. Und da, nur zwei Meter neben ihr, war auch das Schneemobil und das merkwürdige verschneite Gesicht schaute darunter hervor. Jetzt, aus der Nähe, konnte sie erkennen, dass es nicht zu einem Menschen gehörte, sondern zu einer Maschine.

Über ihr platzte etwas, und ein Schrei erklang. Eisregen ging nieder. Sie presste sich gegen die Wand. Der Schrei wurde lauter. Ein Mensch fiel an ihr vorbei. Bevor er in der Tiefe verschwand, konnte Antonia einen Blick auf Jeromes verzerrtes Gesicht werfen, dann war er fort. Sie schloss die Augen, doch das Bild hatte sich in ihre Netzhaut gebrannt.

Das Beben der Eiswand wollte nicht enden. Übertrug es sich auf Antonias Körper, oder zitterte sie so stark, dass das Eis davon in Bewegung geriet? Halb ohnmächtig vor Schmerz und Angst erschien ihr mit einem Mal alles möglich. Sie zwang sich, die Augen wieder zu öffnen.

Über ihr war die Kante des Risses kaum erkennbar. Sie musste etwa zwanzig Meter hinuntergefallen sein. Dass sie noch am Leben war, verdankte sie der Seilwinde, die ihren Sturz gebremst hatte. Antonia beugte sich bis zum Rand des Vorsprungs vor. In einiger Entfernung unter ihr begann der wallende Nebel, und darunter lag der Hang des Vulkans.

Sie tastete ihre Beine ab. Die Schmerzen ließen sie zusammenzucken. Der Tempex-Anzug war am linken Oberschenkel aufgerissen und entblößte eine Fleischwunde von der Länge eines Unterarms. Antonia übte mit beiden Händen Druck auf die Wunde aus, konnte die Blutung jedoch nicht stillen. An ihrem rechten Bein und ihrer Hüfte fand sie keine offenen Verletzungen, aber bei jeder Bewegung war es, als würden sich lange Nadeln in ihren Unterleib treiben.

Trotzdem griff Antonia nach dem Seil, das lose von oben herabbaumelte. Sie hing immer noch in dem Geschirr, war immer noch mit der Welt dort oben verbunden. Vielleicht konnte sie sich nach oben hangeln.

Sie zog an dem Seil, bis es sich straffte. Zugleich rief sie, so laut sie konnte, jemand solle die Winde anschalten.

Niemand antwortete. Waren alle geflohen oder abgestürzt?

»Hilfe!«, schrie Antonia. »Holt mich rauf!« Sie hängte ihr ganzes Körpergewicht an den roten Faden, der Leben bedeutete, und versuchte, sich daran in die Höhe zu ziehen. Vergeblich. Ihre Beine waren unbeweglicher Ballast. Sie fiel zurück auf den Vorsprung und schrie auf.

Etwas quietschte schrill. Antonia schaute nach oben. Über der Kante des Risses, genau über dem Vorsprung, tauchten die Ketten des Pistenbullys auf. Er kippte, scheinbar in Zeitlupe, über den Rand.

Kapitel 36

11. Januar

Der Rauch war weiß und füllte das Flugzeug fast vollkommen aus. Arlo riss die Atemmasken mitsamt den kleinen Sauerstoffflaschen aus der Klappe neben dem Cockpit und verteilte sie an François, Justus und Petersen. Der Glaziologe schrie in einem fort, ob vor Schmerz oder im Wahnsinn, ließ sich nicht feststellen. Er lag noch immer auf dem Boden der Kabine. Arlo half ihm auf die Beine und zog ihm die Gummibänder der Atemmaske über den Kopf. Dann setzte er seine eigene Maske auf.

Sofort fiel das Atmen leichter. Nur die Sicht war nach wie vor schlecht, denn der Rauch beizte die Augen. Arlo konnte nur durch kleine Schlitze zwischen seinen Lidern blicken, aber was er sah, genügte vollkommen.

Das Feuer hatte den Stapel der Holzkisten zur Hälfte vernichtet und sich durch die Hitzeentwicklung in den Rumpf der Basler gefressen. Leitungen schmorten, Gummi glühte, Dämpfe stiegen auf. Justus versuchte verzweifelt, die kleineren Brandherde auszutreten, dabei sah er aus wie ein betrunkener Tänzer in einem Wirtshaus. Arlo hielt ihn zurück. »Wir sollten die Löcher im Rumpf stopfen«, rief er durch die Maske hindurch. Er deutete auf die Einschusslöcher von Petersens panischen Schüssen mit der Glock. »Sonst bekommen die Flammen immer mehr Sauerstoff.«

»Wenn ihr die Löcher verschließt, werden wir im Qualm ersticken«, schrie Petersen. »Wir müssen raus hier. Wo sind die Fallschirme?«

»Die Türen gehen nicht auf«, rief Justus. »Und selbst wenn, würden wir da draußen erfrieren.«

Das Prasseln der Flammen klang wie Applaus für seine Worte.

»Wir erreichen bald die Landebahn«, rief Arlo. Er wandte sich zum Cockpit um. »François! Kannst du schon was erkennen?«

Die Antwort kam undeutlich unter der Maske des Piloten hervor, dann folgte ein Husten, als er den Atemschutz anhob, um sich verständlich zu machen. »Noch etwa zwanzig Kilometer bis zu den Rauchsäulen. Wenn das Lager wirklich dort ist, müsste ich es in den nächsten Minuten sehen. Kümmert euch darum, dass wir mit diesem Wrack noch landen können.«

Justus hatte bereits damit begonnen, Plastikplanen vom Frachtgut herunterzureißen, um sie in die Löcher im Rumpf zu stopfen. Arlo half ihm dabei. Nach und nach wurde das Brausen im Innern der Maschine leiser, dafür war das Prasseln der Feuer deutlicher zu hören. Als Flammen auf Arlo übersprangen, klopfte Justus ihn mit einer Decke ab. Petersen stand unbeweglich mit dem Rücken gegen die Trennwand zum Cockpit gelehnt da und starrte mit geweiteten Augen auf das Inferno um ihn herum.

»Ich sehe Zelte«, kam François' Schrei von vorn.

»Wir schaffen es.« Justus packte Arlos Schultern und schüttelte ihn.

»Was ist mit der Landebahn?«, rief Arlo. »Siehst du sie?«

Bevor François antworten konnte, erklang ein reißendes Geräusch, und mit einem Mal war das Fauchen eindringender Luft wieder da. Licht drang durch Spalten am Boden. Eine der Frachtluken hatte sich gelöst. Die Flammen mussten die Verriegelung aufgeschmolzen haben.

»Nein!«, schrie Petersen. »Wir müssen hier weg! Wir werden sterben!«

Arlo stürzte auf die Klappe zu. Der Luftdruck presste sie noch gegen die Flugzeughülle. Sie wackelte in den Überresten der Verankerung. Er streckte eine Hand danach aus, um sie wieder in Position zu ziehen, doch im nächsten Moment wurde das Blech durch die Öffnung ins Innere der Basler gedrückt. Es traf Arlo an der Hand, prallte gegen das Dach und fiel scheppernd zu Boden. Unter ihm klaffte jetzt ein Loch, durch das ein Klavier gepasst hätte. Er konnte Wolken unter sich vorbeiziehen sehen und winzige gelbe Punkte im Schnee. Das waren die Zelte. Dann sah er die Landebahn. Aber die Basler senkte sich nicht. Was tat dieser verrückte Franzose da?

»François«, schrie Arlo, so laut er konnte. »Warum landen wir nicht?«

Im nächsten Moment erkannte Arlo, warum die Maus nicht zur Landung ansetzte. Unter ihm war die Piste als Strich in der Landschaft deutlich zu erkennen, und darauf stand die Twin Otter. Die Schall und Rauch blockierte den Weg. Würde die Basler runtergehen, würde sie mit der kleineren Maschine zusammenprallen.

François hatte die richtige Entscheidung getroffen. Sie mussten weiterfliegen. Aber wohin?

Justus zog Arlo von der Luke fort. Wo er gerade noch gehockt hatte, sprangen jetzt wieder Flammen auf. Der einströmende Sauerstoff war Nahrung für das Feuer.

»Wohin jetzt?«, rief François aus dem Cockpit. »Wir müssen sofort landen. Wenn wir die Tragflächen verlieren, geht nicht mal mehr das.«

Arlo biss sich auf die Unterlippe. Um ihn herum brannte das Flugzeug, unter ihm wartete der Tod.

Jemand stieß ihn zur Seite und stürzte an ihm vorbei. Petersen. Und er hatte einen Rucksack umgeschnallt.

»Magnus! Nein!« Justus griff nach dem Fallschirm und bekam ihn zu fassen. Petersen taumelte, riss sich los. Im nächsten Moment war er durch die offene Luke verschwunden.

Arlo stürzte nach vorn, aber die Hitze der im Wind tanzenden Flammen trieb ihn zurück. Er hielt sich eine Hand vors Gesicht. »Das ist Wahnsinn!«, rief er.

»Das hier auch«, kam es aus dem Cockpit.

Arlo und Justus drängten nach vorn. Im Frachtraum konnten sie es nicht länger aushalten. Das Feuer hatte die Herrschaft über diesen Teil des Flugzeugs übernommen. Arlo sprang in den Sitz des Co-Piloten. »Können wir irgendwo runtergehen, außer auf der Landebahn?«

François musste nicht antworten. Ein Blick aus dem Fenster genügte, um zu erkennen, dass eine Landung unmöglich war. Das Lager war schon nicht mehr zu sehen, und vor ihnen ragten die Rauchsäulen in den Himmel. Sie flogen direkt darauf zu.

Und da war noch etwas. Im Eisschild klaffte ein Riss, und um ihn herum sah das Gelände einigermaßen eben aus – jedenfalls aus dieser Höhe.

»Da!«, rief Arlo und klopfte gegen das Seitenfenster. »Da können wir landen.« Er zerbiss seine Zweifel zwischen den Zähnen. Ein bitterer Geschmack füllte seinen Mund.

*

Der Pistenbully stürzte auf Antonia zu. Sie versuchte, so weit wie möglich vom Rand des Vorsprungs wegzukriechen. Lag es an den Schmerzen in ihren Beinen, die sie benommen machten, oder warum segelte das Fahrzeug auf einmal in Zeitlupe herunter? Ihr kam der Gedanke, es würde Jerome verfolgen. Dann schmetterte eine Kette gegen den Vorsprung, die Zeit verging wieder schneller. Das Stück Eis, auf dem Antonia lag, brach ab. Sie fiel, über ihr der Himmel, unter ihr das trudelnde Polarmobil. Der Luftzug riss ihr einen Schrei von den Lippen. Sie versuchte, die Beine anzuziehen, doch die gehorchten ihr nicht.

Die letzten Atemzüge. Der letzte Blick auf die Welt. Arlo.

Sie wirbelte durch die Luft. Sie hörte den Pistenbully zerschellen. Sie prallte auf.

Wasser schlug über ihr zusammen. Sie ruderte mit den Armen, strampelte mit den schmerzenden Beinen, fand keinen Grund. Sie brauchte Luft.

Atmen! Ihr Kopf durchstieß die Wasseroberfläche. Sofort sackte sie wieder weg, ging unter, die lufthungrigen Lungen sogen Wasser ein. Sie kam wieder hoch, schlug mit den Händen und hörte platschende Laute. Ausatmen, Einatmen und Husten geschahen gleichzeitig, die Bronchien dehnten sich, drohten unter der Belastung zu platzen.

Dann hatte sie so etwas wie eine stabile Lage erreicht, beging jedoch den Fehler, mit den verletzten Beinen Wasser zu treten. Sie keuchte vor Schmerz, aber es gelang ihr, sich über Wasser zu halten. Es vermischte sich mit ihren Tränen zu einem Schleier. Alles um sie herum war blau und verschwommen, aber die Welt war noch da. Jeder Winkel ihres Körpers brannte, signalisierte ihr, dass sie noch lebte.

Antonia schüttelte das Wasser – sie hoffte, dass es Wasser war – aus den Augen. Ihr Blick klarte auf. Um sie herum erstreckte sich ein See, etwa so groß wie die Neumayer-Station, ein Stück weiter lief er an einem Ufer aus, und dahinter qualmten Lachen aus Lava am Boden. Bei ihrer Erkundung vorhin hatte sie diesen Bereich in dem Dampf nicht gesehen.

Wie kam ein See hierher? Er war viel zu groß, um sich plötzlich aus Schmelzwasser gebildet zu haben. Antonia drehte sich um. Hinter ihr verschwand die Wasseroberfläche unter der Eiswand der Schlucht, darunter schien sich das Gewässer fortzusetzen. Ein weitgehend unbekanntes Phänomen der Antarktis kam ihr in Sinn, die Russen hatten es zuerst entdeckt, tief unter der Vostock-Station: Süßwasserseen unter dem Eisschild. Geologen hatten eine Erklärung für die Erscheinung. Der Druck des Eises verringerte an seiner Basis den Schmelzpunkt, sodass es dort schneller taute und sich Wasser sammeln konnte. Hinzu kam die Erwärmung durch die Erdkruste. Beides sorgte dafür, dass Eis schmolz und Süßwasserreservoire bildete, vierhundert waren mittlerweile bekannt, einige hatten die Ausdehnung von Millionenstädten. Mehr war allerdings nicht über diese Seen bekannt, denn sie waren unerreichbar.

Bis jetzt.

Als der Riss auseinandergeklafft war, musste er eines dieser Gewässer offengelegt haben. Jetzt schwamm Antonia darin wie in einem Kochtopf.

Tatsächlich: Das Wasser war warm – für antarktische Verhältnisse. Sie schaute nach unten und konnte Felsen erkennen – die Eingeweide des Südkontinents lagen klar und deutlich vor ihr. Es gab keine Sedimente, keine Strömung oder sonstige Bewegung des Wassers, nur eine dunkle Wolke, die aus ihrem Anzug quoll.

Ihre Verletzung. Der Aufprall auf die Wasseroberfläche hatte sie gerettet, aber es war immer noch ein Aufprall gewesen. Antonia machte einige Schwimmzüge zum Ufer, was beschwerlich war, ohne die Beine zu bewegen. Schließlich robbte sie an Land. Wasser rann aus ihrem Anzug und lief in eine Lache aus heißem, flüssigem Gestein, wo es verdampfte.

Antonia wusste nicht, was sie stärker spürte, die Erschöpfung oder den Schmerz in ihren Beinen. Unter ihrer Schutzkleidung musste sie voller Blutergüsse sein, ihre Hände wiesen Risse und Abschürfungen auf, und seit sie aus dem Wasser heraus war, konnte sie sehen, wo das Blut hervorquoll. Sie presste eine Hand gegen den Oberschenkel. Sie brauchte Hilfe, sie musste weg von hier. Aber wohin? Nach oben ging es nicht. Die Seilwinde war mit dem Pistenbully abgestürzt. Und aus eigener Kraft konnte sie nicht einmal gehen.

Sie kroch ein Stück vorwärts. Ihre Kräfte verließen sie. Hoffnungslosigkeit drohte sie zu überschwemmen, und für einen Moment überlegte sie, dass es besser wäre, sich in dem See zu ertränken, als vom Magma verbrannt zu werden. Aber vielleicht würde sie ja auch in den schwefeligen Dämpfen, die aus dem Boden stiegen, ersticken.

Antonia ächzte und rollte sich auf die Seite, um ihr Bein zu entlasten. Nein, aufzugeben kam für sie nicht infrage. Hätte sie sonst ihren Bruder gefunden?

Außerdem war Arlo gewiss unterwegs zu ihr. Es konnte gar nicht anders sein. Aber wie sollte er sie hier finden?

Aus dem Augenwinkel nahm sie eine Bewegung in der Nähe wahr. Der Schreck holte sie zurück in die Wirklichkeit. Da war etwas. Lebte Jerome noch? War auch er in das Gewässer gestürzt und kroch nun verletzt irgendwo herum? Antonia stützte sich auf, um das Gelände besser überblicken zu können. Einige Meter vor ihr, zwischen der Lava, schimmerte etwas Orangefarbenes. Hinter den Dampfschwaden tauchte das Gesicht auf, das sie vom Vorsprung kannte. Die linke Seite war zerschmettert, ein Auge hing heraus, wurde noch durch Kabel gehalten, und funkelte sie feindselig an.

Kapitel 37

11. Januar

Frauen und Diamanten waren der Fluch seines Lebens. Aber Malatesta war nicht bereit, für sie zu sterben. Als die Kante der Schlucht in Bewegung geraten war, hatte er sich in Sicherheit gebracht, war von dem wegbrechenden Rand zurückgesprungen und hatte festes Terrain erreicht. Auch die anderen waren entkommen, nur Jerome war zu langsam gewesen. Unter ihm war der Boden weggerutscht, zunächst nur ein wenig, sodass er noch Zeit gefunden hatte, an seine Rettung zu glauben. Mit ausgestreckter Hand hatte er Malatesta angestarrt und den Mund zu einem Schrei geöffnet. Dann war er inmitten einiger Tonnen Eis verschwunden.

Der Riss hatte ein Opfer verlangt und es erhalten. Das Beben hatte sich gelegt. Jetzt würde alles besser werden.

Er wartete noch eine Weile, und als keine weiteren Erdstöße folgten, winkte er Ole und den anderen Männern, herzukommen, aber sie blieben in sicherer Entfernung stehen.

»Wie wollt ihr denn von da hinten die Diamanten holen?«, rief er und stapfte auf sie zu. Immerhin liefen sie nicht vor ihm davon.

»Jerome ist tot, verdammt!«, rief Ole ihm entgegen. »Wir verschwinden von hier. Diese ganze Sache ist Irrsinn.«

»Und das hier?«, fragte Malatesta, zog einen Reißverschluss an seinem Anzug auf und holte die Diamanten aus der Tasche – die beiden Steine, die er selbst im Kimberlit gefunden hatte. »Ist das auch Irrsinn?« Er hielt sie zwischen Daumen und Zeigefinger in die Luft. Sie waren nur halb so groß wie ein Fingernagel und ungeschliffen, dennoch spiegelte sich das Licht der Mitternachtssonne darin und ließ sie funkeln – höchste Qualität.

Das schienen auch die anderen zu erkennen. Die Männer kamen ihm entgegen. Malatesta blieb stehen und wartete ab. Die Diamanten wirkten wie Magneten. Als Ole auf Armlänge an ihn herangekommen war, streckte er eine Hand nach den Edelsteinen aus, doch Malatesta wich zurück. »Es gibt sie also, seht ihr?«, sagte er.

»Die können von Gott weiß woher sein«, rief einer der Männer. »Das beweist gar nichts.«

Damit hatte der Kerl recht. Ein wirklicher Beweis musste aus den Tiefen des Risses hervorkommen. Immerhin hatte der Anblick der Steine etwas bewirkt. Ihr Funkeln im Sonnenlicht hatte sich auf die Augen der Männer übertragen.

»Gib sie uns. Dann haben wir wenigstens eine Entschädigung für alles, was wir auf uns genommen haben«, forderte Ole.

»Ihr wollt die Diamanten?«, rief Malatesta. Ein geschickter Spieler achtet nicht auf den Einsatz, dachte er, holte aus und warf die Steine in den Riss. Sie blitzten noch einmal auf, dann verschwanden sie in der Tiefe. »Dann holt sie euch.«

»Du …« Welch einfallslose Beschimpfung Ole auch loswerden wollte, sie ging in einem Brummen unter. Zunächst glaubte Malatesta, das Eis beginne wieder zu beben. Aber bald war klar, dass das Geräusch von einem sich nähernden Flugzeug kam. Er musste den Himmel nicht lange absuchen, um es zu entdecken: eine bauchige Maschine, ein Frachtflugzeug, wie es die Stationen der Antarktis regelmäßig anflog. Allerdings gab es hier weit und breit keine Station, hier gab es nichts, außer ihnen, ein paar Zelten und den Riss.

Die Maschine flog über das Lager und drehte eine Kurve in Richtung der Rauchfahnen. »Sie brennt!«, rief jemand. Jetzt erkannte auch Malatesta, dass Qualm aus dem Rumpf drang. Unter dem Bauch des Flugzeugs löste sich etwas und fiel zu Boden. Ein Mensch! Ein Fallschirm öffnete sich. Der Wind griff danach und ließ den Springer trudeln, riss ihn in die Höhe und trug ihn nach Osten davon.

»Das ist Selbstmord«, rief Ole.

Malatesta schaute dem Fallschirmspringer schon nicht mehr hinterher. Der Mann war praktisch tot. Aber das Flugzeug, das gab es noch. Es beschrieb eine Kurve um die Rauchsäulen, der Qualm aus der Maschine vermischte sich mit dem der Vulkane.

Jemand war ihm auf die Spur gekommen, und die konnte nur einer hinterlassen haben. Petersen. Der Glaziologe hatte Mist gebaut. Das Unternehmen war aufgeflogen. Das Flugzeug musste von Neumayer gekommen sein. Aber was auch immer die Besatzung geplant hatte, es war gescheitert. Aus irgendeinem Grund hatte die Maschine Feuer gefangen. Das verschaffte ihm eine Frist.

Allerdings würde diese Frist ohne die Hilfe von Ole und seinen Männern ungenutzt verstreichen. Er wünschte sich Drok herbei, auf den Roboter war Verlass gewesen, den musste man nicht bitten, der brauchte weder Beweise noch Belohnungen, nur Batterien. Malatesta fühlte sich allein und hasste sich selbst für den Anflug von Selbstmitleid.

Er starrte auf die Abbruchkante. Dort, wo der Pistenbully gestanden hatte, klaffte ein Loch. Der Riss war wie ein lebendiger Organismus, der atmete, fraß und wuchs. Und sich veränderte.

An Malatestas Hüfte vibrierte etwas. Die Fernsteuerung des Roboters gab Signale. War Drok doch noch aktiv? Malatesta nahm das Gerät von dem Gurt an seiner Schulter und schaltete die Monitore ein. Sie blitzen zweimal und leuchteten auf. Drok war einsatzbereit. Malatesta lächelte selbstzufrieden. Nur was er selbst anpackte, gelang.

Der linke Monitor flackerte, das schwarz-weiße Bild gerann. Er regulierte die Feineinstellung, bis es scharf war. Dann, endlich, sah er wieder durch Droks Augen.

Das Erste, was er erkannte, waren Finger. Er drehte die Vergrößerung hoch, eine Hand wurde erkennbar, die grauen Streifen darauf mussten Blut sein. War das Jerome?

Malatesta hantierte mit den Joysticks. Droks Arme bewegten sich. Also war er tatsächlich freigekommen. Die Erschütterungen mussten ihn von dem Schneemobil gelöst haben. Malatesta ließ Drok rückwärts kriechen, bis er einen besseren Blick auf Jerome hatte. Aber das war nicht Jerome. Vor dem Roboter lag Antonia Rauwolf. Sie bewegte sich, sie lebte, schien sich beim Sturz in die Tiefe aber verletzt zu haben. Sie rollte sich auf die Seite und schaute Drok unter halb geschlossenen Lidern an. Ihr Blick und der von Malatesta trafen sich, aber davon wusste nur er etwas.

Die Rauwolf bewegte die Lippen, aber wenn sie etwas sagte, dann so leise, dass es Droks Mikrofone nicht übertragen konnten. Malatesta drehte Droks Kopf. Der Roboter war wieder einsatzbereit, jetzt brauchte er eine Möglichkeit, ihn von dem Vorsprung herunterzubekommen, damit er in der Tiefe nach Diamanten suchen konnte.

Droks Kopf drehte sich einmal im Kreis, doch der Rand des Vorsprungs war nirgendwo zu sehen. Auch das Schneemobil, das ihm zum Gefängnis geworden war, tauchte nicht auf den Monitoren auf. Malatesta ließ den hydraulischen Kopf erneut kreisen, mit demselben Ergebnis. Dafür gab es nur eine Erklärung: Der Roboter musste von dem Vorsprung heruntergefallen sein und lag nun auf dem Boden des Risses. Er musste gemeinsam mit Antonia Rauwolf abgestürzt sein. Dass er nicht zerschellt war, schrieb Malatesta der robusten und zugleich leichten Bauweise des Maschinenmenschen zu. Er hatte bei der Konstruktion darauf Acht gegeben, dass die äußere Hülle des Roboters große Gewichte wie Eisbrocken abfedern konnte, wenn sie von oben auf ihn fielen – oder wenn er abstürzte. Dass aber Antonia Rauwolf den Sturz überlebt hatte, glich einem Wunder. Aber Wunder waren kurzlebige Erscheinungen.

Malatesta schaltete den Schneidbrenner an Droks linkem Arm ein und lenkte den Roboter auf Antonia Rauwolf zu.

*

Das Ding streckte eine Hand aus und kroch auf Antonia zu. Erst jetzt erkannte sie, dass es sich um einen Roboter handelte. Seine Motoren surrten ungleichmäßig, es klang wie ein Grunzen und Knurren. Vermutlich war der Roboter durch den Sturz beschädigt worden. Er bewegte sich weiter vorwärts, es gab keinen Zweifel: Sein Ziel war Antonia.

Was hatte er vor?

An einer der Klauen flammte etwas auf, und ein Zischen erklang. Eine blaue Flamme drang aus dem künstlichen Handgelenk. Der Arm stieß vor. Angst schoss Antonia durch die lädierten Muskeln. Ihre Beine versagten ihr den Dienst, deshalb schob sie sich auf den Händen rückwärts. Die Maschine folgte ihr, ebenfalls nur mithilfe der Arme. Antonia manövrierte zwischen der Lava hindurch, doch immer, wenn sie einige Meter gewonnen hatte, holte der Roboter auf.

Die Maschine gehorchte einem Impuls, und der konnte nur von oben kommen. Dahinter musste Malatesta stecken. Sie würde ihm nicht entkommen, nicht mit ihren Verletzungen. Konnte sie gegen die Maschine kämpfen, sie zerstören?

Antonia unterbrach ihre Flucht für einen Moment, sammelte faustgroße Steine und warf damit nach dem Roboter. Wenn sie seine Augen träfe, würde Malatesta sie nicht länger sehen können. Dann wäre dieses Monstrum hilflos, und sie würde es in die Lava stoßen. Sie glaubte, bereits sehen zu können, wie die orangefarbene Hülle der Maschine zerschmolz und über die Fratze rann.

Die Steine trafen den Kopf, aber sie prallten davon ab wie Regentropfen. Aus welchem Material dieses Ding auch gebaut war, es hielt einiges aus. Wieder warf Antonia einen Stein, Gneis diesmal, wieder traf sie, wieder ohne Effekt. Jetzt war der Roboter nah genug herangekommen, um eine Klaue in ihren Stiefel zu schlagen. Er zog daran. Antonia schrie auf. Mit dem anderen Stiefel trat sie nach dem Angreifer, zielte noch einmal auf die Augen, kam frei und brachte sich in Sicherheit. Der Schneidbrenner fauchte, traf die Sohlen ihrer Polarstiefel, aber die Flamme drang nicht hindurch.

Sie sah sich um. Wo war der Pistenbully? Vielleicht konnte sie in den Trümmern des Kettenfahrzeugs ein Werkzeug finden, dass ihr in diesem Zweikampf einen Vorteil verschaffte. Aus der Froschperspektive konnte sie jedoch kaum etwas erkennen, da waren nur die Eiswände rechts und links, die Lavapfützen um sie herum und der See.

Maschinen mögen kein Wasser. Kaum schoss ihr der Gedanke durch den Kopf, da war sie schon unterwegs zu dem See. Der Roboter folgte ihr? Gut, denn das war genau das, was sie von ihm wollte.

Sie erreichte das Ufer und tauchte im nächsten Moment ein. Das verletzte Bein musste sie nun nicht länger über den Boden schleifen. Sie paddelte mit den Händen, es gelang ihr nur mit größter Mühe, sich an der Oberfläche zu halten. Wo blieb der verdammte Roboter?

Der Kopf mit der Parodie eines menschlichen Gesichts erschien am Ufer und drehte sich in alle Richtungen. Malatesta prüfte die Situation. Würde er sich in die Falle locken lassen? Antonia hoffte, dass der Sizilianer das Wasser durch die beschädigten Kameras nicht erkennen konnte und sein Ungeheuer in den See kriechen ließ, wo es einen Kurzschluss erleiden würde, den Herzinfarkt einer Maschine.

Der Roboter ruckelte vorwärts, tauchte eine Klaue in den See hinein. Die Flamme an seinem Handgelenk flackerte.

Antonia paddelte rückwärts, um so viel Abstand wie möglich zwischen sich und das Ding zu bringen. Es verfolgte sie weiter.

Der Roboter tauchte mit den Schultern ein, dann bis zum Kopf. Erst jetzt erkannte Antonia, dass er keine Beine hatte. Dort, wo sein Becken endete, waren Propeller angebracht, und kaum war er vollständig im Wasser, begannen sich diese zu drehen. Er war auch für den Einsatz im Wasser konstruiert, und jetzt schoss er auf Antonia zu.

*

Die Männer riefen nach ihm, aber Malatesta konnte den Blick nicht von den Monitoren der Fernsteuerung lösen. Er hatte Antonia Rauwolf in eine Falle getrieben. Sie war in eine Art See gekrochen, vermutlich in der Hoffnung, Drok würde ihr dorthin nicht folgen.

Malatesta lachte, als er die Propeller anschaltete.

Jemand sagte etwas und legte eine Hand auf seine Schulter. Malatesta schlug sie weg und konzentrierte sich weiter auf die Monitore. Erst wollte er sich der Rauwolf entledigen, dann mit Drok nach dem Kimberlit suchen und es an die Oberfläche bringen.

»Holt noch eine Seilwinde. Im grauen Container auf Anhänger eins gibt es Ersatz«, rief er, »hier regnet es gleich Diamanten.« Hoffentlich waren diese Leute wenigstens für Botengänge zu gebrauchen.

Drok tauchte ins Wasser und war in seinem Element. Angetrieben von den Propellern konnte er sich zehnmal schneller bewegen als auf festem Boden. Malatesta sah den unscharfen Umriss von Antonia Rauwolf, er erkannte eine diffuse Wolke, die aus ihrem Anzug kam – sie schien verletzt zu sein. Er gab Drok den Befehl, beide Arme nach seinem Opfer auszustrecken.

Im nächsten Moment war das Bild schwarz.

Nicht jetzt! Er drehte wild an den Joysticks, aber die Monitore blieben blind. Warum? Die Batterien! Das war unmöglich. Er hatte sie doch aufgeladen. Wie sollte er jetzt das Kimberlit holen?

Warum hatte er dieser Frau so viel Aufmerksamkeit gewidmet? Er hätte sie einfach sterben lassen sollen.

Malatesta brüllte seine Wut über das Eis, und das Eis antwortete, denn das Heulen der Flugzeugmotoren kehrte zurück, wurde lauter. Er hob den Kopf und blickte auf zwei sich drehende Flugzeugpropeller. Eine brennende Basler stürzte vom Himmel.

*

»Der Höhenmesser«, rief François. »Kannst du ihn lesen?« Arlo versuchte, die Anzeigen zu erkennen, aber der Rauch war zu dicht. Er wedelte den Qualm beiseite. Husten schüttelte ihn.

Die Basler hielt auf die Eisfläche zu, die sie zur Landebahn auserkoren hatten. Aus dem Laderaum war das Knacken des Feuers zu hören, vor einigen Minuten hatte sich das Quietschen überlasteten Metalls hineingemischt. Wenn nur die Verbundstellen zwischen Rumpf und Tragflächen lange genug hielten! Verlor die Maschine ihre Flügel, würde sie wie ein Stein vom Himmel fallen.

»Wir gehen runter«, meldete François.

Arlo wandte sich Justus Henlein zu. »Leg den Kopf zwischen die Knie.« Er selbst nahm die Sicherheitsposition nicht ein, sondern starrte gebannt auf die Eisfläche, die vor der Scheibe immer größer wurde, auf den Horizont, der sich in seinem Blickfeld immer weiter nach oben schob.

Die Kufen der Basler setzten auf. Das Flugzeug sprang, flog ein Stück weiter, krachte aufs Eis. Die Sastrugis, die Bodenwellen, ließen die Maschine hüpfen. Ein Reißen war zu hören. Das Flugzeug kippte zur Seite. François wurde nach vorn geschleudert und prallte mit dem Kopf gegen den Steuerknüppel.

»Die linke Kufe ist weg«, schrie Arlo gegen den Lärm an. »Gegensteuern«.

François antwortete nicht. Sein Kinn lag auf seiner Brust, und sein Kopf pendelte hin und her.

Arlo bekam den Steuerknüppel nicht mehr unter Kontrolle. Die Basler brach nach links aus und drehte sich. Zugleich schoss das Flugzeug weiter vorwärts. So also fühlte es sich an, wenn man in einem Kreisel saß.

Er zog den Hebel der Landeklappen, der Effekt war gleich null. »Justus, hilf mir!«, rief er. Henlein kämpfte sich schwankend zu ihm vor. Gemeinsam pressten sie sich gegen den Steuerhebel. Unter Arlos Füßen spielten die Pedale verrückt. Allmählich hörte die Maschine auf, sich zu drehen, und wurde langsamer. Wir müssen ins Freie springen, sobald sie steht, dachte er. Arlo warf François einen kurzen Blick zu. Der Pilot hing leblos in den Gurten, ein dünner Streifen Blut lief ihm über die Stirn.

Jetzt schienen auch die Landeklappen ihren Dienst zu tun und die Geschwindigkeit zu verringern. Aber noch rutschte die Basler vorwärts. Die zweite Kufe brach weg. Der Rumpf sackte tiefer. Arlo spürte einen Schlag in den Knien. Ohne Fahrwerk glitt das Flugzeug zwar auf dem Bauch, aber dafür wieder gerade ausgerichtet über das Eis. Die Kreiselbewegungen hörten auf.

»Wir werden langsamer.« Henlein krallte eine Hand in Arlos Schulter, »es funktioniert!«

Arlo wollte einstimmen, die Erleichterung willkommen heißen. Beim Blick aus dem Fenster sah er jedoch, dass sie durch das Kreiseln von der zur Landebahn ausgesuchten Fläche abgedriftet waren. Das Flugzeug hielt auf den Riss zu.

Arlo stieß Justus zur Seite und drosch die Faust auf den Regler für die Treibstoffzufuhr. Die Motoren heulten wieder auf. Das Flugzeug wurde schneller.

»Was soll das?«, schrie Justus.

Arlo achtete nicht auf ihn, sein Blick war auf die Kante des Abgrunds geheftet. Sie kam näher. Er konnte den Auftrieb durch die Windstärke nicht messen, schätzte aber, dass er bei achtzig Stundenkilometern würde abheben können. Der Geschwindigkeitsmesser zeigte fünfzig an, fünfundfünfzig, sechzig.

»Spring raus!«, rief er Justus zu. Sein Blick flog zwischen der Abbruchkante und den Anzeigen des Flugzeugs hin und her.

Siebzig Stundenkilometer, fünfundsiebzig.

Er zog den Steuerknüppel nach hinten. Die Nase des Flugzeugs hob sich, sackte wieder ab. Der Riss war direkt vor ihm. Arlo zog den Handhebel für die Treibstoffzufuhr so fest zu sich heran, dass er ihn aus der Armatur riss.

*

Die Finger des Roboters berührten Antonias Hände. Im nächsten Moment waren sie verschwunden, und mit ihnen die gesamte Maschine. Das Wasser brodelte. Es verlor seine Klarheit.

Was tat Malatesta da? Warum tötete er sie nicht?

Mehr Luftblasen stiegen auf und zerplatzten. Ein Gurgeln war zu hören. Antonia schlug mit den Armen. Etwas streifte ihre Beine, etwas Großes, Graues. Seine Oberfläche – seine Haut! – glänzte, als es die Wasseroberfläche durchstieß und gleich darauf wieder verschwand. Antonia schrie auf. War das ein Fisch? Eine Schlange? Sie hatte keinen Kopf erkennen können, keine Augen, nur einen lang gestreckten Körper, doppelt so dick wie ein Oberschenkel.

Der Roboter flog in hohem Bogen aus dem See und stürzte aufs Ufer.

Antonia wusste nicht, wovor sie sich zuerst in Sicherheit bringen sollte, vor dem Ding im Wasser oder vor Malatestas Maschine. Dann erkannte sie, dass der Roboter keine Gefahr mehr darstellte. Sein Leib war zerdrückt, er sah aus, als hätte er einer Elefantenherde im Weg gelegen. Nur die linke Klaue klopfte auf den Boden.

Was für eine Kreatur lebte in diesem See? Das Grauen kroch Antonia bis ins Mark. So rasch sie konnte, paddelte sie ans Ufer, sah sich nicht um, ahnte, dass es – was immer es war – noch immer hinter ihr war. Das Ufer kam näher. Sie streckte die Arme aus und zog sich an Land, winkelte trotz der Schmerzen die Beine an, um so viel Abstand wie möglich zwischen sich und den See zu bringen.

Sie robbte weiter. Wer wusste schon, ob das Ding nicht auch an Land kommen konnte? Der Gedanke war Salz in der offenen Wunde ihrer Angst. Auf allen vieren kroch sie zwischen der Lava hindurch. Erst, als sie die Überreste des Roboters schon hinter sich gelassen hatte, wurde sie langsamer und schaute sich um. Niemand – nichts – folgte ihr. Da fiel ihr auf, dass sie ihre Beine wieder gebrauchen konnte. Der Schmerz war noch da, aber nur noch ein schwaches Pulsieren in den Muskeln. Antonia erhob sich auf die Füße, streckte auf der Suche nach Gleichgewicht die Arme aus. Sie strauchelte, aber nur, weil das Blut zurück in ihre Beine rauschte. Sie tastete sich ab. Dabei schaute sie auf ihre Hände. Die blutenden Risse und die Brandblasen waren verschwunden. Stattdessen tropfte Wasser von ihren Fingern, aus ihrer Schutzkleidung. Sie fing einige Tropfen mit der hohlen Hand auf und starrte sie an.

Es gab keinen Zweifel.

Sie hatte Artemis gefunden.

Kapitel 38

11. Januar

Antonia warf einen Blick zum See hinüber. Das Gurgeln hatte aufgehört, die Wasseroberfläche lag spiegelglatt da. Nur die Überreste des Roboters am Ufer verrieten, dass das Gewässer nicht so friedlich war, wie es aussah.

Noch einmal schaute sie auf ihre Hände. Sie sahen aus, als käme sie gerade von der Maniküre, nur das Zittern ihrer Finger passte nicht dazu. Sie ballte die Fäuste. Ganz gleich, ob und wie sie von hier fortkommen konnte, sie würde nicht ohne Artemis gehen, nicht jetzt, wo die Lösung des Rätsels direkt vor ihr lag. Emilio und ihre Eltern waren wegen dieser Entdeckung gestorben, und sie, Antonia, würde die tragische Geschichte von Artemis' Erforschung zum Abschluss bringen, auf die eine oder andere Weise.

Sie näherte sich dem See mit kleinen Schritten. Ihre Beine, vor Kurzem noch bleischwer und zerschlagen, fühlten sich besser an als jemals zuvor. Ihre Füße schienen einer Tänzerin zu gehören. Sie richtete sich auf und reckte den Hals, um über die Entfernung hinweg ins Wasser hineinzusehen.

Darin rührte sich nichts, nur einige Eisklumpen fielen hinein. Antonia ging am Ufer in die Knie, bereit, zurückzuspringen, sollte etwas auftauchen und auf sie zuschwimmen. Erst tasteten ihre Blicke den Rand des Sees ab, dann das Gestein unter Wasser. Darauf wuchs etwas. War das dieselbe Art Lebensform, die ihre Eltern gefunden hatten? Waren das Emilios Schwämme?

Sie brauchte Proben, viele Proben, am besten ein Kilogramm Gewebe und einen Kanister voller Wasser. Sie schaute an sich herab. Da hing das Infrarot-Thermometer, ein Handscanner in einem Kunststoffetui. Sie nahm den Messapparat heraus und legte ihn beiseite, prüfte den Behälter. Er mochte wasserdicht sein. Letzte Gewissheit musste der Versuch liefern.

Antonia streckte die Hand aus, um den kleinen Kunststofftank in den See zu tauchen. Sie zögerte. Das Lebewesen von vorhin war nicht zu sehen. Ihre Hand näherte sich der Oberfläche, ihre Muskeln standen so sehr unter Spannung, dass ihre Finger bebten, noch heftiger als zuvor. Sie meinte, einen Schatten durch ihr Gesichtsfeld gleiten zu sehen, riss die Hand zurück und ließ dabei den Behälter fallen. Er klatschte aufs Wasser und lief voll, versank innerhalb von Sekunden, schwebte dem Grund entgegen.

Die Welt musste sich verändern.

Der Behälter war ihre einzige Chance, Artemis an die Oberfläche zu bringen. Antonia tauchte einen Arm ein und packte zu. Ihre Finger bekamen den Kunststoff zu fassen.

Es kam so schnell unter der Kante des Risses hervor, dass es Antonia bereits erreicht hatte, bevor ihr Gehirn die Information ihrer Augen verarbeiten konnte. Etwas schlängelte sich um ihren Arm herum, graue Haut in wellenförmiger Bewegung. Antonia riss die Hand zurück, aber es zog sich zusammen und hielt sie fest. Sie spürte den Druck durch den Ärmel des Schutzanzugs, spürte Muskeln mahlen, doch es gab keinen Schmerz, eher hatte sie den Eindruck, abgetastet zu werden. Das Herz klopfte ihr bis zum Hals. Sie keuchte, starrte auf das Wesen, das ihren Arm umschloss wie eine Anakonda den Ast, auf dem sie schlief. Sie erwartete, dass sie im nächsten Moment unter Wasser gezogen und das Schicksal des Roboters teilen würde.

Das Tasten ging weiter. Antonia biss sich auf die Unterlippe, nahm all ihren Mut zusammen und zog den Arm nach oben, so langsam, dass sie selbst die Bewegung kaum wahrnahm.

Die Schlange zog sich zusammen. Der Druck nahm zu.

Antonia rührte sich nicht mehr. Die Sekunden dehnten sich. Das Gefühl, durch die Wasseroberfläche hindurch angestarrt zu werden, wuchs.

Dann löste sich der Körper von ihr und setzte sich wieder in Bewegung, glitt an ihrer Hand entlang, in seiner ganzen schimmernden Länge. Die Spitze war schon wieder unter dem Rand des Eises verschwunden, da war das Ende noch nicht einmal aufgetaucht. Wie groß war dieses Ding? Eine Bahn grau schimmernder Haut umfloss Antonias Arm, strich an ihr entlang, um schließlich in die Finsternis zurückzukehren.

So schnell sie konnte, riss sie den Arm aus dem Wasser und taumelte zurück. Warum war sie nicht in den See gezogen worden? Hatte sie nicht ins Beuteschema gepasst?

Der Kunststoffbehälter tropfte in ihrer Hand. Sie hatte ihn festgehalten. Er war voller Wasser. Sie klappte den Deckel zu und ließ ihn in eine Außentasche des Anzugs gleiten. Sein sanfter Druck an ihrer Hüfte wirkte beruhigend, und Beruhigung, daran gab es keinen Zweifel, konnte sie gut gebrauchen.

Über die Schulter warf sie einen Blick auf das Gewässer. Sie hatte gerade als erster Mensch erfahren, dass die Süßwasserseen unter dem Eisschild Leben bargen. Leben, das sich dort unabhängig von allen anderen Einflüssen auf der Erde entwickelt hatte, ein Labor für die Evolution. Dreißig Millionen Jahre lang war der Boden der Antarktis ein Spielplatz der Natur gewesen, wo sich Kräfte ausgetobt hatten, die auf dem Rest des Planeten die Dinosaurier, die Säugetiere und den Menschen hervorgebracht hatten. Was mochte in den Gewässern unter dem Eis alles zu finden sein? Einen Moment lang verharrte sie. Artemis und diese Schlange, dachte Antonia, sind vielleicht nur Bruchteile dessen, was nur wenige Armlängen von ihr entfernt auf Entdeckung wartete. Ein Universum lag unmittelbar vor ihr.

Die Schlucht kreischte. Dann war das Geräusch herabsausender Eisbrocken zu hören, die im nächsten Moment um sie herum aufschlugen. Antonia schrak zusammen. Dort, wo das Eis in die Lava fiel, knallte es. Das gefrorene Wasser wechselte seinen Aggregatzustand so schnell von flüssig zu gasförmig, dass es schlagartig verdampfte. Es explodierte.

Sie hielt sich die Hand schützend über den Kopf und schaute nach oben. Noch mehr Eis fiel herunter, in einer Sekunde sprühte Hagel, im nächsten stürzten ganze Brocken herab. Hoch über ihr schob sich ein Schatten über den Riss. Eine Brücke, dachte sie zuerst, da versucht jemand eine Brücke über die Schlucht zu legen. Aber diese Brücke hatte Flügel. Ein Flugzeug. Aber es flog nicht über den Abgrund, es landete darauf.

*

Malatesta ließ die nutzlose Fernsteuerung fallen und rannte. In seinem Rücken hörte er die Frachtmaschine aufprallen, hörte Eis und Metall bersten. Er warf einen Blick zurück. Die Schnauze der Maschine verfolgte ihn. Überall war Qualm. Er stürzte und rollte zur Seite. Über seinem Kopf sah er das Cockpit aufragen. Darin bewegte sich etwas. Er erkannte das Gesicht Justus Henleins und eines anderen Mannes, sie riefen sich etwas zu.

Die beiden waren hier, um ihn aufzuhalten. Er wurde ihnen zuvorkommen. Malatesta stolperte von dem Wrack weg und riss das Gewehr von der Schulter. Er entsicherte die Waffe und legte auf das Flugzeug an. Sollte Henlein daraus hervorkommen, würde es einen einfachen Weg geben, ihn auszuschalten.

Die Maschine war über dem Riss gelandet. Das Cockpit lag auf dieser Seite der Schlucht, das Heck auf der gegenüberliegenden. Aus der Mitte der Maschine schlugen Flammen, und Rauch stieg in die Luft. Eine Tragfläche knickte ab und stürzte in die Tiefe.

Vielleicht musste er noch nicht einmal eine Kugel an Justus

Henlein verschwenden. Das Wrack würde den Stationsleiter in die Tiefe reißen. Malatesta musste nur verhindern, dass die Besatzung aus der Maschine floh.

»Schießt auf jeden, der das Flugzeug verlassen will«, rief er den anderen zu. Als keine Antwort kam, sah er sich um. Ole und seine Leute – vier waren übrig – nahmen Reißaus. Sie liefen auf die Twin Otter zu.

Wenn sie ohne ihn abflogen, säße er hier fest. Das durfte nicht geschehen.

Für den Moment musste er das Flugzeug außer Acht lassen und sich um diese Versager kümmern. Er sank auf ein Knie und legte auf die Männer an. Auf die Entfernung war nicht zu erkennen, wer es war, den er ins Visier nahm. Er drückte ab, der Knall rollte über die Ebene, einer riss die Arme hoch und kippte in den Schnee. Die anderen warfen sich zu Boden.

In seinem Rücken hörte Malatesta ein Geräusch und fuhr herum. Die Tür der Basler hatte sich geöffnet. Justus Henlein schaute ihn überrascht an. Er hielt die Füße eines Mannes fest, eines Verwundeten offenbar. »Pietro!«, rief Henlein. »Wirf das Gewehr weg und lass uns aussteigen. Wir regeln alles.«

Malatesta hob den Lauf der Waffe, legte die Wange auf den Schaft und wartete, bis Kimme, Korn und Henlein eine Linie bildeten.

Der Knall, der folgte, überraschte ihn selbst und ließ ihn den Schuss verreißen. Auf der gegenüberliegenden Seite der Schlucht brachen große Teile der Eiswand ab und stürzten in die Tiefe. Weiter im Süden, wo die Spalte in der Ferne verlief, war die dunkelblaue Linie im Eis kaum noch zu erkennen.

Der Riss begann sich zu schließen. Die Diamanten waren verloren.

*

Die Sicherheitsgurte schnitten in Arlos Schultern, als die Basler aufschlug. Die Maschine rutschte noch ein Stück. Dann lag sie still.

»Raus!«, rief Justus. »Bevor sie in die Schlucht fällt.«

Am liebsten wäre Arlo einfach aus dem Flugzeug gesprungen. Nicht ohne François! Er löste den Gurt des bewusstlosen Piloten, schob die Arme unter seinen Achseln hindurch und zog ihn aus dem Sitz. Was für eine Schande, dass der Franzose das Landungsmanöver nicht hatte verfolgen können. Arlo wäre eine Legende unter den Antarktispiloten geworden. Stattdessen musste er schon froh sein, wenn er lebend aus der Maschine entkam.

Das Heck senkte sich. Entweder rutschte es allmählich von der Kante der Schlucht herunter, oder diese Kante brach unter dem Gewicht in sich zusammen. Arlo wollte es nicht herausfinden.

Henlein packte die Füße des Piloten und stieß die Tür auf. Dann blieb er stehen.

»Los!«, rief Arlo. »Weiter!« Eine Kugel pfiff durchs Cockpit. Henlein rief etwas nach draußen. Arlo hörte den Namen Malatesta. Er erkannte einen einzelnen Mann mit einem Jagdgewehr, der Lauf der Waffe war auf das Cockpit gerichtet.

Ein weiterer Schuss. Henlein duckte sich. Arlo drängte nach vorn.

»Ihr könnt es euch aussuchen«, rief Malatesta. »Entweder ihr geht mit dem Flugzeug unter, oder ich erschieße euch.«

Diese Stimme! Arlo erinnerte sich an Malatestas Funkspruch und an die Decknamen, die dort verwendet worden waren. »Luisa«, rief er aus der Tür heraus. »Luisa, wir können uns einigen.«

Ein weiterer Schuss krachte.

Arlos Gedanken rasten wie Kugeln durch seinen Kopf – Roulettekugeln. Sie blieben auf einer Zahl liegen. »Drei«, rief er aus der Tür heraus. »Hier drinnen sind wir zu dritt. Das ist die Hälfte von Sechs. Wenn du einen von uns tötest, wirst du die Ordnung der Zahlen zerstören.« Er wusste kaum, was er da redete, aber etwas Ähnliches hatte er Malatesta im Funkraum auf Neumayer III sagen gehört.

Justus schaute ihn an, als habe er den Verstand verloren.

Malatestas Antwort war ein weiterer Schuss. Die Kugel schlug durch das Cockpitfenster und ließ ein Spinnennetz aus Sprüngen durch das Glas laufen.

Unter das Klirren, Knarren, Quietschen und Prasseln mischten sich Rufe, sie klangen weit entfernt und waren kaum wahrzunehmen. Arlo drehte den Kopf. »Hast du das gehört?«, fragte er.

»Was denn?« Henleins Stimme war voller Panik.

Da war es wieder. »Arlo.« Jemand rief seinen Namen. Das war Antonias Stimme.

»Oh Gott!« Arlo spähte ins Freie. »Sie ist da unten.« Antonia rief aus dem Riss um Hilfe, und wenn er nicht schnell etwas unternahm, würde das Flugzeug auf sie herabstürzen. Er durfte nicht länger warten. Er nahm François wieder auf und gab Henlein einen Stoß mit der Schulter. Gleichzeitig stürzten sie aus dem Cockpit.

Kaum waren sie draußen, sprang Arlo vor die beiden anderen und rannte los, auf Malatesta zu. Der Lauf des Jagdgewehrs ruckte herum und zeigte auf Arlos Bauch. Noch waren die beiden Männer einen Steinwurf voneinander entfernt. Arlo bezwang den Reflex, sich zu Boden fallen zu lassen. Er hielt weiter auf Malatesta zu.

Erst wurde Arlo herumgewirbelt, dann hörte er den Schuss. Seine Hüfte war auf der linken Seite taub. Er wusste, dass Malatesta ihn getroffen hatte, aber er überwand sich, nicht hinzusehen. Was man nicht mit eigenen Augen sah, das existierte nicht. So sagte man doch, oder? Er kam auf die Füße, knickte ein, lief weiter. Malatesta zielte nun auf Henlein, den Arlo hinter sich herankommen hörte. Zu spät!

»Sechs«, rief Arlo Malatesta entgegen.

Der Sizilianer drückte ab. Ein trockenes Klicken war zu hören.

Das Jagdgewehr war leer. Repetierer, das wusste Arlo von Jagdausflügen mit Maxim, waren in großer Kälte zuverlässige Waffen, aber ihr Magazin war mit maximal sechs Schuss begrenzt. Und Arlo hatte mitgezählt.

»Was für eine großartige Zahl«, presste er hervor und prallte gegen Malatesta. Gemeinsam mit Justus Henlein warf er den Geologen zu Boden. Nach kurzem Ringen lag der Diamantenjäger auf dem Bauch, Justus hockte rittlings auf ihm und drückte seine Knie auf Malatestas Arme. Der Sizilianer brüllte, aber wenn er überhaupt Worte hervorbrachte, dann versanken sie im Pressschnee.

»Da vorn!«, rief Henlein und ruckte mit dem Kopf in eine Richtung. »Da liegt ein Seil. Damit fesseln wir ihn.«

Ein Seil? Arlo traute seinen Augen nicht. Eine ganze Seilwinde ragte rot aus dem Schnee hervor. Dafür gab es eine bessere Verwendung, als Malatesta festzusetzen. Er würde Antonia aus dem Riss ziehen können. Vielleicht.

Arlo humpelte zu der Leine hinüber. Er presste die Hand an die Seite und spürte, dass sein Unterzeug feucht war. Er klaubte die Trommel vom Boden auf und suchte nach einer Möglichkeit, die Winde zu befestigen. Er schaute zu dem Flugzeug hinüber. Die Basler hatte eine Tragfläche verloren, ihr lang gestreckter Körper war in der Mitte durchgesackt, die ehemals helle Lackierung von Rußfahnen dunkel gefärbt. Es gab nichts in der Nähe, das er als Anker hätte nutzen können – nichts, außer ihn selbst.

Am einen Ende war ein Sitzgeschirr an der Seilwinde befestigt, so eines, wie es für Bergungen verwendet wurde. Man ließ die Gurte in die Tiefe und zog den zu Rettenden darin in die Höhe. Dieses Mal musste das andersherum funktionieren.

Arlo stieg in das Geschirr und gurtete sich fest. »Antonia!«, rief er, so laut er konnte, und wiederholte ihren Namen noch zweimal. Als er glaubte, eine Antwort gehört zu haben, legte er die Seilwinde auf den Pressschnee und gab ihr einen Tritt. Die Rolle geriet in Bewegung, kugelte auf den Abgrund zu und verschwand darin.

Arlo spürte einen leichten Zug, als die Winde in die Tiefe stürzte. Die Gurte lagen auf der Schusswunde. Er zog die Luft durch zusammengepresste Zähne ein und versuchte, die Verletzung zu ignorieren. Wie tief mochte es hinabgehen? Nach einer Weile hörte das Ziehen auf. Das Seil lockerte sich. Die Winde war am Grund der Schlucht angekommen.

»Antonia!«, rief Arlo noch einmal. Unter seinen Füßen färbte sich der Schnee rot.

*

In der Schlucht schaute Antonia unter den Überresten des Pistenbullys hervor. Unter dem Wrack hatte sie Schutz gesucht, als Eis und Teile des Frachtflugzeugs in die Schlucht gestürzt waren. Der Unterschlupf würde ihr zwar nichts nützen, wenn ihr mehrere Tonnen Stahl auf den Kopf fielen. Aber die Eisbrocken, die sich aus der Wand lösten, prallten von der zersplitterten Kabine des Kettenfahrzeugs ab, und das war schon mehr, als sie sich noch vor wenigen Momenten erhofft hatte.

Sie legte die Hände an den Mund und rief, so laut sie konnte, um Hilfe. Sie rief, bis das letzten Quantum Atem aus ihrer Lunge entwichen war, dann schnappte sie nach Luft, hustete Schwefeldämpfe aus und rief erneut.

Niemand antwortete. Sie wischte sich den Dampf von der Stirn und suchte die Eiswände nach einer Möglichkeit ab, an ihnen hinaufzuklettern, wohl wissend, dass das unmöglich war.

»Antonia!« Arlos Stimme war so leise und so weit entfernt, dass es ihr vorkam, als riefe er von der Neumayer-Station auf der anderen Seite des Kontinents nach ihr.

»Arlo!«, antwortete sie. »Ich bin hier unten.«

Wieder lauschte sie. Diesmal blieb die Antwort aus.

Hatte sie sich das nur eingebildet? Nein, das war Arlo gewesen. Er war wirklich mit diesem Flugzeug gekommen, um nach ihr zu suchen! Energie durchströmte sie und flutete ihren Bauch. Sie schaute zu dem Flugzeug hinauf. Die zweite Tragfläche brach ab und fiel in den Riss hinein. Antonia duckte sich hinter eine Kette des Pistenbullys. Sie hörte Krachen und das Pfeifen herumfliegender Metallsplitter.

Hier konnte sie nicht bleiben. Es gab nur eine Möglichkeit: Sie musste die Schlucht entlanglaufen und darauf hoffen, dass sie sich dort, wo sie weiter von den Vulkanen und den Erdstößen entfernt war, hob. Vielleicht konnte sie dort an die Oberfläche klettern. Und falls nicht, war es letztlich egal, wo sie starb.

Sie kroch unter dem Pistenbully hervor und vergewisserte sich, dass die Wasserprobe sicher in ihrer Tasche verstaut war. Einen letzten Blick warf sie auf den See, in den jetzt große Eisbrocken fielen und aus dem Fontänen aufsprühten. Sie atmete tief ein und aus, sie war eine Sprinterin vor dem Start, dann setzte sie sich in Bewegung.

*

Das Seil hing schlaff über der Kante. Arlo ruckte daran, aber das änderte nichts. Entweder sah Antonia die Seilrolle nicht oder … Er dachte nicht weiter darüber nach. Im Geiste sah er ihr Gesicht vor sich, wie es sich langsam über die Abbruchkante hob. Er war sicher, den Duft von Antonias Haar riechen zu können. Oder war das ihr Parfüm, dass er nachts im Zelt eingeatmet hatte, als sie sich in der Endlosigkeit aneinandergeschmiegt hatten? Wenn jemand Arlo noch vor zwei Wochen erzählt hätte, dass er sich in eine zehn Jahre ältere Vulkanologin von der anderen Seite der Erde verlieben würde, und zwar so sehr, dass er für sie der Antarktis den Rücken kehren würde, hätte er das für einen Witz gehalten. Er staunte über sich selbst. Bislang hatte er noch keine Gelegenheit gehabt, über seine Gefühle für Antonia nachzudenken. Doch jetzt, zehn Schritte vor dem Abgrund, brach die Wahrheit in sein Bewusstsein ein.

Das Seil straffte sich. Arlo stemmte die Absätze in den Schnee. Jemand ruckte am anderen Ende, testete den Halt.

»Antonia!«, rief Arlo, und sein Herz setzte einen Schlag aus, als er zur Antwort seinen Namen hörte.

»Sie ist da!«, rief er zu Justus Henlein herüber, der auf Malatesta kauerte.

Er hatte sie gefunden. Arlo zog zweimal an dem Seil und hoffte, dass das als Nachricht genügte.

Im nächsten Moment riss ihn die Leine nach vorn. Das Sitzgeschirr zog sich um seine Hüften zusammen und drückte auf die Schussverletzung. Warm quoll es unter den Karabinerhaken hervor. Arlo hielt das Seil mit beiden Händen fest, dankbar für seine Handschuhe, und trat einen Schritt nach hinten, einen zweiten, einen dritten. Nach dem vierten spürte er, dass ihn die Kräfte schneller verließen, als er es für möglich gehalten hatte. Fünf, sechs, sieben. Das Seil war eine rote Nabelschnur, die ihn mit Antonia verband. Er ließ sich nach hinten fallen, bis er schräg zum Boden stand, nur vom Zug der Leine gehalten. Seine Augen drohten, aus den Höhlen zu quellen, sie füllten sich mit Tränen, die Welt um ihn herum verschwamm. Er schüttelte den Kopf. Acht, neun, zehn. Er brauchte eine Pause. Nur ein paar Atemzüge lang.

Später. Der nächste Schritt, und dann noch einer.

»Justus!«, rief Arlo.

Doch Henlein kam wegen Malatesta nicht vom Fleck. Von dieser Seite hatte Arlo keine Hilfe zu erwarten.

Der Zug des Seils war jetzt so stark, dass es ihn einen Schritt vorwärts zerrte. »Nein«, presste er hervor. Er ging in die Knie, um nicht vornüberzukippen, und erkannte zu spät, dass das ein Fehler gewesen war. Zwar war er jetzt im exakten Gegengewicht zu Antonia, aber er kam nicht mehr auf die Beine. Der Zug ließ ihn auf die Seite fallen. Im nächsten Moment schoss er vorwärts, auf den Riss zu. Das Seil sirrte über die Kante.

*

Die Winde war vom Himmel gefallen. Diesmal gab es keinen Gurt, aber das machte nichts. Antonia wickelte das lose Seil mehrfach um den Zylinder und verknotete es so, dass es sich nicht wieder abrollen könnte. Dann klemmte sie sich die Winde zwischen die Oberschenkel, hielt das Seil mit beiden Händen fest und zog zweimal daran. Ihr Signal wurde beantwortet. Die Leine ruckte, und sie biss die Zähne zusammen, als die Metallkanten in ihre Muskeln gepresst wurden. Mit einem Mal schwebte sie über dem Boden, nur eine Beinlänge zunächst, doch nach einem weiteren Ruck waren es schon zwei Meter, dann drei. Ruckartig ging es aufwärts. Ein Motor hätte anders gearbeitet. Anscheinend zog sie jemand mit reiner Muskelkraft in die Höhe. Sie dachte darüber nach, Gewicht abzuwerfen, das Schwerste an ihr waren die Stiefel. Aber sie reichte nicht an ihre Füße heran.

Unterdessen löste sich das Flugzeug in seine Bestandteile auf. Immer wieder stürzten Teile der Verkleidung herab, gefolgt von einem Flammenregen.

Das Ruckeln hörte auf. Das Seil hing still, Antonia fand sich auf halber Höhe nach oben wieder. Die Kanten der Seilwinde schienen sich mittlerweile durch ihre Beine hindurchgedrückt zu haben. »Arlo!«, rief sie und ruckte an der Leine. Wie zur Antwort gab das Seil nach, Antonia sauste wieder dem Boden entgegen. Die Eiswand flitzte an ihr vorbei. Sie schrie. Im nächsten Moment wurde der Sturz abrupt gebremst. Was trieb Arlo da oben?

Das Seil war erstarrt, zu Eis geworden, wie es schien. Weder ging es nach oben noch nach unten. Antonia hatte den Eindruck, dass die Zeit selbst eingefroren war. Nur das Knacken des Flugzeugs war zu hören. Die Basler fiel jetzt in großen Teilen auseinander. Der Bauch der Maschine brach auf, und Antonia konnte große runde Formen im Innern erkennen, sie waren von einer weißen Masse umgeben. Das Wrack spie seine Fracht aus.

Im nächsten Moment zog Arlo mit großer Kraft an. Antonias Kopf wurde in den Nacken gerissen, ihre Beine kippten nach oben, sie saß nicht länger auf einer Seilwinde, sondern in einem Schleudersitz. Ehe sie darüber nachdenken konnte, was mit ihr geschah, schoss sie über die Kante der Schlucht und landete im Schnee. Die Rolle schleifte sie noch einige Meter weiter, bis sie das Seil endlich losließ und liegen blieb.

Hinter ihr explodierte die Welt.

*

Er war lange genug gedemütigt worden. Auf dem Boden liegend, mit dem Mund im Schnee, hatte Malatesta mitansehen müssen, wie sein Lebensziel zum Teufel ging. Erst hatten ihn seine Helfer im Stich gelassen. Aber auf diese Feiglinge konnte er verzichten. Als Nächstes hatte der Riss begonnen, sich zu schließen. Das war schlimmer. Was sollte er, ein einzelner Mensch, dagegen unternehmen, wenn sich die Natur gegen ihn stellte? Und nun hockte auch noch Justus Henlein auf seinem Rücken.

Sogar als die Twin Otter mit dem russischen Piloten angefahren gekommen war, hatte Henlein sich nicht von der Stelle gerührt. Malatesta hatte aus der Froschperspektive beobachten müssen, wie der Pilot aus der Kanzel gesprungen war und seinem Kollegen mit dem Seil geholfen hatte, an dessen anderem Ende, wie er kurz darauf zu sehen bekam, Antonia Rauwolf hing. Malatesta hatte angefangen, dafür zu beten, dass die Leine reißen oder den beiden Männern aus den Händen gleiten würde. Doch Gott, der ihn heute schon einmal verspottet hatte, schien sich von ihm abgewandt zu haben.

Nun war ein Grollen zu hören. Malatesta konnte den Kopf nicht so weit drehen, aber den Rufen der anderen entnahm er, dass das Frachtflugzeug in die Tiefe gestürzt war. Der Abgang der Maschine wurde von einem sausenden Luftzug begleitet und endete in einem Knall. Etwas war explodiert, und er hätte schwören können, dass es seine Zukunft war.

Da verschwand Henleins Gewicht endlich von seinem Rücken. Augenblicklich sprang Malatesta auf die Beine. Er sah den Stationsleiter von dem Riss weglaufen, dorthin, wo die Twin Otter stand, wo Antonia Rauwolf im Schnee saß und einer der Piloten seine Arme um sie geschlungen hatte. Der andere kletterte gerade zurück ins Cockpit.

Sie winkten ihm zu und riefen, er solle zu ihnen kommen. Wie verlockend!

Ein Fauchen erklang. Malatesta fuhr herum und stand plötzlich vor einer Fontäne aus Wasser, die aus dem Riss emporschoss. Es sprudelte in den Himmel, gefror noch in der Luft und regnete in Form von Eiskristallen ab. Die Explosion am Grund der Schlucht musste eine Reaktion ausgelöst haben. Malatesta hob den Kopf und blinzelte gegen die Sonne. Das Licht stach in die Eispartikel und ließ sie funkeln, glänzen und glitzern. Auf dem Scheitelpunkt der Fontäne schwebten sie für einen Moment fast unbeweglich am Himmel, wo sie ihre Transformation von flüssig zu fest erfuhren, bevor sie mit der Geschwindigkeit von Geschossen herabregneten.

Die Luft war voller Diamanten.

Malatesta lachte, als er die Hände ausstreckte und die Edelsteine eines Augenblicks mit den Händen aufzufangen versuchte. Natürlich waren das keine echten Edelsteine. Es war bloß Eis. Ein Stück von der Größe eines Taubeneis landete in seiner Hand. Es hatte Ähnlichkeit mit den Diamanten, die er in den Riss geworfen hatte. Ihm kam der Gedanke, dass sich das Land dort unten für dieses Opfer hunderttausendfach revanchierte und nun all jene

Diamanten, die er eigentlich hatte bergen wollen, freiwillig preisgab.

Bloß Eis.

Malatesta zog sich den Schutzanzug aus, streifte die Hosenträger der Filzhose ab, stieg aus der Thermo-Unterwäsche und ging auf den Riss zu.

Kapitel 39

11. Januar

Die Twin Otter fuhr in großem Abstand an der Abbruchkante entlang. Antonia, Arlo und Henlein schauten aus dem Fenster und beobachteten, wie der Riss in sich zusammenfiel. Vulkanische Aktivität hatte die Schlucht aufklaffen lassen, nun sorgten die Erdstöße dafür, dass sie sich wieder schloss – über dem See mit Artemis, über dem Wrack des Frachtflugzeugs, über den Diamanten und über Pietro Malatesta, der darin verschwunden war.

»Sah aus, als sei er hineingesprungen«, sagte Antonia. Sie hörte die Antwort der anderen nicht, denn die Turbinen der Schall und Rauch heulten auf, als Maxim Vollgas gab. Als das Flugzeug abhob, musste sie sich festhalten. Für den Moment waren alle still.

Maxim hatte noch keine Zeit für Erklärungen gefunden, doch Antonia ahnte, wie er sich aus seinen Fesseln befreit hatte. Sie selbst hatte ihm Emilios Taschenmesser zugesteckt, bevor sie in den Riss hinabgestiegen war. Das kleine Universalwerkzeug hatte genügt. Maxim hatte es geschafft, in einem unbeobachteten Moment in die Schall und Rauch zu steigen, und es musste ihm eine diebische Freude bereitet haben, mit dem Flugzeug an Malatestas Helfern vorbeizufahren, um auf seine Freunde zuzusteuern.

Der Mann mit der Platzwunde an der Stirn, der auf einer Holzkiste saß, war Antonia unbekannt. Henlein stellte ihn als François Cadet vor, den Piloten des abgestürzten Frachtflugzeugs. Cadet nickte ihr kurz zu und presste sich ein mit Eis gefülltes Tuch gegen den Kopf. Antonia erwiderte den knappen Gruß, erweitert um ein dankbares Lächeln. Er hatte zu ihrer Rettung einen wichtigen Teil beigetragen. Henlein gab sich zuversichtlich, dass es François bald besser gehen würde.

Sobald die Twin Otter Flughöhe erreicht hatte, ließ der Druck nach. Antonia setzte sich neben Arlo. Durch das Fenster war der Riss noch immer gut zu erkennen. Jetzt ähnelte er einer Narbe im Eisschild. Die Zeit würde auch sie verschwinden lassen, so wie sie alle Wunden heilte.

Unter ihnen tauchten die gelben Zelte auf. Die vier Männer in der Mitte des Lagers sahen aus wie Spielfiguren, die aber – darauf mochte Antonia wetten – zornerfüllt zu ihnen hinaufsahen. Malatestas Helfershelfer saßen fest. Ohne Flugzeug, ohne Schneemobil oder Pistenbully würden sie nirgendwo hinkommen und mussten abwarten, bis sie von einer Rettungsmannschaft geborgen wurden – einer Rettungsmannschaft mit Handschellen.

Was für eine Wendung die Ereignisse genommen hatten! Erst hatte sich Antonia einer bewaffneten Übermacht gegenüber wiedergefunden, war in einen Abgrund getaucht und einem Ungeheuer begegnet, ihr Leben hatte an einem roten Faden gehangen und zunächst in den Händen eines Wahnsinnigen und dann in den Händen ihres Retters gelegen, und jetzt saß sie an der Seite dieses Mannes und war in Sicherheit.

Sie wandte sich Arlo zu. Er war eingeschlafen, sein Kopf rollte hin und her. Antonia legte eine Hand auf sein Bein, sanft, um ihn nicht zu wecken. »Danke«, sagte sie leise und staunte seine Züge an. Es hatte Momente gegeben, da war sie sicher gewesen, ihn niemals wiederzusehen.

Sie zog die Hand zurück und strich ihm eine Haarsträhne aus dem Gesicht. Ihre Finger hinterließen rote Streifen auf seiner Wange. Sie hielt sich die Hand vor die Augen, darauf glänzte etwas feucht.

»Justus!«, rief sie und tastete Arlos Bein ab. Jetzt bemerkte sie, dass der Anzug durchnässt war.

Henleins Gesicht tauchte über dem Sitz vor ihr auf. »Was ist los?«

»Mit Arlo stimmt was nicht.« Sie flüsterte ohne Grund. War der Kanadier unnatürlich bleich? Schlief er überhaupt, oder hatte er das Bewusstsein verloren?

Henlein zog Arlos Lider nacheinander hoch, suchte in seinen Augen nach Anzeichen einer Reaktion. »Wir müssen ihn hinlegen«, sagte der Stationsleiter. »Sofort!«

Mit François' Hilfe hoben sie Arlo aus dem Sitz und legten ihn in den Gang. Während Henlein seine Schutzkleidung öffnete, zog Antonia eine Decke von einem der Sitze, faltete sie zusammen und schob sie Arlo unter den Kopf. Seine Lippen waren weiß. Warum hatte sie nicht schon früher bemerkt, dass etwas nicht mit ihm stimmte?

»Eine Schusswunde«, sagte Henlein. Er hatte Arlo so weit ausgezogen, dass sein Bauch freilag. Henleins Finger drückten auf eine Stelle rechts des Bauchnabels, an der Blut aus einem kreisrunden Loch quoll. Antonia spürte, wie ihre Knie weich wurden.

»Den Erste-Hilfe-Koffer!«, rief Henlein. »Schnell!«

François verschwand im Cockpit und kam kurz darauf mit einem roten Kunststoffkoffer zurück. Henlein hatte unterdessen Arlos Rücken abgetastet und festgestellt, dass die Kugel dort wieder ausgetreten war. Er holte Verbandszeug hervor, eine Schere und etwas, das Desinfektionsmittel sein musste. Dann begann er, einen Druckverband anzulegen. »Halt hier fest, Antonia!«, befahl er und wickelte den Verband um Arlos Leib. Sie drückte auf das Wundpolster. Als Arlo aufstöhnte, war sie zugleich erschrocken darüber, ihm Schmerzen zuzufügen, und froh, dass er ein Lebenszeichen von sich gab. »Wie steht es?«, fragte sie.

»Seine Beine müssen hoch«, sagte Henlein. »Wenn wir die Wunde oberhalb des Herzens positionieren, senkt die Schwerkraft den Blutverlust.« François fand eine Holzkiste, legte Arlos Beine darauf und hielt sie fest.

Henlein sah Antonia kurz an. »Arlo hat viel Blut verloren. Malatesta muss ihn getroffen haben. Das ist schon eine Weile her, und er hat dich trotz der Wunde aus dem Riss gezogen. Ist mir unbegreiflich, wie er das geschafft hat.«

»Maxim!«, rief Antonia. »Wir müssen bei der nächsten Forschungsstation landen. Wie weit ist es bis dahin?«

Es dauerte eine Weile, bis der Russe antwortete. »Eine Stunde, vielleicht zwei. Das hängt vom Wind ab.«

Antonia warf Henlein einen fragenden Blick zu und erhielt zur Antwort den tröstenden Blick eines Arztes, der die Angehörigen eines Schwerverletzten zu beruhigen versuchte. Henlein mochte ein guter Mediziner sein, aber als Schauspieler versagte er. Arlo schwebte in akuter Lebensgefahr, und die nächste Station und Bluttransfusion waren zu weit weg.

»Mach Platz!« Antonia schob Henlein beiseite. Der Stationsleiter protestierte, wich aber zurück. Antonia kniete neben Arlo nieder und tastete in ihrem Anzug nach dem Behälter für das Infrarot-Thermometer. Er war noch da, und – sie zog ihn langsam aus der Tasche – noch zur Hälfte gefüllt. Ein Teil des Wassers musste sie verschüttet haben, als sie auf der Seilwinde hin und her geschaukelt war. Genügte der Rest für das, was sie vorhatte?

In ihrem Rücken stellte Henlein eine Frage, aber Antonia antwortete nicht. Sie öffnete den Deckel und ließ einige Tropfen auf Arlos Bauch fallen. Das Wasser lief über den Verband und tränkte ihn, das Wundpolster saugte sich damit voll.

»Der Verband muss runter«, sagte sie knapp.

»Der Verband bleibt drauf«, blaffte Henlein. »Was ist das für ein Zeug?«

Antonia drehte sich zu ihm um. »Das hier«, sie hielt den Behälter in die Höhe, »ist Arlos einzige Chance. Es ist der Grund, weshalb meine Eltern ihr Leben verloren haben und Emilio sterben musste. Und ich bin gerade dabei, es dazu zu verwenden, Leben zu erhalten, statt es dafür aufs Spiel zu setzen. Hilf mir!«

Als Henlein sich nicht rührte, griff Antonia nach dem Druckverband und zog ihn behutsam von Arlos Bauch herunter. Blut quoll aus der Wunde. Antonia ließ ein wenig Flüssigkeit darauf laufen. Sie hoffte, das Wasser würde in das Loch in Arlos Bauch eindringen, doch das austretende Blut spülte es wieder heraus.

»Aufhören!«, rief Henlein. »Siehst du nicht, dass er verblutet?«

Das sah Antonia sehr wohl. Wenn sie wollte, dass etwas von Artemis in Arlos Körper floss, dann würde sie mehr verwenden müssen. Sie schaute auf den Behälter. Vielleicht war noch genug von der Flüssigkeit vorhanden, um Arlos Leben zu retten. Sie goss das Wasser auf die Wunde, bis nichts mehr da war, schüttelte den Behälter aus und hörte erst damit auf, als sie sicher sein konnte, dass sie jeden Tropfen hergegeben hatte. Dann bat sie Justus Henlein, einen neuen Druckverband anzulegen.

Der britische Arzt auf der Halley Station hatte sie alle für verrückt erklärt. Der Patient, so lautete seine Diagnose, sei zwar in einem geschwächten Zustand, leide aber keineswegs unter Blutverlust, und warum er einen Druckverband trage, obwohl darunter keine Verletzung zu finden sei, sei ihm ebenfalls unerklärlich. Justus Henlein beteuerte, er selbst habe die Schusswunde entdeckt, desinfiziert und behandelt. Sie könne sich doch nicht einfach in Luft aufgelöst haben. Da half es auch nicht, dass Justus sich als Arzt und Leiter der Neumayer-Station zu erkennen gab. Sein britischer Kollege attestierte ihm eine Fehldiagnose, hervorgerufen möglicherweise durch die Nebenwirkungen einer Hypoxie. Mit anderen Worten: blanken Unsinn. Wo sie denn gewesen seien, wollte Doktor Astor wissen, und als Justus ihm verriet, sie seien aus der Westantarktis gekommen, war das für den Briten eine Bestätigung seines Verdachts. Da draußen im Westen gebe es nichts, an dem sich der menschliche Geist festhalten könne, nur die endlose Leere des eintönigen Weiß.

Das könne einem Mann – und einer Frau, wie er mit einem Blick auf Antonia hinzufügte – zu Kopf steigen. Bevor Justus noch einmal beteuern konnte, dass Arlo im Flugzeug schwer verletzt gewesen sei, wurden alle gebeten, die Krankenstation zu verlassen und in der Kantine etwas zu sich zu nehmen. Was dem Patienten fehle, könne einzig und allein die Küche liefern.

Mit einem englischen Frühstück im Bauch und der vollgetankten Schall und Rauch war die Strecke bis zur Neumayer-Station in Windeseile zurückgelegt. Auf dem Flug beantwortete Arlo die Fragen Justus Henleins bereitwillig, auch ließ er sich wieder und wieder abtasten, abklopfen und abhorchen. Erst als Maxim darum bat, dass alle die Sicherheitsgurte anlegen sollten, gab Henlein Ruhe, ließ Stethoskop und Blutdruckmanschette im Erste-Hilfe-Koffer verschwinden und schloss den Deckel mit einer energischen Bewegung. Nur die misstrauischen Blicke konnte er nicht von Arlo nehmen.

Der gab sich verwundert über seine plötzliche Heilung. Seine Erinnerung reichte nur bis zu dem Moment zurück, an dem er Antonia mit Maxims Hilfe aus dem Riss gezogen hatte. Von allem, was danach geschehen war, so erklärte er, wisse er nichts mehr. Dabei sah er Antonia auf eine Weise an, die ihr versicherte, dass Arlo mehr wusste, als er zugab. Schließlich hatten sie gemeinsam das Rätsel um Artemis gelöst – und für Arlos Genesung konnte es nur diese eine Erklärung geben.

Ihre Ankunft in der Neumayer-Station war für Antonia wie ein Déjà-vu-Erlebnis. Nicht nur landete sie im selben Flugzeug wie schon vor einer Woche, auch das Empfangskomitee war wieder da, die Traube rot gekleideter Frauen und Männer, die vor dem Treppenaufgang standen und dem Flugzeug zuwinkten. Diesmal war die Landebahn vollständig geräumt, und die Schall und Rauch glitt auf ihrer Kufe und dem Snowboard ungehindert bis vor den Eingang der Station.

Bestürmt von Fragen bahnten sich Antonia, Arlo, Maxim, François und Justus einen Weg in die Kantine, wo es dem Stationsleiter erst nach mehreren Anläufen gelang, die Besatzung zum Schweigen und Zuhören zu bewegen. Er bot Antonia das Wort an, aber sie lehnte ab. Dies war Heinleins Auftritt, er hatte sich von einem risikoscheuen Vorgesetzten in einen tapferen Freund verwandelt und verdiente es, dass die Besatzung seiner Station das bemerkte. Während er berichtete, wie die Basler von Neumayer losgeflogen war, wie sich Petersen als Verräter entpuppt hatte und was aus Malatesta geworden war, zog Antonia Arlo in den Gang hinaus.

Sie hielt seine Hand fest, als sie mit ihm zu der Galerie lief, die sie am Tag ihrer Ankunft bewundert hatte. Die Fotos jeder Winterbesatzung der vergangenen vierzig Jahre, die Porträts Georg von Neumayers und Alfred Wegeners und daneben die Grundrisse der drei Neumayer-Stationen.

»Was tun wir hier?«, fragte Arlo.

Es fiel Antonia schwer, seine Hand loszulassen. Sie tippte auf einen der Pläne. Er zeigte die erste Neumayer-Station, ein System aus zwei Stahlröhren, die durch einen Gang miteinander verbunden waren. »*1981 bis 1993*« war darunter zu lesen.

»In dieser Station bin ich mit Emilio angekommen, nach unserer Odyssee durch das Eisland.«

Arlo schaute sich den Plan näher an. »Diese Station lag unter dem Eis. Das muss für euch Kinder nicht gerade wie eine Erlösung gewirkt haben.«

Antonia erinnerte sich jetzt genau daran, wie sie in die dunklen Röhren hinuntergetragen worden waren, wie aufgeregte Stimmen sie umschwirrten und Männer herumrannten. »Neumayer I war kein Kindergarten, das stimmt. Aber die Station und ihre Besatzung haben uns das Leben gerettet.«

»Du zeigst mir das doch nicht aus Gründen der Sentimentalität«, stellte Arlo fest.

Sie lächelte ihn an. »Du durchschaust mich schnell. Ich habe da so eine Idee.«

»Deine letzten Ideen hatten ziemlich schwerwiegende Folgen«, sagte Arlo. »Was ist es diesmal?«

»Die Unterlagen meiner Eltern. Die Aufzeichnungen ihrer Forschung an Artemis. Erinnerst du dich?«

»Emilio hatte gehofft, sie in dem Flugzeugwrack zu finden. Aber sie waren nicht da.« Arlo lehnte sich mit verschränkten Armen gegen die Wand.

»Ich frage mich, ob mein Vater sie bei sich behalten hat, obwohl er wusste, dass er sterben würde, oder ob er dafür gesorgt hat, dass sie unter Menschen kommen. Menschen, die etwas damit anfangen konnten. Wissenschaftler.« Antonia wartete einen Moment, ließ Arlo den Gedanken zu Ende führen.

»Du glaubst, er hat die Unterlagen in deine und Emilios Überlebensausrüstung gesteckt, damit ihr sie zur Neumayer-Station bringt?«

Antonia nickte. »Das halte ich für möglich.«

»Aber dann hätte sie doch jemand gefunden. Artemis wäre längst weltweit bekannt.«

»Und genau das lässt mich stutzen.« Wieder tippte Antonia auf den Plan der alten Station. »Sie könnten noch immer dort sein.«

»Wo?«, fragte Arlo.

»In Neumayer I. Die Station wurde niemals abgebaut. Sie musste seinerzeit aufgegeben werden, weil sie durch die Wärmeentwicklung immer tiefer ins Eis einsank. Irgendwann war die ganze Anlage verschwunden.«

Arlo schaute sie überrascht an. Sein jugendliches Gesicht leuchtete vor Aufregung. »Du meinst, Neumayer I ist noch immer da?«

»Das ist kein Geheimnis. Die meisten Leute hier wissen das. Nur kümmert sich niemand mehr darum.« Sie senkte die Stimme. »Ich wüsste nur zu gern, ob unser Gepäck von damals noch dort unten ist.«

»Du willst da runter?«, fragte Arlo erstaunt. »In die alte Station? Geht das überhaupt? Wenn ja, dann … dann …«, er schluckte, »… dann bin ich dabei.«

Kapitel 40

12. Januar

Die älteste Neumayer-Station lag etwa zehn Kilometer von Neumayer III entfernt und war im Eis begraben. Die Mitternachtssonne schickte ihre letzten schwachen Strahlen aus und wies den beiden Schneemobilen den Weg. Antonia saß hinter Arlo auf einem der Fahrzeuge, das andere steuerte Maxim mit Justus auf dem Sozius. Der Stationsleiter hatte auf Antonias Bitte, sich die alte Station ansehen zu dürfen, zögerlich reagiert. Das sei viel zu gefährlich, denn die alten Stahlröhren seien seit dreißig Jahren dem Druck des Eises ausgesetzt, außerdem handele es sich mittlerweile um ein historisches Bauwerk der Antarktisforschung, und laut Antarktischem Vertrag sei es verboten, etwas an solchen Einrichtungen zu verändern. Aber, hatte Justus nach einer genüsslichen Pause gesagt, wenn er als Stationsleiter mitkäme, würde sich gewiss niemand beschweren.

Ohne ihn hätten sie den Einstieg auch niemals gefunden. Henlein wusste, dass nur der Notausstieg auf einem der Treppentürme von Neumayer I noch zu sehen war. Und selbst von diesem Turm schaute nur die Klappe an die Oberfläche, an einem Tag mit schlechtem Wetter wäre sie unter Schnee verborgen.

Sie stiegen von den Schneemobilen ab und stellten sich um die Klappe herum auf. Ein Schauer lief Antonias Rücken herunter. Sie schaute Justus Henlein fragend an. Er nickte ihr zu. »Es war dein Wunsch hierherzukommen. Also darfst du den Einstieg öffnen.« Er reichte ihr den Hammer.

Antonia begann, das Eis abzuschlagen. Nach einer Weile hatte sie die Klappe freigelegt, wischte den Schnee mit der Hand herunter und schaute auf die rote Metallfläche. Sie sah so schlicht aus, und doch könnte sich unter ihr ein großes Geheimnis verbergen.

Sie griff nach dem Stahlrad, das die Klappe verschloss, und drehte. Es rührte sich nicht. Erst als Maxim sich daran versuchte, gab das Rad nach. Der Russe zog die Luke auf. Aus dem darunter liegenden Schacht wehte ihnen ein Geruch entgegen, wie er den Häusern alter Menschen eigen war, eine Mixtur aus durchgesessenen Polstermöbeln, kalt gewordenem Essen und Medizin.

Antonia leuchtete mit der Handlampe in die Tiefe. An einer Seite des Schachts war eine Leiter eingelassen. Wohin sie führte, war nicht zu erkennen, denn der Schacht war verkrümmt.

»Das sieht nicht gut aus«, sagte Justus, der sich neben Antonia auf den Einstieg lehnte. »Das Eis hat die Wände der Station verformt. Wenn wir Pech haben, kommen wir nicht mal durch bis zum Boden.«

Antonia schob ihn beiseite, schwang sich auf den Rand des Lochs. »Es gibt nur einen Weg, das herauszufinden.«

Kurz darauf stand sie in einer der Doppelröhren von Neumayer I. Der Schacht hatte bis nach unten geführt. Ihren Rufen folgend, kamen auch die anderen herab. Die Strahlen ihrer Lampen glitten über die geriffelten Wände eines Korridors. An vielen Stellen war das Metall ausgebeult, aber es sah aus, als sei die Konstruktion stabil. Türen führten von dem Korridor ab, die meisten standen offen, einige lagen auf dem Boden, sie waren durch die Kraft von oben regelrecht aus den Angeln gesprengt worden. Die Räume dahinter waren zum Teil noch eingerichtet. Wie Justus zu berichten wusste, hatte man seinerzeit alles zurückgelassen, für das es keine Verwendung auf der neuen Station gab. Neumayer II war zwar größer angelegt als der Vorgängerbau, aber auch dort galt: Platz war kostbar und musste vornehmlich der Wissenschaft und der Lebenserhaltung dienen. Für ausrangierte Möbel hatte niemand Verwendung.

Antonia dachte an Archäologen, die in eine altägyptische Grabkammer eindrangen. Jetzt musste sich herausstellen, ob der Schatz noch darin zu finden war.

»Wonach suchen wir?«, fragte Justus, der den Blick nicht von den Wänden lassen konnte. »Akten? Kladden? Lose Blätter?«

»Ich weiß es nicht«, gestand Antonia. Sie holte das Notizbuch ihres Vaters hervor und hielt den Lichtstrahl der Handlampe darauf. »Das hier ist die Handschrift meines Vaters. Außerdem wird der Text auf Spanisch sein.«

»Suchen wir einfach nach allem, was wir nicht lesen können«, brummte Maxim.

Justus zog eine Augenbraue hoch. »Wir sollten uns aufteilen«, sagte er, »dann geht es schneller.«

Während Maxim und Henlein auf dieser Seite der Station blieben, wollten Antonia und Arlo die Röhre auf der anderen Seite durchsuchen. Sie fanden den Gang, der die beiden Korridore verband, und konnten ihn ungehindert passieren. Auch auf der anderen Seite von Neumayer I war noch Mobiliar in den Kabinen und Laboren zurückgeblieben. Sie betraten einen Raum voller Blechregale, einige davon waren umgekippt. Auf dem Boden lagen Steckerleisten und Scherben, und auf einem Schreibtisch aus aufgequollenem Holz standen leere Bilderrahmen. Antonia zog Schubladen auf und fand die Überreste des Alltags unter dem Eis: eine verklebte Tüte mit Eukalyptuspastillen, ein Männermagazin, einen Gameboy und eine halb volle Schachtel Zigaretten.

»Das hier war mal die Funkbude«, rief Arlo aus der nächsten Kabine. Antonia folgte dem Lichtschein in einen Raum mit alten Kopfhörern und aufgeschraubten Radios. Hier mussten Karims Vorgänger gearbeitet haben. Antonia bückte sich und schaute unter eine der Tischplatten, um zu sehen, ob auch hier ein Gerät zur Aufzeichnung der Funksprüche installiert war. Doch wenn es diese Technologie damals schon gegeben hatte, so war sie bei der Aufgabe der Station entfernt worden.

Nachdem sie zwei weitere Räume durchsucht hatten, zweifelte Antonia daran, dass die Dokumente noch existierten. Vielleicht hatte sie einer der deutschen Forscher mitgenommen, wie Arlo vermutet hatte, und jetzt lagen sie unbeachtet in einer verschimmelnden Akte irgendeines Instituts.

Sie hörte Rumpeln aus der anderen Röhre. Maxim und Justus wühlten sich durch den Schutt.

Antonia überlegte gerade, welche der Kabinen sie als Nächste in Augenschein nehmen sollte, da kam Arlo aus einer der Türen heraus. »Was gefunden?«, fragte sie.

Er schüttelte den Kopf. »Nicht viel. Scheint die Messe gewesen zu sein, ein paar Regale mit leeren Flaschen, zerbrochene Gläser, eine zu Staub zerfallene Zimmerpflanze und Stofftiere.«

Antonia stutzte. »Stofftiere?«

Arlo grinste. »Ein Elefant und ein Pinguin. Die letzten Besatzungsmitglieder von Neumayer I.«

Antonia lief an ihm vorbei in den Raum, aus dem er soeben gekommen war. Der Strahl ihrer Lampe flog viel zu schnell über die Wände, um etwas erkennen zu können. Sie zwang sich zur Ruhe, ließ das Licht langsam über Schrott und Scherben wandern. »Wo?«, rief sie. »Wo sind sie denn?«

Arlo griff nach ihrem Handgelenk und leitete den Lampenstrahl auf ein Regal, dessen mittlere Fächer heruntergefallen waren. Das obere Brett war noch heil, und darauf lagen Bautista und Valentin.

Antonia stürzte auf die Plüschfiguren zu und nahm sie vorsichtig an sich. Sie befürchtete, sie könnten auseinanderfallen. Stattdessen schauten sie sie aus ihren verstaubten Knopfaugen an und schenkten ihr Zuversicht. Wie damals. Das Lächeln auf dem Schnabel des Pinguins war dasselbe, und auch an die weichen Stoßzähne des Elefanten konnte sich Antonia noch gut erinnern. Natürlich waren die beiden von der Zeit und der Witterung ramponiert. Das Fell war an einigen Stellen ausgefallen, an anderen schien es von Kinderhänden abgenutzt zu sein, ihren eigenen vermutlich.

»Das sind Bautista und Valentin«, erklärte sie, »meine Freunde aus Kindertagen.«

Arlo musste nicht lange überlegen. »Deine Stofftiere. Du hast erzählt, du hättest sie bei eurer Flucht von Esperanza mitgenommen, obwohl deine Eltern es dir verboten hatten.« Er lächelte. »Das sind zwar keine Forschungsunterlagen, aber einen Schatz hast du trotzdem gefunden. Sogar zwei.«

»Wie sind die nur hierhergekommen? Ich kann mich nicht erinnern, wann ich sie verloren habe. Das ist alles so lange her.« Antonia drückte die Figuren an sich. Den Geruch, der von ihnen ausging, kannte sie zwar nicht, aber die Berührung war vertraut. Sie hörte etwas knistern, tastete am Bauch des Elefanten herum. Waren die Tiere mit Stroh gefüllt?

»Was hast du denn?«, fragte Arlo.

Sie drückte ihm den Pinguin in die Hand und bat ihn, die Lampe auf den Elefanten zu richten. Dann untersuchte sie Bautistas Bauch. Da war eine Naht, sie war recht grob, von ungelenker oder eiliger Hand angelegt. Zwischen den Einstichen klafften Lücken. Antonia steckte den kleinen Finger hinein und ertastete etwas Glattes im Bauch der Plüschfigur. Das war kein Stroh.

Sie holte Emilios Taschenmesser hervor, das Maxim ihr zurückgegeben hatte, klappte die kleine Schere auf und schnitt einen der Fäden entzwei.

»Was tust du denn da?«, rief Arlo. Seine Stimme hätte nicht entsetzter klingen können, wenn Antonia ihm selbst das Werkzeug in den Bauch gestoßen hätte.

»Psst«, machte sie. »Warte einen Moment, dann wirst du schon sehen.«

Langsam zog sie den Faden aus dem Bauch des Elefanten, bis der Spalt groß genug war, damit sie Daumen und Zeigefinger hineinstecken konnte. Als sie die Hand wieder zurückzog, hielt sie ein zusammengefaltetes Papier fest. Ein Blick in den Elefantenbauch offenbarte ihr weitere Bögen.

Sie strahlte Arlo an. »Mein Vater …« Sie musste einen Moment innehalten, um Atem und Gedanken zu beruhigen. Sie faltete die Bögen mit einer sanften Bewegung auseinander. Das Papier brach an den Falzkanten, aber es klaffte weit genug auf, damit sie erkennen konnte, was darauf geschrieben stand. Im grellen Licht konnte sie chemische Formeln erkennen, alles war voller Zahlen, Mustern und Ausrufungszeichen. Und oben am Seitenrand stand *SMEG632459.*

»Artemis«, sagte Arlo, der die vertraute Zahlenkombination erkannte.

»Die Forschungsunterlagen meiner Eltern«, bestätigte Antonia mit vor Ehrfurcht leiser Stimme. »Emilio hat im Flugzeugwrack danach gesucht, aber nichts gefunden. Weil mein Vater sie uns damals mit auf den Weg gegeben hatte, sicher verborgen im dicken Bauch von Bautista.«

»Aber warum hat er die Dokumente versteckt? Warum hat er sie nicht einfach in eure Rucksäcke gelegt? Ihr wart doch unterwegs zu deutschen Freunden, die die Arbeit an Artemis hätten fortsetzen können.«

»Das ist eine weitere Frage, auf die ich keine Antwort weiß«, erwiderte Antonia. »Je mehr Antworten wir zu Artemis finden, desto mehr Rätsel tauchen auf.« Sie hielt sich Bautista vor das Gesicht, aber der Elefant hatte bereits alle Geheimnisse preisgegeben.

»Ich hole die anderen«, sagte Arlo und war schon mit einem Bein aus der Tür, als Antonia ihn zurückhielt.

»Warte!«, rief sie. »Nicht so schnell.« Sie schaute auf die Dokumente in ihrer Hand und auf den Elefanten, der sie trotz der Wunde an seinem Bauch noch immer anlächelte. Antonia faltete das Papier wieder zusammen und steckte es dorthin zurück, wo sie es gefunden hatte. Dann begann sie, die Stelle wieder notdürftig zu verknoten.

»Was machst du?«, fragte Arlo. »Sollen wir den anderen denn nicht sagen, was wir gefunden haben?«

Antonia schüttelte den Kopf. »Halt mal einen Finger hier drauf«, bat sie, als sie den Faden wieder vollständig eingezogen hatte. Sie knotete die Enden zusammen und zog sie fest zu. Dann strich sie sanft über Bautistas Bauch. »Danke, alter Freund«, sagte sie, küsste den nach Feuchtigkeit riechenden Rüssel und stellte den Elefanten wieder auf das Regal. Valentin, den Pinguin, platzierte sie daneben.

»Ich werde aus dir nicht schlau«, sagte Arlo. »Erst setzen wir unser Leben aufs Spiel, um diese Formel zu finden, und jetzt, nachdem wir sie entdeckt haben, willst du sie nicht?« Er klang verärgert.

Antonia legte ihm eine Hand auf die Schulter. »Ich will Artemis genauso wie du! Wenn sich dahinter eine Möglichkeit verbirgt, Zellen zu erneuern und Kranke zu heilen, dann könnten wir damit großes Leid lindern.«

»Aber?«

»Ich glaube zu wissen, warum mein Vater die Unterlagen versteckt hat«, sagte sie. »Wenn bekannt würde, welche Kräfte unter dem antarktischen Eisschild schlummern, würde das etwas auslösen, das niemand mehr aufhalten kann. Jedes Land der Welt würde Anspruch auf ein Stück dieses Kontinents erheben – und auf die Seen und Flüsse in dreitausend Metern Tiefe.«

»Aber der Antarktische Vertrag …«, wandte Arlo ein.

»Hat der Malatesta etwa davon abgehalten, nach Diamanten zu suchen? Artemis wäre tausendmal wertvoller als Edelsteine, Gold und Platin. Selbst, wenn alle Nationen sich darauf einigen könnten, behutsam bei der Untersuchung der Seen vorzugehen, wäre das immer noch ein Eingriff in ein bislang unberührtes Ökosystem, und das würde seine Zerstörung bedeuten. Wahrscheinlicher ist jedoch, dass Habgier diesen wunderschönen Kontinent zugrunde richten würde. Arlo! Der Eisschild schmilzt bereits, und was daraus entstehen kann, haben wir an den Vulkanen gesehen. Die Jagd nach Artemis würde diesen Prozess beschleunigen. Das Eis, das jetzt noch alle für erhaltenswert halten, wäre nur noch ein Hindernis. Du weißt, was dann passieren würde.«

Arlo nickte langsam.

»Niemand«, fuhr Antonia fort, »niemand darf von Artemis erfahren. Aber ebenso wenig darf sie in Vergessenheit geraten. Wir zwei sind die Einzigen, die von der Existenz der Dokumente wissen. Versprich mir, dieses Wissen für dich zu behalten.«

Arlo versprach es. »Und nach uns?«

Antonia sah ihn fragend an, dann lächelte sie, als sie begriff, worauf er hinauswollte. »Wir könnten die Vorfahren von Generationen von Wächtern sein, die das Wissen weitergeben«, sagte sie. »Vielleicht.«

Arlo zog die Handschuhe aus und legte seine Hände an ihre Wangen. »Ganz bestimmt«, sagte er.

Bevor er sie küssen konnte, explodierte Maxims Bass im Gang. »Deshalb also habt ihr euch hier versteckt.« Das Gesicht des Russen tauchte in der Tür auf. Justus Henlein erschien hinter ihm. »Habt ihr was gefunden?«

Antonia warf den beiden Stofftieren einen letzten Blick zu. Es fiel ihr nicht leicht, ihre beiden Gefährten in der Dunkelheit zurückzulassen, nachdem sie sie gerade erst wiedergefunden hatte. »Nein«, sagte sie. »Hier ist nichts.«

Kapitel 41

15. Januar

Das Gefühl der Sonne auf den gefrorenen Wangen, Haut, der das Licht schmeichelte – Antonia hatte sich seit ihrer Ankunft in der Antarktis nicht so wohl gefühlt. Im roten Schutzanzug, aber ohne Kopfbedeckung stand sie vor dem Eingang der Station und beobachtete gemeinsam mit Arlo, wie die Besatzung von Neumayer III ihren Posten verließ. Die Männer und Frauen luden ihr Gepäck in die Traverse, eine Karawane aus Kettenfahrzeugen und Anhängern, ähnlich jener, mit der vor zwei Monaten Emilio und Malatesta nach Westen aufgebrochen waren. Diesmal war das Ziel das Forschungsschiff Polarstern. Es hatte in der Atka-Bucht festgemacht und war bis zur Kante des Schelfeises herangekommen, wo es die Passagiere aufnehmen konnte. In zwei Monaten würden alle in Bremerhaven an Land gehen.

Antonia winkte Ignacio zu, und der Koch grüßte zurück – er war in seiner Vermummung gut zu erkennen, was an seiner Statur, vor allem aber an der Kochmütze aus Wollstoff lag, die auf seinem Kopf thronte. Auch Harry Zacharias grüßte, bevor er in den Anhänger stieg. Etwas weiter hinten warf Vladimir Wiemer verstohlene Blicke zu Antonia hinüber.

»Dies ist die letzte Gelegenheit, es sich anders zu überlegen«, sagte Justus Henlein, der die Station als Letzter verließ.

Antonia schaute Arlo an. Sie hatten beschlossen, allein auf der Station zu bleiben, um die Aktivität der Vulkane zu beobachten. Die Messgeräte zeichneten jeden Erdstoß auf, der aus dem Westen kam. Bislang waren die Ausschläge weniger besorgniserregend als noch vor vier Tagen. Wie es schien, hatte das Zusammenfallen des Risses einen Ausbruch verhindert. Antonia hoffte, dass das so bleiben würde. Den Wachtposten verlassen wollte sie allerdings nicht.

»Wir bleiben«, sagte sie. »Unsere Versorgung ist gewährleistet. Und in zwei Monaten kommen die Überwinterer, dann haben wir wieder Gesellschaft.« Die Neumayer-Station war in den Wintermonaten von einem kleinen Team mit einem Dutzend Forschern besetzt.

»Bis die Sonne Anfang Mai zum letzten Mal aufgeht«, sagte Arlo, »wird Antonia eine Meisterin des Snowboards sein.«

»Passt nur auf, dass ihr euch nicht die Knochen brecht. Euer Arzt ist dann vierzehntausend Kilometer weit weg.« Justus schaute ernst unter seiner Mütze hervor.

»Du und ich«, sagte Antonia zu ihm, »wir haben zusammen einen weiten Weg zurückgelegt. Was machen die paar Kilometer da schon aus?« Sie umarmte Henlein, spürte, wie er erstarrte, und drückte ihn umso fester an sich. Seine Arme schlangen sich um ihre Schultern.

»Das genügt jetzt«, sagte Arlo.

Justus löste sich von Antonia, als wäre er froh über das Kommando. Aber das Lächeln in seinem Gesicht sprach eine andere Sprache. »Wir können ja mal telefonieren«, schlug er unbeholfen vor. Dann drehte er sich um und verschwand in Richtung der Fahrzeuge.

Eine Hand streckte sich Antonia entgegen. Sie gehörte Francisco Nero, dem portugiesischen Fotografen. »Antonia? Ich möchte mich von dir verabschieden.«

Sie ergriff die Hand und schüttelte sie. »Gute Reise, Francisco. Ich hoffe, du hast einige lohnenswerte Motive gefunden.«

»Das habe ich! Und jede Menge Stoff für eine Reportage, die

mir einen Preis einbringen wird, einen Preis, der eigentlich dir gebührt.«

»Du wirst über die Vulkane berichten und über die Gefahr, die uns droht, wenn wir zulassen, dass der Eisschild taut?«, fragte sie.

Nero nickte.

»Das wäre ein großer Gewinn. Für mich, für uns alle. Schreib, Francisco! Schreib alles auf und sorg dafür, dass so viele Menschen wie möglich deine Geschichte lesen. Jeder sollte wissen, dass wir die Antarktis schützen müssen, um uns selbst zu schützen.«

»Das werde ich als Zitat verwenden«, erklärte Nero. Er schüttelte auch Arlo die Hand, sagte noch, dass er es bedauere, nicht noch einmal mit der Twin Otter fliegen zu können, und verschwand.

»Glaubst du, er hat das ernst gemeint?«, fragte Arlo.

Antonia musste an den Hinflug denken, auf dem es dem Fotografen so schlecht gegangen war. Sie schüttelte den Kopf. »Nein. Aber nach zwei Monaten an Bord der Polarstern wird er sich vielleicht wünschen, wieder in der Schall und Rauch sitzen zu können.«

Die Pistenbullys wackelten noch am Horizont, da knatterten auch die Motoren der Twin Otter los. Die Propeller begannen sich langsam zu drehen, dann wurden sie schneller, bis Antonias Augen sie kaum noch wahrnahmen. Sie wusste, was Arlo empfand. Sie suchte seine Hand und hielt sie fest.

François Cadet kletterte aus dem Flugzeug und kam zu ihnen herüber. Dabei hielt er seine Mütze fest, auf der die französischen Farben zu sehen waren. Statt einer Polarbrille trug er eine gespiegelte Pilotenbrille. Nur der Verband an der linken Seite seines Kopfes störte das Bild eines Mannes, den nichts erschüttern konnte.

»Au revoir«, sagte er, schüttelte Arlo die Hand und küsste die Luft neben Antonias Wangen. »Wir sehen uns wieder. Vielleicht in der nächsten Saison. Oder«, er zwinkerte, »bei den Flitterwochen an der Seine.«

»Was ist mit Maxim?«, fragte Antonia. »Kommt er nicht raus, um Auf Wiedersehen zu sagen?« Der russische Pilot war der Einzige gewesen, der Arlo beinahe von seiner Entscheidung, mit Antonia auf Neumayer III zurückzubleiben, abgehalten hätte. Antonia und Arlo hatten ihn gemeinsam dazu eingeladen, die Zeit mit ihnen zu verbringen, bis die Überwinterer ankamen. Aber der Russe hatte abgelehnt. Er habe während der vergangenen Wochen mehrere Stunden in der Lounge sitzen müssen. Dabei sei er fast wahnsinnig geworden. Und wenn Antonia und Arlo eines gewiss nicht gebrauchen könnten, dann einen weiteren Verrückten, der die Neumayer-Station unsicher machte. Er wollte fliegen, sagte Maxim, nicht brüten. Schließlich zeigte er Verständnis dafür, dass Arlo noch einige Monate auf dem Erdboden blieb. François, »die Maus« Cadet, und sein Co-Pilot seien ohnehin gerade arbeitslos und würden Arlo eine Zeit lang vertreten. Aber nur eine Zeit lang, hatte Maxim mit besonders tiefer Stimme verkündet.

Damit war für den Russen offenbar alles gesagt, denn jetzt blieb er im Cockpit seines Flugzeugs sitzen und schaute nicht einmal mehr durch die Scheibe zu Arlo und Antonia herüber.

»Lass ihn«, sagte Arlo. »Seine russische Seele ist empfindsam. Ich werde ihn später damit aufziehen.«

Die Twin Otter startete auf der bereits abgeflaggten Piste. Als sie Flughöhe erreicht hatte, leuchteten kurz alle Positionslichter auf. »Maxim muss versehentlich an die Kontrollhebel gestoßen sein«, sagte Arlo, bevor er sich umdrehte und Antonia in die Station begleitete.

Der nächste Morgen begann mit dem Tod. Emilios Leichnam lag in seinem grauen Kokon auf einem Schlitten, Antonia und Arlo zogen ihn durch den Schnee, weg von der Station. Ihr Bruder, das hatte Antonia mit Justus Henlein vereinbart, sollte nun doch nicht in Europa bestattet werden, sondern auf dem Kontinent, auf dem er geboren worden war.

Das Wetter war klar, der Wind biss zu, aber der Himmel war tiefblau. In der Ferne, dort, wo man meinen konnte, die Erdkrümmung mit bloßem Auge sehen zu können, standen zwei schillernde Punkte am Horizont, links und rechts der tief stehenden Sonne. Nie zuvor hatte Antonia etwas Ähnliches gesehen. Arlo hingegen schon. *Sun dogs*, Sonnenhunde, sagte er, werde dieses Phänomen genannt, weil es den Eindruck erwecke, die Sonne werde von zwei kleineren Begleitern aus Licht flankiert. »Die Sun Dogs sind besonders dann deutlich zu sehen, wenn der Wind Wolken aus Eiskristallen aufwirbelt und die Sonne sie in der Luft zum Glitzern bringt. Bei den Piloten heißt das *diamond dust*, Diamantenstaub.«

Antonia konnte den Blick nicht von den leuchtenden Erscheinungen nehmen. Sie wusste, der Gedanke war hoffnungslos romantisch, aber sie wurde das Gefühl nicht los, dass sich die Antarktis Emilio noch ein Mal in ihrer vollen Schönheit präsentierte.

Sie blinzelte gegen das Licht der Sun Dogs an. Das Land um sie herum war kalt, tödlich und berauschend schön. Mit einem Mal fühlte sie sich an diesem Ort wohl. Sie hatte es die ganze Zeit über gespürt, dieses Gefühl, das ihr sagte: Egal, wie weit weg oder wie lange du fort bist, ein Teil von dir bleibt immer da, wo du hingehörst. Es war gut, wieder zu Hause zu sein,

Der Wind blies ihr Schneegestöber ins Gesicht.

»An die Arbeit.« Sie reichte Arlo eine der Schneesägen und griff selbst zu der zweiten. Sie mussten das Eis nur oberflächlich entfernen, gerade so weit, dass Emilio vollständig in die Grube passte. Trotzdem mussten sie immer wieder Pausen einlegen, um nicht ins Schwitzen zu geraten. Schließlich lag Antonias Bruder in einem Grab, das schon durch seine weiße Farbe ungewöhnlich war. Die Sonnenflecken am Horizont leuchteten noch immer, als sie eine Handvoll Schnee in die Grube rieseln ließ. Arlo tat es ihr nach.

»Möchtest du, dass ich ein Gedicht vorlese?«, fragte er.

»Von Ovid und auf Latein? Ich glaube nicht, dass Emilio das verstehen würde. Und ich auch nicht.« Sie stand still, ließ den Wind heulen. In der Ferne färbten sich die Wolken lila. »Erzähl mir lieber noch mal, was mit ihm geschehen wird.«

Arlo räusperte sich, dann wiederholte er, was er Antonia schon einmal dargelegt hatte. Ein Grab in der Antarktis war nicht das Ende des Lebens, denn Leben bedeutete Bewegung, und wer im ewigen Eis bestattet worden war, der bewegte sich. Zunächst würde Emilios Leichnam immer tiefer sinken, so wie das Flugzeug ihrer Eltern und wie Neumayer I. In einigen Jahren oder Jahrzehnten würde er von einem Gletscherstrom erfasst und davongetragen werden, langsam, einige Zentimeter im Jahr, um irgendwann, in einer Zukunft, die Antonia selbst nicht mehr erleben würde, das Meer zu erreichen.

Sie schaufelten das Grab oberflächlich zu. Mehr war nicht nötig, der Wind würde den Rest erledigen. Es bestand keine Gefahr, dass Tiere den Leichnam riechen und ausbuddeln würden.

»Schade, dass wir keine Blumen auf das Grab legen können«, sagte Arlo.

»Können wir das nicht?« Antonia öffnete ihren Rucksack und holte eine Kiste daraus hervor. Sie griff hinein und zog die Orchidee heraus. Es war die Pflanze, die Emilio in die Antarktis gebracht und die er mit Artemis behandelt hatte. Antonia hatte sie bei ihrer überstürzten Flucht vor Magnus Petersen in den Schnee geworfen. Dort hatte Ignacio sie gefunden und in die Station getragen, gestern Abend hatte er sie Antonia zum Abschied geschenkt. Und jetzt war sie wieder bei Emilio angelangt. Antonia stellte die Pflanze auf das Grab. Die weißen Blüten zitterten im Wind.

Sie lehnte sich an Arlo und fühlte sich wohl in seiner Umarmung.

Die Welt hatte sich verändert.

Nachwort

Sie ist der weißeste Fleck auf der Weltkarte. Die Antarktis ist auch im 21. Jahrhundert, in dem fast jeder Winkel der Erde erkundet und ausgeleuchtet ist, unerforschtes Gebiet. Insbesondere das Landesinnere ist lebensfeindlich und unzugänglich – und es steckt voller Geheimnisse.

Nur selten gibt die Eiswelt eines ihrer Phänomene preis. Etwa einen riesigen Süßwassersee, den Wissenschaftler unter der russischen Vostok-Station entdeckten. Das Gewässer wurde 1974 durch Radar geortet. Es misst zweihundertfünfzig mal fünfzig Kilometer und ist vermutlich tausendzweihundert Meter tief – ein gigantisches Süßwasserreservoir und Biotop. Heute schätzen Forscher, dass etwa vierhundert solcher Seen unter dem Eisschild liegen, meist in der Nähe von Vulkanen. Denn deren Dämpfe schmelzen Eishöhlen unter die Gletscher, in denen es einige Dutzend Grad wärmer sein kann als außerhalb dieses Bereichs. Hinzu kommt, dass der über vier Kilometer hohe Eisschild einen enormen Druck auf seine unteren Schichten ausübt und dadurch den Schmelzpunkt sinken lässt. Das frei gewordene Wasser sammelt sich dann in Geländemulden, so entstehen die Gewässer.

Die Untersuchung der Seen steckt noch in den Anfängen. Bekannt ist bislang, dass sie durch Flüsse miteinander verbunden sind und auf diese Weise Mikroorganismen hin- und hertransportiert werden. Erste Bohrungen brachten Spuren dieser Organismen zutage, die als Nahrung für mehrzellige Organismen, vielleicht sogar für Wirbeltiere dienen könnten. Welche Lebensformen die Evolution möglicherweise in den Süßwasserseen hervorgebracht hat, bleibt ein weiteres Geheimnis der Antarktis.

Dass im ewigen Eis an den unwahrscheinlichsten Orten Leben gedeiht, fanden Forscher Anfang 2021 heraus, als sie unter dem Filchner-Ronne-Schelfeis einen Felsbrocken bemerkten, auf dem Schwämme und andere Organismen lebten. Bis dahin galt es als unmöglich, dass Lebewesen in dieser Umgebung existieren konnten: in absoluter Finsternis, etwa eintausend Kilometer von der nächsten Möglichkeit zur Fotosynthese entfernt und ohne erkennbare Möglichkeiten, Nahrung aufzunehmen. Da nur Roboterkameras den Felsen in neunhundert Metern Tiefe erreichen können, sind weitere Untersuchungen vorerst nicht möglich. Biologen erhoffen sich in Zukunft neue Erkenntnisse über die Mechanismen der Evolution und über Anpassungsfähigkeiten unter lebensfeindlichen Bedingungen.

Eine der spektakulärsten Nachrichten der vergangenen Jahre aus der Antarktis ist die Entdeckung eines Vulkanfeldes im Westen des Kontinents. Wissenschaftler der Universität Edinburgh fanden 2017 heraus, dass einundneunzig bislang unbekannte Vulkane unter dem Eispanzer verborgen liegen. Damit ist die Westantarktis die Region mit der höchsten Vulkandichte der Welt. Einige der Untereisvulkane sind Giganten mit einer Höhe von dreitausendachthundert Metern und einem Durchmesser von knapp sechzig Kilometern am Fuß, aber nur wenige Gipfel schauen aus dem Eis heraus. Ob die Vulkane aktiv sind, ließ sich bislang nicht herausfinden. Sollte das der Fall sein, befürchten Wissenschaftler, dass es zu Ausbrüchen kommen könnte, insbesondere wenn das Gewicht des auf die Vulkane drückenden Eises abnimmt. Etwas Ähnliches ist auf Island beobachtet worden, wo Magma, flüssiges Gestein aus dem Erdinnern, immer höher stieg, je dünner das auf dem Vulkan lastende Eis wurde. In der Antarktis würde austretendes Magma das Schelfeis rapide schmelzen lassen. Unmittelbare Folge wäre der Anstieg des Meeresspiegels um mehrere Meter. Große Mengen Vulkanasche würden in die Atmosphäre gelangen, das Sonnenlicht dämpfen und eine kleine Eiszeit hervorrufen. Bislang verhindert das Klima des Südkontinents eine solche Katastrophe. Aber das Eis, das auf die Vulkane drückt, schmilzt.

Die Eisschicht über der antarktischen Landmasse ist vierunddreißig Millionen Jahre alt und ragt bis zu viertausendsiebenhundert Meter auf. Dafür ist der Zirkumpolarstrom verantwortlich, die stärkste Meeresströmung der Erde, die den Kontinent umfließt. Dieser Ringozean verhindert, dass warmes Wasser aus dem Atlantik, dem Pazifik und dem Indischen Ozean die Antarktis erreichen und erwärmen kann. Zugleich ist der Zirkumpolarstrom der Motor, der die Wasser- und Luftmassen auf der gesamten Erde in Bewegung hält. Schon geringe Veränderungen an dieser Meeresströmung, etwa durch Erwärmung der Wassertemperatur, können Auswirkungen auf das Weltklima haben.

Messbar sind solche Veränderungen bereits seit einigen Jahren. Die Westantarktis gilt heute als die Region der Erde, deren Erwärmung am schnellsten voranschreitet. Dort stiegen die Temperaturen schon einmal auf plus zwanzig Grad Celsius. Vor der Antarktischen Halbinsel im Nordwesten und vor der Ostantarktis schmelzen die Eisschelfe heute dreimal so schnell wie noch vor zehn Jahren. Als Folge brechen große Teile des Schelfeises vor den Küsten ab und treiben als Eisberge von der Größe Frankreichs im Meer. Die Abbrüche kündigen sich durch Risse an. Einer davon war der Halloween Crack im Brunt-Schelfeis, der 2016 nur zwölf Kilometer vor der britischen Forschungsstation Halley in der Ostantarktika auftauchte und dafür sorgte, dass die gesamte Station verlegt werden musste.

Den gefährdeten Eisschelfen kommt im antarktischen Ökosystem eine besondere Bedeutung zu, denn sie sitzen wie Korken an den Rändern des Kontinents und verhindern, dass die Gletscher aus dem Landesinnern ins Meer fließen können. Brechen diese

Korken weg, würde der Kontinent gewaltige Eismassen verlieren, die den Meeresspiegel innerhalb weniger Monate um mehrere Meter ansteigen lassen würden. Die Vermischung von Salz- mit Süßwasser hätte dann auch Auswirkungen auf das Leben im Meer und würde viele Arten aussterben lassen, was wiederum weitere Veränderungen im Ökosystem nach sich ziehen würde.

Um die Antarktis zu schützen und politische Streitigkeiten um den Besitz des Landes zu vermeiden, unterzeichneten im Jahr 1959 zwölf Nationen den Antarktisvertrag. Inzwischen ist der Vertrag von fünfundfünfzig Staaten anerkannt. Solange er in Kraft ist, sind alle Gebietsansprüche ungültig, sind militärische Aktionen ebenso verboten wie die Einfuhr radioaktiven Abfalls oder Atomwaffentests. Stattdessen haben sich die Vertragspartner, zu denen seit 1979 auch Deutschland zählt, auf eine friedvolle Nutzung und Erforschung des Kontinents geeinigt. Mit dem Madrider Protokoll zog die Staatengemeinschaft 1991 einen weiteren Schutzzaun um den Südkontinent. Diesmal stellten die Teilnehmerinnen und Teilnehmer strenge Regeln für den Umweltschutz auf und untersagten jegliche kommerzielle Ausbeutung des Landes südlich des sechzigsten Breitengrads. In der Antarktis dürfen seither keine Bodenschätze abgebaut werden.

Dass dort Rohstoffvorkommen lagern, gilt als sicher. Zwar sind noch keine Lagerstätten entdeckt worden, aber die Geologie liefert Hinweise. Denn vor zweihundertfünfzig Millionen Jahren hing die Landmasse der heutigen Antarktis noch mit Afrika, Amerika und Australien zusammen und war Teil des Superkontinents Gondwana. Als Gondwana auseinanderbrach, entstand allmählich das Bild der heutigen Erde. An den ehemaligen Kontaktstellen der Kontinente sind große Rohstoffvorkommen entdeckt worden: Gold und Diamanten im Höhenzug Witwatersrand in Südafrika, der einst an das antarktische Königin-Maud-Land grenzte; Molybdän, Gold und Silber in den südamerikanischen Anden, die eine Fortsetzung der Antarktischen Halbinsel sind.

Die Vermutung liegt nahe, dass sich diese Lagerstätten in der Antarktis fortsetzen könnten. Bestätigt hat das der Fund von Kimberlit in der Ostantarktis. Ein australisches Forscherteam fand 2013 jenes Gestein, das Diamanten enthalten kann. Überdies vermuten Geologen Vorkommen von Eisenerz, Uran, Platin, Chrom, Erdgas und Erdöl. Doch der Eisschild hindert Konzerne daran, nach Lagerstätten zu suchen. Prospektionen müssten zunächst das kilometerdicke Eis überwinden, um danach noch einmal mehrere Kilometer in die Erdkruste zu bohren. Überdies verhindert das unwirtliche Landesinnere, dass Menschen und Maschinen überhaupt bis zu den potenziellen Fundstellen transportiert werden können. Der Abbau von Rohstoffen in der Antarktis ist nicht nur verboten, er ist unwirtschaftlich.

Trotz aller Widrigkeiten haben einige Staaten versucht, Ansprüche auf die Antarktis zu erheben und den Antarktischen Vertrag zu umgehen. Dazu zählte das Geburtenprogramm der argentinischen Militärdiktatur. Auf der argentinischen Forschungsstation Esperanza kam am 27. März 1978 das erste Kind der Antarktis zur Welt, ein Mädchen namens María Nieves Delgado. Bis 1983 folgten sieben weitere Kinder – darunter in diesem Roman Antonia und Emilio. Kindergärten und Schulen wurden errichtet. Der Plan, mittels der »Antarktikaner« das Land für Argentinien zu beanspruchen, ging am Ende nicht auf. Auch Chile hatte ein Auge auf die Region geworfen. Die Chilenen ahmten die Idee der Argentinier nach und ließen ebenfalls Kinder in der Antarktis zur Welt kommen, sodass der Anspruch Argentiniens erlosch. Nach dem Ende der argentinischen Militärdiktatur 1983 lief das Antarktisprogramm aus. Heute ist Esperanza auf der Antarktischen Halbinsel eine Forschungsstation wie jede andere.

Etwa vierzig Stationen sind derzeit in Betrieb. Die meisten liegen in der Nähe der Küsten. Eine davon ist die deutsche Einrichtung Neumayer III, die am 20. Februar 2009 im Königin-Maud-Land in Betrieb genommen wurde. Sie liegt an der Atka-Bucht im

Norden der Antarktis. Bis zu fünfzig Menschen leben und arbeiten dort in den kurzen Sommern, in den Wintern sind es noch ein Dutzend. Neben Untersuchungen zum Klima gehört seit einigen Jahren auch Weltraumforschung zu den Aufgaben der Neumayer-Besatzung, denn die Antarktis liefert als einziges Land der Welt Bedingungen, wie sie Raumfahrer und künftige Kolonisten etwa auf dem Mars antreffen würden: extreme Kälte, Einsamkeit und Dunkelheit. Deshalb versuchen die Forscher unter anderem herauszufinden, wie sich Pflanzen unter solchen Voraussetzungen entwickeln, wie Kreislauf und Immunsystem des Menschen reagieren und wie sich die Einsamkeit auf deren Sozialverhalten auswirkt.

Solange der Antarktische Vertrag gilt, wird das Eisland ausschließlich friedlich genutzt werden. Das bedeutet vor allem, dass Wissenschaftler daran arbeiten, die Antarktis zu verstehen und ihr Ökosystem zu schützen – damit der Südkontinent weiter ein weißer Fleck auf der Weltkarte bleibt.

Die Arbeit an diesem Buch wäre zu Eis erstarrt ohne die Hilfe von Dr. Klaus Guba, der 2019/2020 Leiter der Neumayer III-Station war und seine Erlebnisse und Erfahrungen bereitwillig und geduldig teilte. Für Auskünfte über und Einblicke in Vulkane dankt der Autor Dr. Nicole Richter, Vulkanologin an der Rheinisch-Westfälischen Technischen Hochschule Aachen. Emily Neville vom British Antarctic Survey schaffte Klarheit über die Schwierigkeiten des Rohstoffabbaus auf dem Südkontinent. Großer Dank gilt auch den zahlreichen Autoren des *Atka-Xpress*, des empfehlenswerten Blogs der Neumayer III-Station, in dem die Besatzungsmitglieder ihr Leben im ewigen Eis schildern.

Bücher über die Antarktis sind so zahlreich wie Eiskristalle am Südpol. Zu den Ergreifendsten zählen die Expeditionsberichte aus dem frühen zwanzigsten Jahrhundert, darunter das Tagebuch von Robert Falcon Scott und *The worst journey in the world* (Die schlimmste Reise der Welt) von Apsley Cherry-Garrard, dessen Bericht von 1922 jedem zur Lektüre empfohlen sei, der selbst in die Antarktis reisen möchte. Einen erfrischend modernen Blick auf den Alltag eines Überwinterungsteams auf der italienisch-französischen Station Concordia teilt die österreichische Medizinerin Carmen Possnig in ihrem lesenswerten Buch *Südlich vom Ende der Welt*.

Sollten trotz aller Hilfestellungen Ungenauigkeiten im Roman auffallen, sind sie der Dramaturgie geschuldet und dem Autor zuzuschreiben.